DROEMER

SEBASTIAN
FITZEK

DER NACHBAR

PSYCHOTHRILLER

DROEMER

Besuchen Sie uns im Internet:
www.droemer-knaur.de

MIX
Papier | Fördert gute Waldnutzung
FSC® C083411
FSC
www.fsc.org

Originalausgabe Oktober 2025

Ein Imprint der Verlagsgruppe
Droemer Knaur GmbH & Co. KG
Landsberger Straße 346, 80687 München

Dieses Werk wurde vermittelt durch die AVA international GmbH
Autoren- und Verlagsagentur, München.
www.ava-international.de
Redaktion: Regine Weisbrod
Covergestaltung: Verlagsgruppe Droemer Knaur in
Zusammenarbeit mit Raschke Entertainment (Jörn Stollmann)
und ZERO Werbeagentur GmbH, München
Satz und Layout: Adobe InDesign im Verlag
Druck und Bindung: CPI books GmbH, Leck
ISBN 978-3-426-28175-8

Kontaktadresse nach EU-Produktsicherheitsverordnung:
produktsicherheit@droemer-knaur.de

4 5

Für Linda,
die Frau, mit der ich in
jede Nachbarschaft ziehen würde.

Es kann der Frömmste nicht in Frieden bleiben,
wenn es dem bösen Nachbar nicht gefällt.

Friedrich Schiller

PROLOG

In den meisten Thrillern, die er in den letzten Jahren gelesen hatte, war das Wetter schlecht. Es schneite, stürmte, blitzte und donnerte in biblischem Ausmaß. Als wäre die Natur ein Komplize der Vergewaltiger, Serienmörder und Psychopathen. Wenn ausnahmsweise dann doch mal die Sonne schien, brannte sie einem gleich die Haut von den Knochen. Dabei geschahen seiner Erfahrung nach die schlimmsten Verbrechen bei strahlend blauem Himmel und angenehmen Temperaturen. An Tagen wie heute.

Es war 7:20 Uhr. Nach der Lebendkontrolle der Gefangenen durch einen Neuling, den er noch nie gesehen hatte, hatte er im Speisesaal gefrühstückt. Dann war er zu Armin bestellt worden, dem Schichtleiter für diese Woche.

Dessen Büro fand sich auf der Ebene der Zellen und war nicht sehr viel gemütlicher eingerichtet als die, die er sich seit knapp einem Jahr mit einem notorischen Brandstifter teilen musste.

»Na, bist du schon am Packen?«, begrüßte ihn Armin freundlich. Seine Zähne waren so schief wie sein Lächeln. In dem Gesicht des fünfundfünfzigjährigen Beamten konnte er lesen wie in einem offenen Buch. Wenn Armin wütend war, hingen ihm die boxerhundähnlichen Wangenfalten bis zum Doppelkinn. War er gut gelaunt wie jetzt, riss er die Augen so weit auf, dass die Schlupflider verschwanden. Er zog seine Uniformhose regelmäßig bis über den Bauchnabel, was ihm den Spitznamen Obelix eingebracht hatte, dabei war der Gefängnisbeamte nicht einmal annähernd so füllig wie die Comicfigur.

Aber ich bin ja auch kein Genie, und sie nennen mich Einstein, nur weil ich studiert habe.

Armin bat ihn, sich an einen Schreibtisch zu setzen, für den man auf dem Flohmarkt noch hätte draufzahlen müssen, damit ihn jemand mitnahm. Zerkratzt, zerschlissen, die Arbeitsplatte in der Farbe von Babydurchfall. Aber unkaputtbar, weswegen Obelix garantiert früher in Rente gehen würde als das hässliche Ungetüm.

»Was verschafft mir die Ehre?« Einstein sah hoch zu dem vergitterten Oberlicht, durch das die Herbstsonne ihre warmen Strahlen in das kahle Büro schickte. Die Schatten der Balken erzeugten ein Kreuz an der Wand rechts von ihm. Mit etwas Fantasie hätte man denken können, in einer Kirche zu sitzen und nicht im Büro des Stationsdienstes der JVA Frankfurt.

»Du wirst es nicht glauben, aber du hast Post!« Armin schüttelte den Kopf, als hätte er ihm gerade die Nachricht überbracht, zwei Millionen im Lotto gewonnen zu haben.

»Ach ja?« Das war in der Tat ungewöhnlich. Sein letzter Brief war so lange her, dass er sich nicht mehr an ihn erinnern konnte. Er war nicht der Typ für Fanpost, auch wenn er von den Medien damals als »der Irre mit Schlafzimmerblick« beschrieben worden war.

Es gab Verbrecher, die sehr viel mehr Menschenleben noch sehr viel brutaler zerstört hatten als er, und die bekamen Liebesbriefe von Frauen, die an einer Art telepathischem Stockholm-Syndrom litten. Obwohl sie die Bestien, denen sie schrieben, noch nie persönlich getroffen hatten, fühlten sie sich zu ihnen hingezogen. Die meisten hingen der dringend therapiebedürftigen Ansicht an, der Typ, der seine Frau mit Stacheldraht gefesselt und dann im Suff vergessen hatte, wo genau im Garten er sie lebendig mit dem Gartenschlauch in der Luftröhre verbuddelt hatte, könne durch ihre Liebe, die er als Kind nie bekommen habe, geheilt werden. Na dann, viel Erfolg.

Armin stand hinter seinem Schreibtisch auf und trat mit dem Brief in der Hand neben ihn. »Ich will ehrlich sein, Einstein. Als du eingeliefert wurdest, habe ich dir keine zwei Wochen gegeben. Und noch ehrlicher: Ich hab mir sogar gewünscht, dass sie dich noch früher unter der Dusche abstechen.«

Einstein nickte. Das dachte er mittlerweile auch. Zwölf Jahre. Viel zu wenig für das, was er getan hatte.

»Doch nun sieh dich an. In einer Woche kommst du raus!«

»Montag um diese Zeit«, bestätigte er. Nach elf Jahren schon. Die gute Führung hatte ihm zwölf Monate Rabatt verschafft.

»Wie fühlst du dich?«

Gute Frage.

Er war immer der Meinung gewesen, hier falsch zu sein. Sie hätten ihn in die Forensische Psychiatrie stecken müssen und nicht in den herkömmlichen Vollzug. Höchste Sicherheitsstufe. Dafür, dass er hier nur hin und wieder in Therapie gewesen war, hatte es allerdings ganz gut geklappt. Er war natürlich nicht geheilt, das war nicht möglich. Aber er war gut eingestellt. Die behutsam betreute Reintegration hatte funktioniert; die Außenwelt kam ihm zwar fremd vor, logisch, aber er fühlte sich auf seinen kontrollierten Freigängen nicht mehr wie ein Alien. Und das Entscheidende: Er bereute es. Alles. Er verabscheute das, was er ihnen angetan hatte. Den Familien. Vor allem seiner eigenen.

Das Allerwichtigste aber war: Er verabscheute sich selbst.

»Ich habe Angst«, gestand er.

Armin nickte. »Alles andere wäre seltsam. Aber du kannst es schaffen. Halt dich an deine Auflagen, mach die Therapie weiter, vergiss deine Pillen nicht! Und halt dich von Babys in Kinderwagen fern.«

Einstein nickte. Lange Zeit hatte er gedacht, er wäre hoffnungslos verloren. Doch je näher der Tag der Entlassung rückte, umso zuversichtlicher hatte er der Zukunft entgegengesehen. Er würde allein bleiben, für sich. Irgendwo auf dem Land, weitab von Menschen, denen er gefährlich werden könnte. In einer Laube vielleicht, oder auf einem Hausboot. Etwas ohne Nachbarn, mit einem kleinen Garten zum Selbstversorgen. Nur er und seine Bücher, bis zum Ende seiner Tage. Das war sein Plan. Und er fühlte sich gut an. Erfüllte ihn mit etwas, das dem Gefühl von Lebensfreude womöglich schon nahekam.

»Nun, dann schreiten wir zur Tat.«

Im Knast wurde Gefangenenpost im Beisein eines JVA-Beamten geöffnet, der sie erst nach einer Kontrolle übergab. Die Überprüfung des absenderlosen Briefes nahm keine zwei Sekunden in Anspruch, nachdem Armin den Umschlag aufgerissen hatte.

»Hm«, sagte er und reichte den Zettel weiter.

Auf ihm stand nur ein einziges Wort.

Einsteins Augen weiteten sich. Hätte er bei Frau Dr. Paulsen auf der Pritsche gelegen, mit einem Pulsmessgerät am Finger, hätte die Anzeige jetzt dunkelrot aufgeblinkt.

»Geht mich ja nichts an, aber was bedeutet das?«, fragte Armin.

Einstein zwang sich zu einem Lächeln. »Ist ein Insider.« Mit diesen Worten faltete er den Zettel zusammen.

Drei Stunden später war er zur Mittagsruhe wieder eingeschlossen. Sein Mitbewohner hatte seine Zigarettenschulden nicht bezahlt und lag mit Milzriss auf der Krankenstation. Einstein musste also keine neugierigen Blicke fürchten, als er den Brief zum ersten Mal wieder öffnete:

Nahgibur

Blauer Kugelschreiber auf einer schneeweißen DIN-A5-Seite. Er las das eine Wort. Fuhr mit der Fingerkuppe drüber. Wieder und wieder.

Schließlich hielt er das Blatt ins Gegenlicht der Deckenlampe. Herkömmliches Druckerpapier. Mitteldick. Etwa fünfundsechzig Mikrometer. Also ideal. Besseres gab es nicht für seinen Zweck, abgesehen von dem, was man früher in diesen Endlosrollen in Nadeldrucker gespannt hatte.

Einstein seufzte. Faltete es mehrmals und setzte es schräg an.

Dann schnitt er sich mit dem Papier die Pulsadern auf.

KAPITEL 1

SARAH

»... befindet sich der Psychopath trotz eines Großaufgebots der Frankfurter Polizei seit seinem jüngsten Säure-Anschlag auf ein Kleinkind noch immer auf der Flucht.«

Nicht einmal eine Viertelstunde bevor die sonore Stimme des Radiomoderators den ersten Schatten der Vorahnung in das Halbdunkel der Waldhütte werfen sollte, küsste Sarah Calau die Wange ihrer schläfrigen Tochter.

»Erzählst du mir noch eine Geschichte, Mama?«

Ruby hatte die Fahrt über geschlafen und war eben erst aufgewacht, als sie in der Zufahrt den Motor ausgestellt hatten. Dementsprechend müde klang ihre Stimme, und dementsprechend warm fühlte sich der Körper der Dreijährigen an, als Sarah ihre Tochter aus dem Kindersitz hob und in das Wochenendhäuschen trug. Eingewickelt in Papas Lieblingsjacke, einen schwarzen Collegeblouson mit weißen Kunstlederärmeln.

»Aber es muss eine selbst ausgedachte Geschichte sein, Mama«, forderte Ruby mit dem für sie typischen sanften Lächeln.

Natürlich, was denn sonst, mein Schatz!

Sarah seufzte innerlich.

Sosehr sie es liebte, wenn ihr »Baby« sich an sie schmiegte und noch vor dem Ende der improvisierten Gutenachtgeschichte in ihren Armen einschlief, so sehr hatte sie gehofft, heute ausnahmsweise drum herumzukommen.

Zum einen, weil sie völlig erschöpft von der Woche war. Hauptsächlich aber, weil sie sich kaum auf etwas anderes konzentrieren konnte als auf die anstehende Aussprache mit Ralph.

Wie sollte sie sich da eine halbwegs vernünftige Geschichte aus den Fingern saugen?

Sie warf einen Blick über die Schulter zu ihrem Mann, der gerade die Taschen für ihren Wochenendausflug aus dem Kofferraum des Familienkombis hievte.

Ob er es ahnt?

Immerhin waren sie beide auf der Fahrt hierher erstaunlich schweigsam gewesen.

Ganz sicher ahnt er was! Er konnte kaum davon ausgehen, dass sie nach dem Vorfall einfach zur Tagesordnung übergehen würde.

»Bitte, Mami. Nur eine kurze Geschichte!«

»Natürlich, Süße«, versprach Sarah und schaffte es irgendwie, Ruby nicht aus den Armen zu verlieren, während sie die Holztür zur Hütte aufschloss.

Im Inneren ihres Refugiums empfing sie wie immer ein staubiger, holziger Duft, der sehr viel schlichter war als das edle Raumparfum der Kanzlei, in der sie im Westend als Strafrechtlerin arbeitete. Dennoch gefiel er ihr viel besser.

Ruby war bereits wieder im Halbschlaf. Sarah legte sie auf der gepolsterten Bank in der Nische mit dem Esstisch ab und blickte durch das Wohnzimmerfenster nach draußen.

Das Holzblockhaus ruhte am Rand einer Anhöhe, die sanft zum Ufer des Edersees abfiel, weswegen man von der Terrasse aus einen atemberaubenden Blick über die Steganlagen bis weit übers Wasser hatte.

Nirgendwo sonst schien Sarah die Atmosphäre so friedlich, wie wenn sie hier mit der Familie ihre knapp bemessene Freizeit verbrachte.

Normalerweise.

Aber heute war kein normaler Tag. Ganz und gar nicht.

Sie hatte sich in der Waldhütte am See immer geborgen gefühlt, fernab vom »Sud«, wie ihr Mann den Frankfurter Großstadt-Moloch nannte. Die zwei Stunden Fahrt von der Innenstadt bis nach Waldeck nahm sie dafür gerne in Kauf. Schon in dem Moment, wenn sie von der Landstraße links in den unbefestigten Weg einscherten, erhellte sich gewöhnlich ihr Gemüt. Meist zog sie sich noch im Auto um. Auch heute hatte sie auf den letzten Metern bereits ihr »Anwalts-Kompetenz-Outfit« abgelegt; hatte den hellen Business-Anzug gegen Shorts und T-Shirt getauscht, den Zopf gelöst und den strengen Mittelscheitel verwuschelt, damit die braunen Locken ihr ins Gesicht wehen konnten, sobald sie ausstieg. Doch trotz der vertrauten Rituale hatte sich die innere Willkommensruhe heute partout nicht einstellen wollen.

Vielleicht kommt sie ja, wenn ich mit Ruby ins Reich der Fantasie springe.

»Hab ich dir schon mal vom Riesen erzählt, der sich in eine Maus verliebt hat?«

Ruby schüttelte schläfrig den kleinen Wuschelkopf.

»Der Riese wurde von allen gefürchtet, weil er so groß war. Er hatte keine Freunde und wünschte sich nichts sehnlicher, als klein zu sein. Am besten so winzig wie eine Maus«, begann Sarah. »Eines Tages ging er an einem Haus vorbei, das so hoch war wie der höchste Baum, den du kennst. Und ganz oben auf dem Dach saß in der Dachrinne eine Maus und kam nicht mehr herunter. Der Riese hat sich sofort in die Maus verliebt, aber die Maus hatte große Angst vor ihm und piepste ihn mit heller Mäusestimme an: ›Bitte lass mich, geh weg!‹

Dabei wollte der Riese doch nur nett sein.«

»Armer Riese«, befand Ruby gähnend. Sarah strich ihr über die Stirn und gab Ralph ein Zeichen, dass er beim Hereintragen der Taschen etwas weniger poltern sollte.

»Der Riese hat lange überlegt, was er der Maus schenken

könnte, um ihr Herz zu gewinnen«, fabulierte sie weiter, ohne eine konkrete Ahnung zu haben, wohin die Geschichte sie noch führen würde. »Blumen!, dachte er. Ich werde ihr Blumen schenken.« Sarah schilderte, wie der Riese in den Wald ging, um einen großen Strauß zu pflücken. »Doch als er mit den Blumen zu der Maus auf dem Dach zurückkam, fiepste die noch sehr viel ängstlicher als bei ihrer ersten Begegnung. ›Bitte, nein. Tu mir nichts!‹, sagte sie, als der Riese ihr den Blumenstrauß entgegenstreckte.«

»Wieso freut die Maus sich denn nicht?«, wollte Ruby wissen, die Augen längst wieder geschlossen.

»Na ja, der Riese hat doch Hände so groß wie die Schaufeln eines Baggers. Mit denen hat er keine Blumen gepflückt, sondern Bäume ausgerissen. Keine Tulpen, Rosen oder Butterblumen, sondern Eichen, Birken und Kiefern. Und jetzt stell dir mal vor, welche Angst die Maus ausgestanden haben muss, als der Riese mit einem Strauß voller dicker, großer Bäume vor ihr herumwedelte … Ruby?«

Sie strich ihr ein weiteres Mal sanft übers Köpfchen und beobachtete lächelnd ihre sanfte, gleichmäßige Atmung.

So zierlich, dachte Sarah sorgenvoll. Während sie in der Schwangerschaft siebzehn Kilo draufgepackt und seitdem nicht wieder verloren hatte, schien Ruby Tag für Tag dünner zu werden.

»Schon wieder eingeschlafen.« Sie sah zu ihrem Mann, der die Vorräte aus der Provianttüte in den Schränken der kleinen Küchenzeile verstaute.

Er warf Sarah einen kritischen Blick zu.

»Was?«

»Ich finde, wir sollten ihr nicht so viel Quatsch erzählen. Irgendwann glaubt sie das noch.«

WIR erzählen schon mal gar nichts!, lag ihr auf der Zunge.

Immerhin war sie die Einzige, die Ruby vorlas oder sich für sie Geschichten ausdachte. Mittlerweile kam es schon einem Wunder nahe, wenn Ralph überhaupt noch unter der Woche nach Hause kam. Immer öfter übernachtete er nach langen Arbeitstagen im Krankenhaus oder in seiner Praxis.

Sarah schluckte ihren Groll herunter. Noch fühlte sie sich nicht bereit für das drohende Streitgespräch. Vielleicht würde sie es das ganze Wochenende nicht sein.

Was für eine bescheuerte Idee, es ausgerechnet hier im Waldhaus führen zu wollen, dachte sie auf einmal. Sie hatte gehofft, hier die Kraft dafür zu finden, und dabei übersehen, dass sie damit womöglich ihren letzten Wohlfühlplatz vergiften würde. Dies war der einzige Ort, an dem ihre Albträume sie bislang noch nicht heimgesucht hatten, die Träume, die sich wie eine True-Crime-Dokumentation anfühlten. Deren Schrecken auf einem wahren Ereignis basierten. Wieder und wieder durchlebte sie in ihren Albträumen den Frühlingstag, an dem sie ein wehrloses Kind tötete …

KAPITEL 2

Der Traum, in dem sie vier Jahre alt war, begann immer damit, dass sie durchs Schlüsselloch starrte. Aus ihrem Kinderzimmer hinaus in den Flur, um zu sehen, ob Papa sie hören und befreien würde.

»Schschsch, Leon. Alles ist gut«, rief sie ihrem kleinen, elf Monate alten Bruder zu, ohne zu wissen, wie sie ihn ohne Milch oder Brei beruhigen sollte. Sie kam nicht in die Küche, denn aus irgendeinem Grund war die Zimmertür abgeschlossen, was Papa noch nie getan hatte. Wahrscheinlich hatte er Angst, sie würden ihn stören. Er hatte einen privaten Physiotherapie-Termin (dieses Wort hatte sie erst sehr viel später aussprechen gelernt). Der war wichtig für seine Gesundheit, und er hatte doch so wenig Zeit nach der Arbeit in der Firma. Die zwanzig Minuten, in denen er in Behandlung war, solle sie brav sein, hatte er gesagt. Sarah möge sich bitte wie eine große Schwester verhalten. Wozu wahrscheinlich zählte, dass sie Leon jetzt beruhigen musste. Aber der wurde und wurde nicht still. Er schrie sogar noch lauter. Selbst nachdem sie ihm den Bonbon gegeben hatte, den sie nach langem Suchen in der Schale auf dem Schreibtisch fand. Leon hatte kurz an ihm gelutscht und ihn dann einfach runtergeschluckt.

Vier Tage später war er tot.

Als die Eltern aus dem Krankenhaus zurückkamen, mit einer leeren Babyschale und noch leereren Augen, hatten sie Sarah gefragt, ob sie Leon etwas zu essen gegeben habe.

»Nur einen Bonbon«, hatte sie gesagt. »Damit er aufhört zu weinen!«

Aber es war kein Bonbon gewesen, sondern eine Knopfbatterie. Eine flache Zelle, wie man sie in Fernbedienungen und Körperwaagen findet. Sie war in Leons Speiseröhre stecken geblieben. Leider so, dass er noch unproblematisch Luft bekam, was ihm zum Verhängnis wurde, sonst hätte man den Fremdkörper vermutlich früher entdeckt. So aber setzten die feuchten Schleimhäute einen Stromfluss in Gang, der ätzende Hydroxidionen freisetzte. Diese fraßen sich durch die Speiseröhre bis zur Hauptschlagader, wo sie eine unkontrollierte Blutung auslösten. Als die Eltern Leon zum Arzt brachten, weil er nach einer Phase der Appetitlosigkeit nicht aufhören wollte, sich zu übergeben, war es bereits zu spät.

»Es ist nicht deine Schuld«, sagten sie ihr unter Tränen. Vor, während und nach dem Begräbnis. »Knopfzellen haben in Kinderzimmern nichts verloren. Wir hätten besser aufpassen müssen!«

Doch je öfter ihre Eltern sich Selbstvorwürfe machten, umso weniger glaubte sie ihnen. Denn insgeheim hatte Sarah gewusst, dass die silberne, flache Zelle nicht so aussah wie ein herkömmlicher Bonbon, den sie sonst immer lutschte. Sie hatte überlegt, ob sie ihn Leon trotzdem geben sollte, und eine fatale Entscheidung gefällt. Einfach, weil er zu schreien aufhören sollte.

Bis heute, viele Jahre später, wenn sie schweißgebadet erwachte, weil sie von ihrem toten Bruder geträumt hatte, war es eine offene Wunde. Sie war schuld. Sie hatte ihn vergiftet. Weil sie ein Problem, dem sie als Vierjährige nicht gewachsen war, allein hatte lösen wollen. Und dabei war sie aufs Grauenhafteste gescheitert. Ihre Therapeutin Elke Reiners sah darin den Auslöser ihrer Monophobie. Der Angst, allein zu sein, ohne einen starken Partner in der Nähe, der im Notfall die richtige Entscheidung treffen konnte.

Wie Ralph.

Bei dem sie jetzt allerdings nicht das vertraute Gefühl der Geborgenheit spürte, hier in der Hütte. Und das lag nicht allein an der Tatsache, dass sie es ihm heute sagen wollte. Es ging nicht mehr so weiter. Erst recht nicht, nachdem ihm bei Ruby die Hand ausgerutscht war.

Ausgerutscht.

Was für ein grausam verniedlichendes Wort. So passiv und zufällig. Absichtslos. Dabei hatte die Ohrfeige zielsicher getroffen. Den Handabdruck auf Rubys Wange meinte Sarah noch immer zu sehen, aber das war natürlich Einbildung.

Dass sie sich so schlecht fühlte, rührte auch von dem Zwischenfall an der Autobahntankstelle. Der blonde Fahrer eines vor Dreck starrenden Transporters eine Zapfsäule hinter ihnen hatte beim Tanken mit wildem Blick ihre Tochter gemustert, die mit ihnen ausgestiegen war, um sich die Beine zu vertreten. Als Sarah nach dem Bezahlen zurückkam, hatte er sie mit einer seltsamen Mischung aus Furcht und Aggression im Blick angestarrt. Im Rückspiegel war der Mann immer kleiner, ihre Beklemmung immer größer geworden.

Und jetzt, eine halbe Stunde später, zuckte sie erneut zusammen, als Ralph das Küchenradio einschaltete und der Nachrichtensprecher einen Satz vollendete, der auf unheimliche Art zu ihrer beängstigenden Erinnerung passte:

»… befindet sich der Psychopath trotz eines Großaufgebots der Frankfurter Polizei seit seinem jüngsten Säure-Anschlag auf ein Kleinkind noch immer auf der Flucht. Der sadistische Killer sucht sich junge Eltern«, setzte der Nachrichtensprecher im Radio seinen Sensationsbericht fort, *»Familien, denen er ihr Kinderglück nicht gönnt!«*

Sarah sah zu Ruby, die jetzt mit halb offenem Mund auf der Bank schlief. So tief und fest, dass man die Waldhütte um sie herum hätte abreißen können, ohne dass sie wach geworden wäre. Ein Händchen unters Kinn geschoben, ihr geliebtes Drachen-Kuscheltier vor dem Bauch.

»Es ist nun schon der vierte an Grausamkeit kaum zu überbietende Fall, in dem …«

Die sonore Stimme erstarb. Und draußen vor der Tür knackte es, als hätte ein dicker Ast unter dem Gewicht eines schweren Männerstiefels nachgegeben.

KAPITEL 3

Sarah drehte sich um. »Hey, ich wollte die Nachrichten zu Ende hören«, beschwerte sie sich bei Ralph, der das Küchenradio abgestellt hatte. Der Fall berührte sie sowohl als Mutter als auch als Strafrechtlerin.

»Diesen morbiden Blödsinn?«

Ralph Calau sprach mit der tiefen, unverwechselbar rauchigen Stimme, in die sie sich als Erstes verliebt hatte. Vor zehn Jahren, als Ralph in der Gemeinschaftspraxis als angestellter Psychiater seine ersten Patienten empfing. Heute war sein dunkles Haar längst nicht mehr so dicht – was seiner Attraktivität jedoch keinen Abbruch tat. Ebenso wenig wie die durch einen markanten Acht-Tage-Bart kaschierte Kiefer-Gaumen-Spalte. Unter der Lippenkerbe, die sich ypsilonförmig von der Oberlippe Richtung Nase zog, musste er als Kind mehr gelitten haben, als er heute zugab. Ruby hatte diese Fehlbildung von ihm geerbt, aber in sehr viel sanfterer Ausprägung. Während sie bei der Kleinen wie eine haarfeine Narbe aussah, hatte Ralph in jungen Jahren mehrfach operiert werden müssen. Heute bemerkte man die Kiefer-Gaumen-Spalte auch bei ihm kaum noch. Ralph rasierte sich manchmal sogar absichtlich die Oberlippe, wenn er besonders kompetent wirken wollte, etwa, wenn er vor Gericht als Sachverständiger in psychiatrischen Fragen hinzugezogen wurde und sich zur Schuldfähigkeit von Gewaltverbrechern äußern sollte. Womit der »Makel«, dessentwegen er in seiner Kindheit gemobbt worden war, ihm heute, im Alter von einundvierzig Jahren, zum Vorteil gereichte. Er verlieh seinem sonst gleichmäßigen Gesicht einen durchsetzungsstarken Ausdruck, den Sarahs beste Freundin »verwegen« nannte. Und nicht nur Marion Reiners fand Ralph attraktiv. Wann immer ihn Sarah in seiner Praxis besuchte, konnte sie es in den Augen der Empfangsmitarbeiterinnen lesen: »*Weshalb hat der Doktor sich ausgerechnet die ausgesucht? Er könnte doch eine so viel Bessere bekommen!*«

Wobei »besser« sich vermutlich als »schlanker«, »trainierter« und »püppchenhafter« definierte.

»Das sind keine Nachrichten«, entgegnete er jetzt auf ihre Bitte, das Radio wieder anzuschalten. »Das ist perverse Unterhaltung unter der Überschrift …«

»… Nacktes und Zerhacktes«, ergänzte Sarah einen seiner Lieblingssprüche, wenn es um die Sensationsgeilheit in den Medien ging. Für einen Psychiater, der als Gerichtsgutachter potenzielle Mörder, Vergewaltiger und Triebtäter untersuchen musste, war er erstaunlich dünnhäutig, was die True-Crime-Berichterstattung über diese »Patienten« anging. Als Strafrechtlerin wusste sie natürlich ebenso gut wie er, dass gerade die widerwärtigsten Täter meist hochkomplexe Vorgeschichten hatten, die sich nicht zu einer reißerischen Zwanzig-Wort-Meldung verdichten ließen. Ein Beleg dafür war ausgerechnet ein Fall, an dem sie beide beteiligt gewesen waren. Sie als Verteidigerin, er als Gutachter. Die Öffentlichkeit kannte von ihm nur die Schlagzeile:

Vater schüttelt Baby in den Tod – Freispruch!

Tatsächlich hatte Sarahs Mandant zugegeben, seinen zwei Monate alten Sohn aus dem Beistellbettchen genommen und zu Tode geschüttelt zu haben.

»*Weil ich dachte, er atmet nicht mehr. Er war reglos und kalt, und ich bin in Panik geraten. Ich wollte ihn wiederbeleben, ihn retten. Deshalb habe ich mein Baby geschüttelt!*«

Jemand, der nicht im Gerichtssaal dabei war, konnte das leicht als Lüge abtun. Doch wer wie sie den gebrochenen, für sein Leben gestraften Vater erlebt hatte, wusste, dass er die Wahrheit sagte und eine Strafe sinnlos war. Der Vater würde nie wieder glücklich werden.

Ein erneutes Knacken unterbrach Sarahs Gedankenstrom.

Sie sah zur Tür. Normalerweise schloss sie die erst vor dem Schlafengehen, und auch das nur widerwillig. Sie hasste abgeschlossene Räume. Jetzt bat sie Ralph, den Riegel vorzulegen.

»Was war das?«, fragte sie ihn.

Normale Waldgeräusche der Natur? *Oder Schritte?*

»Keine Angst«, sagte ihr Mann und lächelte sie an. Automatisch löste er damit den Impuls aus, sich an ihn zu kuscheln. Schon im nächsten Moment ärgerte sie sich über diesen »Armes Häschen braucht starke Schulter zum Anlehnen«-Reflex. Diese Emotion konnte sie gerade heute gar nicht gebrauchen.

Hatte sie sich doch fest vorgenommen, mit ihm Klartext zu reden.

Koste es, was es wolle.

»Der Typ an der Tanke hat dich nervös gemacht?«, fragte Ralph.

Der und der Streit, der uns bevorsteht.

Normalerweise hätte sie der feindliche Gesichtsausdruck eines Fremden nicht so lange beschäftigt, doch heute war sie besonders dünnhäutig. Denn heute wollte sie ihm sagen, was sie fühlte, was sie bedrückte. Und vor allem, dass die Ehe mit ihm so nicht mehr funktionierte. Ralphs ständige Abwesenheit, seitdem er zusätzlich zu seiner Privatpraxis als Leiter der Psychiatrie im Schlossparkklinikum arbeitete. Vor allem aber sein Jähzorn, seine Stimmungsschwankungen, die ebenfalls von seiner Überarbeitung herrühren mochten. Die Veränderung war mit Rubys Geburt eingetreten. Der Schlafentzug, die ausbleibende körperliche Nähe, die häufigen Kinderkrankheiten, all das hatte ihn wohl überfordert. Er war kaum noch zu Hause, und wenn doch, schien er nur körperlich anwesend. Geistig war er abwesend. Ausgenommen die Momente, in denen er sie wegen der geringsten Kleinigkeit anschrie. Auch das hätte sie noch eine Weile ertragen. Doch als er Ruby geohrfeigt hatte, weil sie am Esstisch ihren O-Saft auf seinen Anzug verschüttet hatte, war der Point of no Return erreicht.

Ihr Entschluss stand fest, sie brauchte eine Auszeit, auch wenn das bedeutete, dass sich damit ihre Monophobie wieder manifestierte. Prophylaktisch hatte sie bereits ihre Therapiestunden bei Marions Mutter Elke wieder aufgenommen und nahm erneut Cipralex gegen die Angst, alleine zu sein. Sie würde es schaffen.

Ich muss es ihm nur noch sagen …

»Hör mir bitte zu, Ralph!«

»Ja?«

Er sah sie fragend an, und da war es wieder. Dieses kaum merkliche Zucken des rechten Augenlids, das sie immer so sehr an ihm gemocht hatte. Vielleicht nicht das Zucken selbst, sondern eher das, was es symbolisierte: Ralphs Unsicherheit, die er nie vollständig abgelegt hatte, trotz seiner beeindruckenden Karriere.

»Schatz, glaube mir. Hier sind wir sicher«, beschwor er sie, nicht ahnend, dass es nicht die reißerischen Nachrichten waren, über die sie mit ihm reden wollte. Er sah zu Ruby.

»Der Kinderwagen-Killer ist weit von uns entfernt.«

Sie musste wider Willen lächeln. »Hör auf, mich zu provozieren.«

»Inwiefern?«, stellte er sich unwissend. Er wusste so gut wie sie, dass der Täter juristisch gesehen kein »Killer« war. Noch war keines der Babys gestorben.

»Strafrechtlich betrachtet verübt er schwere oder gefährliche Körperverletzungen«, erklärte sie ihm, wohl wissend, dass sie die unangenehme Aussprache bewusst hinauszögerte, indem sie einen kurzen Abstecher auf das für sie sichere Feld der Rechtswissenschaften machte. »Bekäme er die Ippen als Staatsanwältin, ginge die allerdings sicher auf versuchten Mord, immerhin bestand eine hohe Wahrscheinlichkeit, dass die Säure, die er über die schlafenden Babys in den Kinderwagen gegossen hat, zum Tode führen kann. Wobei natürlich strittig ist, ob Säuglinge überhaupt arglos ermordet werden können, da sie ja per definitionem hilflos sind. So oder so ist der Gesuchte kein ›Kinderwagen-Killer‹, wie ihn die Presse nennt. Allenfalls ein ›Kinderwagen-Attentäter‹, doch das hört sich wegen der fehlenden Alliteration im Boulevard-Journalismus natürlich nicht so gut an.«

Er musterte sie mit einer Mischung aus Neugier und Streitlust. »Ich wette, du würdest ihn als Mandanten annehmen.«

»Selbstverständlich.« Sarahs Antwort kam ohne Zögern.

»Auch wenn seine Schuld zweifelsfrei feststeht?«

Sie seufzte. »Hatten wir das Thema nicht zur Genüge?«

»Ich weiß«, antwortete er und hätte vom Tonfall her auch *»Bla, bla, bla«* sagen können. »Es geht darum, den Rechtsstaat zu schützen. Jeder ist unschuldig, solange er nicht verurteilt ist.«

Er zeigte auf ihre schlafende Tochter.

Irrte Sarah sich, oder suchte er bewusst den Streit mit ihr?

»Nun stell dir doch nur mal vor, der Kerl würde Ruby etwas antun! Sie entstellen. Gar töten. Und ich als Gutachter würde seine Zurechnungsfähigkeit einwandfrei feststellen. Würdest du mir dann auch mit der Unschuldsvermutung kommen, Sarah?«

Ihr Handy machte ein Geräusch, als hätte sich gerade eine Fahrstuhltür geöffnet. Das Erkennungszeichen einkehrender Eilmeldungen, für die sie einen Google-Alert eingestellt hatte. Wie jüngst für den »Kinderwagen-Killer«.

Er griff nach ihrer Hand, doch sie zog sie zurück, als sie draußen ein schabendes Geräusch hörte. Ein vom Wind bewegter Ast? Oder ein schlurfender Mensch?

Ralph hatte offenbar auch etwas gehört. »Soll ich nachsehen gehen?«, fragte er und stand auf, ohne Sarahs Antwort abzuwarten, die am liebsten gleichzeitig »Ja« und »Nein« gerufen hätte. Unschlüssig, was sie mehr fürchtete: allein mit Ruby zu bleiben oder weiter bei jedem Knacken mit dem Schlimmsten zu rechnen.

»Sei vorsichtig!«, rief sie Ralph noch hinterher und fröstelte, als mit dem Öffnen der Tür ein Schwall kühler Nachtluft hereindrang.

KAPITEL 4

Nachdem die Dunkelheit Ralph verschluckt hatte, spürte sie die Angst wie ein Gewicht auf den Schultern. Sie wollte aufstehen, ihm durchs Fenster nachsehen, doch sie fühlte sich bleiern. Und die Schwere, die auf ihr lastete, nahm mit jeder Sekunde zu, die Ralph nicht zurückkehrte.

»Ralph?«

Als sie auch nach dem dritten Rufen keine Antwort bekam, wuchtete sie sich vom Stuhl hoch und ging zur Tür. Sie entschied sich dafür, den Querriegel wieder umzulegen, obwohl sie geschlossene Türen hasste und es ihr widerstrebte, ihren Mann auszusperren. Doch sie durfte Ruby keiner Gefahr aussetzen.

»Ralph? Ist alles okay?«, rief sie noch einmal durch die verschlossene Tür.

Ihr Handy pingte erneut.

Sie überlegte, ob sie ihren Platz an der Tür verlassen konnte, um ihr Telefon zu holen (immerhin wäre es ihr dann möglich, die 110 anzurufen), da hörte sie ihn schreien.

Aus einiger Entfernung, aber unverkennbar Ralph.

Aufgeregt und laut und …

Panisch?

Er hatte noch nie so außer sich geklungen. Die Stimme voller Furcht und Angst, die noch größer schien als die, die sie in der Sekunde empfand, als er mit voller Wucht von außen gegen die Tür prallte.

»AUFMACHEN!«, schrie ihr Mann, eindeutig Schmerzen leidend.

Großer Gott.

Mit schweißnassen Händen löste Sarah den Querriegel, und Ralph fiel mit der Tür regelrecht in die Hütte. Er stolperte, fing sich gerade noch, bevor er hinschlug. Als er sich mit angstgeweiteten Augen vor ihr aufrichtete, bemerkte Sarah seinen rechten Arm. Er baumelte ihm blutend von der Schulter herab wie ein Gummischlauch, aus dem jemand die Luft gelassen hatte.

»Schließ die Tür! Schließ die verdammte Tür!!!«, schrie er und riss sie aus ihrer Schockstarre. Sie gehorchte.

Draußen hörte sie jemanden brüllen.

Einen Mann. Wie im Wahn. Sie hatte keine Ahnung, wer sie bedrohte. Und weshalb?

»Was ist passiert?«, fragte sie. »Wer hat dir das angetan?«

Ralph atmete schwer. Offenbar unfähig zu einer klaren Antwort.

»REDE MIT MIR!!!«

In dieser Sekunde erzitterte die Tür.

»Kommt raus!«, brüllte ein Mann vor der Hütte. Er klang so, wie sie sich die Stimme eines Tollwütigen vorstellte.

Offenbar flogen Fäuste gegen das Türblatt. Drohten, es zu zersplittern.

»Wir müssen hier weg!« Ralph hatte seine Stimme wiedergefunden und blickte sich gehetzt um, als gäbe es in der Wochenendhütte einen Hinterausgang, der ihnen bislang entgangen war.

»Ich rufe die Polizei!«, entschied Sarah und ging zum Küchentisch. Hastig entsperrte sie das Display, auf dem sich automatisch der Artikel öffnete, der vor einer Minute noch mit einer Push-Meldung angekündigt worden war.

Sie las die Überschrift. Und begann vor Entsetzen zu zittern.

»Ich weiß jetzt, wer da draußen ist!«, flüsterte sie und sah angsterfüllt von ihrem Handy auf. Zu Ruby, die auf der Sitzbank am Küchentisch so fest schlief, dass selbst das Hämmern gegen die Tür sie nicht aufweckte.

»ZEUGE HAT KINDERWAGEN-KILLER GESEHEN. ES GIBT PHANTOMBILD«, lautete die Schlagzeile auf ihrem Handy.

»Das gibt es doch nicht! Das kann nicht sein …«, krächzte sie, obwohl sie den Mann auf der Zeichnung eindeutig erkannte. Wie es der Blonde von der Tankstelle getan haben musste, der sie daraufhin verfolgt und Ralph angegriffen hatte.

Ihr Puls wurde immer schneller, als wäre er ein Hundert-Meter-Sprinter, der auf den letzten Metern vor der Ziellinie noch einmal anzieht.

Unmöglich …

»Bleibst du dabei?«, keuchte Ralph und riss ihr das Handy aus der Hand.

Sarahs Mund öffnete sich zu einem lautlosen Schrei.

Ihr Mann sah zu Ruby und stellte die grausamste Frage, die ihr jemals gestellt wurde: »Würdest du mich verteidigen?«

Ralph öffnete mühsam mit einer Hand seine Reisetasche, die er für den Wochenendausflug gepackt hatte.

Und zog aus ihr eine Säureflasche hervor.

KAPITEL 5

SIMEON
JAHRE ZUVOR

»Mitkommen, Junge!«

Der Siebenjährige war glücklich, dass er den alten Kunstlederkoffer, den Papa trug, nicht selbst schleppen musste. Doch er hatte große Angst, seinem Vater zu folgen.

Aber was soll ich sonst machen?

Der Junge hatte in seinem kurzen Leben schon mehrfach aufs Grausamste erfahren müssen, was geschah, wenn man sich Papa widersetzte. Zuletzt, als Mama heimlich ins Krankenhaus hatte fahren wollen, um dort ihr Baby zu bekommen.

Amalia, seine kleine Schwester.

Mama hatte wohl gedacht, er würde es nicht hören, wenn sie die Tür des alten Pick-ups öffnete, den Papa immer direkt vor dem Bauernhaus parkte, in dem sie wohnten.

»*Weit genug entfernt von den Pissern*«, wie sein Vater alle Menschen nannte, die er nicht leiden konnte, und das war definitiv die Mehrheit auf diesem Planeten.

Der alte Bauernhof hatte in seiner Blütezeit schon fernab vom Schuss gestanden. Heute allerdings waren selbst die unmittelbaren Nachbargrundstücke unbewohnt, seit jeder, der nicht den Rest seines Lebens von staatlicher Stütze leben wollte, aus dieser trostlosen Gegend weggezogen war.

»Nur wir waren so doof, hierherzukommen«, hatte Mama einmal zu sich selbst gesagt, die Hand auf dem Bauch, als sie durch das Fenster über der Spüle zu den verwaisten Feldern sah. Sie hatte wohl geglaubt, sie wäre allein in der Küche und niemand hätte sie gehört; genauso wie sie gedacht hatte, Papa würde sie nicht beobachten, wie sie den Pick-up »stahl«.

Diebstahl!

So hatte er es tatsächlich genannt, als er Mama an den Haaren aus dem Auto zurück ins Haus gezogen hatte.

»Ins Krankenhaus? Nein, nein, nein. Du kriegst das Balg schön hier bei uns. Daheim. Du brauchst für eine Geburt doch keine Quacksalber«, hatte er Mama angeschrien. »Kalb ist Kalb. Das ist bei dir nicht anders als in den Ställen!«

»Wir haben letztes Jahr drei entbunden«, hatte Mama gewagt, ihm zu widersprechen. »Zwei davon sind gestorben, weil du den Tierarzt nicht holen wolltest!«

Papa hatte den Handkantenschlag so schnell ausgeführt, dass der Junge ihn gar nicht gesehen hatte. Nur das Ergebnis war unübersehbar. Mama bekam noch Tage danach nur unter Schmerzen Luft, so sehr war ihr Kehlkopf gequetscht.

»Wohin gehen wir?«, wagte er jetzt seinen Vater zu fragen.

»Heute ist der Tag gekommen, an dem du Verantwortung übernehmen musst, mein Junge. Weißt du, wie man das macht?«

Er schüttelte den Kopf.

»Indem man schwierige Entscheidungen trifft. Du bist jetzt fast acht. Du kannst dich nicht länger davor drücken!«

Simeon nickte und wäre um ein Haar ausgerutscht.

Mama hatte immer gesagt, der Weg zu den Ställen müsste gepflastert werden, aber dafür war kein Geld da.

Immerhin, jetzt, wo sie rechts abgebogen waren, musste er kein zweites Mal nach ihrem Ziel fragen. Es lag direkt vor ihnen. Die alte Scheune mit dem löchrigen Dach, die an Silvester vor zwei Jahren beinahe abgebrannt wäre.

Papa öffnete das unverschlossene, schief in den Angeln hängende Tor. Beim Eintreten empfing sie ein modriger Gestank aus verschimmeltem Heu und Rattenkot.

Der Junge begann zu zittern. Was um Himmels willen sollte er hier für eine Entscheidung treffen?

»Da wären wir!« Sein Vater spuckte auf den Boden.

Er hatte sich mit ihm einmal einen alten Western anschauen müssen, in dem der Revolverheld immer Kautabak gekaut hatte, den er vor jeder Schlägerei ausspuckte. Papa schien es zu gefallen, das nachzuahmen. Nur ohne Kautabak, aber mit der gleichen grimmigen Miene.

»Weißt du eigentlich, weshalb du getauft wurdest, mein Sohn?«

Er schüttelte den Kopf und zog instinktiv die Schultern nach oben, denn er erwartete Papas typischen »Wachrüttler«, einen Faustschlag gegen den Hinterkopf, den er immer von ihm bekam, wenn er bei den Hausaufgaben etwas nicht wusste.

»Weil du nicht frei von Sünde warst, als du auf die Welt gekommen bist. An dir hafteten die Verfehlungen deiner Eltern. Die Taufe wäscht diese Erbsünden fort, und du kannst dein Leben in Unschuld fortsetzen.« Er lächelte schief. »Glücklicherweise kommst du nach mir und hast nur wenig Taufwasser gebraucht.«

Papa spuckte wieder verächtlich aus. »Deine Mutter jedoch ist voll von Sünde, verstehst du?«

Etwas im Blick seines Vaters sagte ihm, dass er besser nicken sollte. Er stand kurz davor, zu heulen, weil seine Angst immer größer wurde. Und die Furcht vor Tränen verstärkte die Angst, denn er wusste, sollte er jetzt zu flennen beginnen, würde Papa wieder seinen Gürtel lösen und ihn bei jedem Schlag als Schwuchtel, Tunte oder Homo bezeichnen.

Doch sein Vater sah ihm zum Glück nicht ins Gesicht, denn er war jetzt mit dem Koffer beschäftigt und löste den Schnappverschluss. Mit den Worten »Kommen wir also zu der Entscheidung, die du treffen musst« schlug er den Deckel zurück.

Die Augen des Jungen weiteten sich.

Gestern Abend erst hatten Mamas Schreie im Schlafzimmer aufgehört. Heute sah er sie zum ersten Mal.

Amalia.

Ohne Decke, wund gescheuert von dem rauen Transport, doch sie schrie nicht. Sie hatte nicht einmal die Augen geöffnet in dem viel zu ballonartigen Gesicht, das noch größer wirkte durch den einen, viel zu kurzen Arm, mit dem seine Schwester in der Luft herumwedelte, als wollte sie ihm zuwinken. Oder wollte sie darauf aufmerksam machen, dass sie keinen zweiten hatte?

»Was ist mit ihr?«, fragte er seinen Vater entsetzt.

»Tja, so sieht es halt aus, wenn die Sünden der Mutter zu schwer waren!«

Der Junge trat mit offenem Mund einen Schritt näher an den Koffer heran. »Wie können wir Amalia helfen?«

Papa gab ihm einen »Wachrüttler«, der ihm endgültig die Tränen in die Augen trieb.

»Das hab ich dir doch gerade erklärt!«

Sein Vater zeigte auf einen tonnenförmigen Kunststofftank, in dem früher Diesel gelagert worden war und dem jetzt der Deckel fehlte. Er stand unter dem größten Loch in der Scheunendecke.

»Ich gehe jetzt für zehn Minuten ins Haus zurück und sehe bei Mutter nach dem Rechten. Wenn ich wiederkomme, ist es passiert.«

»Was?«, rief er Papa hinterher.

Was ist dann passiert?

»Du hast Taufe mit deiner Schwester gespielt. Um sie von ihren Erbsünden freizuwaschen. Nur leider ein paar Minuten zu lang, verstehst du mich?«

Sein Vater spuckte ein letztes Mal auf den Boden, bevor er das

Scheunentor hinter sich zuzog und seinen Sohn mit dem jetzt wimmernden, völlig zerkratzt und unterkühlt wirkenden Baby zurückließ, dem der Junge nie und nimmer etwas zuleide tun wollte, auch wenn es ein so unnatürlich großes Gesicht und nur einen Arm hatte.

Er trat einen Schritt an den Tank heran und sah, dass er voll mit Regenwasser war.

Aber was soll ich sonst machen?, dachte der Siebenjährige und weinte verzweifelt.

Schließlich hatte er in seinem kurzen Leben schon mehrfach aufs Grausamste erfahren müssen, was geschah, wenn man sich Papa widersetzte.

KAPITEL 6

HEUTE

Sie wusste, wenn sie die Tür öffnete, würde es nach Tod riechen. Nach Fäulnis und Leiche. Schimmelstaubig und ranzig süß. Die Hölle für einen gesunden Menschen. Das Paradies für Fliegen und Maden, die sich schmatzend durch verwesendes Fleisch wühlten.

Verdammt, wie hatte sie nur so achtlos sein können?

Auf der anderen Seite …

Wer konnte schon damit rechnen, dass es Mitte Oktober noch einmal so heiß werden würde? Von zwölf auf neunundzwanzig Grad – im Schatten!

Zum Glück waren Türen und Fenster gut isoliert. Der Todesgestank dürfte niemandem aufgefallen sein.

Hoffentlich.

»Hey, du!«

Der Schreck schoss ihr durch die Glieder. Kurz, schmerzhaft und mit anhaltender Wirkung.

Sie kniete vor dem Schaufenster ihres Ladens, um das Schloss der Außenrollos zu öffnen, und hatte nicht gehört, dass sich jemand von hinten genähert hatte.

»So früh schon am Arbeiten, Frau Wolff?«

Eine dunkle Wolke schob sich vor die Herbstsonne, als sie zu ihrer besten Freundin aufsah, die es aus irgendeinem Grund lustig fand, sie mit ihrem Geburtsnamen anzusprechen, den sie nach der Blitzscheidung von Ralph vor elf Jahren wieder angenommen hatte. Sarah spürte, wie sich die Säurenarbe in der Handinnenfläche schmerzhaft zusammenzog, wie so oft, wenn ein Wetterumschwung bevorstand. Oder sie Angst hatte.

»Sorry, ich wollte dich nicht erschrecken«, sagte Marion und streckte ihr die Hand hin, als wäre Sarah zu alt, um ohne fremde Hilfe aus der Kniebeuge hochzukommen. Unwillkürlich fasste sie sich beschämt an die viel zu großen goldenen Ohrreifen, die vielleicht in den Neunzigern mal Mode gewesen waren. Ihre Freundin trug einen dezenten Diamantstecker, Sarah billigen Modeschmuck, und sie ärgerte sich über ihre eigene Oberflächlichkeit, dass ihr das nicht gleichgültig war.

»Steht dir gut«, sagte Marion und meinte es gewiss auch so. So gegensätzlich sie sich in ihrem Äußeren waren, so sehr ähnelten sie einander charakterlich.

Marion war zierlich und ging Sarah gerade einmal bis zur Schulter. Deren T-Shirts hätte sie problemlos als Nachthemd tragen können. Während Sarah jeden Morgen eine Viertelstunde damit zu tun hatte, ihre dunkle Lockenmähne zu bändigen, musste sich ihre Freundin allenfalls einmal durch die kurze, platinblonde Ponyfrisur fahren, um perfekt gestylt auszusehen. Nur in ihren geschwungenen Wangenknochen ähnelten sie einander sowie in ihren festen Überzeugungen, dass Freundinnen einander immer die Wahrheit sagten, sich gegenseitig niemals einen Jungen ausspannten, bei Geld die Freundschaft begann und nicht aufhörte und das Leben einfach zu kurz war, um nicht alles einmal auszuprobieren, vorausgesetzt, es brachte einen nicht um oder ins Gefängnis.

Mit dieser Einstellung hatten sie etwas geschafft, das nur wenigen gelang, nämlich, sich ihre Kindergartenfreundschaft über all die Jahre hinweg zu bewahren – und das trotz der räumlichen Distanz. Schon als Kinder hatten sie nicht nah beieinander gewohnt. Marion hier in Spandau, Sarah in Charlottenburg. Sie waren nur durch Zufall im selben Kindergarten gewesen, weil der für die Eltern günstig auf dem Weg zur Arbeit lag. Die Schulen, die sie gemeinsam bis zur achten Klasse besucht hatten, hatten geografisch etwa in der Mitte gelegen, jeweils knapp eine Viertelstunde mit dem Auto entfernt. Zehn Jahre nach dem Tod von Sarahs Bruder Leon war die Familie Wolff nach Frankfurt gezogen. Da war Sarah vierzehn, und ihre Freundschaft entwickelte sich zu einer funktionierenden Fernbeziehung. Nahezu in allen Oster- und Sommerferien hatte Sarah Marion hier in Spandau besucht. Und jetzt waren sie erstmals Nachbarn. Es gab wohl niemanden, der sich mehr darüber gefreut hatte als Marion, dass Sarah vor sechs Wochen nach Berlin zurückgezogen war. Oder, besser gesagt, *geflüchtet.*

»Ruby hat darauf bestanden, dass ich ihren Modeschmuck trage«, sagte sie und fasste sich an ihre Ohrringe. Eine Rechtfertigung, wenn auch die Wahrheit.

»Ich meinte eigentlich deine Selbstständigkeit«, erwiderte Marion und zeigte ins Ladenlokal hinein, dessen Schaufenster Sarah gerade aufgeschlossen hatte.

»Du hast zwar noch immer deinen ›Frisch aus dem Schlaf geweint‹-Gesichtsausdruck wie am Umzugstag«, stellte sie ungeniert fest. »Aber die Augenringe sind nicht mehr ganz so dunkel. Und du hast endlich deinen liebenswert melancholischen Blick zurück!«

Mit dem ich mein Leben lang die falschen Männer angezogen habe, dachte Sarah und versuchte, Marions Lächeln zu erwidern, das erkennen ließ, dass ihr letztes Zahnbleaching nicht lange zurückliegen konnte. Die monatlichen Kosten für Pedi- und Maniküre, Friseur und Strom-Sport mussten höher als Sarahs Miete sein. Von der cremefarbenen Handtasche, die perfekt auf ihr Cashmerekostüm abgestimmt war, ganz zu schweigen.

All das konnte Marion sich locker leisten.

Sie arbeitete als Psychologin mit derselben Spezialisierung wie ihre Mutter – Angststörungen und Panikattacken. Sarah hingegen hatte all ihre Karriereambitionen aufgegeben und war nach der Tragödie mit Ralph von der beruflichen Überholspur in die Sackgasse der Nebenjobs eingebogen. Zuerst als Telefonistin im Callcenter einer Versicherung, dann als Kurierfahrerin. Eine sehr lange Zeit hatte sie gekellnert, bis sie sich jetzt, gut zwölf Jahre nach dem schlimmsten Tag ihres Lebens, hinter dem Tresen eines Kiosks versteckte. Ein gerade mal dreißig Quadratmeter großes Geschäft, das ihr Vater »Tante-Emma-Laden« nannte. In hipperen Bezirken der Berliner City würde es wohl als Späti durchgehen, immerhin hatte es ein begehbares Ladenlokal. Der Kiosk war schön gelegen an einem kleinen, belebten Platz vor der evangelischen Dorfkirche, der von der Straße Alt-Kladow umkreist wurde. Grün, ruhig und dennoch zentral, wenn man letzteren Begriff für diese Gegend überhaupt benutzen durfte.

»Wolltest du nicht den ganzen Monat über im Sudan sein?«, fragte Sarah. Marion arbeitete ehrenamtlich für *Ärzte ohne Grenzen* und leistete in dem vom Krieg zerstörten Land psychologische Nothilfe für traumatisierte Flüchtlinge.

»Ich musste nach Berlin zurück. Ein Notfall.« Ihre Augen verdunkelten sich. »Mama geht es gar nicht gut.«

»Elke?«, wunderte sich Sarah. Sie hatte sie erst vor zwei Wochen gesehen, wenn auch nur bei ihrer Online-Therapiesitzung. Da hatte die Zweiundsiebzigjährige wie immer gewirkt, eine unverwüstliche Urgewalt, der man ihr Alter nicht ansah. Dr. Elke Reiners war nicht nur die Mutter ihrer besten Freundin, sondern auch ihre Therapeutin seit der Teenagerzeit, als Sarah mit den Schuldvorwürfen, die sie sich wegen Leons Tod machte, nicht mehr allein klarkam. Die Psychologin hatte ihr auch später sehr geholfen, nach dem Trauma mit Ralph, mit zum Teil höchst unkonventionellen Therapieansätzen.

»Was um Himmels willen hat sie denn?«, fragte Sarah.

»Schlaganfall. Aus heiterem Himmel. Sie liegt seit einer Woche im Klinikum Havelhöhe und ist halbseitig geläh…« Marions Stimme stockte. Eine Träne zeigte sich im rechten Augenwinkel.

»Großer Gott, das tut mir leid«, sagte Sarah und hätte beinahe auch angefangen zu weinen.

Marion nickte und wischte sich gezwungen lächelnd die Träne weg. »Mir tut es auch leid, dass ich mich nicht früher bei dir gemeldet habe. Aber die Nachricht kam wie ein Schock. Und ich wollte dir und Ruby die Herbstferien an der Ostsee nicht versauen. Du hättest ohnehin nichts tun können.« Sie lächelte tapfer. »Oder gibt's bei dir neuerdings auch Blumen? Die wollte ich Mama nämlich gerade für meinen nächsten Klinikbesuch kaufen.«

Sarah schüttelte den Kopf. »Ich fürchte eher, ich habe seit Neuestem den Tod im Angebot.«

Marion sah sie schräg an. »Wie um Himmels willen meinst du das?«

Sarah schloss die Ladentür auf und öffnete sie. »Ich an deiner Stelle würde lieber draußen bleiben.«

KAPITEL 7

Wie erwartet glich die Innentemperatur des Kiosks der einer mäßig erhitzten Sauna. Und wie immer, wenn sie über die Schwelle trat, hatte Sarah das Gefühl, einen Bienenstock zu betreten. Auch jetzt brummte und summte das offene Kühlregal mit dem gläsernen Getränkekühlschrank um die Wette. Heute hatte sie allerdings damit gerechnet, dass die Geräuschkulisse sie an die Leichenkühlkammern einer Rechtsmedizin erinnern würde. Aber so war es nicht.

Seltsam.

»Wieso sollte ich draußen warten?«, fragte Marion und schob sich hinter ihr über die Schwelle in den Laden. Ein Mittelregal teilte den Vorraum vor der Ladentheke in zwei Gänge.

Ihre Freundin ließ den Blick über den unspektakulären Warenbestand gleiten. Wie jeder Kiosk führte auch Sarah im Grunde nur Versiegeltes, Verglastes oder Foliertes, von A wie Alkohol und Aufschnitt bis Z wie Zigaretten und Zahnpasta. Nichts Frisches. *Und dennoch …*

»Ich hätte schwören können …«, murmelte Sarah und ging hinter den Tresen.

»Was?«

Sie schüttelte verwundert den Kopf. »Letzte Woche, am Tag vor unserer Abreise an die Ostsee, hat Ruby mich kurz vor Ladenschluss besucht und uns etwas zu essen mitgebracht. Sushi und Sashimi. Unmengen an rohem Fisch.« Sarah rümpfte unwillkürlich die Nase. »Es hat seltsam geschmeckt, etwas zu fischig, wenn du verstehst, was ich meine. Jedenfalls haben wir nach einem kleinen Happen beschlossen, lieber nicht weiterzuessen.«

»Und?«, fragte Marion.

»Und ich hatte die Abfälle mit nach Hause nehmen und in der Biotonne entsorgen wollen. Aber dann habe ich die Tüte hier auf dem Tresen vergessen!«

Sechs Tage lang. In einem von der prallen Sonne aufgeheizten, ungelüfteten Ladenlokal. Bereits bei der Ankunft in Kühlungsborn war es ihr eingefallen, und sie hatte sogar überlegt, ob sie deswegen früher die Rückreise antreten sollten. Etwas Ähnliches war Sarah vor Jahren passiert, als sie ihren Wagen am Flughafen abgestellt hatte, ohne zu wissen, dass ihr eine Packung Nürnberger zwischen Kofferraum und Rücksitzlehne gerutscht war. Als sie zurückkam, hätte sie sich beim Einsteigen beinahe übergeben. Es hatte Wochen gedauert, bis der Fäulnisgestank aus ihrem Auto verschwunden war – und das waren nur eingeschweißte Würstchen gewesen, die nicht einmal zwei Tage der Sonne ausgesetzt gewesen waren. Kein roher, offen herumstehender Fisch!

»Du wirst die Mülltüte wohl doch mitgenommen haben«, sagte Marion und setzte sich auf das UPS-Paket, das am nächsten Tag in die Rücksendung gehen würde, wenn der Besteller es bis dahin nicht abgeholt hatte.

»Nein, daran würde ich mich erinnern!«, widersprach sie ihrer Freundin. »Außerdem war das nicht das Einzige, was ich stehen gelassen habe.«

Nämlich ihre geliebte Reisethermoskanne, ein leicht verbeultes Alu-Unikat mit einem Siebzigerjahre-Sonnenblumenmuster, das sie jeden Tag, bevor sie zum Kiosk fuhr, mit frischem Ingwertee füllte. Sie hatte die Kanne mit an die Ostsee nehmen wollen und ebenso vergessen wie die Essensreste.

»Hast du den Abfall vielleicht hier im Hof in eine der Tonnen geschmissen?«, machte Marion einen weiteren pragmatischen Vorschlag.

»Möglich«, murmelte Sarah. *Ausgeschlossen,* dachte sie.

Ich weiß, was ich weiß. Ich habe die Fischtüte und die Thermoskanne hier zurückgelassen, und jetzt ist beides nicht mehr da. Was nur eines bedeuten konnte: Jemand war in der Zwischenzeit im Laden gewesen.

»Wer hat denn alles Zutritt?«, fragte Marion, der natürlich nicht entging, wie nervös ihre Freundin geworden war. Ein psychologisch schlechter geschulter Mensch hätte sich höchstens gewundert, weshalb man sich wegen solch einer Lappalie so einen Kopf machen konnte. Marion hingegen wusste, was in Sarah vorging. Kannte ihre Angst.

»Nur ich.«

Sarah ging zurück zur Tür und begutachtete beide Seiten des fest eingebauten Doppelzylinders. Der Kiosk war mit einem sogenannten Wendeschlüsselsystem ausgestattet, bei dem der Schlüssel statt Zacken eine im Profil eingefräste Struktur hatte, wodurch er schwerer zu kopieren war. Ihr Vater hatte bis zu seinem Ruhestand eine Schlüsseldienstfirma geführt. Das System hier hatte er wegen des hohen Sicherheitsstandards gerne verbaut. Sarah fand keine Hinweise auf eine Manipulation. Die Schließanlage war direkt nach der Übergabe erneuert worden und zeigte noch nicht einmal die sonst üblichen Kratzer am Zylinderkopf.

»Reinigungsdienst?«

»Ist finanziell nicht drin.« Sarah sah sich um, konnte auf den ersten Blick aber keine weitere seltsame Veränderung im Laden feststellen. Sie hatte ihn vor knapp vier Wochen von einem Pensionär übernommen, der über E-Bay-Kleinanzeigen einen Pächter für seinen Späti gesucht hatte.

»*Aus Altersgründen kostengünstig abzugeben.*«

Kostendeckend wäre die treffendere Vokabel gewesen. Immerhin machte sie keine Miesen mit dem Verkauf von Snacks, Zigaretten, Schnaps und all den anderen Artikeln, die an der Tankstelle fast das Doppelte kosteten.

»Achte kurz mal auf deine Atmung«, bat Marion. Sie war wieder aufgestanden und zu ihr getreten. Beim Sprechen berührte sie sie sanft am Oberarm. Erst dadurch merkte Sarah, wie angespannt sie war. Die zärtliche Berührung fühlte sich unangenehm an, als hätte sie einen Sonnenbrand.

»Wann kommt er raus?« Treffsicher hatte Marion mit der Frage auf den Kern von Sarahs Angst gezielt.

Sarah sah auf ihre Uhr. »In sieben Tagen und vierzehn Stunden!«

Dann war es soweit.

Dann würde er entlassen werden. Und sie heimsuchen.

Ralph.

Um seine entsetzliche Drohung wahr werden zu lassen.

KAPITEL 8

»Das wirst du mir büßen, du verlogene Schlampe. Wart nur ab, irgendwann komme ich hier raus. Und dann werde ich DEIN Leben zerstören!«

Diese Worte hatte Ralph ihr noch im Gerichtssaal unmittelbar nach dem Urteilsspruch speichelspuckend an den Kopf geworfen.

Elf Jahre hatte er seitdem wegen versuchten Mordes gesessen. Eine halbe Ewigkeit. Viel zu kurz.

Marion nahm Sarahs rechte Hand, strich mit dem Daumen sanft über die Narbe auf der Innenfläche, einen mondlandschaftsgleichen Krater. Das lebenslange Andenken an den Tag, an dem Ralphs Maske vor ihren Augen zerbröckelt war und sie in ihm den Täter erkannte, der für die grauenhaften Säureanschläge auf Kleinkinder verantwortlich war.

»Wie fühlst du dich damit?«

»Damit, dass er mich suchen wird?«

Aus diesem Grund war sie nach Berlin gezogen – in der Hoffnung, dass es ihm hier in der größten und unübersichtlichsten Stadt Deutschlands schwerer fallen würde, sie zu finden.

»Ist das deine größte Angst?«

Sarah zuckte mit den Achseln. »Ich fürchte nicht, dass er *mir* etwas antut. Sondern Ruby.«

Schließlich hatte ihr Ex es damals nicht auf die Eltern, sondern auf deren Kinder abgesehen. Die Gutachterin vor Gericht hatte es zwar für unwahrscheinlich gehalten, dass Ralph seiner eigenen Tochter einen Schaden hatte zufügen wollen. Aber wie sicher konnte man sich dessen sein? War es nicht bereits unvorstellbar, dass Ralph überhaupt zu solch einer Grausamkeit fähig gewesen war? Ein gut situierter, fest in der Gesellschaft verankerter Psychiater, der auf einmal die entsetzlichsten Taten seiner widerwärtigsten Patienten in den Schatten stellte?

Eine Überlegung, die Ralph damals zum Kern seiner Verteidigungsstrategie vor Gericht gewählt hatte.

»Weshalb sollte ich das tun?«

Er hatte auf »nicht schuldig« plädiert und entgegen dem Ratschlag seiner Anwälte vor Gericht ausgesagt. Doch niemand hatte ihm seine Argumentation abgenommen. Sarah nicht, die Medien nicht und zum Glück auch nicht die Richterin. Niemand hatte ihm Glauben geschenkt, als er sagte: *»Ich war es nicht. Es war einer meiner Patienten, dessen Identität ich nicht preisgeben kann. Das erklärt, weshalb sich die Tatwerkzeuge und alle anderen Beweise in meinem Besitz befanden. Ich habe sie für meinen Patienten in Gewahrsam genommen. Wir hatten eine Verabredung. Als ich eintraf, wusste ich nicht, dass es sich um einen Tatort handelte und er mir das Tatwerkzeug in Form einer Spritzflasche übergeben wollte. Bei der Übergabe wurde ich von einem Zeugen beobachtet und mit dem sogenannten Kinderwagen-Killer verwechselt. Daher das mir so ähnlich sehende Phantombild.«*

So lautete Ralphs Geschichte, und sie hatte mehr Löcher als ein Fischernetz.

Der Zeuge hatte nur eine Person sich vom Kinderwagen entfernen sehen. Ralph hatte für keinen der Anschläge ein Alibi. Und obwohl er unter diesen Umständen nicht ans Arztgeheimnis gebunden war, wollte er den Namen des angeblichen Täters nicht preisgeben. Schließlich war da noch die alles entscheidende Frage, die Sarah nach dem Schlussplädoyer der Staatsanwältin noch jahrelang im Ohr klang: *»Wenn Sie denn mit den Mord-*

versuchen nichts zu tun haben – weshalb haben Sie Ihre Frau in der Hütte mit Säure bespritzt?«

»Das war ein Versehen. Ich wollte ihr alles erklären und das Beweismittel zeigen, das ich erst wenige Stunden vor unserem Ausflug in die Hütte erhalten hatte. Wollte mit ihr gemeinsam eine Verteidigungsstrategie entwickeln. Doch sie wurde panisch, wollte vor mir fliehen. Der Angreifer im Wald hatte mir den Arm verletzt, ich schrie vor Schmerz, als ich sie zurückhalten wollte. Dabei habe ich versehentlich mit der anderen Hand auf die Flasche gedrückt!«

»Lüge!«, hatte Sarah seiner Aussage im Gerichtssaal widersprochen.

Am Ende war die Richterin der Beweisführung des Staatsanwalts gefolgt.

Zum Glück.

»Gar keine Zeitschriften?«, wechselte Marion das Thema und unterbrach damit Sarahs Erinnerungsalbtraum.

»Es gibt einen Zeitungskiosk direkt um die Ecke, das lohnt sich nicht für mich.«

»Nicht einmal die *Bravo?*«

Sarah musste lächeln. Als Teenager war das ihr Insider-Codewort gewesen. Wann immer sie beim Telefonieren unauffällig mitteilen wollten, dass sich Erwachsene in der Nähe befanden und mithörten, ließen sie den Namen der Jugendzeitschrift fallen, à la: »Hast du die neue *Bravo* schon gelesen?«

Ihr Insider, jetzt nichts Falsches zu sagen!

»Wann nimmst du deine Arbeit wieder auf?«

Sarah deutete auf die Auslagen in den Regalen. »Was glaubst du, was ich hier mache?«

Marion schüttelte den Kopf. »Ich meine nicht, E-Zigaretten und Instantnudeln zu verkaufen. Ich rede von deiner Anwaltstätigkeit.«

Sarah kniff die Augenbrauen zusammen, wodurch sie Marion signalisierte, dass sie einen wunden Punkt getroffen hatte.

Kaum etwas machte sie so wütend wie das Gefühl, sie wäre noch immer ein Kind, das vor ihren Eltern Rechenschaft ablegen muss.

»Ich liebe meinen Job hier«, sagte sie wahrheitsgemäß, und ihre Verärgerung darüber, dass sie sich vor ihrer Freundin überhaupt rechtfertigen musste, machte sie noch wütender.

»Du warst eine exzellente Verteidigerin«, setzte Marion nach. »Dein einziger Makel war, dass du dir selbst nie genug zugetraut hast. Du irrst dich, wenn du denkst, du brauchst einen starken Mann an deiner Seite, der dir den Rücken freihält, damit du beruflich durchstarten kannst! Du verschwendest hier dein Talent. Und die Unterforderung gibt dir zu viel Zeit, dich mit Ralph zu beschäftigen.«

Sarah zählte innerlich von drei rückwärts, doch es nützte nichts. Sie blieb wütend. »Na klar, mein Talent ist offenbar wirklich herausragend, habe ich doch nicht einmal bei meinem eigenen Mann erkannt, dass er ein Psychopath ist. Wie soll ich jemals wieder von der Unschuld eines meiner Mandanten überzeugt sein?«

In Marions Seufzer klang ein genervtes »Das hatten wir doch alles schon« mit. »Erstens hast du mir selbst gesagt, dass es darauf bei einer Verteidigung nicht ankommt. Und zweitens weißt du genauso gut wie ich, wie schwer es ist, einen Psychopathen zu enttarnen.«

Womit sie recht hatte, da es ein Hauptmerkmal eines psychopathischen Wesens war, der perfekte Schauspieler zu sein.

»Gary Ridgway, Dennis Rader, Russell Williams«, zählte Marion die Fälle auf, in denen Ehefrauen jahrelang ahnungslos mit einem Serienkiller verheiratet unter einem scheinbar friedlichen Dach gelebt hatten.

»Aber da waren Anzeichen!«, widersprach ihr Sarah, wie sie es auch früher getan hatte, wenn sie in ihren Sitzungen mit Elke an dem Punkt der Selbstzerfleischung angelangt waren. »Ich hätte sie deuten müssen!«

Ralphs Minderwertigkeitskomplex, sein Jähzorn, der sogar dazu geführt hatte, dass er Ruby geschlagen hatte! Die Unsicherheit, die er ebenso zu übertünchen suchte wie im Alltag die Narbe auf der Oberlippe mithilfe des Bartes.

Jene Narbe, die laut Überzeugung der Staatsanwaltschaft die Ursache für Ralphs extreme psychopathologische Störung war. Ihretwegen war er in seiner Schulzeit aufs Schlimmste gemobbt worden. »Hasenscharten-Fratze« war noch die harmloseste Bezeichnung, die er sich beim morgendlichen Spießrutenlauf auf dem Schulgelände hatte anhören müssen.

»Sie haben die kleinen, perfekten Kinder, die ihre Mütter und Väter aus dem Kinderwagen anlächelten, entstellen wollen. Um sie so zu zeichnen, wie Sie sich selbst gezeichnet gefühlt hatten!«

»Blödsinn!«, hatte Ralph zurückgeschrien. *»Ich weiß, wie es ist, als Kind verletzt zu werden. Ich würde das niemals einem anderen antun!«*

»Meinst du nicht, dass es gerade diese Anzeichen waren, weswegen du an diesem Tag die Aussprache mit ihm in der Hütte suchen wolltest?«, fragte Marion. »Vielleicht hast du da doch unbewusst etwas gespürt, das weit über den Unmut wegen seiner ständigen Abwesenheit hinausging.«

In der Sarah ihn in seiner Praxis wähnte, während er in Wahrheit sein entsetzliches Doppelleben führte.

»Es schmerzt mich, das sagen zu müssen, aber du musst dir dringend einen neuen Therapeuten suchen, Sarah. Meine Mutter wird nie wieder praktizieren. Das hat sie mir selbst gesagt. Ich soll ihre Praxis auflösen.«

Sarah nickte. Das sah Elke ähnlich. Sie mochte vielleicht erst vor wenigen Tagen erkannt haben, dass ihr Gesundheitszustand es ihr nicht mehr erlaubte, als Therpeutin zu arbeiten. Doch wenn sie eine Entscheidung gefällt hatte, musste diese so schnell wie möglich umgesetzt werden.

»Sie wird dir leider nicht mehr zur Verfügung stehen. Ich kann dir aus ethischen Gründen nicht professionell helfen, Liebes. Doch du brauchst jemanden. Gerade jetzt!«

Wo er *bald rauskommt.*

»Ich kümmere mich darum«, versprach Sarah ihrer Freundin.

»Wie gesagt, ich löse gerade Mamas Praxis auf.«

Marion öffnete ihre Handtasche und reichte Sarah ein schwarzes Notizbuch mit festem Ledereinband.

»Ich denke, das gehört in deine Hände!«

Das gehört in die Flammen eines Kaminfeuers, dachte Sarah, schwieg aber.

Sie wollte es nicht anfassen, es nicht berühren, als ginge von der Kladde eine ansteckende Krankheit aus, weswegen das Büchlein zehn Minuten später noch immer auf dem Tresen lag, als Marion sich längst verabschiedet hatte.

Eine Zeit lang starrte Sarah auf den ledernen Einband, dann – der erste Kunde kam und fragte nach Ameisenköder – riss sie sich zusammen und legte es in die Tüte mit den Küchenhandtüchern, die sie zum Waschen mit nach Hause nehmen musste.

Das Dunkelbuch.

In dem ihre dunkelsten Fantasien standen.

Und die Namen all derer, die sie umbringen wollte.

Herr Hartmut Kipp

Seltsam, dass ich ihn noch immer »Herr« nenne, nach all den Jahren.

Vermutlich legt man das bei ehemaligen Lehrern nie ab.

Herr Kipp unterrichtete mich nur ein Jahr, in der siebten Klasse auf dem Gymnasium, in Mathematik und Sport.

Mädchen gab er grundsätzlich schlechtere Noten als Jungs, und den Sportlichen bessere als den Unsportlichen. Und somit vereinte ich in seinen Augen wohl die schlimmsten »Behinderungen« in einer Person: dickes, unsportliches Mädchen, das beim Völkerball nur als Kanonenfutter in die Mannschaft gewählt wurde.

Weshalb Herr Kipp hier auf meiner Liste steht?

Nicht, weil ich über eine Fünf bei ihm nie hinausgekommen bin. Nicht, weil er mich auch dann zum Turnen zwang, wenn meine Periodenschmerzen mich zu zerreißen drohten.

Sondern, weil er mich im Matheunterricht nach vorne holte, um mich auf eine Waage steigen zu lassen. Angeblich, um mein Gewicht als Maßstab für eine Rechenaufgabe zu nehmen. Doch sein abfälliges Grinsen verriet uns allen seine wahre Absicht. Er wollte mich bloßstellen.

»Na, was wiegst du, Sarah?«, fragte er. »Komm, sag es uns. Nur die ersten drei Zahlen!«

Das Lachen meiner Mitschüler werde ich nie vergessen. Das noch lauter und gemeiner wurde, als ich heulend aus dem Klassenzimmer rannte, wofür ich einen Eintrag ins Klassenbuch bekam.
Noch heute spüre ich das Gefühl der Scham wie eine zweite, juckende Haut auf meinem Körper.
Und manchmal stelle ich mir vor, ich würde sie nicht mir, sondern Herrn Kipp abreißen. Zug um Zug. Mit einer Küchenreibe. Oder einem Kartoffelschäler. Um mit seinen Schreien das Lachen in meinem Kopf endlich zum Schweigen zu bringen.

KAPITEL 9

Sarah hörte die Schreie ihrer Tochter schon vom Gartentor aus. Ihr Haus lag in einer Gegend, die von den alteingesessenen Kladowern die »Neubausiedlung« genannt wurde, dabei war ihr Ausbau bereits seit fünfzehn Jahren abgeschlossen. Trotzdem fehlte den Häusern die Patina der Altbauten, die im Lauf der Jahrzehnte rund um den Dorfkern gewachsen waren. Mehrere Rieselfelder hatten neu angelegten, verkehrsberuhigten Straßen weichen müssen, die allesamt die Namen von Waldvögeln trugen. Der Umstand, dass sie alle wie mit dem Lineal gezogen waren, verstärkte den künstlichen Eindruck der Siedlung. Abgesehen von den unterschiedlichen, meist pastellfarbenen Anstrichen ähnelten sich die Bauten wie eineiige Zwillingsgeschwister. So als wären die Einfamilienhäuser zwischen dem Blaumeisenpfad und dem Eichelhäherweg direkt aus einem Musterhauskatalog entsprungen. Alle hatten neben dem Erdgeschoss nur eine obere Etage, über die sich ein mit roten Ziegeln ausgestattetes Satteldach spannte. Bei jedem erreichte man den seitlichen Eingang nach einem kurzen Weg durch den kleinen Vorgarten. Und wenn die Ersteigentümer beim Projektentwickler nicht kostspielige Sonderwünsche geäußert hatten, dann fiel man bei allen Häusern kurz hinter der Haustür in eine kleine Diele, von der aus eine Küche mit Essecke sowie das Wohn- und Arbeitszimmer abgingen.

Mit nur zwei weiteren Räumen unterm Dach (Rubys Kinderzimmer war so klein, dass sie übers Bett steigen musste, um an ihr Schlagzeug zu kommen) war Sarahs neues Domizil im

Habichtweg 4 kleiner als ihre letzte Wohnung in Frankfurt. Dafür kostete es auch nur die Hälfte an Miete, wobei Sarah mit Sorge die Nebenkostenabrechnung nach dem ersten Winter erwartete. Denn bei der Dämmung hatte der Bauträger gespart. Auch ein Grund, weshalb sie schon im Vorgarten jedes Wort nahezu ungedämpft verstehen konnte.

»IN WELCHEM JAHRHUNDERT LEBST DU DENN?«, brüllte Ruby, kurz bevor sich die Haustür öffnete und Katharina an ihr vorbei die drei Stufen der Vordertreppe heruntereilte.

Katharina war die bislang einzige Klassenkameradin der neuen Schule, die Ruby mit nach Hause gebracht hatte. Sarah hatte noch nie so viel Farbe in dem sonst immer kalkweißen Gesicht der Fünfzehnjährigen gesehen. Katharina schien sich gewöhnlich sehr viel Mühe zu geben, als lebendige Schwarz-Weiß-Fotografie durchs Leben zu gehen. Auch heute steckte sie in ausnahmslos schwarzen Klamotten, trug schwarzen Nagellack und noch dunkleren Eyeliner, während das Gesicht wie immer weiß geschminkt war. Umso auffallender waren die roten Flecken auf ihren Wangen.

»Alles okay bei euch?«

Sarah befürchtete kurz, Katharina wäre von Ruby geohrfeigt worden. Auf den zweiten Blick sah es eher so aus, als würde das Mädchen sich für irgendetwas schämen.

»Tut mir leid, Sarah«, sagte sie beinahe flüsternd und huschte mit gesenktem Kopf an ihr vorbei. Ihre Jacke streifte den Krug mit der Hortensie, die aus dekorativen Gründen auf der obersten Treppenstufe stand und die seltsamerweise in ihrer Abwesenheit trotz des unerwarteten Hitzeeinbruchs nicht verwelkt war.

Irritiert trat Sarah durch die Haustür und versteckte das Dunkelbuch auf dem Tisch in der Diele unter Werbeprospekten.

»Was ist denn hier los?«, wollte sie gerade fragen. *»Ihr brüllt die ganze Nachbarschaft zusammen.«*

Doch sowohl ihre Ankunft als auch ihre Frage gingen unbeachtet in einem weiteren Wutgebrüll der beiden Streithähne unter. Diesmal war es ihr Freund Heiko, mit dem sie erst seit zwei Wochen zusammen war, der ihre Tochter maßregelte: »KRIEG DICH MAL WIEDER EIN, FRÄULEIN!«

Heiko trug Stahlkappenschuhe, einen ölverschmierten Blaumann und eine Baseballkappe mit dem Logo seiner Zahnarztpraxis. Er stand drohend nach vorne gebeugt unmittelbar vor ihrer Tochter, die betont trotzig im Schneidersitz auf dem Sofa hockte.

Laut Marion fiel Heiko vom Typ Mann in die »Ist ja klar«-Kategorie. Denn bei seinem Anblick hatte ihre beste Freundin nur »Ist ja klar« sagen können, weil Dr. Heiko Marsch so eindeutig in Sarahs Beuteschema fiel. Wer immer den Ausdruck »Ein Mann wie ein Baum« erfunden hatte, musste einen Kerl wie ihn vor Augen gehabt haben. Allein die Unterarme waren kräftiger als Marions Oberschenkel. Hätte Sarah es nicht selbst als Notfallpatientin erlebt (unter Schmerzen hatte sie auf gut Glück nach Zahnärzten in ihrer neuen Nachbarschaft gegoogelt), würde sie bezweifeln, dass ein Mensch mit so großen Händen so filigrane Arbeit vollbringen konnte. Dank seines handwerklichen Geschicks war allerdings nicht nur ihre Wurzelkanalbehandlung nahezu schmerzfrei verlaufen. Es hingen auch sämtliche Lampen im Haus, die Klospülung lief nicht mehr ununterbrochen, und die Außenjalousien ließen sich wieder hochkurbeln.

»SO REDEST DU NICHT MIT MIR, RUBY!«

»Hey, hallo! Ruhe jetzt! Ihr beide hört sofort mit dem Krach auf und sagt mir, was los ist!«

Endlich hatte Sarah es geschafft, zu den Streithähnen durchzudringen. Beide blitzten sie aus zornigen Augen an, als wäre Sarah der Grund ihrer Auseinandersetzung.

»Dr. Dent hat sie nicht mehr alle!«, fauchte Ruby, die in den letzten acht Stunden drastisch gealtert schien.

Als Sarah sie im Habichtweg abgesetzt hatte, war sie eine vierzehnjährige Achtklässlerin in knielangen Shorts und einem hochgeschlossenen Nike-T-Shirt gewesen. Jetzt sah sie aus wie eine junge Frau, die sich für eine Ü18-Beachparty zurechtgemacht hatte. Sie trug Kniestiefel, ein bikiniartiges Glitzeroberteil, rot geschminkte Lippen und einen Jeansrock, den prüdere Elternhäuser allenfalls als Gürtel hätten durchgehen lassen.

»Ich bin wegen dem Gartenhaus gekommen.« Heiko ging einen Schritt auf Sarah zu.

Tatsächlich hatte ein Sturm kurz nach dem Einzug die halbe Dachpappe abgerissen.

»Da hab ich sie erwischt!«

»Wobei?«

»Bei gar nichts, du Wichser!«, schrie ihre Tochter.

»Ruby!« Sarah erhob sowohl Stimme wie Zeigefinger. »Was ist denn nur in dich gefahren?«

Heiko lachte unfroh auf und stemmte seine Pranken in die Seite. »Das frage ich mich auch. Ich hab erst gedacht, ich seh nicht recht.«

»WAS DENN? WAS HAST DU GESEHEN?« Ruby stand auf und reckte Heiko provozierend das Kinn entgegen. Wenn sie laut wurde, klang ihre Stimme manchmal so, als hätte sie Helium inhaliert. Sie wurde hoch und quietschig wie bei einer Zeichentrickfigur. Etwas, was Sarah Ruby leider vererbt hatte. Auch ihre Stimme verlor mit jedem Gramm auf der Wutwaage mehr an Autorität.

»Gib es zu, das hat dich angemacht, oder? Du blöder Wichser!«, kiekste sie Heiko an.

»RUBY!«, mahnte Sarah ein weiteres Mal. »So redest du nicht mit Heiko!«

»Ich rede mit ihm, wie man mit einem Fascho reden muss.«

»Wie war das?« Sarah drehte sich zu ihrem Freund, der spöttisch lächelnd mit den Achseln zuckte.

»Ganz genau«, ergänzte Ruby. »Jetzt weißt du es, Mama: Du bumst mit einem Nazi!«

Sarah zog die Brauen zusammen. »Heiko, wie kommt sie darauf?«

Ihr Freund schob seine Basecap zurück und kratzte sich den Haaransatz. »Sie ist krank, tut mir leid.«

»Inwiefern?«

»Ganz einfach: Deine Tochter ist eine Lesbe!«

»Wie war das?« Heikos Worte hatten sie wie eine Ohrfeige getroffen. Sie sah zu Ruby und nahm nur noch aus den Augenwinkeln wahr, dass ihr Freund neben ihr gestikulierte.

»Hier auf diesem Sofa haben sie rumgeknutscht und gefummelt. Vollkommen ungeniert!«

»Es tut mir leid, Sarah.«

Nun, immerhin war die Schamesröte in Katharinas Gesicht jetzt erklärt.

Heikos Stimme wurde leiser, seine Vorwürfe richteten sich jetzt gegen sie als Mutter. »Das kommt davon, dass du ihr so viele Freiheiten lässt, Sarah. Das ist nicht gut für ihre Entwicklung. Das viele Fernsehen, die Computerspiele, immer am Handy. Das macht sie krank im Kopf.«

»Hm.«

Sarah kniff die Augen zusammen und massierte sich mit Daumen und Zeigefinger die Nasenwurzel. Sie hatte den Tag über zu wenig getrunken. Kein Wunder, wenn sie bald Kopfschmerzen bekam.

»Sie tanzt dir ohnehin die ganze Zeit auf der Nase rum«, redete Heiko unterdessen weiter. »Du solltest endlich ein Machtwort sprechen!«

Sie schluckte schwer, doch das pelzige Gefühl in ihrem Mund verschwand nicht. »Ja, du hast recht. Das werde ich.«

»MAMA!«, protestierte Ruby. Sie schob sich vom Sofa und kam näher. Der Blick voll ungläubigen Entsetzens und jäher Enttäuschung. *»Wie kannst du mir so in den Rücken fallen?«*, stand mit Großbuchstaben in ihren Augen.

»Und wann?«, fragte Heiko.

»Jetzt gleich!«

»Mama, bitte …«

Sie sah ihrer Tochter fest in die Augen. »Hör mir gut zu, Liebes. Ich bin echt sauer.«

»Dein Ernst? Ich dachte …«

»… dass ich es nicht von dir persönlich erfahren habe«, unterbrach sie Ruby, bevor die sich noch weiter aufregen konnte. Beim nächsten Satz lächelte sie, so warm und herzlich, wie es ihr unter den gegenwärtigen Umständen möglich war. »Wieso hast du es mir nicht selbst gesagt? Katharina scheint mir ein nettes Mädchen zu sein.«

»Waaaas?«, schnaubte Heiko ungläubig hinter ihr.

Sie drehte sich zu ihm und behielt ihr freundliches Grinsen im Gesicht bei: »Ach ja, das Machtwort: Verpiss dich aus meinem Haus!«

KAPITEL 10

Der Befehl kam aus vollem Herzen und ging ihr dennoch nicht leicht über die Lippen, wusste Sarah doch, was sie mit ihm auslöste. Übermorgen schon fuhr Ruby für zehn Tage auf Orchesterfahrt, dann war sie allein. In einer fremden Stadt, ohne ihre Tochter und nun auch ohne ihren Liebhaber, der zwar offenbar neandertalerähnliche Ansichten vertrat, aber immerhin das Gegenmittel gegen die von ihr so gehasste Einsamkeit gewesen wäre.

»Ich bin raus aus diesem Irrenhaus!«, schimpfte er zum Abschied.

Sarah rieb sich ihre Säurenarbe, drückte die Finger so fest in den Wulst, wie Heikos Stiefel sich bei seinem Abgang ins Laminat bohrten. Zur Hintertür hinaus, die er so wütend aufschlug, dass die von außen angebrachte Fliegengittertür aus den Angeln gerissen wurde.

Wenig später hörte sie, wie er mit dem Motorrad davonbrauste, den Wirtschaftsweg entlang, der sich an den Hintergarten anschloss und in dem er seine Maschine immer abstellte.

Heute wohl das letzte Mal.

»Danke, Mama!«, hörte sie ihre Tochter, die sich neben sie gestellt und den Kopf an ihre Schulter gelehnt hatte, wofür sie sich etwas bücken musste. Seit einem Jahr schon war Ruby größer als sie.

»Wir reden beim Essen, Liebes«, sagte Sarah leise, noch immer durch die offene Hintertür in den Garten hinausstarrend.

»Ist gut.«

»Aber zuvor ziehst du dir bitte was anderes an. Wir sind hier bei uns daheim und nicht bei einem Casting zu Germany's Next Dschungelcamp.«

Ruby rollte mit den Augen, sagte aber: »Ja, ja. Mama!«

Sarah sah ihr nach, wie sie die Treppe nach oben stapfte, dann ging sie in die Küche, um endlich ihren brennenden Durst zu stillen.

Die Kühlschranktür öffnete sich mit einem satten Schmatzen.

Sarah entnahm dem Seitenfach eine Sprudelflasche, dabei streifte ihr Blick einen Gegenstand neben der Spüle.

»Ruby?«, rief sie tonlos, aber ihre Tochter war längst oben in ihrem Zimmer und hörte sie nicht mehr.

Was zum Teufel ist das *hier?*

Um ein Haar wäre ihr die Flasche aus der Hand geglitten.

Das Aggregat des betagten Kühlschranks sprang an.

Für einen Moment unterlag Sarah einer akustischen Täuschung. In ihren Ohren summte und brummte es. Sie musste an Leichenkühlschränke denken. An abgetrennte Gliedmaßen und Fäulnisgeruch.

Dabei war das, was diese morbide Assoziation ausgelöst hatte, völlig harmlos. Und doch extrem verstörend.

Denn ihr Fundstück gehörte eindeutig in ihre Küche. Aber sie hatte es auf gar keinen Fall dort abgestellt.

Ausgespült und gereinigt, wie Sarah sich überzeugte, nachdem sie den Deckel abgeschraubt hatte.

Ihrer leicht verbeulten Reisethermoskanne mit dem Sonnenblumenmuster aus den Siebzigern.

Kaja Last

Ich habe sie nie für meine beste Freundin gehalten. Nicht einmal für eine gute. Dass ich sie aber einmal hassen würde, hätte ich mir nicht träumen lassen.
Es heißt, Erfolg verschafft dir falsche Freunde und echte Feinde. Und Schicksalsschläge, das kann ich mittlerweile aus Erfahrung ergänzen, helfen dir zumindest, die falschen Freunde zu entlarven.
Es war drei Tage vor Silvester, als mein einst wirklich bester Freund Sven sich entschied, zu dem Ort zurückzukehren, von dem aus wir alle für die kurze Spanne unseres Lebens ins Licht getreten sind. Er hat das nicht freiwillig getan. Kein Mensch nimmt sich ohne Grund das Leben, aber das ist eine andere Geschichte. Ich für meinen Teil hatte mich mit dem Gedanken getröstet, dass Sven nun nicht länger mit seinen inneren Dämonen gegen seine diversen Ängste kämpfen musste. Im Jenseits gab es keine Examensprüfungen, durch die man durchfallen konnte, oder doch?
Ich weinte nicht, als ich wie betäubt mein Handy fallen ließ, nachdem mir meine Mutter die Nachricht überbracht hatte. Ich weinte nicht an seinem Sarg, mit dem die Sargträger ein so entsetzlich leichtes Spiel zu haben schienen, gemessen an dem Gewicht, das Sven in meinem Leben gehabt hatte. Ich weinte auch nicht, als ich

nach dem Leichenschmaus (gibt es ein entsetzlicheres Wort?) alleine daheim saß und mir auf dem Telefon gemeinsame Fotos ansah.

Ich weinte erst, als Kaja Last mich anrief.

»Hey, du, ich melde mich wegen der Party!«

»Silvester, ja, ich weiß. Was soll ich mitbringen?«

»Nun, wir haben uns überlegt, Sven und du, ihr standet euch ja sehr nahe.«

»Ja?«

»Da ist es ja verständlich, dass du so in Trauer bist. Deshalb ...«

»Was?«

»... dachte ich mir, nun ja, dass es etwas unpassend wäre?«

»Zu feiern? Nein, nein. Sven hätte nicht gewollt, dass wir unsere Pläne ändern.«

»Nein, äh, ich meinte, also ... es wäre unpassend ... Nun, also wenn du kommst.«

Stille.

»Wir wollen ja alle fröhlich ins neue Jahr starten. Da würdest du die anderen nur runterziehen, verstehst du?«

»Ja, klar ... natürlich!«, hatte ich gesagt.

Aufgelegt. Und geweint.

Und mir gewünscht, dass die Silvesterrakete, die Kaja startete, ihr direkt in ihr verflucht symmetrisches Gesicht fliegen, sich durch ihr Auge ins Gehirn bohren und Punkt Mitternacht, zur Begrüßung des neuen Jahres, darin explodieren würde.

KAPITEL 11

Ruby?«

Das Schlafzimmer lag im Halbdunkel. Und es war tropisch heiß. Kein Wunder, dass ihre Tochter so schwitzte.

»Was ist denn mit der Heizung los?«, wollte Sarah fragen, die gerade erst aufgewacht war und sich nicht erklären konnte, weshalb ihr die Haare wie Seetang auf der Stirn klebten.

Ihr Nacht-T-Shirt pappte klamm an der Brust, das Bettlaken war so feucht, dass sie an die Zimmerdecke sah, um sich zu vergewissern, dass es nicht durchs Dach regnete.

»Ich hab dir was mitgebracht«, sagte Ruby mit müder Stimme, als wäre sie selbst eben erst aus einem Albtraum erwacht.

Sarah hörte es klappern. Holz auf Holz.

Das Fenster, fiel ihr ein. Sie hatte es vor dem Schlafengehen geöffnet. Ohne Frischluft wachte sie oft mit verstopfter Nase und Kopfschmerzen auf. Und da sie die Schlafzimmertür immer angelehnt ließ, zog es natürlich.

Aber wie kann es so warm sein, wenn der Wind das Fenster bewegt?

Wenn die Zugluft es auf- und zuschlägt?

»Du musst trinken«, hörte sie Ruby sagen, die ihr ein Glas Wasser auf den Nachttisch gestellt hatte.

Daneben eine silberne Knopfzellenbatterie, die Ruby in die Hand nahm und mit einem zischenden Geräusch ins Wasserglas fallen ließ. »Trink, das wird dir guttun.«

Dabei blitzten ihre Zähne auf. Aber nicht, weil sie lächelte. Sondern weil sich ihre Narbe öffnete. Die kleine, im Unterschied zu Ralphs kaum sichtbare Gaumenspalte. Weiter und weiter, bis Rubys Oberlippe regelrecht aufplatzte wie die Pelle einer Wurst, die zu lange im Kochwasser gelegen hatte.

»RUBY!!!«, wollte Sarah schreien, sich aufrichten und nach ihrer Tochter greifen, doch es gelang ihr nicht. Während ihr klar wurde, dass sie wie gelähmt noch immer in der Waagerechten lag und an die tropfende Zimmerdecke starrte *(Wie kann ich dann Ruby neben meinem Bett stehen sehen?)*, stellte sie gleichzeitig fest, dass das kein Schweiß war, der von der Stirn ihrer Tochter perlte. Sondern Blut, das sich in der aufgeplatzten Mundhöhle über den Schneidezähnen sammelte und dann weiter nach unten auf den Boden tropfte. Wo es zischend aufs Parkett fiel, weil es kein Blut war, sondern Säure. Die Säure, die Ralph damals auf die Babys versprüht hatte und die nun, Jahre später, doch Rubys Gesicht getroffen und verätzt hatte. Rubys Gesicht, das sich vor ihr ebenso auflöste wie der Fußboden des Schlafzimmers, auf dem ihr Bett stand. Das nun keinen Halt mehr fand und durch das Säureloch krachend nach unten fiel. In den Vorhof der Hölle hinein …

Kurz vor dem Aufprall wachte Sarah auf.

»Ruby?«

Es war noch immer dunkel. Das Fenster klapperte tatsächlich wegen des Windes. Und Sarah war nach diesem Albtraum schweißgebadet. Es gab kein Blut. Keine Säure. Keine Knopfzelle. Wohl aber ihre Tochter in ihrem Zimmer.

»Schsch«, hörte sie Ruby beruhigend flüstern. Wie so oft.

Sarah spürte, wie sich ihr Herzschlag verlangsamte. Sie griff nach dem Glas Wasser, das Ruby nicht nur im Traum dort abgestellt hatte. Es war nicht das erste Mal, dass sie so fürsorglich war. Und wohl nicht das letzte Mal, dass Sarahs Schreie ihre Tochter geweckt hatten. Sarah hatte gehofft, die Albträume in

Frankfurt zurückgelassen zu haben, aber offenbar hatten sie ihren Weg auch bis nach Berlin ins neue Heim gefunden.

Sie hörte, wie das Fenster geschlossen wurde.

»Ich dank dir, Liebes«, sagte Sarah und drehte sich schon wieder im Halbschlaf zur Seite mit dem festen Vorsatz, Ruby die zweiten Ohrlöcher zu erlauben, die sie sich schon so lange stechen lassen wollte. Sie hatte sich mehr als nur ein kleines Dankeschön verdient.

»Schlaf schnell weiter, du hast morgen viel vor«, schickte sie ihr hinterher.

»Ich weiß«, verabschiedete sich Ruby und ging. Sarah war so erschöpft, sie glitt unmittelbar wieder in ihre unruhige Traumwelt zurück.

Nicht einmal die kurze Irritation darüber, dass sich Rubys Stimme eigenartig dunkler als sonst angehört hatte, hatte sie davon abhalten können.

KAPITEL 12

Der Wecker klingelte um sechs Uhr dreißig. Sarahs innere Uhr war um zwei Uhr morgens stehen geblieben. Was zu der Dunkelheit passte, die wie dichter, schwarzer Nebel im Schlafzimmer stand. Die Sonne würde frühestens in einer Stunde aufgehen.

Ich war auch schon mal jünger, dachte sie. Das Gefühl beim Aufstehen unterschied sich kaum von dem nach einer durchgemachten Nacht, wobei die letzte so lange zurücklag, dass sie sich nicht mehr an sie erinnern konnte.

Sarah streckte sich unter der Bettdecke, versuchte mit halbherzigen Bewegungen die bleiernen Gelenke zu lockern. Als der Wecker um sechs Uhr sechsunddreißig erneut läutete, realisierte sie, dass sie noch einmal die Schlummertaste gedrückt haben musste.

Shit.

Jetzt fühlte sie sich noch geräderter und musste sich noch mehr beeilen.

Mist, Mist, Mist!

Heute früh wurden im Kiosk die Wasserzähler gewechselt, dann hatte sie noch eine Stunde für den Steuerberater, bis sie Ruby abholen und zum Bus für die Orchesterfahrt bringen musste. Da blieb kaum noch Zeit, auf den Wochenmarkt zu gehen, bevor sie den Kiosk aufschloss.

Sie schlug die Decke zurück und stand auf.

Herr im Himmel!

Der Schreck, der sie durchfuhr, wäre kaum größer gewesen,

wenn eine Hand unter ihrem Bett nach ihrem Fuß gegriffen hätte. Ein sanftes, warmweißes Licht umspielte ihre nackten Knöchel.

Wie zum Teufel …?

Sie musste sich überwinden, nach unten zu schauen. Zur Wand neben dem Nachttisch.

Direkt über der Sockelleiste glomm eine kleine quadratische Lampe. Deren Bewegungssteuerung hatte sie offenbar gerade ausgelöst.

Ein Nachtlicht!

Von der Sorte, die sie sich online ausgesucht hatte. Exakt an dem Ort, an dem sie es hatte anbringen wollen, um nicht im Dunkeln zum Bad tapsen zu müssen.

Nur dass sie bis dato nicht die Zeit gefunden hatte, es zu bestellen. Geschweige denn zu installieren.

Hätte Heiko wohl auch nicht gedacht, dass seine letzte Arbeit hier ein Abschiedsgeschenk an mich sein würde, dachte Sarah und fragte sich auf dem Weg zum Bad, weshalb ihr das Nachtlicht nicht bereits am Abend aufgefallen war.

KAPITEL 13

Der Parkplatz vor der Kirche an der Teufelsseechaussee platzte aus allen Nähten, als Sarah auf den Mann traf, der dafür sorgen sollte, dass sie sich am liebsten bewaffnet hätte.

Bei ihrer Ankunft allerdings hatte sie ihn in der Menge übersehen.

Das Schulorchester zählte siebzehn Schülerinnen und Schüler. Fast doppelt so viele Erwachsene waren zum Bus gekommen, um ihre Kinder oder Enkel auf die Orchesterfahrt nach Illingen zu verabschieden.

Ruby hatte in letzter Zeit so getan, als wäre der zehntägige Trip ins Saarland für sie nur eine lästige Pflichtübung, um sich eine gute Note im Musikunterricht zu sichern. Sarah hatte jedoch längst begriffen, dass sie den Tagen in einem zur Jugendherberge umgebauten Schloss insgeheim sehr viel mehr entgegenfieberte als neulich dem Ostseeurlaub mit ihrer Mutter.

Was Sarah absolut verständlich fand.

Wann fühlte man sich als Kind denn freier als auf solchen Minifluchten? Befreit von der elterlichen Aufsicht und den damit verbundenen Zwängen. Rein ins Abenteuer mit den besten Freunden und Freundinnen, von denen eine vielleicht sogar die erste große Liebe war!

Sarah ging fest davon aus, dass Ruby sich auf die Fahrt freute, auch wenn sie das hier am Bus perfekt zu verbergen wusste hinter einer maulig-gelangweilten Miene, wie sie nur pubertierende Teenager aufsetzen können.

»Hätten wir uns gar nicht so hetzen müssen«, sagte Ruby in

dem missmutigen Tonfall, mit dem sie heute früh schon aufgestanden war. Viel zu spät.

»Hättest du nicht so getrödelt, hätte ich noch Zeit gehabt, auf den Markt zu fahren!«, lag Sarah auf der Zunge, aber sie wollte so kurz vor dem Abschied keinen Streit anfangen.

Nun lag ihr Einkaufszettel ungenutzt auf dem Küchentresen, und sie würde sich am Abend wieder mit Konserven aus dem Späti begnügen müssen statt mit frischem Brot, Käse, Serrano-Schinken und gesalzener Butter.

»Ich geh dann mal«, erklärte Ruby und deutete mit dem Kinn zum Reisebus, in dem bereits die Mehrheit der Schüler saß. (Selbstverständlich hatten sich einige Väter bereits mithilfe einer Münze vom reisetauglichen Profil der Reifen überzeugt, während vor allem Mütter die Busfahrerin in ein Gespräch verwickelten, um nach Anzeichen von Müdigkeit in den Augen oder Alkohol in ihrem Atem zu suchen. Zum Glück vergeblich!)

»Tut mir übrigens leid mit gestern Nacht«, sagte Sarah, die eben noch kurz in den Himmel geschaut hatte, der sich spürbar zuzog. Das Thermometer zeigte zwar noch achtzehn Grad, ein stetiger Wind sorgte allerdings dafür, dass sie sich die leichte Strickjacke herbeiwünschte, die sie in der Garderobe hatte hängen lassen.

»Was denn?«

»Dass meine Albträume dich wieder geweckt haben!«

Sarah blickte in ein verständnisloses Gesicht. Ruby wollte wohl etwas sagen, doch dann wurde sie von einem Hupkonzert abgelenkt, das ein Vater für angebracht hielt, um die Ablieferung seines Sprösslings anzukündigen.

»Meld dich, wenn ihr angekommen seid«, bat Sarah, der nicht entging, dass ihre Tochter immer nervöser wurde.

Es begann zu nieseln. Zum Glück waren die Musikinstrumente bereits verstaut. Am längsten hatte Rubys Schlagzeug gebraucht, bei dem alle kräftig mit angepackt hatten.

»Und hast du dein Portemonnaie?«

»Ja doch, Mama. Könntest du bitte damit aufhören?«

Sarah hatte versucht, eine widerspenstige Haarsträhne, die ihr vom Kopf abstand, glatt zu streichen.

»Ich muss jetzt wirklich!«

Sarah lachte, auch um die Peinlichkeit zu überspielen, dass ihre Tochter sich sichtbar widerwillig aus ihrer Umarmung schälte.

»Findest du mich cringe?«, versuchte sie zu scherzen.

»Dass du cringe sagst, ist cringe«, sagte Ruby augenrollend und winkte zum Bus. Sie hatte wohl Katharina entdeckt, die schon im Bus saß, auf ihr Winken jedoch noch nicht reagierte.

Immerhin schenkte Ruby Sarah noch einen flüchtigen Kuss auf die Wange, dann schulterte sie ihr Jutetaschen-Handgepäck und ließ Sarah als machtlose Beobachterin zurück, die nichts mehr tun konnte, als dem Heck des Reisebusses hinterherzuschauen, bis er um die Ecke in die Heerstraße und damit aus ihrem Blickfeld bog.

Mit einem Gefühl der Wehmut ging Sarah zu ihrem Wagen, der neben einer Werbetafel parkte. Ein selbst ernannter Lebenshilfeexperte lud unter der Überschrift »Wann war das letzte Mal, dass du etwas zuerst getan hast?« zu einem Seminar ins Tempodrom.

Falsche Frage, dachte Sarah, während sie ihren Autoschlüssel hervorkramte. *»Wann war das erste Mal, dass du etwas zuletzt getan hast?«*, das würde sie viel eher auf eine Veranstaltung locken.

Wann habe ich Ruby das letzte Mal eine selbst ausgedachte Gutenachtgeschichte erzählt? Ihr das letzte Mal die Klamotten für den Tag rausgesucht? Sie das letzte Mal zur Schule begleitet, bevor sie all das nicht mehr brauchte, wollte oder peinlich fand?

Unser Leben ist so voll von letzten Malen, die wir nicht zur Kenntnis nehmen, weil wir viel zu sehr damit beschäftigt sind, nach Neuem zu streben. Dabei markiert jedes letzte Mal einen Wendepunkt, in dem aus der Gegenwart Vergangenheit wird und aus Vertrauen, Geborgenheit und Liebe nur noch Erinnerungen werden.

»Frau Wolff?«

Jäh aus ihren melancholischen Gedanken gerissen, drehte Sarah sich vor ihrem Wagen stehend herum und stutzte.

»Herr, äh …« Vor ihr stand der Mann, der ihr sowohl das Haus als auch den Kiosk vermittelt hatte. Marion hatte ihr die Maklerfirma empfohlen, bei der er angestellt war.

Sarah erinnerte sich daran, dass er Alvaro hieß, allerdings wusste sie nicht mehr, ob mit Nach- oder Vornamen. Keinesfalls wollte sie ihn beleidigen, wenn sie ihn jetzt fälschlicherweise duzte.

»Manuel Alvaro«, sagte er höflicherweise und reichte ihr die Hand. Er trug eine für sein Gesicht auffallend große Hornbrille, die er abnahm, um sie von einigen Nieseltropfen zu befreien.

»Ich habe Timo hergebracht«, erklärte er mit einer Handbewegung in die Richtung, wo eben noch der Bus gestanden hatte und nun lediglich noch Reifenspuren im Kies von seiner Anwesenheit zeugten.

»Timo, ach ja, richtig.« Der dunkelhaarige, schlaksige Junge mit dem altklugen Blick, der seinem Vater wie aus dem Gesicht geschnitten war. Er saß im Orchester neben Katharina, die ebenfalls Trompete spielte.

»Es gibt da etwas zu Ihrem Haus, das ich Ihnen sagen muss«, druckste Alvaro herum. Er setzte sich seine Brille wieder auf, deren Gläser jetzt verschmiert waren, nachdem er sie am Saum seines T-Shirts abgewischt hatte. »Es liegt mir schwer auf dem Herzen.«

»Ja?«, fragte Sarah alarmiert.

»Eigentlich darf ich nicht darüber sprechen. Meine Chefin hat Angst, Sie könnten den Vertrag anfechten und Minderung verlangen.«

Aha. Was kam jetzt? Schimmel im Putz, Schwamm im Gebälk, Asbest unter dem Dach?

»Es hat Vorkommnisse gegeben.«

»Vorkommnisse?«

Sie öffnete mit der Funkfernbedienung ihre Fahrertür.

Alvaro sah sich nervös um, als würde er plötzlich verfolgt. »Wir müssen reden. Aber bitte nicht hier!«

KAPITEL 14

Alvaro arbeitete bei RealEstate, einem Immobilienmakler, der nicht nur fremdes, sondern auch eigenes Eigentum vermittelte. Anfang des neuen Jahrtausends, als die Zinsen noch niedrig und das Berliner Umland erschwinglich waren, hatte die Gesellschaft sich an Neubausiedlungen beteiligt, unter anderem an der, in der Sarah jetzt wohnte.

So gesehen war Alvaro eher ihr Vermieter als ihr Makler. Vor allem war er auch ihr Nachbar. Er wohnte mit seiner Familie über dem Firmensitz in einer Doppelhaushälfte direkt an der Sakrower Landstraße. Nur eine Bushaltestelle von Sarahs Kiosk entfernt.

»Danke, dass Sie mich mitnehmen!« Sein Atem roch nach kalter Zigarette.

Sarah nickte stumm. *Hatte ich eine Wahl?*

Alvaro hatte seinen Sohn mit den öffentlichen Verkehrsmitteln zum Bus gebracht, da wäre es unhöflich gewesen, hätte sie ihm keine Mitfahrgelegenheit angeboten. Außerdem konnte sie so die Zeit im Wagen nutzen, um ihm auf den Zahn zu fühlen. Nicht ohne Grund wurden Problemgespräche häufig im Auto geführt. Man konnte nicht ausweichen, musste sich aber nicht in die Augen sehen.

»Also, was stimmt nicht mit meinem Haus?«, fragte sie und stieg gerade noch rechtzeitig auf die Bremse, um auf der Heerstraße nicht von einem Blitzer erwischt zu werden.

»Es geht um den Voreigentümer, gewissermaßen«, sagte Alvaro.

Gustav Almen.

Sarah kannte seinen Namen von den Briefen, die hin und wieder noch in ihrem Briefkasten landeten. Ihres Wissens lebte Almen jetzt in einem Altersheim, aber niemand konnte ihr sagen, in welchem, weswegen sie die Post regelmäßig mit dem Vermerk »Empfänger unbekannt verzogen« zurück in den öffentlichen Briefkasten schmiss.

»Was ist mit ihm?«

»Ein seltsamer Kauz. Betagt, ging auf die achtzig zu, als er sich bei uns meldete und sagte, er wolle ins Altersheim ziehen. Wir sollten einen neuen Käufer finden. Das war vor anderthalb Jahren.«

Sarah nickte. Sie hatte gehört, dass die Immobilie lange nach einem neuen Käufer suchte. RealEstate war von Monat zu Monat mit dem Preis runtergegangen. Aber die Zinsen verharrten auf einem Allzeithoch, der Markt für schlecht isolierte Häuser mit Gasheizung war im Keller. Glück für sie. Am Ende hatte RealEstate vermieten müssen.

»Während wir einen Käufer suchten, hat Almen das Haus weiter genutzt und an Feriengäste vermietet.«

»Und?«

Das war am Stadtrand vielleicht nicht so gängige Praxis wie in den hippen In-Bezirken oder in der Uni-Gegend, aber nichts Ungewöhnliches. Und doch klang ihr Makler so, als verkünde er ein schmutziges Geheimnis, das man sich nur hinter vorgehaltener Hand anvertrauen dürfe.

»Es gab Beschwerden!«

»Welcher Natur?«

Die Antwort überraschte und verstörte sie zugleich.

»Kranker Natur!«

Er beugte sich seitlich zu ihr, um einen gefalteten Ausdruck aus seiner rechten hinteren Hosentasche zu ziehen. Offenbar hatte er mit ihrem Zusammentreffen heute gerechnet und sich vorbereitet.

Das DIN-A4-Blatt, das er auseinanderfaltete, schien von einem Ferienwohnungsportal zu stammen. Unter der Überschrift »Perfekte Oase zwischen Berlin und Potsdam« erkannte sie ihr Haus in Großaufnahme; daneben weitere briefmarkengroße Fotos vom Innenleben.

Alvaro hatte einen langen Kommentar ausgedruckt, den offenbar ein Mieter auf dem Portal zu der Immobilie abgegeben hatte.

»Sorry, aber wenn Sie nicht wollen, dass wir einen Unfall bauen, müssen Sie mir den Zettel wohl vorlesen!«

Alvaro deutete nach vorne. Die Ampel, auf die sie zuhielten, schaltete auf Rot. Sie ordnete sich rechts hinter einem BVG-Doppeldecker ein.

Alvaro nickte dankbar, als hätte sie nur seinetwegen abgebremst.

»Bitte«, sagte er und reichte ihr das Blatt, als sie zum Stillstand gekommen waren. »Ich möchte, dass Sie es mit eigenen Augen lesen.«

Nie wieder!
Wir hatten für eine Woche gebucht, sind aber nach zwei Tagen bereits wieder abgefahren. In der ersten Nacht schon haben wir seltsame Geräusche gehört, die aus dem Keller zu kommen schienen. Quietschen und Knarren, so wie wenn alte Bettfedern gequält werden. Fun Fact: Das Haus hat keinen Keller!
Nun ja, haben wir gedacht. Ist halt kein Luxusbau, vielleicht die Wasserleitungen, was weiß ich.
Dann, unsere letzte Nacht – ich hab Durst, geh runter und hol mir ein Selters aus dem Kühlschrank. Ich suche gerade ein Glas, da bekomme ich den Schock meines Lebens. Echt ein Wunder, dass ich noch lebe. Plötzlich steht ein alter Mann hinter mir. Ich schreie, schmeiß mit dem Wasser. Mein Freund kommt die Treppe runter. Da ist der Alte verschwunden. Keine Ahnung, wie. Durch eine Geheimtür oder so. Oder eine Falltür im Küchenboden.
Panisch rufen wir den Vermieter auf dem Handy an. Da klingelt es bei uns. Kein Scheiß. Irgendwo dumpf, wie hinter einer Wand. Oder innen drin! Das Klingeln entfernt sich.
Wir sind natürlich sofort abgehauen. Irre Leute, der Vermieter ist ein Voll-Freak. Hat sich im Haus irgendwo Geheimgänge gebaut und wohnt da im Verborgenen, wenn ihr da seid!

KAPITEL 15

Sarahs Blick raste über den Kommentar. So schnell, dass sie die Bewertung zweimal vollständig gelesen hatte und dennoch weiterfahren konnte, ohne dass hinter ihr ein Hupkonzert angestimmt wurde.

»Was noch?«, fragte sie.

Alvaro blinzelte. »Ich verstehe nicht.«

»Sie wollen mir doch nicht sagen, dass das der Grund für Ihre Nervosität ist. Eine anonyme Bewertung, kein Name, kein Foto?«

Aus Alvaros betretener Miene schloss sie, dass ihr Ton etwas schärfer ausgefallen war als beabsichtigt. Es geschah nicht mehr so oft wie früher, dass sie unbewusst in ihren Anwältinnen-Duktus verfiel, meistens dann, wenn sie aufgeregt oder verärgert war. Einige ihrer Mitmenschen, die sie privat eher als zurückhaltend kannten, wunderten sich dann über sie. Laut Elke war diese Diskrepanz zwischen ihrem selbstbewussten Auftreten in Diskussionen und ihrem Minderwertigkeitskomplex, wenn es um private Entscheidungen ging, jedoch nichts Ungewöhnliches für Menschen mit großen Selbstzweifeln. Im Streitgespräch fühlte sie sich sicher. Ängstlich wurde sie erst, wenn konkrete Entscheidungen getroffen werden mussten.

Womit ich wohl die klassische Definition eines bellenden, aber nicht beißenden Hundes erfülle, dachte Sarah innerlich seufzend.

»Wenn Sie mich deswegen kontaktieren, muss doch mehr dahinterstecken als diese eine Bewertung«, sagte sie, jetzt etwas sanfter.

Alvaro nickte. »Sie haben recht. Das ist nicht alles.«

Sie wartete, aber er sah stumm aus dem Fenster.

»Lassen Sie mich raten: Sie sind den Vorwürfen nachgegangen, und es hat sich rausgestellt: Ja, der Alte war psychisch krank. Ein Spanner vielleicht. Er hat sich eine Hidden Chamber, eine versteckte Kammer, eingebaut, um seine Airbnb-Gäste heimlich zu beobachten. Sie haben beim Renovieren das Versteck gefunden, und die Handwerker haben's rumerzählt. Damit war das Haus eine Zeit lang nicht vermietbar, Sie sind mit dem Preis runter, und ich konnte es mir am Ende leisten. So weit richtig?«

»Fast.« Er wedelte mit dem Blatt, das sie ihm zurückgegeben hatte. »Wir haben nichts gefunden. Keine Kammer, kein Versteck, keinen Geheimgang. Da war nichts …«

»Aber?«

Er biss sich auf die Unterlippe. »Aber es war nicht die einzige Beschwerde. Nachdem wir ins Grundbuch eingetragen waren und Almen ausgezogen war, bekamen wir Post. Mails, echte Briefe. Beschwerden von Gästen, die ihr Geld zurückwollten und nun auf uns, die Neueigentümer, zutraten, weil Almen sich aus dem Heim nicht mehr meldete.«

Sie hielten an einer weiteren Ampel. Er drehte sich zu ihr.

»Ich will noch mal betonen: Offiziell haben wir uns nichts zuschulden kommen lassen. Das fällt nicht in den Bereich arglistiger Täuschung. Denn, wie gesagt, es gab kein Versteck oder so.«

»Aber …?«, fragte Sarah noch einmal.

»Aber beim Ausmisten alter Unterlagen ist mir zufällig das hier in die Hände gefallen«, sagte er und rutschte wieder auf dem Beifahrersitz herum, bis er einen weiteren Umschlag aus seiner Hosentasche hervorgezogen hatte.

»Rein rechtlich wären wir nicht verpflichtet gewesen, Ihnen das bei der Übergabe aller Hausunterlagen zu geben.«

Er zog ein Blatt aus dem Umschlag. Es war eine Rechnung der Firma Katrin Nowak, Holz- und Bautenschutz GmbH. Datiert auf den 25. August von vor zwei Jahren.

Über die Summe von 23.865,55 Euro, zzgl. 19 % MwSt.

»*… erlauben wir uns in Rechnung zu stellen für die Errichtung eines …*«

Sarah war versucht, die Sonnenblende runterzuklappen. So sehr schien sie das Wort zu blenden, das die Leistung beschrieb, für das die Handwerker diese enorme Summe verlangten.

… für die Errichtung eines … ***Kriechkellers!,*** las sie, bevor sie wieder Gas gab.

Zahlbar innerhalb von vierzehn Tagen ohne Abzug.

KAPITEL 16

»Ein Kriechkeller?«

Ihr Vater kam wie immer ohne Umschweife zum Punkt, während er höchstwahrscheinlich wie gewohnt eine Zigarette im spitzen Mundwinkel balancierte.

»Eigenartig!« Holger Wolffs Stimme wurde von Jahr zu Jahr heller, was seine Internistin auf das schwindende Lungenvolumen zurückführte, das ihn jedoch nicht vom Rauchen abhielt. Auch jetzt hörte er sich am Telefon an, als säße jemand auf seiner Brust.

»Ich hab gar nicht gewusst, was das ist, und es erst googeln müssen«, sagte Sarah und fröstelte.

Ein Keller, durch den man nur kriechen kann!

»Das sind hüfthohe Versorgungsgänge unter dem Haus. Komplett verblödete Idee«, sagte ihr Vater.

Sie musste beinahe lächeln, so präsent war ihr das grimmige Gesicht, das er immer zog, wenn er sich über etwas aufregte. Dann sah er so zerknittert aus wie ein Säugling, der sich über den spärlichen Milchfluss aus der Brust beschwerte.

»Inwiefern eine blöde Idee?«

Klonk.

Sie schlug mit dem Kopf des Hammers sachte auf die Bodenfliese vor sich in der Küche. Nach dem Gespräch mit dem Makler war sie viel zu aufgewühlt gewesen, um zur Tagesordnung überzugehen. Statt den Laden aufzuschließen oder einkaufen zu gehen, war sie nach Hause gefahren.

Heiko hatte seinen Werkzeugkasten mit dem Gummihammer im Schuppen stehen gelassen. Mit ihm hatte Sarah schon neunzig Prozent des Fußbodens im Erdgeschoss abgeklopft. Beginnend mit den Wohnzimmerdielen, die ebenso unauffällig schienen wie das Laminat im Flur. Alles war fest verklebt. Nichts deutete auf einen Hohlkörper unter ihren Füßen. Zuvor hatte sie den Boden nach sichtbaren Einstiegen abgesucht. Bislang vergeblich.

»Na, wer hat denn schon Lust, auf Kopfhöhe mit Kellerasseln und Ratten zum Absperrventil oder Gashahn zu robben?«, antwortete ihr Vater. »Und selbst dann fängst du dir als normaler Mensch eine Beule ein. Außer Mama vielleicht. Die hätte in einem Kriechkeller Trampolin springen können.« Er lachte. Zu Lebzeiten war Maria die Größe S oft zu groß gewesen. Beim Anblick des für ihre zierliche Gestalt viel zu voluminösen Sargs auf der Beerdigung hatte Sarah denken müssen, dass selbst der Tod für ihre Mutter eine Nummer zu groß gewesen war.

Klonk.

»Du findest es also auch seltsam, dass sich jemand einen Kriechkeller bauen lässt?«

»Seltsam ist untertrieben. Diese Fehlkonstruktion plant heutzutage kaum noch jemand bei einem Neubau. Aber ein nachträglicher Einbau, zwölf Jahre nach dem Richtfest? Davon habe ich in meinem Leben noch nie gehört!«

Er hustete und fragte, ob sie mittlerweile irgendeinen Zugang entdeckt habe.

»Nein, Papa!«

Der Estrich wirkte massiv. Keine Falltür unterm Esstisch, keine Luke unterm Wohnzimmerteppich, kein versteckter Einstieg durch die Speisekammer. Nicht die geringsten Kanten, Ritzen oder Scharniervorrichtungen, die auf einen geheimen Zugang deuteten.

Sarah hatte sogar den Kühlschrank von der ansonsten fest

verschraubten und komplett unverdächtigen Schrankwand gewuchtet. Dabei war der Einkaufszettel zu Boden gefallen:

Leicht gesalzene Butter

Sauerteig-Krustenbrot

Frischer Serrano-Aufschnitt

Bei dem Gedanken an die Kombination war ihr das Wasser im Mund zusammengelaufen. Sie würde gleich einkaufen fahren, sobald sie komplett sicher war, nicht über einem doppelten Boden zu wohnen.

Aber kann ich mir dessen jemals wieder sicher sein?

»Wie soll ich beweisen, dass das Nichts nicht existiert?«, hatte Ralph ihr einmal eine pseudophilosophische Antwort gegeben. Damals, als sie mit Ruby schwanger und wegen ihrer Dauerübelkeit an Sex nicht zu denken gewesen war. Eines Tages war ihr aufgefallen, dass er sein Handy nicht mehr unbeobachtet liegen ließ und es dauerhaft stumm stellte. Hatte er sich eine Affäre zugelegt?

Man kann nicht beweisen, dass es etwas nicht gibt.

Sarah lief ein Schauer über den Rücken, als sie vom Boden aufstand und durch das Küchenfenster zur Straße sah. Zwar war sie nicht abergläubisch und wollte dem Zufall, dass in diesem Moment eine gewaltige Regenwolke den Vorgarten verschattete, keine Bedeutung zumessen. Andererseits passte die Wetterentwicklung immer besser zu ihrer Gefühlslage.

Grau, düster, unangenehm.

Beim Einzug hatte die Sonne hell am wolkenlosen Himmel gestrahlt und wie ein Filter alle größeren und kleineren Makel ihres neuen Heimes geglättet. Die ausgetretenen Stufen hoch zum Eingang, die von vielen Schuhen zerschlissenen Dielen im Vorraum. Die Haarrisse in den Wänden und die unverkleideten Heizkörper, die von einer ungeübten Hand ungleichmäßig nachgeweißt worden waren.

Ruby hatte an dem kleinen Wohn- und Esszimmer Anstoß

genommen, das anders als in ihrer Frankfurter Wohnung nicht direkt in eine offene Küche überging, sondern durch eine klemmende Holztür von der Küche getrennt war. Sarah hingegen hatte nur die Aussicht bewundert, die man von ihrem winzigen Arbeitszimmer im Erdgeschoss direkt in den Garten hatte. Hier hatte sie ihr Zeichenstudio eingerichtet, war bislang aber nicht ernsthaft dazu gekommen, ihrem Hobby nachzugehen. Auf der Staffelei ruhte eine Holzkohlenskizze des kleinen Gartens, samt der Linde, den immergrünen Hecken vor dem Wirtschaftsweg und dem Geräteschuppen, vor dem das Unkraut noch höher wuchs als am Tag der Zeichnung.

Doch nun überlagerte die Erinnerung an das Posting, das ihr der Makler gezeigt hatte, das Bild auf der Staffelei.

... der Vermieter ist ein Voll-Freak. Hat sich im Haus irgendwo Geheimgänge gebaut und wohnt da im Verborgenen ...

»Ich fühl mich hier nicht mehr sicher«, sprach sie versehentlich laut aus.

Sofort hörte sie ihren Vater vorwurfsvoll schnauben. »Du wolltest ja nicht auf mich hören!«

Er hatte Sarah beim Einzug dazu geraten, alle Schlösser gegen ein elektronisches Schließsystem auszutauschen, bei dem die Schlüssel wie Miniatur-Ufos aus Plastik aussahen. Von ihnen beiden war ihr Vater eindeutig der Fortschrittliche und Sarah der Dinosaurier. Ein Schlüssel, den man nicht in ein Schloss stecken konnte, war für sie kein Schlüssel. Ihr war es schon suspekt, mit einer Fernbedienung ihr Auto starten zu können, ohne dass sie das Ding aus der Tasche ziehen musste. Aber eine Haustür, die sich übers Handy öffnen ließ?

»Und was bitte hätte es gebracht, wenn ich mir dein elektrisches Superschloss hätte einbauen lassen?«

Sie klemmte sich das Telefon zwischen Schulter und Kinn, um sich in der Spüle die Hände waschen zu können.

»Meine Sorge ist doch nicht, dass jemand reinkommt. Sondern, dass bereits jemand drinnen ist!«

»Was sagt denn die Firma, die das Ding gebaut hat?«

»Die gibt's nicht mehr. Pleite«, informierte sie ihn. Die auf der Rechnung für den Kriechkeller angegebene Webadresse lief ins Leere, die Telefonnummer funktionierte nicht mehr.

Holger grunzte. Bei der aktuellen Auftragslage waren Insolvenzen an der Tagesordnung.

»Ich denke, ich sollte dich endlich mal besuchen kommen«, verabschiedete sich ihr Vater von ihr und schob rasch hinterher: »Zeit, dass ich mir ein Bild von deinen neuen Lebensumständen mache.« Er legte auf, bevor sie protestieren konnte.

Auch das noch.

Hoffentlich hatte er das nur so dahingesagt. Es wäre allerdings typisch für ihren Vater, sich einfach ins Auto zu setzen, ohne den Besuch mit ihr abzustimmen. Ihre Mutter war schon vor zwanzig Jahren der festen Überzeugung gewesen, »der alte Sturkopf« habe Erwachsenen-ADHS, das im Alter schlimmer wurde. Tatsächlich war Holger Wolff nicht zu bremsen, wenn er sich einmal etwas in den Kopf gesetzt hatte.

Aber selbst schuld. Was habe ich ihn auch angerufen?

Und insgeheim musste Sarah sich eingestehen, dass sie seine sprunghafte Fürsorge genoss. Wie viele Eltern gab es, die sich von ihren Kindern entfremdet hatten, weil man einander gleichgültig geworden war? Da war ihr ein hyperaktiver Vater sehr viel lieber, der mit grimmiger Miene schwadronierend durchs Haus lief und ihr einen Vortrag über unzureichende Sicherheitsvorkehrungen hielt.

Oder etwa nicht?

Sie ging in die Küche.

Hungrig öffnete sie den Kühlschrank in der Hoffnung, dort vielleicht noch etwas Obst zu finden, um wenigstens eine Kleinigkeit im Bauch zu haben. Und fing an zu zittern.

Leicht gesalzene Butter

Sauerteig-Krustenbrot

Frischer Serrano-Aufschnitt

All das befand sich vor ihren Augen. In Griffweite. Zusammen mit all den anderen Lebensmitteln von dem Einkaufszettel, den sie heute Morgen erst geschrieben hatte.

Fein säuberlich verstaut.

KAPITEL 17

Nur, damit ich es nicht falsch verstehe, Frau Wolff«, sagte die Polizistin, während sie sich die linke Schläfe rieb, als wäre sie von einem Cluster-Kopfschmerz geplagt. »Sie haben uns gerufen, weil jemand für Sie *eingekauft* hat?«

Die Beamtin, die schätzungsweise eher Anfang als Mitte dreißig war, hatte sich als Polizeiobermeisterin Kim Blaschko ausgewiesen. Ihr Kollege, mindestens zehn Jahre älter, war Polizeihauptmeister Eddy Haynauer und damit vom Rang her wohl ihr Vorgesetzter. Dennoch war es Kim, die von Anfang an den Ton der beiden Streifenpolizisten vorgab. Von der knappen Begrüßung am Eingang bis zur jetzt laufenden Unterredung in der Küche.

»Ich habe Sie hergebeten, weil jemand in meiner Abwesenheit in meinem Haus gewesen ist«, antwortete ihr Sarah.

Die Polizistin zog die Brauen zusammen. Wenn es stimmte, dass Menschen ihren Haustieren ähnelten, wartete auf die Beamtin zu Hause ein Windhund. Sie hatte ein langes, scharf geschnittenes Gesicht, aus dem wachsame Augen Sarah argwöhnisch musterten. Die Wangenknochen waren hoch und scharfkantig, was vermutlich daran lag, dass auch am Rest ihres drahtigen Körpers kein Gramm überschüssiges Fett zu finden war.

Im Gegensatz zu ihrem Partner, der eher in die Haustierkategorie »Bernhardiner« fiel. Eddy hatte ein rundes, fröhliches Gesicht. Der Bart, der sich von den Koteletten seitlich bis übers Kinn zog, machte es schwer, zu bestimmen, wo das Gesicht aufhörte und wo der Hals begann.

Beide Beamte trugen über ihrer dunkelblauen Jacke eine schusssicher aussehende Weste, deren Brusttaschen mit Taschenlampe und Funkgerät gefüllt waren. Die unerwartet klobig wirkenden Pistolen steckten im Holster an der jeweils rechten Hüftseite, zur Linken baumelten Handschellen griffbereit an der Cargohose, die bei Kim wie maßgeschneidert saß, bei Eddy zwei Nummern zu klein wirkte.

Auch wenn Sarah die Erfahrung mit Mandanten gelehrt hatte, dass man sich nicht dazu verleiten lassen durfte, voreilige Schlüsse vom Äußeren auf das Innere eines Menschen zu ziehen, wäre sie jede Wette eingegangen, dass Kim das war, was Ralph eine Überkompensations-Frau genannt hätte.

Ihr deutlich zu fester Händedruck, ihr permanent energisches Auftreten, ihre allumfassend wirkende Effizienz, die sich nicht nur in ihrem streng gebundenen Pferdeschwanz zeigte (aus dem kein einziges Haar herauslugte), sondern auch in ihren kurz geschnittenen Nägeln, dem Verzicht auf jegliche Kosmetik und nicht zuletzt in ihrer schon fast unnatürlich geraden Körperhaltung – aus alldem schloss Sarah, dass sie mit aller Kraft zu vermeiden suchte, es könnte auch nur der geringste Zweifel an ihrer Kompetenz aufkommen. Ein nachvollziehbares Verhalten, gerade in Berufen, in denen es leider noch immer viele Vertreter des angeblich starken Geschlechts gab, die ihre Kolleginnen spüren ließen, dass sie sie nicht als Bereicherung, sondern als Gefahr im Einsatz ansahen. Deshalb genügte es Frauen wie Kim nicht, in jeder Situation gleichberechtigt zu sein, sondern sie hatten den Anspruch, besser zu sein. Wenn diese Einschätzung stimmte, musste Sarah sich nicht wundern, dass die Polizistin sie für ein hysterisches Püppchen hielt, mit dem sie ihre Zeit verschwendete.

»Ich habe meine Tochter angerufen«, erklärte sie der Beamtin. Sie hatte Ruby gerade auf einer Raststätte erreicht, wo sie in einem unbemerkten Moment reden konnte. Zum Glück, denn eigentlich waren Handys auf der Fahrt nicht erlaubt und hätten zu Hause bleiben sollen. »Sie wusste nicht einmal etwas von dem Einkaufszettel.« Außer ihr kam niemand infrage. Heiko hatte keinen Schlüssel, ganz abgesehen davon, dass er Einkaufen hasste und nicht den geringsten Anlass hätte, ihr einen Gefallen zu tun.

»Ruby hat mir versichert, dass sie nicht einkaufen war. Was bedeutet, dass sich hier jemand unbefugt Zugang verschafft haben muss.«

»Um Ihren Kühlschrank zu füllen?«

Sarah seufzte. »Es ist nicht der erste Vorfall dieser Art.«

Der verschwundene Fischabfall. Die gewässerte Hortensie. Die Thermoskanne. Ein Nachtlicht.

»Ach, hat etwa noch jemand in Ihrer Abwesenheit staubgesaugt?«

Okay, du willst Klartext, Kim Blaschko? Kannst du haben!

»Hören Sie, ich weiß nicht, weshalb Sie meinen, mich wie eine hysterische Zicke behandeln zu müssen, die Ihnen mit ihrer Paranoia die Zeit stiehlt. Vielleicht sollten Sie in Ihrem Handbuch der Polizeiarbeit Grundkurs I noch mal das Kapitel Empathie bei Zeugenvernehmungen durcharbeiten. Ich bin ganz sicher nicht der Grund, weswegen Sie die Dominanz-Keule schwingen müssten. Und ich bin nicht die Erste, die sich darüber beschwert, dass sich in diesem Haus Unbefugte Zutritt verschaffen. Fragen Sie den Makler!«, rutschte es ihr raus. Sie hatte Alvaro versprochen, die Vorfälle für sich zu behalten, aber da war bei ihr noch nicht eingebrochen worden. Also klarte sie die Polizisten über die Beschwerden der früheren Airbnb-Gäste auf.

Kim schien wenig beeindruckt von Sarahs Ansprache und rollte mit den Augen. »Alles klar, jetzt spukt's hier also auch noch.«

»Kann ich dich kurz mal sprechen?«, kam Eddy einer weiteren wütenden Entgegnung zuvor, die Sarah als Antwort auf Kims sarkastische Bemerkung schon auf den Lippen gelegen hatte.

Die Polizistin folgte ihrem Partner aus der Küche in den Flur.

Kurze Zeit später (sie hatte die beiden nur tuscheln hören) kam Eddy zurück und fragte, ob Sarah etwas dagegen habe, wenn seine Partnerin sich einmal im Haus umsähe.

»Meinetwegen«, sagte sie achselzuckend und verschwieg lieber, dass sie den halben Nachmittag damit zugebracht hatte, mit einem Gummihammer den Boden auf Eingänge zu einem verborgenen Kriechkeller abzuklopfen.

Sarah trat an die Spüle. »Doch einen Kaffee?«

Eddy lächelte. »Ein Wasser würde ich jetzt nehmen, danke.«

Sie öffnete den Kühlschrank und schüttelte unbewusst den Kopf, als sie die frischen Einkäufe sah, die sie niemals im Leben würde anrühren können. Nirgendwo war ein Preisschild dran, und selbst wenn, was hätte es genutzt? Sie würde kaum in den nächsten Markt rennen und fragen, ob sich jemand an der Kasse erinnern könne, wer heute früh bei ihnen Brot, Butter und Aufschnitt gekauft habe.

Sie griff nach einer Flasche Sprudel und schenkte Eddy ein Glas ein.

»Tut mir leid, aber Sie müssen meine Kollegin verstehen«, sagte der, nachdem er den ersten Schluck getrunken hatte. »Unser letzter Einsatz steckt ihr noch in den Knochen.«

Mehr als einen fragenden Blick brauchte es nicht, um den Polizisten zum Weiterreden zu motivieren.

»Nähe Rathaus, in der Altstadt. Eines dieser Glückshäuser, wie ich sie nenne. Weil man Glück im Leben haben muss, um sich in einem so gut sanierten Mietshaus eine Wohnung leisten zu können. Mit cremefarbenem Putz, keine Graffiti, gepflegter

Vorgarten. Alles wirkt aufgeräumt und ruhig. Ich meine, Sie wissen, wie es im Hausflur aussieht, ohne dass Sie durch das Tor müssen: keine kaputten, überquellenden Briefkästen, ein Messingmülleimer für die Werbepost, der Aushang im Glaskasten, der über das nächste Nachbarschaftsfest informiert. Da kann man doch gar nicht anders als glücklich sein, wenn man durch die Sprossenfenster in den begrünten Innenhof schaut, oder?«

Sarah zuckte mit den Achseln. Sie hatte eine unangenehme Vorahnung, welch dunkle Wendung der Monolog bald nehmen würde. Und sie behielt recht.

»Die Nachbarn dachten, eine Katze wäre in eine fremde Wohnung gelaufen und würde sich die Kehle wund jammern. Tja, war keine Katze. Sondern ein Mädchen. Wir haben die Dreijährige in der Dusche gefunden. Angebunden, weil Mama und Papa das Blut nicht auf den Badezimmerfliesen haben wollten. Die Kleine hatte Läuse, Flöhe, die Krätze, was weiß ich. Ihre Eltern hatten schlicht keine Lust, sie regelmäßig zu baden, geschweige denn, sie zum Arzt zu bringen. Im Bett durfte sie auch nicht mehr schlafen, weil sie sich die ganze Nacht die halbe Haut vom Körper kratzte und ihr Gejammer den Schönheitsschlaf der Mutter störte. Da betäubten sie das Mädchen lieber mit Chloroform und zogen der Kleinen die Fingernägel mit einer Kneifzange.«

Sarah schlug sich instinktiv die Hand vor den Mund.

»Deswegen das Blut. Daher die Schreie beim Aufwachen. Und deswegen war die Dreijährige in der Dusche angebunden, mit Kabelbinder und Fahrradschloss. Übrigens für ein Dreitausend-Euro-Rennrad. Das Hobby des Vaters, der damit in nächster Zeit nicht mehr zu seinem Job bei der Bank radeln wird.«

Gott sei Dank.

Sarah presste kurz die Augenlider fest zusammen, als könnte sie das Gehörte damit in einem Kokon versiegeln und vakuumverpackt in eine Kammer des Vergessens schieben, unwiderruflich bis in alle Ewigkeit.

Vielleicht also kein Wunder, dass Kim so pampig mit ihr umging. Sie nutzte sie als Ventil. Verglichen mit dem, was das arme Mädchen hatte durchstehen müssen, war der Anlass ihres Notrufs natürlich lächerlich.

»Die Welt ist völlig verrückt geworden.«

»Und das aus dem Mund einer Anwältin.« Eddy schmunzelte.

Er musste das Erstaunen in ihrem Blick bemerkt haben, kurz bevor ihr klar wurde, dass die Polizei sich natürlich über die Personen informierte, die sie zu einem Notfall riefen. Und schon bestätigte er das. »Reine Routine. Ich mache immer eine Personenabfrage, bevor wir kommen.«

Er leerte das Glas und stellte es neben den Herd. Direkt neben die auf wundersame Weise wieder aufgetauchte Thermoskanne.

»Ganz ehrlich? Ich wäre auch nervös, wenn ich mit diesen Nachrichten geweckt worden wäre«, sagte er mit verständnisvollem Blick.

»Nachrichten?«

Eddy zuckte mit den Achseln. »Weiß der Geier, weshalb Ihr Ex das getan hat. So kurz davor.«

»Wovon sprechen Sie?«

Er wirkte bestürzt. Sein intensiver Blick weckte eine Vorahnung in Sarah, die sie frösteln ließ. Und die wurde noch verstärkt, als er sagte: »Hat Sie etwa noch niemand informiert?«

»Worüber?«

Sie hielt dem Blick des Polizisten stand, der sie erst argwöhnisch musterte und dann von Sekunde zu Sekunde verwirrter schien.

»Ihr Ex-Mann war die ganze Zeit seiner Haft komplett unauffällig. Alles vorbildlich. Er hatte seit einem halben Jahr regelmäßig Freigänge. Zur Resozialisierung. Um sich an das Leben nach dem Knast wieder zu gewöhnen, und das schien wohl sehr gut zu gelingen«, sagte Eddy, und es klang fast wie eine Frage.

»Aber?«

Himmel! Sarah war versucht, ihn zu schütteln.

»Nun, gestern Mittag hat er sich in seiner Zelle die Pulsadern aufgeschnitten. Er wurde rechtzeitig auf die Krankenstation gebracht. Von dort ist ihm die Flucht gelungen!«

Was?

»Ralph ist geflohen?«, wiederholte Sarah fassungslos.

Eddy seufzte. »Eine Woche vor seiner Entlassung. Nach über einem Jahrzehnt ohne Fehlverhalten. Das soll mal einer kapieren.«

KAPITEL 18

Nein.

Sarah fühlte sich, als hätte sie nach einer Fahrt im Kettenkarussell plötzlich wieder festen Boden unter den Füßen. Die Küche um sie herum drehte sich weiter, und sie glaubte, sich an der Kante der Kochinsel festhalten zu müssen, wenn sie nicht umkippen wollte.

Nein, nein, nein.

Das ergab keinen Sinn.

Das erste seltsame Ereignis war das mit den entsorgten Fischabfällen im Kiosk gewesen. Vorgestern.

»Das haut zeitlich kaum hin!«, sagte Eddy und kam damit ihren eigenen Schlussfolgerungen zuvor, auch wenn er bislang nur Kenntnis von dem auf wundersame Weise erledigten Einkauf hatte.

»Ralph Calau ist noch nicht lange auf der Flucht. Selbst wenn er wüsste, wo Sie jetzt wohnen, ist es doch sehr unwahrscheinlich, dass er sofort nach Berlin gereist ist und für Sie Lebensmittel geshoppt hat.«

»Klopf, klopf!«

Sarah und Eddy drehten sich zu der Polizistin, die wieder im Eingang der Küche stand.

»Und?«, wollte ihr Partner wissen.

Kim schüttelte den Kopf. »Nichts!«

Sie machte eine Geste, als wäre sie ein Zauberer, der seinem Publikum zeigen will, dass seine Hände auch wirklich leer sind.

»Nicht das Geringste deutet darauf hin, dass es hier irgendwelche geheimen Türen, Verstecke oder sonst was gibt.«

Ach was …

»Okay, dann …« Eddy stellte sein Wasserglas ab. »Dann, fürchte ich, gibt es für uns erst mal nichts mehr zu tun, außer den Bericht zu schreiben, der hoffentlich in den kommenden Tagen nicht mehr länger wird. Aber …« Er reichte ihr ein Kärtchen mit dem Wappen der Berliner Polizei und seinem Namen darauf. »Hier ist meine Durchwahl. Wenn noch etwas passiert, scheuen Sie sich nicht. Rufen Sie mich an, okay?«

Sarah nickte und begleitete die beiden zur Tür.

Sie musste einige Schritte zurücktreten, da die Diele zu eng für drei Erwachsene nebeneinander war. Dabei fiel ihr Blick auf den schmalen Tisch neben der Garderobe. Ein wackeliges, anthrazitfarbenes Metallding aus dem Baumarkt, das sie als Ablage nutzte. Wo sie immer die Post ablegte, sobald sie nach Hause kam.

Sie fröstelte, obwohl die Luft, die durch die nunmehr geöffnete Tür drang, angenehm mild war.

Kim ging bereits nach draußen, aber Eddy stand noch in der Tür, um ihr die Hand zu geben. Dabei musste er etwas bemerkt haben. Ihre plötzliche Anspannung, ein unmerkliches Aufstöhnen?

»Ist irgendetwas?«, fragte er.

Er folgte ihrem Blick zum leeren Tischchen neben der Garderobe. »Fehlt etwas?«

Sarah schüttelte den Kopf und zwang sich zu einem gequälten Abschiedslächeln.

Ja. In der Tat. Hier fehlt etwas.

»Nein, alles bestens«, log sie.

Aber wenn ich euch sage, was es ist, haltet ihr mich endgültig für verrückt!

Sarahs Dunkelbuch

Erster Eintrag, quasi ein Vorwort

Ich bin mir nicht sicher, ob Elkes therapeutischer Ansatz sinnvoll ist. Natürlich ist mir das Konzept des Bewusstseinsflusses bekannt. Rein rational verstehe ich auch, welche reinigende, heilsame Wirkung es haben kann, den Gedanken freien Lauf zu lassen; sich von jeglichen Scheren im Kopf zu befreien – gerade wenn es morbide, amoralische und gewalttätige Fantasien sind, die man niemals im Leben umsetzt. »Wenn du sie rauslässt, ist das eine Katharsis. Du bist befreit von dem seelischen Ballast, den du unbewusst in dir trägst. Wirf ihn ab. Lass die toxischen Gedanken aus deiner Seele und beginne unbeschwert mit der Verarbeitung deiner Traumata, die dir nicht nur von Ralph, sondern von vielen Menschen in deinem Umfeld zugefügt wurden!«
So weit Elkes Theorie, und ich bin höchst skeptisch. Andererseits, denke ich mir, was kann schon passieren, außer dass ich über meine eigenen Fantasien und Gedanken erschrecke? Und im Moment, nach dem Horror mit Ralph, brauche ich jeden Strohhalm, an den ich mich klammern kann. Also tue ich Elke und vielleicht auch mir selbst einen Gefallen. Und beginne heute mit meiner Todesliste ...

KAPITEL 19

SARAH

Es ist verschwunden!«

»Du hast es bestimmt nur verlegt«, versuchte Marion sie am Telefon zu beschwichtigen.

»Nein, nein, nein. Ich habe das gesamte Haus danach abgesucht. Es ist nicht mehr da.«

Das Dunkelbuch, das ihre Freundin ihr vor drei Tagen im Kiosk gegeben hatte. In dem Sarah die Namen all derer aufgelistet hatte, denen sie schon einmal in ihrem Leben den Tod gewünscht hatte. Samt den Todesarten, die sie sich in den dunkelsten Winkeln ihres Gehirns für sie ausgedacht hatte.

»Wo hattest du es denn zuletzt?«

Sarah deutete auf die Ablage in der Diele, als könnte ihre beste Freundin sie sehen. Marion befand sich wieder einmal auf dem Weg ins Krankenhaus zu ihrer Mutter und telefonierte über die Freisprechanlage. Es war kurz vor achtzehn Uhr. Die Polizei war vor zwei Stunden gegangen. Zwei Stunden, in denen Sarah das gesamte Haus auf den Kopf gestellt hatte, obwohl sie sich von Anfang an sicher gewesen war, ihr Dunkelbuch nicht angerührt zu haben.

»Ich habe es am Tag, an dem ich Heiko rausgeworfen habe, rasch unter ein paar Werbebriefen versteckt. Auch die sind weg!«

Gemeinsam mit dem schwarzen Lederband mit den linierten, sepiafarbenen DIN-A5-Seiten.

Sarah griff nach dem Weinglas, das sie sich nach der erfolglosen Suche zu Beginn ihres Telefonats nun schon zum zweiten

Mal vollgeschenkt hatte, und ging von der Küche ins Wohnzimmer.

»Hör zu, Liebes«, hörte sie Marion sagen, wobei die Motorengeräusche im Hintergrund sich so anhörten, als müsste sie eine steile Auffahrt nehmen. »Du hast mir in letzter Zeit zu oft Erinnerungslücken. Ich komme gleich morgen früh bei dir vorbei, und wir suchen gemeinsam, wenn wir beide ausgeruht sind, ja? Versuch, bis dahin etwas Schlaf zu finden.«

»Leichter gesagt als getan.«

Wenn das Dunkelbuch in die falschen Hände gelangte, hätte sie erhebliche Mühe, seinen morbiden Inhalt zu erklären. Ein unbedarfter Mensch würde sie für eine Psychopathin halten und kaum nachvollziehen können, weshalb sonst man seinen Gewaltfantasien freien Lauf ließ. Sie hatte ja selbst ihre Probleme damit. Wobei Sarah zugeben musste, dass sich beim Verfassen dieses Gewalttagebuchs tatsächlich eine innere Ruhe eingestellt hatte. Offenbar war Elke Reiners' Ventil-Theorie nicht ganz von der Hand zu weisen.

»Versuch es mal mit den Atemübungen, die meine Mutter dir empfohlen hat – beim autogenen Training«, riet Marion, die damit – bewusst oder unbewusst – in die Therapeutinnenrolle fiel. Eine Berufskrankheit. Auch Sarah konnte sich nur schwer mit Ratschlägen zurückhalten, wenn sie bei einer ihr nahestehenden Person von juristischen Problemen hörte.

»Ich kann mir gut vorstellen, dass der Polizeibesuch dich aufgewühlt hat.«

»Aufgewühlt ist untertrieben. Ich bin stinksauer!« Sarah setzte sich aufs Sofa, trank einen Schluck Wein und berichtete Marion davon, wie herablassend diese Kim Blaschko sie behandelt hatte.

»Irgendwie eine Ironie des Schicksals, dass das ausgerechnet dir passieren muss«, kommentierte ihre beste Freundin.

Die Fahrgeräusche hatten aufgehört, offenbar hatte Marion den Krankenhausparkplatz erreicht.

»Was meinst du mit *ausgerechnet mir?*« Sarah trank einen weiteren Schluck.

»Na, überleg doch mal. Eine Person, die nicht allein sein kann, beschwert sich, dass sie nicht allein gelassen wird!«

»Ich kann sehr wohl allein sein«, protestierte Sarah.

»Ach ja?«, fragte Marion mit einem wohlwollenden Lächeln in der Stimme. »Was war denn das Erste, was du dir nach dem Einzug angeschafft hast?«

»Einen Zollstock«, antwortete sie, wohl wissend, worauf Marion hinauswollte.

»Eher einen Mann, der praktischerweise nicht nur das Bett aufstellen, sondern dich darin gleich flachlegen konnte!«

Heiko!

Sarah seufzte. »Ich war einsam, ist das ein Verbrechen?«

»Sag ich doch. Du kannst nicht allein sein. Was für sich genommen kein Problem wäre, wenn du bei der Suche nach Gesellschaft nicht immer in dein toxisches Beuteschema verfallen würdest, das an deinen …«

»… Schuldkomplexen liegt!«, ergänzte Sarah im entnervten Tonfall. An der Tatsache, dass sie in einem Zustand totaler Überforderung einen Fehler gemacht hatte, anstatt auf die Hilfe ihres Vaters zu warten, was ihren Bruder das Leben gekostet hatte. Elke sah darin Sarahs Sehnsucht nach einer männlichen Autorität begründet, die in ihrem Leben alles Wichtige für sie regelte.

»Du liegst so was von falsch«, widersprach sie Marion. »Ich habe Ruby die letzten zwölf Jahre alleine aufgezogen. Ich brauche keinen edlen Ritter, hinter dem ich mich verstecke.« Sarah hatte auf einmal das Gefühl, als ob eine bleierne Schwere auf ihren Augenlidern lastete. Sie drohten ihr zuzufallen.

Habe ich wirklich schon so viel getrunken?

Es war typisch für sie, sich zu betäuben, sobald sie sich alleine fühlte. Aber normalerweise war sie erst nach einer halben Flasche beschwipst und fahrunfähig und zudem nicht derart schläfrig.

»Das habe ich auch nie behauptet«, hörte sie Marions Stimme jetzt wie aus weiter Ferne. »Ich hab dir schon oft gesagt, ich glaube, dass damals sehr viel mehr vorgefallen ist als das, woran du dich heute noch erinnern kannst.«

»Weil ich vier Jahre alt war, logisch.«

Und Baby Leon nicht mal elf Monate.

»Und das gärt unverarbeitet in dir. Erinnere dich an die Tür, von der du mir erzählt hast.«

Die Tür meines Kinderzimmers. In dem Leon und ich Hörbuch hören sollten während Papas Physiotherapie. Zwanzig Minuten. Eine Folge Sams. Sie war …

»… abgeschlossen!«, ergänzte Marion.

»Das habe ich nur hin und wieder geträumt«, sagte Sarah. Aus irgendeinem Grund fiel es ihr schwerer und schwerer, ihre Gedanken auszusprechen. »Ich habe auch mehrmals geträumt, dass ich durch das Schlüsselloch geschaut und dich im Flur gesehen habe, Marion. Willst du das auch analysieren?«

Bevor ihre Freundin dem etwas entgegnen konnte, redete Sarah weiter, solange sie noch die Kraft dazu hatte. »Entschuldige, ich wollte dich nicht anmeckern. Ich bin total durch den Wind. Jeder will mir sagen, was ich denken soll, keiner glaubt mir, dass jemand bei mir gewesen ist.«

»Doch. Das glaube ich dir sehr wohl, Sarah. Du hast in deiner Kindheit etwas Traumatisches erlebt, wovon du einen Teil verdrängst. Aber du leidest nicht an Wahnvorstellungen. Da geht etwas vor in deinem Haus. Ich bin mir nur nicht sicher …«

»Was?«, fragte Sarah mit allerletzter Kraft.

»Ob von deinem unsichtbaren Helfer eine Gefahr ausgeht. Ich meine, das ist der erste Schutzengel-Stalker, von dem ich höre. Die meisten schädigen ihre Opfer und geben sich früher oder später zu erkennen.«

Sarah versuchte, das Glas auf dem Couchtisch abzustellen.

Es war leer. Bis auf …

Für einen Moment fragte Sarah sich, ob sie vorbeugend eine Kopfschmerztablette im Wein aufgelöst hatte; die weißen Pulverrückstände am Glasboden legten die Vermutung nahe.

Doch sie konnte sich nicht erinnern, ebenso wenig, wie sie noch mitbekam, dass ihr erst das Handy aus der einen, dann das Glas aus der anderen Hand fiel und neben dem Sofa auf dem Boden zerschellte.

Sarahs Dunkelbuch

Du hast sie dazu gedrängt.
Sie wollte es nicht.
»Ich kann noch gut laufen, es knirscht etwas, aber ich habe keine Schmerzen«, hatte sie gesagt. Was natürlich eine Lüge war, wie man sehen konnte, wenn sie das Gesicht verzog. Beim Schleppen der Einkäufe. Wenn sie vom Schreibtisch aufstand, um aufs Klo zu schlurfen. Beim Sonntagsspaziergang, um den sie sich mehr und mehr zu drücken versuchte.
Ja, sie hinkte. Sie zog das rechte Bein nach. Der Knorpel, der dafür sorgte, dass die Kniescheibe beim Laufen sanft über Muskeln und Fasern glitt, war nicht mehr vorhanden.
Da half auch keine Kortisonspritze gegen die Entzündung.
Aber ich gehe jede Wette ein, sie hätte sich lieber stöhnend und mit schmerzverzerrter Grimasse auf ihre Küchentrittleiter gestellt, um den Weihnachtsstern auf dem Christbaum zu platzieren, anstatt das Risiko einzugehen, dass die Zellen ihres Körpers anfingen, sich selbst zu verdauen.
Die Autolyse im Sarg, gefolgt von der Fäulnis (ausgelöst von ihren Darmbakterien), hätte nie so früh eingesetzt, hättest du sie nicht bedrängt, diese Operation durchfüh-

ren zu lassen. Ihre panische Angst vor Krankenhäusern hast du ignoriert.
»Mach dich nicht lächerlich«, hast du zu ihr gesagt.
Nun ist sie tot. Deinetwegen.
Mama hätte sich aus freien Stücken niemals dem Risiko eines Krankenhauskeims ausgesetzt.
Ich vermisse sie so viel mehr als meine unbeschwerte Kindheit. Und manchmal wünschte ich, du würdest nachvollziehen können, was mit ihrem Körper passiert ist. In meinen wachen Albträumen stelle ich mir vor, dass du und nicht Mama auf dem Friedhof liegst, in einem womöglich doch nicht luftdichten Sarg, weswegen Insekten deinen Körper befallen und den Verwesungsprozess auslösen.
Ich sehe dann vor mir, wie sich ein Spulwurm aus deinem Auge schält; erst einer, dann zwei, während du, der du noch atmest, feststellst, dass es dein Schicksal ist, an den sich windenden Parasiten elendig zu ersticken. Als wäre jeder einzelne von ihnen einer deiner unendlich vielen Ratschläge, mit denen du schließlich Mamas Tod besiegelt hast … Papa!

KAPITEL 20

Diesmal wusste Sarah, dass es kein Traum war.

Die Geräusche, die sie geweckt hatten, waren real. Das Klirren, das Splittern. Die schweren Schritte im Wohnzimmer. Vor allem aber die betrunken lallende Männerstimme, die mit brutaler Aggressivität von unten zu ihr hochdrang.

»WO VERSTECKST DU DICH, DU SCHLAMPE?«

Sarah saß kerzengerade im Bett, und das potenzierte ihre Angst, denn sie konnte sich nicht daran erinnern, wie sie ins Schlafzimmer gekommen war. Das Letzte, was sie wusste, war, dass sie im Wohnzimmer mit Marion telefoniert und Wein getrunken hatte. Offenbar einen Schluck zu viel.

Trinke nie, wenn du allein oder unglücklich bist, hatte ihr Vater ihr immer geraten, und sie hatte gegen beides verstoßen. Sie war unglücklich gewesen, alleine zu sein. Ohne Ruby. Ohne Verständnis seitens der Polizei, die der Meinung war, dass sie nicht in Gefahr, sondern hysterisch war. Selbst Marion hatte sich skeptisch angehört. *»Das ist der erste Schutzengel-Stalker, von dem ich höre«*, klang ihr noch im Ohr. *»Die meisten schädigen ihre Opfer und geben sich früher oder später zu erkennen.«*

So wie jetzt. In dieser Sekunde.

»DAS ZAHL ICH DIR HEIM!«, grölte der Einbrecher ein Stockwerk unter ihr. Die Wände waren so dünn, es klang, als stünde er neben ihrem Bett.

Halb benommen und voller Angst suchte Sarah nach ihrem Handy, aber das lag nicht auf dem Nachttisch, und es steckte auch nicht in den Taschen ihrer Kleidung, in der sie sich offenbar schlafen gelegt hatte.

»ZEIG DICH!«, brüllte der Mann, vermutlich am Fuß der Treppe, jetzt schon etwas heiserer, aber mit unverminderter Lautstärke.

Ralph?

Die Situation war zu extrem und Sarah zu panisch, um aus dem zum Teil mit unverständlichen Zischlauten durchmischten Gebrüll heraushören zu können, ob der tobsüchtige Einbrecher womöglich ihr Ex-Mann war.

»DAS WIRST DU MIR BÜSSEN!«

Die Stimme klang fremd, aber sie hatte Ralph auch schon ein gutes Jahrzehnt lang nicht mehr gehört. Zudem war er während ihrer Ehe nicht ein einziges Mal betrunken gewesen. Gut möglich, dass es Ralph war, der ihr im Erdgeschoss alle erdenklichen Qualen und Todesarten an den Kopf wünschte. Zumindest gab es niemanden sonst, der Sarahs Ansicht nach ein Motiv gehabt hätte, sich an ihr zu rächen. Immerhin war es ihre Aussage gewesen, die ihn ins Gefängnis gebracht hatte!

Das Geschrei unten ging in einen gruseligen Singsang über.

»ICH KOMM JETZT HOOHOOHCH!!!«

Sarahs Augen schmerzten, ihr war übel, und sie hatte das Gefühl, als hätte sich ihr Schlafzimmerfußboden in eine halb aufgepumpte Luftmatratze verwandelt, auf der sie nur sehr langsam vorankam. Sie hatte Schwierigkeiten, auf dem Weg zur Tür das Gleichgewicht zu wahren. Wenigstens sorgte das Nachtlicht dafür, dass sie nicht in völliger Dunkelheit stand.

Zum ersten Mal seit dem Einzug bereute sie es, dass sich die Innentüren im Haus nicht abschließen ließen. Sie hatte alle Schlüssel abgezogen und in einer Box in einem Küchenschrank verstaut. Sarah hasste abgeschlossene Räume und bekam bei dem Gedanken, in einem Fahrstuhl stecken zu bleiben, Panik.

Weswegen sie sich für einen Moment wunderte, dass die Schlafzimmertür zugezogen war. Selbst im volltrunkenen Zustand war das für sie völlig untypisch.

Sarah hatte keine weitere Sekunde Zeit, sich über diese Merkwürdigkeit Gedanken zu machen.

Schwere Stiefelschritte wurden lauter. Schwere, keuchende Schritte, die die Treppe hochstiegen. Sie kamen näher und näher, während sie in der Falle saß. Die sperrigen Außenjalousien waren herabgelassen; bis sie die hochgekurbelt hätte, wäre der Einbrecher längst bei ihr. Sie hatte keine Waffe, und in dem einzigen Möbelstück, ihrem Kleiderschrank, würde ein Psychopath als Erstes nachsehen. Dann unterm Bett.

Vor ihrem geistigen Auge sah sie Ralph, der sich zu ihr unter die Matratze beugte, sie diabolisch anlächelte und ihr zur Begrüßung den Inhalt einer Säureflasche ins Gesicht drückte.

Denk nach, denk nach, denk nach …

Sarahs Blick blieb ein weiteres Mal am Kleiderschrank hängen. Wäre sie in Rubys Zimmer, hätte sie sich mit einem ihrer Hockeyschläger bewaffnen können, aber in ihrem Schrank hingen nur Kleider, auf Bügeln, an einer …

Moment!

Hastig riss sie die Schranktür auf und wunderte sich kurz, weshalb er bis auf wenige Oberteile, Blusen und einen Mantel nahezu leer war. Als wäre sie ihrer Kleider beraubt worden! Sie griff nach der Kleiderstange, riss sie mitsamt den Anziehsachen von den Haken. Sie war an den Enden nicht spitz, dafür einigermaßen schwer.

Wenigstens etwas.

Sarah schluckte die Galle hinunter, die sich aus ihrem Magen hochdrücken wollte, zwang sich dazu, ihre Atmung zu beruhigen, um nicht zu hyperventilieren, schloss für eine Sekunde die Augen, um sich zu sammeln, dann stellte sie sich der Gefahr.

Indem sie die Tür aufzog und mit lautem, kriegsähnlichem Gebrüll in den Flur sprang. Die Kleiderstange wie eine Lanze mit beiden Händen nach vorne ausgerichtet.

ICH SCHLAG DIR DIE FRESSE EIN …

Das letzte Wort des Einbrechers ging in ein Schmerzensgeheul über, von dem Moment an, als die Kleiderstange den Mann in die Brust traf.

Es war dunkel, Sarah sah keine Farben, kaum Konturen, kein bekanntes Gesicht. Nur eine massige Gestalt, die mit den Armen ruderte. Wie ein Anfänger, der beim Schlittschuhlaufen auf dem Eis das Gleichgewicht verliert und mit aller Not versucht, nicht nach hinten zu fallen.

Vergeblich.

Sein Schrei setzte aus, und für eine Schrecksekunde war es komplett ruhig im Haus, dann zerriss ein Poltern und im nächsten Moment ein ohrenbetäubend dumpfer Aufschlag die Stille. Untermalt von einem Knirschen, gefolgt von dem Geräusch, als splitterte Holz. Oder Glas. *Oder Knochen?*

Dann war es wieder still. Totenstill.

Sarah tastete nach dem Lichtschalter. Und stieß im nächsten Moment einen spitzen Schrei aus, als das Deckenlicht das Grauen im Erdgeschoss beleuchtete. Sie begann so stark zu zittern, dass ihr die Kleiderstange aus der Hand glitt.

Klappernd fiel sie Stufe um Stufe nach unten, bis sie neben der reglosen Gestalt im Flur liegen blieb. Direkt vor der Treppe.

Oh Gott, was hab ich getan?

Schritt für Schritt tastete sie sich nach unten, beide Hände am Geländer. Die Übelkeit in ihr wuchs mit jeder Stufe, die sie sich dem Einbrecher näherte.

Dem Toten!

Der quadratische Kopf des Mannes stand in einem unnatürlichen Winkel vom Rest des verdrehten Körpers ab.

Die rahmenlose Brille, die er getragen haben musste, lag neben dem schief geöffneten Mund, aus dem ein feines, blutiges Rinnsal lief. Sehr viel dünner als der Strom, der die Lache rund um seinen Schädel speiste. Es kam Sarah vor, als sammelte sich das Blut literweise in einer Vertiefung des Parketts rund um den vermutlich eingedrückten Schädel. Die grauen Haare schwammen bereits darin wie Seetang. Sie waren das Einzige, was sich an dem Mann noch bewegte, der ganz eindeutig nicht Ralph war.

Sondern ein mindestens zehn Jahre älterer, korpulenter Vollbartträger, dessen aufgedunsenes Gesicht Sarah noch nie in ihrem Leben gesehen hatte.

KAPITEL 21

Jetzt hör mir bitte zu«, sagte Marion energisch und griff nach ihren noch immer eiskalten Händen. »Du hast gar keine andere Wahl!«

Sarah schüttelte den Kopf und wandte den Blick ab. Er wanderte durch das Wohnzimmer ihrer besten Freundin und blieb an der modernen Digitaluhr auf dem Kaminsims hängen.

3:24 Uhr.

Es musste morgens sein, auch wenn es sich für Sarah anfühlte, als wäre sie einen halben Tag lang durch die Kälte der Nacht zu Marions Haus gerannt. Dabei wohnte die Freundin ganz in der Nähe.

In Romanen hatte sie davon gelesen, dass Opfer (meistens Frauen) eine Weile lang paralysiert an Ort und Stelle verharrten, bis es ihnen endlich gelang, sich aus einer Situation des Grauens zu befreien, die ihren Verstand überforderte.

Bei Sarah war das anders gewesen.

Der Anblick des Toten vor der Treppe, direkt zu ihren Füßen, hatte in ihr eine spontane Fluchtreaktion ausgelöst. Wie schon damals in der Hütte mit Ralph, als sie sich und Ruby in Lebensgefahr wähnte, wurde sie sofort aktiv. Ohne nachzudenken, hatte sie die Tür aufgerissen und war nach draußen gestolpert.

Vermutlich herrschten keine Temperaturen unter dem Gefrierpunkt, und der Asphalt unter Sarahs nackten Füßen war auch nicht vereist. Aber so hatte es sich angefühlt, als sie wie von wilden Hunden gejagt den Bürgersteig bis zur nächsten Straßenecke hinuntergerannt war. Und dann weiter. Und weiter. Mit nichts als einer Pyjamahose und einem T-Shirt bekleidet, war es kein Wunder, dass Sarah den Eindruck hatte, die von einem heftigen Wind getriebene Kälte hätte sich durch die Haut in ihre Knochen gefressen.

Sie war dennoch weitergelaufen. Eine geraume Weile ohne Ziel, ohne darüber nachzudenken, was sie hier draußen eigentlich wollte, außer so viel Abstand wie möglich zwischen sich und die Leiche zu bringen.

Erst nach zwei weiteren überquerten Kreuzungen war ihr aufgefallen, dass nur etwa jede dritte Straßenlaterne brannte. Vermutlich eine Sparmaßnahme der Gemeinde, die zur Folge hatte, dass sie kaum das Straßenschild hatte lesen können.

Grünfinkpfad?

Wie weit war das von ihrem Haus im Habichtweg entfernt?

Sie wusste es nicht. Hatte keine Ahnung, wo sie war innerhalb dieses Stadtteils, in dem nicht nur nachts alles gleich aussah und alle Straßen nach Vogelarten benannt worden waren.

Zu allem Übel hatte sie ihr Handy im Haus liegen lassen. Nicht einmal vier Meter vom Toten entfernt, im Wohnzimmer, wo es ihr gestern vor dem Einschlafen aus der Hand gefallen sein musste, während sie mit …

Marion!

Das war der Moment, in dem sich der erste klare Gedanke den Weg durch den Nebel des Schocks gebahnt hatte.

Sie musste zu ihrer Freundin.

Ihrer einzigen Vertrauten in der Nachbarschaft. Wenngleich sie keine Ahnung hatte, wie sie ohne Orientierung und ohne ein Navigationssystem den Weg zu dem frei stehenden Fachwerkhaus in der Nähe der Fähranlegestelle finden sollte.

Eine Weile, die sich wie eine Ewigkeit anfühlte, war sie ziellos in der Neubausiedlung umhergeirrt, bis ihr auf den menschenleeren Straßen endlich ein Gassigänger mit Dackel entgegengekommen war. Der verängstigt wirkende Mann hatte ihr die Richtung zum Dorfkern gewiesen, von wo ab sie endlich weiterwusste. Die Straße hinunter zum Wannsee, kurz vor dem Ufer die Straße links, das dritte Haus auf der rechten Seite.

Pfennfuhlweg 8.

Hier lebte Marion als eingefleischter Single allein, weswegen sie die Einzige war, die Sarah mit ihrem Sturmklingeln aus dem Schlaf gerissen hatte. Jetzt saß sie in eine Cashmeredecke gewickelt auf der Sofakante, die dem stylishen Gaskamin am nächsten war. Sarah genoss die Wärme der Flammen, die hinter einer Glasscheibe um täuschend echt wirkende Keramikhölzer züngelten.

»Du musst die Polizei rufen«, wiederholte Marion und reichte ihr eine Tasse frisch aufgebrühten Tee. Auch ihre Freundin trug lediglich einen Pyjama, wobei ihrer bestimmt von einer Designerfirma stammte und nicht von C&A.

»Das kommt in die Presse, oder?«, sprach Sarah ihre größte Angst aus. »Und dann wird Ralph mich finden.«

»Möglich. Aber was bleibt dir übrig? Du kannst diesen Unfall ja nicht vertuschen.«

»Unfall? Ich hab den Mann ohne Vorwarnung mit einer Kleiderstange die Treppe hinuntergestoßen!«

»Einen Einbrecher, der sich unbefugt in deinem Haus aufhielt und dich bedroht hat.«

»Wie soll ich das beweisen? Ich war allein.«

»Mach dir keine Sorgen.« Marion nahm im Rollentausch die Anwaltsposition ein. »Das wird die Rechtsmedizin klarstellen. Es war Notwehr.«

»Scheiße!« Sarah stellte den Tee ab, um das Gesicht in den Händen vergraben zu können. »Hätte ich doch gestern nur nicht zu viel Wein getrunken.« Sie seufzte und erklärte Marion, dass ihr vor Müdigkeit das Handy aus der Hand gerutscht war.

Sowie das Weinglas.

Mit dem weißen Pulver am Boden …

Sarah streifte die Decke ab und stand auf.

Die Einkäufe. Ralphs Ausbruch. Das Verschwinden des Dunkelbuchs. Der Überfall in ihrem Haus. Ihre fast komatöse Müdigkeit – *was, wenn das alles zusammenhängt?*

»Liebes?«, fragte Marion.

»Okay, du hast recht. Ich mache es.«

»Was?«

»Ich habe keine andere Wahl. Ich muss den Dingen auf den Grund gehen!«

Sarah ließ sich Marions Telefon geben und wählte die 110.

Um nicht einmal fünfzehn Minuten später einen zweiten Schock erleiden zu müssen, der alles, was sie an diesem Tag an Entsetzlichem bereits erlebt hatte, um Längen in den Schatten stellte!

KAPITEL 22

Sie trafen zeitgleich im Habichtweg 4 ein. Sarah, die von Marion gefahren wurde, zwei Einsatzfahrzeuge der Polizei sowie ein Rettungswagen. Letzterer gab sich alle Mühe, die Nachbarschaft mit seinen flackernden Signallichtern aus dem Schlaf zu reißen, was ihm zumindest bei den Meyerfeldts gegenüber schon mal gelungen war. Das ältere Ehepaar stand im hell erleuchteten Schlafzimmerfenster und beobachtete neugierig das Szenario, das sich ihnen zur Unzeit bot.

Mein geringstes Problem, dachte Sarah, als sie aus Marions SUV stieg. Die würden so schnell kein Video ihrer Verhaftung auf TikTok posten. Wohl aber der fünfzehnjährige Tristan direkt nebenan, sobald er von dem Spuk hier etwas mitbekam.

»Frau Wolff?«

Sarah drehte sich zu der Beamtin, in der sie erst im zweiten Moment Kim Blaschko wiedererkannte. Ihr Atem schlug die bei den Außentemperaturen unvermeidlichen Wolken.

Diesmal waren sie und Eddy nicht alleine gekommen. Hinter ihr und ihrem Partner waren zwei ebenfalls uniformierte Polizisten aus einem VW-Bus gestiegen und machten sich bereits auf den Weg zur Haustür.

»Ich schließe Ihnen auf«, sagte Sarah und fingerte ihren Schlüsselbund aus der Tasche des Daunenmantels, den Marion ihr geliehen hatte, ebenso wie die eine Nummer zu kleinen Sneakers.

»Geben Sie mir bitte den Haustürschlüssel«, forderte Kim und streckte die Hand aus. »Danach würde ich Sie bitten, mir ins Dienstfahrzeug zu folgen.« Sie deutete auf den Bus mit den vergitterten Seitenfenstern, der halb auf dem Bürgersteig, halb auf der Straße geparkt war.

Sarah nickte und reichte ihr den Schlüsselbund, den die Beamtin an Eddy weitergab. Marion begleitete Sarah zum Einsatzfahrzeug, bis sie von Kim darauf hingewiesen wurde, dass Sarah allein einsteigen müsse.

»Fahr doch bitte nach Hause«, sagte Sarah, doch ihre Freundin winkte ab.

»Auf keinen Fall. Ich warte in meinem Auto. Ruf mich, wenn du mich brauchst.«

Sarah nickte, dankbar dafür, dass eine Vertrauensperson in der Nähe blieb, auch wenn Marion natürlich nichts an dem jetzt anstehenden Prozedere würde ändern können. Zuerst würde sie Kim gegenüber an dem Klapptisch im hinteren Teil des Vans Platz nehmen. Dann würden ihre Personalien festgestellt werden. Und dann würde die Polizistin versuchen, die Zeit zu nutzen, um ihr so viele belastende Informationen wie möglich aus der Nase zu ziehen, bevor sie offiziell festgenommen war und über ihre Rechte aufgeklärt werden musste.

Und genauso kam es.

»Also gut, Frau Wolff«, begann Kim, nachdem die ersten Punkte ihrer To-do-Liste abgehakt waren. »Wie wäre es, wenn Sie mir den genauen Tathergang schildern würden?«

»Nein!«

»Nein?«

»Zu Ihrer Information: Ich bin Strafverteidigerin. Ich habe nichts weiter zu sagen als das, was ich bereits bei der 110-Leitstelle zu Protokoll gegeben habe: Bei mir wurde eingebrochen. Ich habe mich in Notwehr verteidigt. Sie finden einen leblosen Mann in meinem Haus.«

»Strafverteidigerin?« Kim runzelte die Stirn. »Haben Sie nicht gestern noch behauptet, Ihnen gehört der Späti im Dorf?«

»Das eine schließt das andere nicht aus, oder?«

Kim zog die Augenbrauen hoch. »Es ist ungewöhnlich. Im Übrigen wie Ihr gesamtes Verhalten, wann immer wir Kontakt haben.«

»Ungewöhnlich ist nur Ihre Untätigkeit und Nachlässigkeit, Frau Polizeiobermeisterin Blaschko«, entgegnete Sarah angriffslustig. »Gestern habe ich Sie über einen Stalker informiert, und Sie haben darüber lediglich Witze in meiner Küche gerissen. Wenige Stunden später wird mein Leben bedroht. Ich bin gespannt, wie sich das in Ihrem Bericht liest.«

Die Schiebetür neben ihnen öffnete sich mit einem ungesund schabenden Geräusch.

»Frau Wolff?« Eddy stand draußen vor dem Van und blickte mit ernster Miene ins Innere.

»Ja?«

»Ich muss Sie bitten, mir zu folgen!«

Sarah wusste, sie selbst hätte früher ihren Mandanten in einer vergleichbaren Situation geraten, nach dem »Warum« und »Wohin« zu fragen, aber weshalb sollte sie hier Spielchen spielen? Der Sachverhalt war eindeutig, und solange sie nichts zum Tathergang sagte, bevor sie nicht den Bericht der Spurensicherung auf dem Tisch hatte, konnte nichts schiefgehen.

Also schälte sie sich aus der Bank hinter dem Tisch hervor und stieg aus dem Van zurück in die Kälte.

»Was gibt es?«, wollte sie von dem Hauptmeister auf dem Weg an den Mülltonnen vorbei wissen. Die Polizisten hatten im Erdgeschoss sämtliche Lampen angeschaltet. Das Licht, das durch die Fenster fiel, beleuchtete den gesamten Vorgarten.

»Nun, ich fürchte, der Ablauf der Ereignisse, die Sie beim Notruf schilderten, entspricht nicht ganz der Wahrheit.«

»Wie meinen Sie das?«

»Dass es hier bestimmt keinen Akt der Notwehr gegeben hat!«

Sie folgte ihm die Treppe hinauf zur angelehnten Haustür.

»Ich wusste nicht, dass Sie eine rechtsmedizinische Zusatzausbildung haben, die es Ihnen ermöglicht, anhand der bloßen Inaugenscheinnahme des Tatorts derartige Schlüsse zu ziehen.«

Eddy sah sie an, und nun wirkte er verärgert. »Ich denke, mein gesunder Menschenverstand ist für ein eindeutiges Urteil ausreichend. Sie wurden nicht bedroht!«

»Und woher wollen Sie das wissen?«, fragte Sarah, die damit rechnete, in der nächsten Sekunde den im Leben eines unschuldigen Menschen alles verändernden Satz zu hören: *»Sie sind festgenommen wegen des Verdachts auf Tötung eines Unbekannten!«*

Stattdessen hörte sie das vertraute Knirschen beim Aufschieben ihrer leicht verzogenen Haustür. Hörte, wie ihre Füße in Marions geliehenen Sneakers über das Laminat schlappten, bis sie durch den Flur auf dem Weg Richtung Wohnzimmer bei der Treppe zum ersten Obergeschoss angelangt waren.

Und sah das Unglaubliche.

Nämlich … *nichts!*

Kein reglos verdrehter Körper. Kein übergewichtiger Mann mit aufgeplatztem Schädel. Keine Kleiderstange neben dem Kopf. Keine Brille. Und kein Blut auf dem Boden. Keine Lache, kein Rinnsal, nicht einmal der geringste Spritzer!

»Das ist unmöglich!«, entfuhr es Sarah, die sich mit einem Mal wie eine Schlafwandlerin fühlte, die aus einem Albtraum aufgewacht und in den nächsten gefallen war.

Und doch sah sie es mit eigenen, wachen Augen: Der Bereich vor der Treppe, wo vor einer Stunde noch eine Leiche gelegen hatte, war leer. Der Boden sauber, das Parkett nahezu blank. So als wäre es gerade erst wie von Geisterhand akribisch gereinigt worden.

KAPITEL 23

Unmöglich, dachte sie nun bestimmt schon zum tausendsten Mal. Sie saß an dem Platz, wo ihr am vorigen Abend während des Telefonats mit Marion das Glas und das Handy aus der Hand gefallen waren. Und auch die Folgen davon schien jemand beseitigt zu haben.

Auf dem Boden waren keine Scherben mehr. Ihr Handy lag nicht vor dem Sofa, sondern ordentlich auf dem Couchtisch. Lediglich einige blasse, nicht vollständig entfernte Rotweinspritzer auf dem Teppich zeugten davon, dass sie mit dem Glas in der Hand eingeschlafen war. Sichtbare Hinweise auf den Toten vor der Treppe hingegen fehlten ebenso wie Einbruchsspuren an Fenstern und Türen. Und selbst die Kleiderstange hing wieder an Ort und Stelle und bog sich unter der Last der Anziehsachen.

Ich verliere den Verstand!

»Komm, Liebes, du schläfst heute bei mir«, sagte Marion, die sich neben sie gesetzt hatte, nun aber aufstand. Sarah hatte sie nicht gerufen, hatte noch nicht einmal bemerkt, wie ihre beste Freundin ins Haus gekommen war, so sehr stand sie neben sich.

»Frau Wolff darf gehen«, sagte Kim Blaschko und schaffte es, von oben herab zu klingen, dabei war sie fast noch kleiner als Marion. »Allerdings müssen Sie uns Ihre Personalien hinterlassen, damit wir Sie finden, wenn wir weitere Fragen an Sie haben!«

»Marion Reiners«, gab ihre Freundin zu Protokoll und nannte ihre Adresse.

»Sie sind doch Psychiaterin?«, fragte Eddy von der Tür zum

Flur her. Er tauschte mit seiner Partnerin einen wissenden Blick. »Ich kenne das Hinweisschild für Ihre Praxis am Ortseingang Gatow.«

Marion schüttelte den Kopf. »Das ist die meiner Mutter, Elke Reiners. Und die ist wie ich Psychologin, aber was tut das zur Sache?«

Kim Blaschko zuckte mit den Achseln. »Ich hab nur kurz überlegt, ob Frau Wolff therapeutische Hilfe in Anspruch nimmt, denn das dürfte so einiges hier erklären.«

Nun stand auch Sarah auf. »Ich leide weder unter Paranoia noch unter Wahnvorstellungen.«

»Na schön, welche Erklärung haben Sie dann dafür?« Kim zeigte buchstäblich ins Nichts. Dorthin, wo bis vor Kurzem noch eine Leiche gelegen hatte, die es geschafft hatte, sich auf wundersame Weise in Luft aufzulösen.

»Ich habe es Ihnen schon mehrfach gesagt, es gibt jemanden, der hin und wieder in mein Haus eindringt.«

»Der Lebensmittel-Einkäufer, das haben wir nicht vergessen. Aber bitte nehmen Sie es mir nicht übel – es fällt mir schon schwer, zu glauben, dass Ihr Helfer-Stalker ohne Ihr Wissen den Hausputz erledigt. Doch dass er jetzt auch noch Leichen hinter Ihnen wegräumt?«

Die Polizistin konnte sich ein spöttisches Lächeln nicht verkneifen, das Sarah ihr am liebsten aus dem Gesicht gewischt hätte. Doch es gelang ihr, sich zu beherrschen, und so teilte sie lieber eine verbale Ohrfeige aus, indem sie fragte:

»Wann kommt die Spurensicherung?«

Kim blinzelte irritiert. »Wozu?«

»Das hier ist ein Tatort«, klärte Sarah sie auf. »Wie gründlich auch immer derjenige die Folgen meiner Notwehrhandlung beseitigt hat, es kann ihm nicht gelungen sein, sämtliche Blutspuren zu beseitigen.«

»Ach, kommen Sie …«

Sarah wandte sich an Eddy. »Sie haben mehr Erfahrung als Ihre Kollegin und wissen, dass ich recht habe. Wenn Sie hier schlampig arbeiten und meinen Hinweisen nicht vollständig nachgehen, wird das eine Menge Papierkram nach sich ziehen, auf den wir alle keinen Bock haben, richtig?«

Sarah hörte das adrenalingepeitschte Blut in ihren Ohren rauschen, was zwar unangenehm war, aber immer noch besser als die unheimliche innere Stimme in ihrem Kopf, die ihr bis eben noch gesagt hatte, dass sie dabei war, den Verstand zu verlieren.

Sie sah, wie Eddy überlegte und dann nachdenklich nickte. »Sie wollen ernsthaft, dass ich …«

»Genau. Veranlassen Sie einen Luminol-Test.«

Kim, sichtlich getroffen, überstimmt worden zu sein, zuckte mit den Achseln. *Na wenn schon,* schien sie zu denken.

Sie griff zum Funkgerät.

KAPITEL 24

Eine halbe Stunde später betrat ein Beamter der Spurensicherung das Haus. Sarah, die dem Prozess nicht beiwohnen durfte, hatte mit Marion hinter der geschlossenen Tür in der Küche gewartet. Sie kannte den Ablauf aus eigener Erfahrung als Strafverteidigerin. Zuerst löste der Forensiker das Luminol in einer alkalischen Lösung und mischte sie dann mit Wasserstoffperoxid. Daraufhin wurde die Lösung großflächig auf alle verdächtigen Bereiche gesprüht. Schließlich schaltete er seine Blaulichtlampe an und löste mit ihrer Hilfe die sogenannte Chemolumineszenz aus. Selbst unsichtbare Hämoglobinreste würden in ihrem Treppenhaus wie Glühwürmchen aufleuchten.

Und den Beweis erbringen, dass sie nicht den Verstand verloren hatte, sondern …

»Frau Wolff?«

Wieder war es Eddy, der sie bat, ihm zu folgen. Wieder zur Treppe. Wieder, um sie mit etwas Unglaublichem zu konfrontieren.

»Nichts. Nicht das kleinste Molekül.«

Der für die frühe Morgenstunde viel zu wach wirkende Beamte in dem weißen Kittel der Spurensicherung sah sie ausdruckslos an. Dann schaltete er das Licht kurz aus, und tatsächlich … Da war nichts. Nicht das geringste Leuchten. Keine einzige im Dunkeln fluoreszierende Blutspur.

Als das Licht wieder anging, meinte Sarah, das Treppenhaus um sie herum würde wie ein Kreisel rotieren, dabei war sie es, die sich Hilfe suchend um die eigene Achse drehte.

Luft, dachte sie. *Ich brauche frische Luft!*

Die Rufe hinter sich ignorierend, machte sie sich auf den Weg nach draußen, zur Haustür, die sie gerade aufreißen wollte, als ihr Blick auf die Ablage neben der Garderobe fiel.

»Das kann nicht sein!«, stöhnte sie auf.

»Das haben Sie heute schon öfter gesagt.« Das kam von Kim, die ihr gefolgt war. Nicht wissend, dass sich Sarahs Ausruf weder auf die verschwundene Leiche noch auf den fehlgeschlagenen Blutnachweis bezog.

Sondern auf das Dunkelbuch.

Das wieder an Ort und Stelle lag.

Auf dem Beistelltisch in der Diele.

So als wäre es niemals weg gewesen.

KAPITEL 25

BERLIN, REINICKENDORF

Zuerst hatte er gedacht, der Einbrecher, der ihn beim Workout in seinem Fitnesskeller überrascht hatte, versteckte Körper und Gesicht unter einer weißen Fechtkleidung.

Er hatte gerade ein letztes Mal vierzig Kilo stemmen wollen, als die Gestalt hinter die Hantelbank getreten war und ihm die Gewichte so in den Hals gepresst hatte, dass sein Kehlkopf sich jetzt vollkommen zerquetscht anfühlte.

Mittlerweile war ihm klar geworden, dass der weiße Einteiler mit der Gitterhaube über dem Kopf ein Imkeranzug war. Zum Schutz vor Bienen, deren Stiche ihm jetzt sehr viel willkommener wären als das, was der »Nachbar« ihm antat.

Nachbar.

So hatte er sich genannt, als er ihn gefragt hatte, wer zur Hölle er sei.

»Ich bin Sarahs Nachbar. Ich kümmere mich um sie!«

Die einzigen beiden Sätze, die der Typ gesagt hatte. Schon auf seine Frage »Wer zum Teufel ist Sarah?« hatte er keine Antwort mehr bekommen.

»Wieso?«, fragte er jetzt.

Er versuchte, sich das winzige, hoffnungslose Wort aus den Lungen zu pressen, obwohl ihm klar war, dass der Psychopath ihn längst nicht mehr hören konnte. Nicht allein, weil er sich vor Schmerzen so sehr auf die Zunge gebissen hatte, dass er beim Schreien jetzt Blut gurgelte. Sondern vor allem, weil der »Nachbar« sich Lärmschutzkopfhörer über die Haube gezogen hatte. Kurz bevor er seine Beine mit Kabelbindern fixiert und ihm danach beide Knie zertrümmert hatte. Mit der spitzen Kante der gläsernen Körperfettwaage, die der Sadist unter dem Freihantelregal gefunden hatte.

Und dennoch versuchte er es noch einmal.

Trotz des kehlkopfzerquetschenden Gewichts auf dem Hals. Trotz des Bluts in seinem Mund. Trotz des Schallschutzes über der Imkermaske.

»Wiesooooo?«, fragte er den Einbrecher in vollständiger Fassungslosigkeit.

Ich habe kein Geld. Keine Feinde. Hab mir nie etwas zuschulden kommen lassen. Wieso ich?

Der Siebzigjährige sollte keine Antwort bekommen. Nicht erfahren, weshalb er, ein längst pensionierter Gymnasiallehrer für Mathematik und Sport, hier in seinem Keller zu Tode gefoltert wurde.

Langsam, qualvoll und blutig. Mit einem Kartoffelschäler, mit dem der Psychopath sich jetzt ans Werk machte, ihm die Haut abzuziehen. Schicht um Schicht, angefangen von der Brust über die Arme bis zum Gesicht, wo die frisch geschärfte Klinge zuerst die Augenbrauen, dann die Nasenspitze und schließlich die Lippen abtrennen würde.

KAPITEL 26

SARAH

Sarah hatte das Gefühl zu ersticken. Keuchend sog sie die Luft wieder ein, sie musste sich anhören wie ein Asthmatiker. Sie hatte wohl vergessen zu atmen und es nicht einmal bemerkt.

Jetzt traten ihr vor Husten die Tränen in die Augen. Eine tropfte von ihrer Wange herab. Fiel auf die letzte Seite des vor ihr liegenden, geöffneten Dunkelbuchs. Verwischte das erste Wort im letzten Satz des allerletzten Eintrags. Den zu lesen ihr noch einen härteren seelischen Tiefschlag versetzt hatte als der Anblick ihres blitzsauberen, leeren Flurs.

Irgendetwas stimmt nicht mehr mit mir. Ich bin nicht mehr richtig im Kopf.

Sarah sah von ihrem Schreibtisch hoch in den Garten. Vom ersten Herbstwind des Jahres bewegt, klappte die lose Dachpappe auf dem kleinen, vom Wein überwucherten Gerätehäuschen nach vorne wie das Toupet eines kahlen Mannes.

Es dämmerte längst.

Als sämtliche Polizisten wieder gegangen waren, war es kurz vor sechs Uhr morgens und an Schlaf nicht mehr zu denken gewesen. Sarah hatte Marions naheliegendes Angebot ausgeschlagen, mit zu ihr nach Hause zu kommen.

»Ich lebe allein in dem großen Haus, wie du weißt. Du kannst dir eines der beiden Gästezimmer aussuchen.«

»Danke, aber ich würde jetzt eh kein Auge zutun.«

»Hier kannst du doch aber auch nicht bleiben!«

»Das weiß ich«, hatte sie sie an der Haustür verabschiedet und wäre beinahe in Tränen ausgebrochen.

Sosehr Sarah sich in ihren eigenen vier Wänden fürchtete, so wenig wollte sie schon wieder auf der Flucht sein. Zwei widerstreitende Gefühle tobten in ihr und führten einen Kampf untereinander aus. Ihre Angst vor einer unsichtbaren Gefahr, die sich in ihren eigenen vier Wänden ausbreitete und ihr mehr als den Verstand zu nehmen drohte, gegen ihren immer stärker werdenden Willen, nicht schon wieder klein beizugeben und sich zur Marionette eines Mannes machen zu lassen.

»Ich packe meine Sachen, und dann melde ich mich bei dir, wenn ich einen Plan habe!«

Marion hatte sie nur widerwillig aus ihrer Umarmung entlassen, und sie hatte ihr das Versprechen geben müssen, sofort ans Handy zu gehen, wann immer sie anrief.

Was sie in diesem Moment brach.

Sarah ließ ihr Telefon auf der Arbeitsplatte vibrieren. Ignorierte Marions Kontaktversuch, starrte weiter nach draußen auf den von Morgentau überzogenen Wildwuchs ihres Gartens und versuchte sich an einen Moment in ihrem Leben zu erinnern, an dem sie unbeschwert gewesen war. Sie musste sehr weit zurückgehen.

Zu dem Moment, als sie morgens gesund und voller Hoffnung auf die Abenteuer des Tages gewesen war. Als Leon noch lebte und das Dunkelbuch nicht einmal eine Idee gewesen, die linierten Zeilen des sepiafarbenen DIN-A5-Papiers noch völlig unbeschrieben gewesen waren. Heute standen auf seiner letzten Seite zwei Sätze:

Ich wünschte, sie würde einen tödlichen Unfall erleiden; durch die Windschutzscheibe eines Wagens geschleudert werden oder beim Baden ertrinken – ganz egal.

Sarah zwang sich dazu, sich noch einmal zu vergewissern, dass sie nicht schon wieder einer Sinnestäuschung erlag. Dass die Wörter dort wirklich standen und nicht verschwunden waren wie die Leiche vor der Treppe.

Aber sie waren noch da, als sie wieder in das Dunkelbuch schaute.

Sorgsam und sauber niedergeschrieben. Mit einer Handschrift, die ihrer täuschend ähnlich sah. Sarah konnte trotzdem mit absoluter Gewissheit ausschließen, diese Grausamkeit jemals in ihr Buch geschrieben zu haben, die auf der letzten Seite mit dem zweiten Satz endete:

Ich wünschte, Ruby würde nie wieder von ihrer Orchesterfahrt zurückkehren!!!

KAPITEL 27

»Mama?«

Ruby verfügte hörbar über die wohl allen Teenagern eigene Gabe, ein einzelnes Wort so genervt klingen zu lassen, dass man als Mutter sofort den Satz: *»Musst du mich denn ausgerechnet jetzt stören?«*, heraushörte.

»Geht es dir gut?«

Sie hatte noch eine Stunde gewartet, bis sie es gewagt hatte, ihre Tochter so früh auf der Orchesterfahrt anzurufen.

»Echt jetzt?« Ruby flüsterte. »Du weißt, dass Handys verboten sind, Mama. Wir hatten ausgemacht, nur in Notfällen, und das ist nun schon der zweite Anruf. Ich hoffe, es geht nicht wieder um den Einkauf!«

»Das ist mehr als ein Notfall«, lag ihr auf der Zunge.

»Ich muss was wissen. Meine Frage klingt vielleicht komisch …«

»Maaaama!«

»Ist etwas Seltsames bei dir vorgefallen?«

»Du meinst, außer unserem Gespräch hier?«

»Hat dich jemand angesprochen? Hast du was beobachtet?«

»Äh, nein?«

Es klapperte in der Leitung, Ruby sagte etwas. Sie klang nun deutlich weiter entfernt, als wäre ihr das Telefon aus der Hand gerutscht. Sarah verstand so etwas wie »meine Mama«.

»Ruby?«

Da meldete sich eine männliche Stimme. »Frau Wolff?«

»Ja?«

Dominik Gerhardinger. Rubys Klassenlehrer und Orchesterleiter.

»Sie wissen, dass wir den Kindern untersagt haben, ihre Telefone mit auf die Fahrt zu nehmen?«, tadelte er sie. »Die Jugendlichen sollen sich voll und ganz auf die Musik konzentrieren.«

»Ja, tut mir leid, aber …«

Wie damals in ihrer Kanzlei, wenn sie ein schwieriges Telefonat führte, stand sie auf, weil sie sich einbildete, im Stehen besser nachdenken zu können. Außerdem klang ihre Stimme dann definitiv autoritärer. »Es ist daheim etwas vorgefallen, weswegen ich dringend Rücksprache mit meiner Tochter halten muss.«

»Dann hätten Sie, wie auf dem Elternabend besprochen, sich an mich wenden sollen. Sie haben doch meine Kontaktdaten?«

»Ja.« Sarah erinnerte sich an die Rundmail im Klassenverteiler mit allen Hinweisen zur Fahrt.

»Worum geht es denn?«

»Das kann ich nur mit Ruby selbst besprechen.«

»Nein, Mama«, hörte sie ihre Tochter aus dem Hintergrund rufen. »Mir geht es gut, ich hab hier viel Spaß, und es ist nichts Seltsames vorgefallen.«

»War es das, was Sie wissen wollten?«, fragte Gerhardinger.

»Im Grunde ja«, murmelte Sarah, obwohl sie sehr gerne bei Ruby weitergebohrt hätte.

»Schön, dann haben Sie bitte Verständnis, dass ich das Telefon ab sofort einbehalte. Ruby erhält es am Ende der Fahrt zurück. Und wenn etwas ist, wissen Sie ja, wie Sie mich erreichen.«

Scheiße! Sarah überlegte fieberhaft, wie sie die Beschlagnahme verhindern sollte, aber sie selbst hatte die Einverständniserklärung unterschrieben. Damals, als sie Digital-Detox auf der Orchesterfahrt noch für eine prima Idee gehalten hatte. Im Gegensatz zu Ruby, die aus diesem Grund beinahe nicht mitgefahren wäre, hätte Sarah ihr nicht am Ende doch noch erlaubt, das Handy heimlich einzustecken.

Nach einer kühlen Verabschiedung hatte Herr Gerhardinger sie weggedrückt.

Verdammter Mist!

Das Gefühl des Alleinseins lastete immer stärker auf ihr.

Jetzt war selbst die digitale Rettungsleine zu ihrer Tochter gekappt.

Sie seufzte schwer. Massierte sich die Nasenwurzel als vorbeugende Maßnahme gegen die Kopfschmerzen, die zwangsläufig kommen würden, und überlegte, ob sie Marion zurückrufen sollte, damit sie sie doch abholte.

Ihr Blick fiel auf die Staffelei. Auf die angefangene Skizze des Gartens. Sie hatte aufgehört, als der umgekippte Tonkrug drangekommen war, der im hohen Gras lag. Das an einer Seite eingedrückte Gefäß erinnerte sie an den Kopf des Mannes am Fuß der Treppe. Sarah schaute durchs Fenster und war regelrecht erleichtert, dass der Krug nicht auch noch verschwunden war.

Sie sah wieder zu ihrer Skizze und fühlte sich mit einem Mal wie elektrisiert. Denn ihr war eine Idee gekommen, von der sie hoffte, dass sie den Wahnsinn, in dem sie sich befand, buchstäblich mit einem Pinselstrich beenden würde.

KAPITEL 28

Anderthalb Stunden später hielt Sarahs Taxi vor dem modernen Rotklinker-Bau in der Schmidt-Knobelsdorf-Straße.

Die Strecke war von ihrem Haus für Berliner Verhältnisse ein Katzensprung, aber sie hatte sich nicht in der Lage gesehen, die neun Kilometer mit dem eigenen Auto zurückzulegen. Mittlerweile machte sich der fehlende Schlaf doch bemerkbar, und die Gefahr, hinterm Steuer einzuschlafen, war ihr zu groß erschienen. Am liebsten hätte sie die Fahrt über auf der Rückbank des Toyota die Augen geschlossen, um vor dem anstehenden wichtigen Gespräch wenigstens einen kurzen Powernap gehabt zu haben. Doch der Fahrer hatte ununterbrochen auf sie eingeredet, weswegen sie jetzt nicht nur hundemüde, sondern auch noch bestens informiert war über seine Ansichten zur Haushaltslage, zur Bundesliga, zum Fernsehprogramm und zur Klimakatastrophe.

»Ich zahl mit der App!«, sagte sie und wedelte zum Abschied mit ihrem Handy, das unmittelbar nach dem Aussteigen zu läuten begann.

Unterdrückte Rufnummer?

Sarah schulterte ihre sackartige Lederhandtasche und überlegte.

Normalerweise nahm sie ihr fremde Teilnehmer nicht an, aber vielleicht war es ja Herr Gerhardinger, der noch etwas von ihr wollte?

»Ja?«

Nichts. Keine Stimme, kein Atmen, kein Teilnehmer. Jedenfalls niemand, den Sarah bei dem tosenden Straßenlärm hören konnte.

Der dreistöckige Flachdachbaukomplex lag an einer vierspurigen Hauptverkehrsstraße. Wegen des Regens, der seit einer Stunde vom Spandauer Himmel fiel, hatten sich noch einmal zehn Prozent mehr Berliner gegen die öffentlichen Verkehrsmittel und für ihren Pkw entschieden. Der nasse Asphalt verstärkte den Lärm des überhöhten Verkehrsaufkommens zusätzlich, insbesondere die Reifengeräusche der ohne Rücksicht auf Verluste durch die Pfützen am Straßenrand pflügenden Fahrzeuge.

»Hallo?«, versuchte es Sarah und schirmte mit der freien Hand ihr anderes Ohr ab.

»Schaaaa«, hörte sie einen Mann sagen. Zumindest glaubte sie, dass es ein Mann war, der am anderen Ende stöhnte.

»Wer ist da?«

»Nischt.«

»Bitte?«

Ein Regentropfen hatte sich von ihrem Haar am Hinterkopf gelöst und lief zwischen dem Kragen ihres Parkas und ihrem Hals den Rücken hinab. Sie fröstelte, aber wohl vor allem deswegen, weil der Mann sich anhörte, als ob er große Schmerzen litt.

»Nischt rrrrrrgeh.«

»Ich versteh kein Wort«, sagte Sarah, was der Wahrheit entsprach, auch wenn das Gefühl ihr sagte, dass sie den unbekannten Anrufer gar nicht deutlicher hören wollte. Wenn das kein Witzbold und kein Perverser war, sprach er mit der Stimme eines Gequälten.

»Hören Sie, mein Name ist Sarah Wolff. Wollen Sie wirklich mit mir sprechen?«

»Jaaaa!« Halb geschrien, halb gestöhnt. Aber eindeutig.

Sarah setzte sich in Richtung des Gebäudeeingangs in Bewegung.

»Wer sind Sie?«

»Ischhhhhh binnnn …« Möglich, dass er einen Namen sagte, aber der ging in gurgelnden Zischlauten unter.

»Was wollen Sie von mir?«

Sie öffnete die Glastür und trat in eine Windschleuse, in der es angenehm warm war und trocken. Zudem konnte sie den Mann jetzt besser hören. Wenn auch nicht besser verstehen.

»Dähh Nashbaaaa!«

»Nashbah? Was soll das sein?«

Der Mann wiederholte das Wort noch einmal, und diesmal hörte es sich an wie »Nachbar«. Aber ergab das Sinn?

»Sie sind ein Nachbar?«

»Nischt isch. Er! Bitte … niiieee!«

Er sagte etwas nicht zu Entschlüsselndes. Dann folgte ein weiteres, etwas besser verständliches Wort.

»Rnnghhnn!«

Sarah drehte sich im Kreis.

Sie sah durch die Scheibe der Glastür, durch die sie eben gegangen war, wieder nach draußen in den Regen. Ihr Blick scannte die Straße. Sie versuchte, jedes einzelne Auto zu erfassen, das in diesem Moment vorbeifuhr. Jeden Pkw, Laster, Bus, Transporter. Aber es waren zu viele. Und es parkten auch zu viele am Straßenrand. Sie konnte von ihrer Position aus nichts Verdächtiges sehen. Nichts, was ihr Aufschluss darüber geben würde, wer sie gerade beobachtete, denn das war die einzige Erklärung, woher der Anrufer wusste, dass sie gerade tatsächlich dabei war, in ein Gebäude zu gehen.

»Wo sind Sie? Wie kann ich Ihnen helfen?«, wollte Sarah wissen und zog die schwere Eingangstür auf.

»Niiisch …«

»Was?«

»Nischt rein!«

Er klang wieder, als würde er gurgeln.

»Ich soll *nicht* reingehen?«

»Jaaa.«

Bestürzt wechselte Sarah den Hörer von einem Ohr ans andere. »Wieso nicht?«

»Weee isch schonscht …«

Ein kurzes, rasselndes Husten, dem der Anrufer nur noch ein letztes Wort folgen ließ. Ebenfalls röchelnd und erstickt. Aber grausam verständlich.

»Schterbe!«, sagte er.

Dann war die Leitung tot.

Und Sarah im Inneren des Gebäudes der Polizeidirektion 2, Abschnitt 23.

KAPITEL 29

Sie wollen *was?*«

Eddy griff nach dem Kaffeepott auf seinem Schreibtisch, auf dem das Foto eines Jungen prangte, der, wenn man von dem Bart absah, dem fülligen Polizisten wie aus dem Gesicht geschnitten war. Unter dem Bild des frech grinsenden etwa Zehnjährigen stand der Spruch: »5 in Mathe? Egal! Bin im Zeugnis-Schutzprogramm!«

Obwohl der Pott mehr als dreimal so groß war wie eine herkömmliche Tasse, verschwand er nahezu in Eddys Pranken. Nachdem er einen großen Schluck der offensichtlich maximal lauwarmen Brühe genommen hatte, stöhnte er: »Aaaah«, als hätte er gerade nach einer intensiven Sporteinheit ein erfrischendes Kaltgetränk geleert. Er zog eine Schublade auf und zog ein Kabel hervor.

»Ist das Ihr Ernst?«, fragte er.

Sarah nickte. Sie hatte doppeltes Glück gehabt. Zum einen, dass der Beamte überhaupt da war, denn Eddy hatte erstens eine ebenso schlaflose Nacht hinter sich wie sie und zweitens heute eigentlich frei. Er war nur gekommen, weil er das Aufladekabel für die Nintendo-Switch seines Sohnes vergessen hatte. Zudem hatte sie Glück gehabt, dass er sie offenbar nicht so unsympathisch und hysterisch fand wie seine Kollegin Kim. Immerhin hatte er sich von ihr zu einem Fünfminutengespräch im Großraumbüro des Abschnitts überreden lassen.

»Mir könnte es nicht ernster sein!« Aufgeregt rutschte sie auf dem Bürostuhl nach vorne. Sie saßen über Eck. Sarahs Knie bohrten sich unbequem gegen die Spanholzplatte des Schubladenschranks unter dem Schreibtisch.

»Ich brauche einen Phantombildzeichner.« Sie tippte mit dem Zeigefinger auf das DIN-A4-Blatt, das sie eben erst aus ihrer Handtasche geholt und aufgerollt vor dem Beamten hingelegt hatte.

Es zeigte das aufgedunsene Gesicht eines Brillenträgers mit langem fettigem Haar und Doppelkinn.

»Das haben Sie gezeichnet?«, fragte Eddy anerkennend.

»Eben gerade an meiner Staffelei. Aber ich bin besser in Landschaften. Gesichter sind nicht so mein Ding. Daher sieht das hier auch nur entfernt so aus wie der Einbrecher von gestern Abend.« Sie zeigte auf ihre Bleistiftschraffierung. »Ich habe eine viel klarere Erinnerung im Kopf. Mit einer professionellen Polizeigrafikerin oder einem Phantombildzeichner könnte ich das sehr viel genauer hinbekommen.«

Eddy kratzte sich am Hinterkopf. War das ein leises Lächeln, das seine bartumrandeten Lippen umspielte? »Frau Wolff. Bitte nehmen Sie es mir nicht übel, das geht jetzt nicht gegen Sie. Sicher haben Sie vom finanziellen Zustand der Berliner Polizei gehört? Und von den uns auferlegten Sparmaßnahmen? Meine Vorgesetzten haben mir schon die Hölle heißgemacht, weil ich mit der Spurensicherung die Kosten gestern sinnloserweise in die Höhe geschraubt habe.«

»Das war nicht sinnlos, das war …«

Eddy hob die Hand. »Nicht meine Meinung, ich zitiere nur. Auf jeden Fall bekomme ich nie und nimmer eine Phantombilderstellung bewilligt. Eher schreibt mir die Polizeipräsidentin ein Vorwort für mein Buch …«

»Was für ein Buch?«

Eddy winkte ab. »Tut nichts zur Sache. Was ich eigentlich sagen will: Ich glaube Ihnen.«

»Tatsächlich?« Sarah atmete erleichtert aus. Hielt mit dem nächsten Atemzug aber sofort wieder die Luft an, weil Eddy die Hand hob.

»Damit will ich nicht sagen, dass Sie jemanden getötet haben. Aber vielleicht war da wirklich jemand, auch wenn wir keine Einbruchsspuren gefunden haben. Immerhin stand Ihr Haus eine Weile leer, vielleicht hat noch jemand einen Schlüssel. Und vielleicht haben Sie denjenigen in die Flucht geschlagen.«

Sarah schüttelte missbilligend den Kopf. »Er war tot!«

Eddy schenkte ihr einen mitfühlenden Blick, dann nickte er in Richtung der Zeichnung. »Unter Todesangst sieht man manchmal seltsame Dinge!«

Er beugte sich zu ihr, sprach nun etwas leiser, als hätte er Sorge, die wenigen Beamten an den Tischen neben ihnen könnten mithören. »Wie gesagt: Ich glaube Ihnen. Etwas ist vorgefallen. Doch ich fürchte, die Polizei ist die falsche Stelle, um Ihnen zu helfen. Sie sollten sich lieber an …«

»Wohin wenden?«, fragte Sarah aufbrausend. Ihr wurde heiß, als wäre sie bei etwas erwischt worden, wofür sie sich schämen müsste. »An einen Psychiater? Wollten Sie das sagen?«

Eddy zuckte mit den Achseln und hob wie zur Entschuldigung die Hände.

Sarah winkte ab, verletzt und verzweifelt.

Von wegen »Ich glaube Ihnen!«.

»Na schön«, seufzte sie angestrengt. »Jetzt, wo Sie mir zu verstehen gegeben haben, dass Sie mich für gestört halten, kann ich es Ihnen ja auch sagen.«

»Was sagen?«

»Ich habe gerade einen Anruf mit unterdrückter Nummer erhalten. Ein Mann hat mich davor gewarnt, dieses Revier zu betreten. Sonst …«

»Sonst was?«

»Würde er sterben!«

Eddys Augen weiteten sich. Sein Blick wurde intensiver, jedoch nicht argwöhnischer.

»Wer weiß, dass Sie hier sind?«, fragte er, was sie mit einer gewissen Erleichterung zur Kenntnis nahm. Zumindest für einen Moment tat er so, als könnte sie die Wahrheit sagen.

»Niemand. Natürlich könnte jemand meinem Taxi gefolgt sein!«

»Oder …« Eddy zeigte auf Sarahs Handtasche.

»Oder was?«

»Macht es Ihnen etwas aus, wenn ich da mal einen Blick reinwerfe?«

KAPITEL 30

DER NACHBAR

Es ist erstaunlich, wie leicht ein Karottenschneider durchs menschliche Auge gleitet, dachte er und nahm sich vor, dem Hersteller auf dem Online-Portal eine gute Bewertung zu geben. Natürlich anonym und selbstverständlich, ohne konkret zu werden. Aber heutzutage wurde kaum noch Qualität hergestellt, und die Ausnahme musste entsprechend gewürdigt werden.

Der Schäler war jetzt schon seit anderthalb Tagen im Einsatz und hatte bis zuletzt hervorragende Dienste geleistet.

Nur bei den knochigen Rippen, direkt nach den Brustwarzen, hatte er etwas sperrig in der Hand gelegen, aber dann war es bis zum Genitalbereich ein Kinderspiel gewesen. Da aber hatte Kipp schon gar nicht mehr geatmet.

Früh, viel zu früh, hatte er seinen letzten Atemzug getätigt. Spät, viel zu spät, hatte er ihn Sarah anrufen lassen, als sie auf dem Weg zur Polizei war.

Wieso tut sie das? Weiß sie denn nicht, dass ich ihr nur helfe?

Als der Nachbar ihm das Telefon hinhielt, damit er Sarah von ihrem Fehler abhielt, waren die Lippen schon zerfleischt und der Mund im wahrsten Sinne des Wortes ein Blutbad gewesen.

Kein Wunder, dass Sarah ihn nicht verstanden hatte.

Hartmut Kipp, ihren ehemaligen Lehrer.

Sicher hättest du sonst kehrtgemacht, meine liebe Sarah.

Oh, wie sie sich freuen würde, wenn sie erst davon erfuhr! Dass ihre Fantasie, die sie bislang nur ihrem Dunkelbuch anvertraut hatte, real geworden war.

Der Nachbar lächelte selbstvergessen auf seinem Weg aus dem Fitnessraum in den Nachbarkeller, um den Nasssauger zu holen, mit dem er wenigstens die gröbsten Blutlachen von der Plane unter der Hantelbank wegsaugen wollte.

Und wie sehr wird sie mich lieben, wenn sie erst einmal erfährt, dass ich es bin, der ihre geheimsten Wünsche hat wahr werden lassen.

KAPITEL 31

SARAH

Ein Haargummi, mehrere Tankquittungen, ihre Schlüsseltasche, Kleingeld, Lippenbalsam, eine Handcreme, ein Werbegutschein für die Spandau-Arkaden, Pfefferminzbonbons, die Papprolle für ihre Einbrecher-Skizze und ihr Handy samt Powerbank – all das stapelte sich auf dem Schreibtisch des Polizisten neben Sarahs nun leerer Handtasche.

Alles unverdächtig. Nichts, was dort nicht reingehörte. Abgesehen von …

»Gehört das Ihnen?«

Das Ding auf Eddys Handfläche sah aus wie ein zu groß geratener weißer Kaubonbon.

»Ist das ein Airtag?«, wunderte sich Sarah, die das Teil noch nie zuvor in ihrem Besitz gesehen hatte. Sie kannte es von Marion. Die hatte so ein Gerät in jeder ihrer teuren Handtaschen und Koffer.

Zur Sicherheit!, wie sie sagte.

Mit einem Tracker konnte man Wertsachen im Falle eines Verlusts oder Diebstahls über Bluetooth orten.

Oder mich überwachen …

»Hm!«

Eddy runzelte die Stirn. Er griff zu einer Büroklammer, zog sie auseinander und nutzte ein Ende als Spitze, um die Batterie aus dem Tracker zu entfernen.

Ich werde überwacht. Ausspioniert. Von jemandem, der in meiner Abwesenheit den Müll aus dem Kiosk trägt. Für mich einkauft. Meine Blumen gießt. Und Leichen verschwinden lässt.

»Sie sind mit dem Taxi hier?«, fragte Eddy und stand auf.

Sarah nickte gedankenverloren.

Er zeigte zum Ausgang. »Kommen Sie. Ich fahre Sie nach Hause. Liegt auf dem Weg.« Der Polizist schenkte ihr ein altväterliches Lächeln. »Wir sind schließlich so was wie Nachbarn!«

KAPITEL 32

Eddys Privatwagen roch nach Vanille und Zigaretten. Ersteres lag an dem Duftbäumchen, das am Rückspiegel baumelte. Letzteres konnte Sarah sich nicht auf Anhieb erklären, hatte sie den Polizisten doch weder rauchen sehen noch an seinen Kleidern oder an seinem Atem verräterische Anzeichen bemerkt.

»Hab vor einem halben Jahr aufgehört«, sagte er ungefragt. Offenbar hatte er ihren Blick auf den leeren Aschenbecher in der Mittelkonsole bemerkt. »Stinkt noch immer saumäßig, nicht wahr?«

Er fädelte sich in den fließenden Verkehr ein und drehte das Autoradio leiser, das direkt mit der Zündung gestartet war.

Am liebsten hätte Sarah ihn gebeten, wieder laut zu stellen – gerade spielte der Sender einen ihrer Lieblingssongs (Depeche Mode, *Walking in My Shoes)* –, doch Eddy meinte, vermutlich aus Höflichkeit, Konversation betreiben zu müssen.

»Was denken Sie? Stimmt es, was man sagt: Mädchen sind bis zur Pubertät pflegeleicht und werden dann schwieriger, und bei Jungs ist es umgekehrt?« Er schien gerne und bei vielen Gelegenheiten zu lachen, für die er die unterschiedlichsten Lachvarianten parat hielt. Jetzt war es eine schüchterne Verlegenheitslache. »Ich frage, weil ich wie Sie alleinerziehend bin und mir Hoffnungen machen will, dass es mit meinem Sohn irgendwann leichter wird.«

»Ich fürchte, das können nur Eltern beantworten, die sowohl Jungen als auch Mädchen haben«, sagte Sarah und hatte auf einmal das beklemmende Gefühl, als hätte ihr Gurt sich in eine starre Eisenschiene verwandelt. Der Gedanke an Ruby und die Tatsache, dass Sarah sie nun nicht einmal mehr anrufen konnte, schnürten ihr regelrecht die Luft ab.

»Sie schreiben ein Buch?«, versuchte sie das Thema zu wechseln.

Eddy winkte ab. »Tun das nicht alle?«

Sarah nickte. Irgendwo hatte sie gelesen, dass statistisch gesehen jeder zweite Deutsche davon träumte, ein Buch zu schreiben. Sie musste an ihre eigene Therapiekladde denken, und die Beklemmung wurde wieder heftiger.

Mit einem Mal spürte sie das Verlangen, sich dem Beamten anzuvertrauen, der das Herz am rechten Fleck zu haben schien. Als Vater wusste er sicher, wie sehr einen die Angst um das eigene Kind belasten konnte. Sarah wollte ihm von dem unerklärlichen Eintrag zu Ruby im Dunkelbuch erzählen, doch dann hätte sie ihm erklären müssen, dass sie aus psychotherapeutischen Gründen eine Todesliste geführt hatte. Falls Eddy ihr bislang auch nur ein Fünkchen Glauben geschenkt hatte, wäre das spätestens nach diesem Geständnis erloschen. Auch wenn sein nächster Satz die Vermutung nahelegte, dass ihn kaum noch etwas im Leben schockieren konnte.

»Als Strafverteidigerin wissen Sie ja selbst, mit was für krankem Mist man sich manchmal rumschlagen muss«, fing Eddy wieder an. Er überholte einen Radfahrer, der ohne Schutzbleche fuhr, weswegen sein Hintern völlig durchnässt war von den Tropfen, die sein Hinterrad aufwirbelte.

»Stempeln Sie mich deshalb nicht gleich als Lügnerin ab?«, fragte Sarah ihn geradeheraus. »Weil Sie wissen, dass die Realität oft so unvorstellbar ist, dass sie einem nicht geglaubt wird?«

Sie musste an die in der Dusche gefesselte Dreijährige denken, der die Eltern die Fingernägel gezogen hatten.

»Unvorstellbar bizarr, grausam und schockierend.« Er nickte

und erklärte Sarah, dass er sich darangemacht hatte, die unglaublichsten Fälle seiner Karriere niederzuschreiben.

»Und Sie meinen, mein ›Nachbar-Fall‹ könnte den Weg in Ihr Buch finden?«

»Nachbar?«

»Der Unbekannte am Telefon hat etwas gesagt, das wie ›Nachbar‹ klang. Keine Ahnung, ob er sich selbst gemeint hat oder den Täter.«

Sie hielten an einer Ampel, und Eddy drehte sich zu ihr.

»Ganz ehrlich, ich weiß nicht, was ich von alldem halten soll. Ihre Schilderungen klingen wirr und irre. Aber Sie machen mir nicht den Eindruck einer Verwirrten, obwohl Sie allen Grund dazu hätten, nach dem, was Ihr Mann Ihnen angetan hat!«

Apropos …

Er fuhr wieder an.

»Gibt es da schon was Neues?«

Sarah hatte am frühen Morgen, als sie allein gewesen war, einige Online-Nachrichtenportale durchforstet und war auf zahlreiche Einträge gestoßen, die meisten allerdings bezogen sich noch auf den Säure-Prozess. Ralphs Ausbruch kurz vor seiner offiziellen Entlassung hatte noch keine großen Wellen geschlagen und war fast nur von hessischen Medien aufgegriffen worden.

»Nicht das Geringste. Es gibt wohl keine Spur!«

Sie bogen von einer Haupt- in eine Nebenstraße ab und mussten kurz für ein ausparkendes Fahrzeug halten. Drei Minuten später fuhren sie in den Habichtweg.

»Was würden Sie an meiner Stelle machen?«, fragte Sarah, als ihr Haus vor ihnen auftauchte.

Der Polizist zuckte mit den Achseln. »Mich mit ’ner Knarre ins Wohnzimmer setzen und abwarten, welcher Nachbar mich heimlich besuchen kommt.« Er lachte. »Wehe, Sie zitieren das.

Aber im Ernst: Wenn die Bedrohungslage eindeutiger wäre, würde ich rund um die Uhr jemanden vor Ihrem Haus postieren.«

Sarah seufzte.

»Aber da weder Sie noch ich das Geld dazu haben«, er wurde ernst, »sollten Sie Ihre Sachen packen und ein paar Tage woanders den Kopf frei bekommen!«

Er hielt direkt vor ihrem Gartentor. Sarah griff nach ihrer Handtasche und wollte sich von Eddy verabschieden, als sie den Schreck regelrecht körperlich spürte. Der Anblick, der sich ihr bot, traf sie wie ein Stromschlag.

»Was zum Teufel …?«, fragte sie über Eddys Schulter hinweg, durch dessen Seitenfenster sie zum Haus blickte.

Ein Mann lief durch ihren Vorgarten.

Richtung Gartenpforte.

Er war erkennbar kein Mitarbeiter der Stadtreinigung, und es befand sich auch kein Müllfahrzeug in der Nähe.

Dennoch zerrte er Sarahs volle Mülltonne hinter sich her, um sie vor dem Haus auf dem Bürgersteig abzustellen.

KAPITEL 33

Hey, was zum Geier machen Sie da?«

Der ältere Mann, den sie vor ihrer Gartenpforte gestellt hatte, trug zerschlissene Jeans, die so aussahen, als hätte er sie bereits im letzten Jahrtausend getragen. Seine ockerfarbene Strickjacke hatte auch schon bessere Tage gesehen, wie der Alte vermutlich selbst, den Sarah auf weit über siebzig schätzte. Er trug schwarze Lederhandschuhe und eine knallrote Zipfelmütze auf dem Kopf (das Werbegeschenk einer Sparkasse), die so tief in sein wettergegerbtes Gesicht gezogen war, dass Sarah ihn erst auf den zweiten Blick als ihren Nachbarn identifizierte.

Herr Meyerfeldt, der männliche Teil des neugierigen Rentnerpärchens von gegenüber.

»Was soll das?« Sie zeigte auf die schwarze Mülltonne, deren Deckel sich nicht vollständig schließen ließ, weil Ruby sich mal wieder nicht an die Mülltrennung gehalten und auch Umverpackungen in den Hausmüll geworfen hatte.

»Ich bringe Ihre Tonne raus, Frau Wolff.«

»Das sehe ich, aber weshalb?«

Der Alte kratzte sich das unrasierte Kinn. »Nun, gestern war ja einiges los hier, nicht wahr? Und vorhin haben meine Frau und ich Sie mit einem Taxi wegfahren sehen.« Er sah zu Eddy, der ebenfalls ausgestiegen war und jetzt neben der Tonne am Rand des Bürgersteigs stand. »Da dachten wir uns: Nicht dass sie länger weg ist. Morgen wird doch der Hausmüll abgeholt.«

»Ein Nachbarschaftsdienst also?« Sarah wechselte einen Blick mit dem Polizisten und kam sich auf einmal lächerlich vor. Der

Alte war kleiner als sie und wog kaum mehr als Ruby. Völlig ausgeschlossen, dass er in der Lage gewesen sein sollte, eine Hundert-Kilo-Leiche aus ihrem Haus zu wuchten und dabei alle Spuren zu verwischen.

Dennoch konnte sie sich die Frage nicht verkneifen: »Haben Sie auch meine Hortensien gegossen?« Sie zeigte auf den Topf im Treppenaufgang zur Haustür.

»Nein, tut mir leid«, entschuldigte sich ihr Nachbar beinahe unterwürfig. »Aber das kann ich gerne das nächste Mal übernehmen, wenn Sie wieder verreisen.«

Sie lehnte höflich dankend ab und fragte sich, ob ihre Glaubwürdigkeit nach dieser Überreaktion bei Eddy noch mehr Schaden genommen hatte. Immerhin war sie wie von der Tarantel gestochen aus seinem Wagen gesprungen.

Der Polizist stand mit dem Rücken zu ihr und schien das Haus der Meyerfeldts zu mustern. Irgendetwas dort erregte offenbar seine Aufmerksamkeit.

»Darf ich fragen, was heute Morgen passiert ist?«, wollte ihr Nachbar wissen. Am liebsten hätte sie ihm einen Vogel gezeigt. Kladow war ein Dorf, und auf keinen Fall würde sie den Klatsch auch noch befeuern, indem sie die neugierigsten Nachbarn der Welt mit Infos fütterte.

Erschrocken wurde sie Zeuge, dass Eddy das anscheinend anders sah. Denn der Polizist drehte sich zu ihnen um, nickte freundlich und zeigte Herrn Meyerfeldt seinen Dienstausweis.

»Polizeihauptmeister Haynauer. Ich kann Ihnen das sehr gerne erläutern. Aber nicht hier draußen.«

»Frieder Meyerfeldt«, stellte sich der Nachbar vor. »Gehen wir doch zu uns!«

Wie bitte?

Sarah hielt sich am Plastikgriff der Mülltonne fest, weil sie das Gefühl hatte, hier in dem anhaltenden Nieselregen den Bordstein unter den Füßen weggezogen zu bekommen. Doch sie hatte sich nicht verhört.

Ohne sich noch einmal umzudrehen, folgte Eddy dem Nachbarn auf die andere Straßenseite. Und nachdem er ihr damit unmissverständlich klargemacht hatte, dass sie bei der folgenden Unterredung unerwünscht war, blieb Sarah nichts anderes übrig, als zur Beobachterin degradiert zur Kenntnis zu nehmen, dass der Polizist im Haus der Nachbarn verschwand.

KAPITEL 34

EDDY

Von außen mochte das Haus so aussehen wie alle anderen der Siedlung. Allerdings bezweifelte Eddy, dass irgendein anderer Nachbar eine vergleichbare Inneneinrichtung hatte. Er konnte sich nicht erinnern, jemals zuvor in einem Wohnzimmer gesessen zu haben, in dem die Möbel so unpassend groß waren wie in dem der Meyerfeldts.

Entweder die Ledercouch, der Fliesentisch und der giftgrüne Ohrensessel (in dem Frieder Meyerfeldt Platz genommen hatte) waren nach dem Aufstellen gewachsen – oder das Haus war um sie herum nach dem Einzug geschrumpft.

So sieht die Welt also aus Kleinkinderaugen aus, dachte Eddy, während er Anette Meyerfeldt die Kaffeetasse abnahm, die sie ihm gerade eingeschenkt hatte. Sie wirkte jünger und agiler als ihr Mann, was vor allem an ihrem gepflegten Äußeren lag. Die rotblonden Haare waren gefärbt und geordnet, nicht von einer Mütze platt gedrückt wie die grauen Zotteln ihres Gatten. Ihr zierlicher Körper steckte in einem cremefarbenen Kostüm und nicht in Altkleidersammlungshosen. Und ihr Gesicht hatte auf jeden Fall mehr und wirksamere Faltencreme gesehen als das von Frieder.

»Das war ja eine Aufregung gestern«, hörte er sie mit leiser, fast piepsiger Stimme sagen.

Wie ein Spatz, passend zur Singvogel-Siedlung.

»Ich hoffe, bei den Wolffs ist nichts Schlimmes geschehen?«

Ihre erwartungsvoll aufblitzenden Augen verrieten, dass sie sich genau solche Neuigkeiten erhoffte.

Eddy schenkte ihr ein spöttisches Lächeln. »Haben Sie das nicht bereits selbst in Erfahrung gebracht?«

»Wie sollten wir?«, fragte Frieder und schaute missbilligend auf Eddys regenfeuchte Schuhe. Er selbst hatte seine Gartenstiefel im Eingang gegen Filzpantoffeln ausgetauscht.

»Indem Sie sich die Aufnahmen anschauen«, erklärte Eddy ihm.

»Welche Aufnahmen?«

Eddys Lächeln erstarb. »Glauben Sie wirklich, ich bin mit Ihnen hier reingekommen, um Sie mit Informationen aus einer laufenden polizeilichen Ermittlung zu versorgen?«

»Nun ja, ich, äh …«

Eddy genoss für einen Moment Frieders Verunsicherung, der im Ohrensessel verloren hin und her rutschte, während er verstörte Blicke mit seiner Frau austauschte.

»Ich wollte Ihnen da draußen nur eine Szene ersparen«, gab Eddy der Verwirrung seiner Gastgeber weitere Nahrung.

»Ich verstehe nicht«, sagte Anette bestürzt und sah zu ihrem Mann. »Frieder, verstehst du, was er meint?«

Der schüttelte nur den Kopf, die Wangen mittlerweile rosig.

»Also gut, dann helfe ich Ihnen auf die Sprünge.« Eddy zeigte Richtung Vorgarten. »Sie haben eine Kamera, direkt über dem Küchenfenster.«

»Aus Sicherheitsgründen, ja.«

»Ihnen ist schon bewusst, dass Sie damit nicht auf die Straße filmen dürfen, geschweige denn zu Ihrer Nachbarin gegenüber?«

»Das tun wir auch nicht!«, wagte der Rentner zu protestieren, wobei seine Wangen die Farbe von Rotwein annahmen.

»Dann haben Sie sicher nichts dagegen, wenn ich mir die Aufnahmen von gestern einmal anschaue?«

Frieder hob die Hand zum Gesicht, als wollte er sich die Wange kratzen, ließ sie aber in der Luft schweben, als hätte er vergessen, was er mit ihr eigentlich anstellen wollte.

»Haben Sie einen Durchsuchungsbefehl?«, fragte er schließlich.

»Beschluss. Ich bekomme keine Befehle. Aber klar, kein Problem. Den hole ich mir«, bluffte Eddy und griff zu seinem Telefon. »Dauert eine Stunde, bis er mir gebracht wird. So lange bleib ich hier sitzen und genieße Ihren Kaffee, der übrigens ganz hervorragend ist, Frau Meyerfeldt.« Er prostete ihr mit der Tasse zu.

»Dazu haben Sie kein Recht …«

»Und ob ich das habe. Das nennt sich Gefahr im Verzug«, flunkerte er weiter. »Um zu verhindern, dass Sie Beweise vernichten, die Ihre Verstöße gegen das Datenschutzgesetz belegen. Was bei Vorsatz übrigens eine Gefängnisstrafe nach sich ziehen kann, falls wir Ihnen nachweisen können, dass Sie Ihre Nachbarin bewusst ausspionieren.«

Er setzte die Tasse ab. »Es sei denn, wir finden eine andere Lösung?«

»Welche?«, fragten die Meyerfeldts wie aus einem Mund.

KAPITEL 35

Zwei Minuten später hatten sie ihm die Micro-SD-Karte aus der Überwachungsschnittstelle ausgehändigt, als Gegenleistung für sein Versprechen, die Sache damit auf sich beruhen zu lassen. Jetzt saß Eddy wieder in seinem Auto. Auf dem Lenkrad vor sich hatte er einen Tablet-PC abgelegt. Ein altes Ding, das kaum noch funktionierte, wenn es nicht am Strom hing. Er bewahrte es in seinem Fahrzeug auf, um seinen Sohn während langer Fahrten mit Filmen und Malprogrammen bei Laune zu halten. Nun steckte die meyerfeldtsche Micro-SD-Karte darin.

Dann wollen wir mal schauen …

Es hatte eine Weile gedauert, bis Eddy im Internet die passende Bildwiedergabe-Software gefunden hatte, aber nach einigen Fehlversuchen war es ihm endlich gelungen, den Ordner mit den entsprechenden Videofiles zu öffnen.

Wie erwartet war die Außenkamera der Meyerfeldts direkt auf das Haus von Sarah Wolff gerichtet und zeigte die komplette Vorderansicht, inklusive Vorgarten und Treppeneingang.

Sie verfügte über einen Bewegungsmelder und zeichnete nur auf, wenn etwas in ihr Sichtfeld geriet, was die Auswertung des Bildmaterials stark vereinfachte. Zudem waren die einzelnen Sequenzen mit Uhrzeit abgespeichert. Eddy fand sofort, wonach er suchte.

18.10., 3:43 Uhr

Also heute.

Er öffnete das File und stieß einen Pfiff aus.

Unglaublich, wie ausgereift die Nachtsichttechnik simpler Baumarktkameras mittlerweile ist.

Das Video war gestochen scharf, trotz der Dunkelheit, in der es gefilmt worden war.

Eddy sah sich selbst, wie er in Begleitung seiner Kollegen auf Sarahs Haus zuging. Die Einsatzfahrzeuge standen zum Teil im Bild, schräg vor dem Grundstück geparkt. Im Schnelldurchlauf scrollte er durch die Bilder bis zum Eintreffen von Sarah und ihrer Freundin. Er stoppte die Aufnahme, um sie auf dem Tablet zu speichern. Die Meyerfeldts hatten ihm versichert, es wäre die einzige Kopie, und sicher war sicher.

Dann sprang er zurück zu dem unmittelbar davor aufgezeichneten File, bei dem der Bewegungsmelder eine Aufnahme ausgelöst hatte.

»Hm.«

Fragend sah er nach vorne durch die Windschutzscheibe. Der Niesel hatte sich zu Regen verstärkt. Draußen war es so dunkel, als würde der Sonnenuntergang nahen, was auch daran lag, dass er mit seinem Wagen unter dem Dach einer gewaltigen Linde parkte. Ursprünglich hatte er das Video erst daheim auswerten wollen, doch dann hatte ihn die Neugierde übermannt, und er war abseits der Hauptstraße in einen Waldweg eingebogen.

Also schön. Noch mal von vorne.

Eddy wählte erneut die letzte Aufnahme aus, die die Kamera getätigt hatte, bevor die Einsatzkräfte angerückt waren.

Er konnte es nicht glauben.

Er öffnete die Mittelkonsole und entnahm ihr sein Privathandy. Dieser Anruf sollte nicht in den offiziellen Gesprächsprotokollen auftauchen, zumal er jetzt eine Nummer wählte, die er schon monate-, wenn nicht jahrelang nicht mehr angerufen hatte.

»Sherlock?«

Sein alter Schulfreund hieß Thorsten Schellack, doch da er schon als Kind zur Polizei gewollt hatte, lag sein Spitzname nahe.

»Was kann ich für dich tun?«

»Arbeitest du noch beim LKA?«

»Wo denn sonst?«

»Du musst mir einen Gefallen tun.«

»Schieß los.«

Sein Kumpel aus vergangenen Tagen war zum Glück noch immer so geradlinig und zuverlässig wie früher. Keine Vorwürfe à la *»Eine Ewigkeit meldest du dich nicht mehr, und dann nur, weil du meine Hilfe brauchst«*. Eddy fragte sich, ob er umgekehrt genauso hilfsbereit reagiert hätte. Allerdings wusste Sherlock ja auch noch nicht, was er von ihm wollte.

»Ich brauche jemanden, der für mich ein Haus nach Wanzen und Kameras absucht.«

»Und das geht nicht über den offiziellen Dienstweg?«

»Der Fall ist kompliziert.«

Eddy berichtete ihm die Kurzform, die im Kern darauf hinauslief, dass eine Frau behauptete, sie habe einen Mann die Treppe hinuntergestoßen, die Leiche aber verschwunden war.

»Sie geht davon aus, dass sie einen heimlichen Helfer hat, der sie beobachtet und verfolgt. Ich würde sie ja gerne als Spinnerin abtun, aber mein Bauchgefühl sagt mir, dass sie im Grunde eine völlig vernünftige Frau ist.«

»Und du hast ja genug Bauch für Gefühle, wie wir wissen«, sagte Sherlock und kicherte.

Eddy stimmte mit ein. »Wohl wahr!« Ihm kam eine Idee. »Sag mal, wo ich dich schon dranhabe, kennst du jemanden bei euch, der sich mit Phantombilderstellung auskennt?«

»Du hast ihn am Apparat. Hab erst kürzlich in den USA eine Fortbildung gemacht. Aktuell arbeite ich mit FaceGen.« Sherlocks Stimme wurde ernst. »Du willst also, dass ich nach dem Wanzenscan ein Phantombild von der verschwundenen Leiche anfertige?«

Ohne dass Eddy es weiter hatte ausführen müssen, hatte Sherlock eins und eins zusammengezählt. »Komm schon, da ist doch noch etwas mehr als ein Gefühl, das dich dazu bringt, dieser Dame helfen zu wollen.«

Eddy nickte und starrte auf die mittlerweile wieder schwarze Oberfläche seines Tablets. »Wenn du das sehen würdest, was ich hier gerade gesehen habe, würdest du an deinem Verstand zweifeln.«

»War das jetzt eine Antwort?«

»Eine bessere kann ich dir momentan nicht geben. Hör zu, ich mach's wieder gut. Aber bitte melde dich bei Sarah Wolff. Habichtweg 4.« Parallel schickte er ihm den abgespeicherten Kontakt. »Du hast eine WhatsApp. Setz dich mit ihr in …«

Weiter kam Eddy nicht mehr.

Die Schlinge, die sich ihm um den Hals zog, schnürte ihm erst die Luft ab. Dann schnitt sich der Draht durch die Haut bis zum Kehlkopfknorpel hindurch.

Blut füllte seine Mundhöhle, das er nur zum Teil im Todeskampf gegen die Windschutzscheibe spucken konnte, während seine Oberschenkel in einem spastischen Stakkato-Krampf wild zuckend wieder und wieder von unten gegen das Lenkrad schlugen.

»Sch, sch, sch«, hörte er die Gestalt noch zischen, die sich aus dem Dunkel der Rückbank hinter ihm aufgebaut hatte.

Eddy schlug mit den Händen um sich, aber der Schmerz und die Todesangst und der Druck hinter seinen zu platzen drohenden Augäpfeln waren zu groß, als dass er etwas bewirkte. Einzig und allein das Bild seines Angreifers bekam er im Rückspiegel noch zu fassen. Es prägte sich ihm ein wie ein allerletztes Foto, das seine sterbenden Augen von dem Mann schossen, der für all das Leid verantwortlich war.

Das, was war.

Und all das, was noch kommen würde.

KAPITEL 36

SARAH

Sarah stellte ihr Auto in der Einfahrt ab und schleppte den offenen Karton, in dem sie die Konserven verstaut hatte, ins Haus. Sie war zu ihrem Kiosk gefahren, um dort wenigstens einen »Vorübergehend geschlossen«-Zettel in den Eingang zu hängen. Sie hatte keine Ahnung, wann sie sich wieder dazu imstande fühlen würde, ihren Laden zu öffnen.

Als Studentin hatte sie einmal nach einer Zahnfleischbehandlung so starke Schmerzen gehabt, dass selbst die stärksten Mittel keine Linderung brachten. Sie hatte geglaubt, die Schmerzen würden nie wieder weggehen.

Ähnlich verhielt es sich jetzt mit dem Gefühl der Bedrohung. Sie konnte sich nicht einmal ansatzweise vorstellen, jemals wieder zu so etwas wie einem »normalen« Alltag zurückzufinden.

Nachdem sie sich mit einigen Fertiggerichten und Getränken ausgestattet hatte, war sie eine Stunde lang ziellos durch die Wälder gefahren, die Potsdamer Chaussee bis zum Groß Glienicker See runter und wieder zurück nach Spandau. Die malerische Strecke am Wasser vorbei verfehlte diesmal allerdings ihre Wirkung. Und als sie kurz vor Kladow auf der Rückfahrt an einem Elektronikfachgeschäft vorbeifuhr, wuchs ihre innere Anspannung sogar noch.

Der Laden warb in seinem Schaufenster für Infrarot-Kameras.

Natürlich!

Von da an konnte Sarah an nichts anderes denken als an die in ihrem Haus versteckten Objektive und Video-Monitore, mit denen der »Nachbar« sie in Echtzeit beobachtete.

Wenn es ihrem Stalker gelang, sie mit heimlich zugesteckten Airtags zu tracken, hatte er ihr Haus garantiert noch auf andere Art verwanzt.

Deswegen stellte Sarah nach ihrer Rückkehr in den Habichtweg nun schon zum zweiten Mal das Haus vom Kopf auf die Füße und suchte es ab. Diesmal nicht mit einem Gummihammer nach Hohlräumen, sondern mit dem bloßen Auge und einem Schraubenzieher nach versteckten Kameras.

»Ich könnte wirklich deine Hilfe gebrauchen«, hatte sie ihrem Vater auf die Mailbox gesprochen, die bei ihrem Anruf sofort angesprungen war. Mittlerweile sehnte sie sich regelrecht nach seiner Hyperaktivität, wenn er als Erstes neue Schlösser einbauen würde für den Fall, dass sie jemals noch eine Nacht hier verbringen wollte, was sie sich im Moment kaum vorstellen konnte. Erfahrungsgemäß würde es allerdings einige Zeit dauern, bis er die Nachricht abhörte. Vermutlich war er schneller bei ihr in Berlin, als dass sie eine Antwort auf die Frage bekam, ob er schon unterwegs war.

Und bis dahin komme ich auch alleine klar, sprach sie sich in Gedanken Mut zu.

Aktuell stand sie mit einem Schraubenzieher bewaffnet auf einer Leiter im Wohnzimmer, direkt unter dem Rauchmelder, und verspürte einen regelrecht körperlichen Widerwillen, sich im Haus aufzuhalten.

Aber ich muss. Ich muss sie finden.

Die Beweise, damit man ihr Glauben schenkte.

Sarah war sich sicher, nicht den Verstand verloren zu haben. Sicher, dass es jemanden gab, der sie nicht nur heimlich beobachtete, ihre Taschen verwanzte und sich Zutritt zu ihrer intimsten Privatsphäre verschafft, sondern auch einen tödlichen Unfall vertuscht hatte. Zwar wusste sie nicht, wie derjenige das angestellt hatte, ohne auch nur die geringste Spur zu hinterlassen. Genauso wenig, wie sie sich über das Motiv dieses »Schutzengel-Stalkers« im Klaren war. Aber er war real, und das Gefühl der unsichtbaren Bedrohung durch ihn wuchs mit jeder Minute, obwohl er ihr im Grunde genommen noch keinen Schaden zugefügt hatte, wenn er für sie einkaufen ging, den Müll rausbrachte … *oder Leichen entsorgte …*

Kracks! Es gab einen schrillen Piepton, nachdem sie die Abdeckung des Rauchmelders gelöst hatte. Die Warnlampe blinkte noch immer in einem Abstand von fünf Sekunden.

Okay, und jetzt?

Sarah hatte keine Ahnung, wie groß Abhörwanzen und Kameras heutzutage waren. Sie meinte, einmal gelesen zu haben, dass Rauchmelder, Lampen, TV-Geräte und Steckdosen beliebte Verstecke für Spione seien. Und auch, dass Kamera-Objektive mittlerweile nur noch stecknadelkopfgroß sein mussten und in die Schlitze von Schraubenköpfen passten. Wenn das der Fall war, konnte sie sich hier totsuchen.

Auf den ersten Blick fiel ihr zumindest nichts in Auge.

Sie wollte gerade die Batterien aus dem Fach nehmen, als sie ein Geräusch hörte, das sie aufs Unangenehmste an den Einbrecher der letzten Nacht erinnerte.

Langsam stieg sie die Leiter wieder herunter. Ohne einen Laut von sich zu geben, schlich sie auf Socken zur Haustür, gegen die jemand mit Fäusten schlug.

Sarah sah sich nach einer möglichen Waffe um, die effektiver war als der Schraubenzieher in der Hand, da bemerkte sie zu ihrem Entsetzen, dass die Haustür sich öffnete.

Sie wollte sich umdrehen und zum Hinterausgang fliehen, doch dann erkannte sie den Mann in der Tür.

»Heiko?«

Vor ihr stand ihr Ex-Freund. Sein Gesicht war wutverzerrt, sodass sie sich schützend den Ellbogen vor den Kopf hielt, weil sie instinktiv damit rechnete, von ihm geschlagen zu werden. Fürs Erste aber beließ er es dabei, sie anzubrüllen:

»Hast du den Verstand verloren?«

Er drängte sich an ihr vorbei ins Innere.

»Ich?«, rief sie ihm fassungslos hinterher. Die Frage hätte sie wohl eher ihm stellen müssen. Sein Auftritt war der sichtbare Beweis, dass er sich in einem psychischen Ausnahmezustand befand. »Wie bist du reingekommen?«

»Hier!« Er schmiss einen Schlüsselbund auf den Boden.

»Woher hast du den?«, fragte sie entgeistert.

»Dein Ersatzschlüssel. Hab ich aus Versehen am Tag meines Rausschmisses gegriffen«, schrie er sie an und ging nahtlos dazu über, sie zu beleidigen: »Du bist das hinterhältigste Miststück, das mir jemals untergekommen ist!«

Mit irrem Blick sah er sich um, dann schien er gefunden zu haben, wonach er gesucht hatte. Er marschierte in die Küche zur Hintertür, die in den Garten führte. Hier riss er mit beiden Händen das Fliegengitter aus der Verankerung.

»Spinnst du?«, begann jetzt auch Sarah zu schreien. Sie hielt sicherheitshalber Abstand zu ihrem Ex, der mit hochrotem Kopf und pulsierender Halsschlagader aus der Küche ins Wohnzimmer polterte, wo er mit beiden Händen den Fernseher von der Wand zerrte.

»Nein, ich bin völlig klar im Kopf!«, brüllte er und trat auf den Bildschirm am Boden ein. »Ich mache nur meine Arbeiten bei dir wieder rückgängig. Du wolltest sie ja nicht haben, wie ich gelernt habe!«

Sarah hatte mittlerweile geistesgegenwärtig ihr Handy gegriffen und begann den Tobsuchtsanfall des Zahnarztes zu filmen.

Der ließ sich davon nicht beirren, dass sie die Kamera auf ihn hielt, während er als Nächstes in der Diele die verschraubte Garderobe aus der Verankerung riss.

Im Gegenteil. Er drehte sich zu Sarah um und sprach direkt in ihr Handy: »Ja, mach nur. Film mich. Stell es online, genau wie deine Drecks-Lügenbewertungen!«

»Wovon redest du?«

»Jameda, sanego, Arztauskunft, DocInsider!«

»Ich weiß nicht, wovon du sprichst, Heiko!«

»Ach ja?« Er fingerte nun sein eigenes Handy aus der Jackentasche. Öffnete die Fotogalerie, in der sich Screenshots zahlreicher Internetseiten befanden, fast allesamt Bewertungsportale für Ärzte und Krankenhäuser.

»Dann ist das hier nicht dein Foto? Nicht deine E-Mail-Adresse? Und nicht dein Eintrag, den du wieder und wieder überall reinkopiert hast? Selbst auf Google und Doctolib?«

Er drehte das Handy wieder zu sich und las vor:

»Dr. Heiko Marsch ist ein inkompetenter Grapscher!«

Sarah klappte die Kinnlade herunter.

»Dass er meine Wurzelkanalbehandlung verhunzt hat und ich seit Wochen mit irren Schmerzen zurechtkommen muss, das hätte ich vielleicht ja noch verkraften können. Dass er mich aber privat belästigt, unangekündigt zu mir nach Hause fährt und mich geradezu bedrängt, mir bei der Einrichtung meines neuen Hauses helfen zu dürfen, sollte jeder Patientin eine Warnung sein!«

»Ich hab dich falsch behandelt? Dich bedrängt?«

Sie wich einen Schritt zurück und fühlte dennoch, wie sein Speichel ihre Wangen traf.

»Dieser Schmutz ist jetzt für immer im Netz!«

Er rannte ins Gäste-WC, um hier ein Plissee vom Fenster herunterzureißen.

»Heiko, bitte hör mir zu. Das war ich nicht. Ich habe einen Stal-

ker. Er mischt sich in alle meine Angelegenheiten ein, vermutlich, weil er glaubt, mir helfen zu müssen. Dazu bricht er bei mir ein, beobachtet mich und hat sich ganz sicher auch Zugang zu meinem Laptop verschafft. Er hat das Posting verfasst. Nicht ich. Du musst mir glauben!«

Das alles hatte Sarah Heiko sagen wollen, bevor er – noch immer außer sich vor Wut – durch die Hintertür verschwunden war. Aber es war ihr nicht ein Wort über die Lippen gekommen, und das lag an ihrem Handy.

Sie hatte es die ganze Zeit in einer Abwehrgeste von sich weggehalten, aber nicht ausgemacht. Auch nicht im Gäste-WC, und als ihr Blick wieder aufs Display gefallen war, gerade als Heiko an ihr vorbei zurück in den Flur drängte, sah sie es.

Das Flackern!

Die mit dem Anblick verbundene Erkenntnis lähmte sie, so wie damals das Phantombild sie gelähmt hatte.

In der Hütte. Auf dem sie in Ralph den seinerzeit meistgesuchten Psychopathen Deutschlands erkannt hatte.

Jetzt, elf Jahre später, war es kein Foto, sondern das Flackern, das sie paralysierte.

Es war mit bloßem Auge nicht zu sehen. Wenn Sarah jedoch durch die Kamera ihres Handys sah, erschien es wie von Geisterhand.

Eindeutig.

Den Trick hatte ihr Ruby mal gezeigt, um zu testen, ob die Batterie der TV-Fernbedienung noch genügend Leistung hatte. Einfach die Foto-App öffnen und draufhalten, während man die On-Taste der Fernbedienung gedrückt hielt. Die Handy-Kamera entschlüsselte die Lichtquelle, die in einem Frequenzbereich sendete, der für das menschliche Auge unsichtbar war. Wie die Lichtwellen, die von Sarahs Spiegel ausgingen. Exakt in Augenhöhe.

Direkt über dem Waschbecken.

»Das ist er. Das ist der Beweis!«, dachte sie und berührte die silberne Glasoberfläche mit dem Zeigefinger, dort, wo sich die versteckte Kamera im Spiegel befand.

Dann stoppte sie die Aufnahme, um nach der Visitenkarte zu suchen, die ihr Eddy tags zuvor gegeben hatte.

Dabei nahm sie versehentlich einen unbekannten Teilnehmer an, den sie eigentlich hatte wegdrücken wollen.

KAPITEL 37

Sarah Wolff?«

»Ja?«

»Die Polizei ist jeden Moment bei dir.«

Sie sah zum Fenster des Gäste-WCs, durch das man einen Blick auf den Eingang des unmittelbaren Nachbarhauses hatte.

»Äh, wer ist da bitte?«

Die Stimme der Frau am Telefon kam ihr auf eine verstörende Art bekannt vor. Wie bei einer Karikatur, bei der man die Grundzüge einer Person wiedererkannte, auch wenn ihre Konturen fast bis zur Unkenntlichkeit verfremdet waren. Der sanfte weibliche Grundton erinnerte Sarah an jemanden, dessen Bild sich vor ihrem geistigen Auge nicht aufbauen wollte. Was vermutlich an der Angst lag, die die Stimme verfremdete und sie durchdrang wie Nässe einen Schwamm.

»Bitte, ich flehe dich an. Sag ihnen kein Wort!«

»Worüber?«

Sie ging in den Flur.

»Über die Kamera, die du gerade im Bad entdeckt hast.«

Es klingelte.

Sarah wurde kalt. Sie drehte sich zur Tür, als würde sie bereits offen stehen und ein eisiger Wind durch den Eingang wehen. Sah einen Schatten hinter der in der Tür eingelassenen Milchglasscheibe.

»Es sind ganz einfache Regeln, die du beachten musst.« Die seltsam bekannt klingende, offenbar von Angst zerfressene Frau klang jetzt, als würde sie etwas ablesen oder auswendig gelernt aufsagen: »Hör damit auf, dein Haus zu durchsuchen. Lebe einfach weiter wie bisher, und rede mit niemandem darüber, was er dir Gutes tut. Und zieh auf gar keinen Fall aus. Er will dir helfen, unabhängig zu werden. Aber er wird nicht akzeptieren, wenn du nicht mehr in seiner Nähe bist.«

»Wer? Von wem reden wir hier?«

»Vom Nachbarn!«

Nachbar?

»So nennt er sich.«

Mittlerweile klopfte einer der Schatten an der Haustür.

Dumpf und hart, während die vertraute Unbekannte am Telefon in Tränen ausbrach und ihre letzten Sätze sagte, die nun nicht mehr auswendig gelernt klangen, sondern aus dem Mund eines bis aufs Blut gequälten und dem Tod ins Auge sehenden Opfers stammten:

»Bitte, Sarah, halt dich an die Anweisungen des Nachbarn. Kein Wort. Nicht zur Polizei. Zu niemandem! Ich will nicht sterben!«

Das Klopfen an der Haustür wurde lauter.

KAPITEL 38

ILLINGEN, SAARLAND

Der alte Mann hatte Ruby schon eine ganze Weile beobachtet, aus seinem Auto heraus, das er am Rand des Besucherparkplatzes abgestellt hatte. Sarahs Tochter saß seit einer halben Stunde mit einer Gruppe Gleichaltriger vor dem Schloss, in dem die Orchesterfreizeit stattfand, 629 Kilometer von zu Hause entfernt.

Die meisten ihrer Freundinnen und Freunde hockten wie sie selbst auf dem hölzernen Geländer der Zugbrücke, die über einen Bach führte, der früher einmal ein reißender Strom gewesen sein mochte, jetzt aber nur noch lau vor sich hin plätscherte.

Ihr Beobachter hatte das Fenster heruntergekurbelt und hörte die Gruppe lachen, auch wenn er aus der Entfernung natürlich den auslösenden Witz nicht verstand. Wenn es überhaupt ein Witz war, den sie sich erzählten. Vielleicht reichten sie sich auch ein Handy weiter und zeigten sich seltsame TikTok-Videos von Menschen, die im Supermarkt Wettrennen mit Einkaufswagen veranstalteten, oder Witzbolden, die Passanten in Unterführungen mit überlebensgroßen Spinnenkostümen erschreckten.

Was weiß ich schon, was die Jugend heute so alles komisch findet, dachte der Alte resigniert. Diesen Teil der schönen, neuen Welt verstand er nicht mehr, das war ihm klar. Und ihm blieb auch nicht mehr genug Zeit auf Erden, um es zu lernen, so viel war mal sicher.

Und jetzt?

Er überlegte, wie er Ruby von der Gruppe isolieren könnte. Im schlimmsten Fall musste er sie unter Zeugen ansprechen.

Aber das Glück war ihm ausnahmsweise hold, nachdem es ihn vor Jahrzehnten schon einmal für eine sehr lange Zeit verlassen und sich dazwischen, wenn überhaupt, nur kurz und selten gezeigt hatte.

Die Gruppe brach auf und ließ Ruby zurück. Sarahs Tochter blieb sitzen und rief ihren Freunden etwas Unverständliches hinterher, worüber diese schon wieder lachten, während die Gruppe unbeirrt ihren Weg fortsetzte. Ohne Ruby.

Eilig stieg der alte Mann aus und lief auf das Mädchen zu, so schnell es seine arthritischen Gelenke auf dem unebenen Pflasterweg zuließen.

Ein frischer Wind wirbelte den Geruch von Erde und Moos und klarem Wasser auf. So angenehm, dass er unter anderen Umständen gerne länger geblieben wäre. Aber er musste sich beeilen. Es schnell hinter sich bringen.

»Ruby?«

Er war bis auf drei Schritte an sie herangekommen, als sie zu ihm aufsah.

»Ist was?«, fragte sie ihn.

Die Sonne stand tief und strahlte ihr direkt ins Gesicht, weswegen sie die Augen abschirmte. Es dauerte eine Sekunde, bis sie ihn erkannte.

»Du?«

Er lächelte sie an.

Ihr blieb buchstäblich der Mund offen stehen. »Opa, was machst du denn hier?«

Ruby stieg von dem Geländer herunter und umarmte ihn mit einer Herzlichkeit, wie er sie seit Helgas Tod nur noch von seiner Enkelin kannte. Holger Wolff hielt sie fest, und solange es nur ging, saugte er den Geruch des Weichspülers auf, mit dem ihr Rollkragenpulli gewaschen worden war, und ignorierte den Zigarettenrauch, der sich an ihre Haare geheftet hatte.

»Sarah schickt mich«, eröffnete er Ruby.

»Mama? Wieso das denn?« Sie löste sich von ihm.

Er griff sich an den faltigen Hals und zog nervös an einem Stück Haut in Höhe des Kehlkopfs. »Es ist etwas passiert.«

»Verdammt, was denn? Geht's ihr gut?«

Erstaunlich, dachte Holger. Mit diesem Gesichtsausdruck hatte sie ihn angesehen, als er ihr damals eröffnen musste, dass Oma nicht mehr aus dem Krankenhaus zurückkommen würde. So hilflos und schutzbedürftig, dass er sie auch jetzt am liebsten in eine Decke eingewickelt und ihr eine heiße Milch mit Honig gebracht hätte.

»Hatte sie einen Unfall?«

»Ich weiß es nicht«, antwortete er ihr. »Sie hat mir lediglich den Auftrag gegeben, dich hier abzuholen und sofort zu ihr zu bringen. Es sei extrem wichtig, dass wir uns beeilen.« Er räusperte sich verlegen. »Ich hab sie gefragt, was ihr denn zugestoßen sei, aber seitdem antwortet sie nicht mehr auf meine Nachrichten.«

»Aber, ich kann doch nicht einfach…« Ruby dachte nach. Sah zur Burg, dann wieder zu ihm und seufzte. »Also gut, Mama macht bei so was ja keine Scherze. Dann muss ich zurück!«

Holger lächelte. Typisch Ruby. Wie ihre Mutter. Sie haderte nicht lange, sondern handelte, wenn die Situation es erforderte.

»Dann geh ich mal packen.«

Er hielt sie am Arm fest, obwohl Ruby sich noch gar nicht von ihm weggedreht hatte. »Nicht nötig«, erklärte er ihr. »Ich hab mit deinen Lehrern schon gesprochen. Sie schicken dir die Sachen nach.«

»Ernsthaft?«

Er nickte.

»Aber ich brauch mein Handy!«

»Das hast du nicht dabei?«

»Wurde einkassiert für die Dauer der Fahrt!«

»Na dann!« Er sah ihr streng ins Gesicht. »Dann hättest du es die nächsten Tage doch eh nicht gehabt. Hauptsache, wir verplempern jetzt keine Zeit mehr, Mama hat keine Zweifel daran gelassen, dass wir nicht trödeln dürfen.« Er zeigte zum Besucherparkplatz. »Also los, Ruby. Mein Wagen steht gleich da vorne!«

KAPITEL 39

SARAH
ZWEI STUNDEN SPÄTER

Ich verstehe es nicht«, sagte Marion. Ihre goldenen Armreifen klackerten laut, als sie Sarah einen Vogel zeigte. »Nicht für alles Geld der Welt würde ich auch nur noch eine Nacht in diesem Haus bleiben!«

Lebe einfach weiter wie bisher …

»Ist alles halb so wild«, antwortete Sarah. Dabei hätte sie am liebsten *»Du hast recht, lass uns gehen!«* gerufen und mit ihrer bereits gepackten Reisetasche den Habichtweg verlassen.

Richtung Marions Haus, zu dem Gästezimmer, das ihre Freundin ihr immer wieder angeboten hatte.

Aber das Weinen der zu Tode verängstigten Anruferin klang Sarah auch zwei Stunden später noch im Ohr. Und so gerne sie das getan hätte, sie konnte es nicht ignorieren. Sie hatte genügend einstudierte Gefühlsausbrüche im Gerichtssaal erlebt, und die Not, die Angst und die Panik waren nicht geschauspielert gewesen. Nichts an dem Anruf hatte sich unecht angehört.

Leider.

Was also, wenn sich tatsächlich eine Frau in der Gewalt dieses ominösen »Nachbarn« befand? Ein Opfer, das Sarah auf dem Gewissen hatte, wenn sie die Befehle nicht befolgte?

»… rede mit niemandem … Ich will nicht sterben!«

»Du verschweigst mir doch was?«, bohrte Marion nun schon zum wiederholten Male. *Himmel,* wenn sie doch nur das Thema wechseln würde.

»Seit wann haben wir Geheimnisse voreinander?«

Seitdem ein Wahnsinniger seine Geiseln dazu benutzt, mich zu erpressen!

»Na gut. Wenn du nicht zu mir willst, nimm dir halt ein Hotel«, schlug Marion jetzt vor. Sie räusperte sich, was sie in der letzten halben Stunde erstaunlich oft getan hatte. »Oder erklär mir wenigstens, weshalb du das alles nicht mehr so tragisch siehst wie gestern. Ich meine, bei dir wurde eingebrochen. Eine Leiche ist verschwunden. Himmel, du klingelst mitten in der Nacht barfuß und im Schlafanzug an meiner Tür Sturm. Und jetzt, wenige Stunden später, sitzt du seelenruhig auf der Couch und willst mir weismachen, dass dich das alles nicht mehr kratzt. Da stimmt doch was nicht.«

Nein, nichts stimmt mehr. Aber hier stecken Kameras in meinem Spiegel. Und ganz sicher Mikrofone irgendwo in irgendeiner Wandritze. Wenn ich jetzt etwas Falsches sage, riskiere ich das Leben einer Frau, die sich in den Fängen meines Stalkers befindet.

Und der sie vielleicht so sehr quälen würde, dass sie sich am Ende so anhörte wie der kaum verständliche Anrufer vor dem Polizeirevier.

Nein, sie hatte keine Wahl.

Sie konnte nicht offen reden. Nicht hier, nicht in diesem Haus. An das sie gefesselt war, so lange jedenfalls, bis sie Zeit zum Nachdenken gehabt hatte. Im Moment hatte sie keine Idee, wie sie Marion einen Warnhinweis geben konnte, dass jedes ihrer Worte mitgehört wurde, ohne sich wahnsinnig anzuhören und sich darüber hinaus verdächtig zu machen. Wenn sie ihr jetzt zum Beispiel vorschlüge, spazieren zu gehen, wäre ihrem Beobachter klar, dass sie das nur tat, um offen reden zu können. Andererseits hatte der Nachbar ihr nicht verboten, das Haus zu verlassen. Im Gegenteil. Sie sollte ihr Leben ganz normal weiterleben.

Dennoch.

Sie trug schon eine Schuld auf den Schultern. Unter einer

zweiten würde sie endgültig zerbrechen. Und das umso schneller, wenn sich herausstellen sollte, dass sie die Anruferin tatsächlich gekannt hatte.

Wenn Marion mich doch nur zum Essen einladen würde.

Das wäre sehr viel weniger verdächtig, als wenn Sarah dies selbst vorschlug.

Marion leerte das Wasser und räusperte sich erneut. Ihr Kopf war rot, und sie fasste sich beim Sprechen an die Wange.

»Ist bei dir eine Erkältung im Anflug?«, fragte Sarah.

»Lenk nicht ab.«

Ihre beste Freundin klang nun fast schon so ungeduldig wie Kim Blaschko, nachdem die Polizistin vor zwei Stunden an ihre Haustür geklopft hatte. Diesmal im Schlepptau eines jüngeren Kollegen, der so ausgesehen hatte, als würde er noch jeden Morgen Stullen von Mama geschmiert bekommen. Seinen Namen hatte er nicht genannt, oder sie hatte in der Aufregung nicht zugehört. Ohnehin hatte Kim das Gespräch übernommen und sie gleich mit der ersten Frage in Erklärungsnot gebracht.

»Was ist mit dem Fernseher passiert?«, hatte sie auf dem Weg durchs Wohn- ins Esszimmer wissen wollen.

»Abgefallen«, hatte sie die Polizistin angelogen. »War schlecht verschraubt.«

Kim hatte den staubigen Fußabdruck auf dem Bildschirm fixiert und gefragt: »So wie die Garderobe im Eingang?«

»War derselbe Handwerker!«, hatte Sarah geantwortet und damit nicht einmal gelogen. Dann hatte sie an ihrem Rundtisch Platz genommen, und die Beamtin war direkt zur Sache gekommen: »Was wollten Sie heute von Herrn Haynauer auf der Dienststelle?«

»Wieso fragen Sie ihn das nicht selbst?«

»Bitte, ich stelle hier die Fragen. Und ich wäre sehr erfreut, wenn ich auch eine Antwort bekäme.«

Sarahs Säurenarbe hatte angefangen zu jucken. Sie hatte den vierten, leeren Platz neben Kim fixiert und sich so gefühlt, als säße ihr unsichtbarer Beobachter hier mit ihnen gemeinsam am Tisch und flüsterte ihr zu: »Pass bloß auf, was du sagst!«

Im ersten Impuls hatte ihr eine ausweichende Antwort auf der Zunge gelegen. *»Ich wollte wissen, ob es Neuigkeiten in meinem Fall gibt.«* Andererseits würde Eddy über ihr Treffen bestimmt eine Gesprächsnotiz angelegt haben, und vermutlich war das nur eine Testfrage gewesen, deren Antwort Kim bereits kannte. Also entschied sie sich für die Wahrheit und berichtete von ihrer Phantombildidee.

»Und danach hat er Sie dann gleich hierher nach Hause gefahren?«

»Ja.«

»Haben Sie etwas Außergewöhnliches beobachtet? Während der Fahrt oder beim Aussteigen? Egal was.«

»Hm, nein, eigentlich nicht«, hatte Sarah gesagt und wieder nachgedacht. Auch hier musste sie bei der Wahrheit bleiben, denn diese Aussage konnte überprüft werden.

»Abgesehen …«

»Wovon?«

»Nun, wir sind vor der Haustür auf meine Nachbarn getroffen, die Meyerfeldts. Er hat gesagt, er wolle etwas mit ihnen besprechen, und ist ins Haus gegenüber.«

Kim und ihr Kollege hatten einander vielsagend angesehen.

»Wissen Sie, was er von denen gewollt hat?«

»Nein, aber wieso stellen Sie mir all diese Fragen?«

Sarah war regelrecht erschrocken angesichts der tiefen Stimme, die so gar nicht zu dem Bubigesicht des Polizisten zu passen schien, als der achselzuckend seinen ersten Satz sagte: »Polizeihauptmeister Eddy Haynauer wurde tätlich angegriffen, nicht mal eine halbe Stunde nachdem er Sie hier absetzte.«

Ein Satz mit der Wirkung eines Tiefschlags.

»Großer Gott, wie geht es ihm?«

Kim hatte die Zähne aufeinandergepresst, eindeutig, um eine enorme Wut zu unterdrücken, was ihr jedoch nicht gelang.

»Es geht ihm so, dass Sie die nächste Unterhaltung vermutlich mit einem Kollegen der Mordkommission führen werden.«

Sarah hatte Kim noch einmal bestätigen müssen, nichts Verdächtiges vor, während und nach der Fahrt mit Eddy bemerkt zu haben, dann hatten die Polizisten sie alleine gelassen, mit mehr Fragezeichen als Antworten im Kopf.

»Also, lass mich noch mal zusammenfassen«, unterbrach Marion Sarahs Erinnerungen an die letzte Unterredung mit der Polizei vor zwei Stunden. »Du wirst überfallen. Stößt einen Einbrecher die Treppe hinunter. Einen Tag später ringt der ermittelnde Polizist mit dem Tod, und seine Kollegin nimmt dich ins Verhör. Und jetzt gehst du einfach ins Bett und schaust Netflix, oder was?«

»Ich werde ein Buch lesen, wenn du es genau wissen willst.«

»Okay, na schön. Dann ist es eben so«, sagte Marion achselzuckend. »Wo hast du deine Bettwäsche?«

»Wieso?«

»Wenn du denkst, dass ich dich hier heute Nacht allein lasse, hast du dich geschnitten. Ich bleibe natürlich bei dir. Also, wo finde ich was, um es mir auf dem Sofa gemütlich zu machen?«

Sarah ging nicht darauf ein, weil ihr endlich eingefallen war, wie sie Marion ein Zeichen geben konnte, ohne dass ein Dritter es mitbekam.

»Ich überlege übrigens, demnächst doch Zeitschriften in meinem Kiosk anzubieten«, sagte sie betont beiläufig.

Marions Augen weiteten sich und wurden noch größer, als Sarah sagte: »Es wird immer wieder nach der *Bravo* gefragt!«

KAPITEL 40

Kameras?«

»Bestimmt überall. Auf jeden Fall im Spiegel. Warte!«

Sarah zog sich vom Beckenrand aus dem Wasser und ging zu dem Plastikstuhl, auf dem ihre Handtücher und ihr Handy lagen. Es war im Flugmodus, Bluetooth und WLAN ausgeschaltet, die SIM-Karte entfernt. Jede technisch mögliche Verbindung zu einem heimlichen Spion gekappt.

»Sieh selbst!«, forderte Sarah ihre beste Freundin auf, nachdem sie sich wieder ins Schwimmbecken hatte zurückgleiten lassen. Sie hielt sich mit einer Hand am Beckenrand fest, mit der anderen zeigte sie Marion das Video, das sie im Gäste-WC aufgenommen hatte. Dabei musste sie aufpassen, dass ihr das Handy vor Nervosität nicht ins Wasser fiel. Der Hersteller bewarb das Smartphone zwar als spritzwassergeschützt, nicht jedoch als hallenbadtauglich.

»Unglaublich!«, kommentierte Marion und bat Sarah, das Video noch einmal zu starten. Dabei glättete sie mit der feuchten Hand eine abstehende Strähne.

Es war ihre Idee gewesen, ins Kombibad Spandau Süd zu fahren, nachdem sie Sarahs Insider verstanden und nach einer kurzen Schrecksekunde bewundernswert die Fassung bewahrt hatte.

»Es wird immer wieder nach der Bravo *gefragt!«*

»Ach ja? Gibt's die Zeitschrift denn überhaupt noch?«

»Überall.«

Sie hatten eine Weile über Frauenmagazine und weitere

Zeitschriften geredet, die Sarah vielleicht auch noch ins Sortiment aufnehmen sollte, dann hatte Marion sich unvermittelt an den Kopf gegriffen und beide Schläfen gerieben. *»Puh, es wird kalt.«*

»Deine Wettermigräne?«, hatte Sarah gemutmaßt, unter der ihre Freundin wirklich litt, allerdings meistens an drückend schwülen Sommertagen, nicht unmittelbar vor dem Wintereintritt.

»Bei mir zieht sich alles zusammen«, hatte Marion gesagt und dabei sehr überzeugend gewirkt. Ihre Augen sahen wirklich glasig aus, ihr Nacken wirkte verkrampft.

»Ich muss mich bewegen, sonst komme ich morgen nicht aus dem Bett. Was hältst du davon, mich ins Schwimmbad zu begleiten? Und danach in die Sauna? Dir könnte ein wenig Entspannung auch ganz guttun, oder?«

Und jetzt waren sie hier. An einem Ort, an dem es völlig unmöglich war, eine Wanze zu platzieren.

Das Hallenbad in der Gatower Straße hatte am Wochenende bis zwanzig Uhr geöffnet, doch die großzügigen Öffnungszeiten nahmen nur wenige in Anspruch. Zum Glück. Neben ihnen befanden sich nur noch fünf weitere Badegäste in dem Fünfzig-Meter-Becken. Zwei ältere Frauen und eine Familie mit ihrem Teenagersohn. Alle zogen stoisch ihre Bahnen und hielten schon aus Eigeninteresse Abstand von den beiden Freundinnen, die sich am Beckenrand festhielten.

»Du hast doch sicher eine Theorie?«, fragte Marion.

Sarah legte das Handy so weit wie möglich vom Beckenrand entfernt ab und drehte sich zu ihrer Freundin. »Ich komme in diesem Punkt über mein Strafrechtswissen Grundkurs 1 nicht hinaus«, gestand sie. »Die alles entscheidende Frage ist die nach dem Motiv! Warum?«

Weshalb drängt ein Fremder in mein Leben und bildet sich ein, sich um mich »kümmern« zu müssen? So hatte es die Anruferin über den Psycho gesagt, der sich »der Nachbar« nannte.

Marion stieß sich vom Beckenrand ab, machte rücklings zwei Schwimmzüge, drehte sich und schwamm wieder zurück. Sarah kam nicht umhin, die Grazie ihrer Freundin zu bewundern, die sich auch im Wasser so viel leichtfüßiger als sie durchs Leben zu bewegen schien.

»Aus psychologischer Sicht liegt Stalking ein komplexes Ursachenspektrum zugrunde«, ließ sie sie an ihrem Therapeutinnen-Wissen teilhaben. »Oft entwickelt sich das Verhalten aus einer Kränkung heraus.«

»Enttäuschte Liebe?«

»Ganz genau. Ein Narzisst will nicht wahrhaben, dass die Angebetete seine Gefühle nicht erwidert. Hast du in letzter Zeit jemandem einen Korb gegeben?«

»Heiko«, sagte Sarah. »Aber der kommt nicht infrage. Die Übergriffe haben schon stattgefunden, als wir noch zusammen waren.«

»Aber er wäre der Typ dazu«, befand Marion, die damit fraglos auf Heikos Tobsuchtsanfall anspielte. Sarah hatte gerade den kaputten Fernseher neben die Mülltonnen stellen wollen, als ihre Freundin eintraf. Seltsamerweise hatte diese sich nicht großartig über den extremen Wutausbruch des Zahnarztes gewundert, als Sarah Heikos Übergriffe schilderte.

»Du hast ja mitbekommen, wie er reagiert, wenn er in die Enge getrieben wird.«

»Allerdings«, bestätigte sie. Sosehr sie Ruby vermisste, so glücklich war sie, dass ihre Tochter das nicht miterleben musste.

Das, und den ganzen anderen Wahnsinn, in dem ich stecke, seitdem sie weg ist.

»Stalker haben ein enormes Kontrollbedürfnis«, fuhr Marion fort. »Machtausübung und Dominanz sind treibende Faktoren!

Und die Tatsache, dass Heiko bei dir alles abgerissen hat, was er zuvor aufgebaut hatte, beweist, dass er unter einer mangelnden Impulskontrolle leidet. Er muss seinen Zwängen nachgeben. Die Hackordnung wiederherstellen, wenn nötig, mit Gewalt!«

»Aber er wird sich ja wohl nicht selbst im Internet eine schlechte Bewertung geschrieben haben?«, wandte Sarah ein.

Sie sprachen nun etwas leiser, weil der Familienvater nur eine Bahn weiter an ihnen vorbeikraulte.

»Zugegeben, dann wäre er ein hochgradiger Psychopath, und für diese Diagnose fehlen mir weitere Ansatzpunkte«, sagte Marion, als sie wieder alleine waren.

Punkte, die ich vielleicht übersehen habe. Schon wieder. Wie bei Ralph.

Marion sah sie an und wischte sich einen Wassertropfen von der Wange, der ihr von den Haaren geperlt war. Für einen kurzen Moment sah sie aus, als müsste sie weinen.

»Aber er wäre in der Lage gewesen, dein Haus zu verwanzen. Immerhin hat er darin ungestört hämmern, bohren und schrauben dürfen.«

Und er hatte einen Schlüssel. Angeblich versehentlich gegriffen.

Sarah hielt die Luft an, tauchte kurz unter und strich sich danach die Haare von den Augen. Sie spürte, dass sie Durst hatte, und eine wehmütige Erinnerung überkam sie, wie Marion und sie als Kinder von ihren Eltern immer ermahnt worden waren, im Freibad nicht das Chlorwasser zu trinken.

Derweil zog sich Marion an der Schwimmbadkante hoch und setzte sich an den Beckenrand. Das Hallenlicht hatte auf einmal nur noch halbe Kraft, vielleicht ein Hinweis darauf, dass das Schwimmbad in Kürze schloss. In dem gedimmten Licht sah Marion noch mehr aus wie ihre Mutter, die ein ebenso drahtiges Energiebündel war.

Gewesen war, korrigierte sich Sarah in Gedanken und nahm sich vor, Elke bald im Krankenhaus zu besuchen.

»Nun denn, wenigstens Rache, auch ein häufiges Motiv, können wir in deinem Fall ausschließen«, befand Marion, die Beine im Wasser baumelnd. »Dein Schutzengel kümmert sich um dich. Er droht dir nicht mit dem Tod oder so.«

»Nicht mir, aber anderen, außerdem gibt es da schon jemanden, der mir den Tod gewünscht hat.«

»Ralph? Ich denke, er soll im Gefängnis geläutert worden sein.«

»Er ist ausgebrochen!«

»Nicht dein Ernst. Das sagst du mir so nebenbei?«

Sarah konnte selbst kaum glauben, was alles in den letzten Stunden in ihrem Leben passiert war. So viel, dass sie selbst ihrer besten Freundin nicht alles hatte erzählen können.

»Das ergibt doch keinen Sinn. Er wäre ohnehin in den nächsten Tagen freigekommen.«

Sarah nickte. »Es gibt da noch etwas, das ich verschwiegen habe!« Sie sah zu der gläsernen Hallenfront, die wegen der Lichtverhältnisse zu einem großen Spiegel mutiert war. Sie wusste, dass in der Dunkelheit dahinter der Parkplatz lag, auf dem ihr Wagen stand, sah aber nur das hell erleuchtete, weiß geflieste Hallenbad. Das sanft bewegte, blau schimmernde Wasser, auf dem rote Gummischläuche schwammen, die die Bahnen begrenzten. Und sie sah sich selbst, passend zu ihrem Gefühlszustand nur verschwommen und unscharf.

»Du siehst aus, als wolltest du mir etwas beichten«, stellte Marion fest.

»Ja.« *Schon seit einer Ewigkeit.* »Ich habe gelogen!«

Ihre beste Freundin verzog keine Miene, wartete einfach nur ab, bis Sarah sagte: »Damals im Gerichtssaal. Damit Ralph verurteilt wird!«

KAPITEL 41

Warum?«, fragte Marion tonlos. Sie griff Halt suchend nach der roten Bahnbegrenzung und strampelte mit den Beinen, um sich knapp über Wasser zu halten.

Sarah musste wider Willen lächeln. Wie hatte sie es selbst gerade erst formuliert?

»Die alles entscheidende Frage ist die nach dem Motiv! Warum habe ich gelogen?«

»Du hast Ralph gekannt. Du weißt, wie überzeugend er sein konnte. Ich meine, er hat uns alle getäuscht. Privat, in der Arbeit, und später im Gerichtssaal hat er es auch versucht.«

Sie schwamm näher an ihre Freundin heran. »Ich bin nicht blöd, Marion. Als ich damals das Phantombild in der Hütte auf meinem Handy gesehen habe, wusste ich es. Ralphs obskure nächtliche Ausflüge, sein Jähzorn. Seine komplette Wesensveränderung. Er hat Ruby aus einem nichtigen Anlass heraus geschlagen. Er hatte sich immer weniger unter Kontrolle. Jeder Idiot hätte eins und eins zusammengezählt. Und dann holt er plötzlich die Säureflasche raus und will den Inhalt im Klo runterspülen, um die Beweise zu vernichten.«

»So wie er es im Prozess ausgesagt hat.«

»Aber wir alle wissen, dass das eine an den Haaren herbeigezogene Lüge ist. Er hat behauptet, er hätte den Kinderwagen-Killer bei sich in Behandlung gehabt. Das Phantombild von ihm wäre eine Verwechslung. Der Zeuge hätte ihn fälschlicherweise für den Täter gehalten, dabei hätte er von seinem Patienten nur die Beweismittel übergeben bekommen.« Sarah schüttelte den

Kopf. »Aber es gab keinen Patienten, kein Arztgeheimnis, an das er gebunden gewesen wäre. Zudem war die Anschlagsserie mit seiner Verhaftung beendet.«

»Also hast du eine Falschaussage gemacht!«, stellte Marion nüchtern fest.

»Er wollte die Beweise vernichten. Ich wusste, wenn ich das zulasse, kommt er mit seinen Taten durch. Er ist intelligenter als wir beide zusammen, Marion.«

»Und die Verletzung?«

»Es war so, wie er es vor Gericht ausgesagt hat. Ich wollte fliehen, er hat mich mit dem verletzten Arm zurückgehalten, dabei hat er mit der anderen Hand versehentlich die Flasche zusammengedrückt. Es war keine Absicht.«

Sie presste unter Wasser die verletzte Hand zur Faust zusammen.

»Du denkst, Ralph hat wirklich einen Grund, Rache zu suchen?«

Sarah nickte. Marion schien nicht überzeugt.

»Ich kann mir nicht vorstellen, dass er dahintersteckt. Ich meine, im Grunde nimmt der Täter ja keine klassische Rache, sondern tut dir auf eine absurd kranke Weise etwas Gutes. Und dann, wieso geht er so kompliziert vor? Hat Ralph in eurer Ehe auch schon Psychospielchen mit dir gespielt?«

Sarah schüttelte den Kopf.

»Gut, der Knast kann einen Menschen verändern, aber er führt selten dazu, dass sich der Modus Operandi eines gestörten Täters so komplett ändert. Ralph hat seine seelischen Verletzungen mit körperlicher Gewalt kompensiert. Nicht mit Psychoterror!«

Marion kletterte aus dem Becken, und Sarah tat es ihr gleich. Nachdem sie sich mit einem Handtuch abgerubbelt hatte, nahm sie ihr Handy wieder an sich.

»Ich will nicht zynisch klingen, Sarah, aber noch ist zu wenig passiert, um ein taugliches psychologisches Profil erstellen zu können«, sagte Marion.

Sarah seufzte. *Das altbekannte Stalking-Problem*. Meist musste erst jemand massiv zu Schaden kommen, bevor die Opfer ernst genommen wurden. Wobei es in ihrem Fall ja schon Tote und Verletzte gab. Allerdings waren die entweder verschwunden oder hatten sich nur am Telefon gemeldet.

Und sie waren ihr allesamt unbekannt.

Sie besah sich ihre Hände, die schon völlig verschrumpelt waren. Womit die Haut nun überall so aussah wie dort, wo sich die Säure hineingefressen hatte.

Unwillkürlich berührte sie ihre Narbe und starrte Marion hinterher, die sich auf den Weg zu den Umkleiden gemacht hatte. Sarah folgte ihr.

»Du irrst dich!«, sagte Sarah, als sie Marion eingeholt hatte. Ihr war ein Gedanke gekommen.

Marion, die gerade Duschgel, Shampoo und Conditioner aus ihrem Spind nahm, sah sie verständnislos an. »Inwiefern?«

»Du sagst, es wäre noch zu wenig passiert, um ein Täterprofil zu erstellen, aber ich denke, da liegst du falsch.«

Sie sah sich um, niemand war in der Nähe, trotzdem senkte sie die Stimme. »Der Nachbar geht so routiniert und clever vor, ich bin bestimmt nicht sein erstes Opfer!«

»Du meinst …«

»Ganz genau … ich muss nach weiteren, ähnlich gelagerten Fällen suchen.«

Nach Frauen, die sich über einen selbst ermächtigten Schutzengel-Stalker beschwerten.

Und ihre erste Rechercheanlaufstelle würde das Internet sein, und dort der Ort, an dem die meisten ihren Emotionen freien Lauf ließen: die sozialen Netzwerke.

»Lass uns gleich drüber reden«, bat Marion und verschwand zu den Duschen.

Euphorisiert davon, dass sie jetzt ein Ziel hatte und nicht länger tatenlos zum Abwarten verdammt war, bis sich die nächste Katastrophe ereignete, öffnete Sarah ihren Spind.

Und schlug ihn sofort wieder zu.

Sie sah zum Bereich der Frauenduschen, wo jetzt hörbar das Wasser rauschte. Jedoch bei Weitem nicht so laut wie das Blut in ihren Ohren.

Himmel!

Ihre Kehle schnürte sich zusammen, als sie die Metalltür wieder einen Spalt öffnete. Nur so weit, um sich zu vergewissern, dass sie nicht halluziniert hatte.

Doch tatsächlich lag in dem Schrank ein Zettel. Sepiafarben und liniert, wie in ihrem Dunkelbuch, aus dem er herausgerissen schien.

Er war leer, kein Wort stand auf ihm. Ein Aufkleber befand sich direkt in der Seitenmitte, von der Sorte, wie sie ihn früher als Kind von der Klassenlehrerin als Lob für besonderen Fleiß in ihre Schulhefte geklebt bekommen hatte.

Eine Biene.

KAPITEL 42

Ich geh Essen holen!«

Sarah drückte die Klinke herunter, doch die Tür ließ sich nicht öffnen. Sie versuchte es noch einmal, erst mit etwas Druck nach außen, dann, indem sie das Türblatt an der Klinke näher zu sich heranzog, zuletzt, indem sie planlos rüttelte. Das Ergebnis war immer dasselbe: nichts. Der Ausweg war versperrt.

»Papa?«, rief Sarah.

Wieso hatte er sie eingesperrt? Ihr Kinderzimmer war nie verschlossen. Und weshalb lag Leon hinter ihr in seiner Babyschale? Das grau-grüne Ding, mit dem er normalerweise entgegen der Fahrtrichtung angeschnallt hinten im Auto saß?

Die verschlossene Tür machte ihr Angst, zumal ihr Bruder lauter und lauter schrie.

»Tut mir leid, ich hol dir was!«, redete sie ihm gut zu, ohne Wirkung.

Eine Zeit lang hatte sich Leon von ihrer sanften Stimme beruhigen lassen. Wäre beinahe sogar wieder eingeschlafen, als sie *La Le Lu* für ihn gesummt und ihm den Schnuller in den Mund zurückgeschoben hatte. Dann aber war er hochgeschreckt, hatte zu brüllen begonnen und wild mit den Ärmchen gefuchtelt, was Papa häufig lachend mit »Unser kleiner Joe Cocker« kommentierte. Und Sarah lachte immer mit, auch wenn sie nicht wusste, wer Joe Cocker war und was daran lustig sein sollte.

Sie spähte durchs Schlüsselloch. Ein altes, großes Bartschloss, wie Papa es nannte. (Auch hier kicherte sie immer, weil Schlösser doch keinen Bart hatten, so ein Unsinn!)

Das Schlüsselloch war groß, sie konnte den ganzen Flur hinuntersehen, der ihr seltsam fremd vorkam.

Zu der Frage, weshalb ihr Vater die Tür zum Kinderzimmer verschlossen hatte, gesellte sich das Mysterium, weshalb sie ihr eigenes Zuhause nicht mehr wiedererkannte.

Und weshalb steht da hinten Marion im Flur?

Nackt, mit zerzausten Haaren. Neben einer Skulptur auf einer Marmorsäule. Der Torso eines muskulösen Männerkörpers fiel besonders auf, weil ihm jemand mit geübter Hand eine rote Rose direkt auf das Sixpack gemalt hatte.

Marion ging an der Büste vorbei und verschwand in dem Zimmer, das gegenüber dem lag, aus dem sie offenbar gerade gekommen war.

Wieso ist sie nackt?

Und wieso kichert sie so laut?

Mit einer Stimme, die so erwachsen klingt, dass sie zu ihrem Körper passt, der schon Brüste und Hüften hat, obwohl sie damals doch auch erst vier Jahre alt war wie ich?

»Wie passt das alles zusammen?«, wollte Sarah ihr schreiend hinterherrufen, doch konnte es nicht, weil sie ein quälendes Kratzen im Hals spürte.

»Hier, das tut dir gut!«, hörte sie Marion sagen, die mit einem Mal vor ihr stand – im Badeanzug, mit tropfnassen Haaren – und ihr eine Knopfzellenbatterie reichte. Sarah wollte es nicht, aber sie hatte ihre Hand nicht unter Kontrolle. Sie biss die Zähne zusammen, doch ihre eigene Hand zwängte ihr das silberne Ding in die Mundhöhle.

»Nicht«, brüllte sie. »Neeeeeeein!«

Endlich wachte sie, von ihrem eigenen Geschrei aus dem Albtraum gerissen, schweißgebadet auf. Und blickte Marion noch immer ins Gesicht.

KAPITEL 43

Alles okay, Schatz?«

Sarah richtete sich auf und griff sich an den schmerzenden Hals. Dankbar nahm sie einen Schluck aus der Wasserflasche, die Marion vom Nachttisch genommen und geöffnet hatte. »Tut mir leid!«

»Alles gut, leg dich wieder hin. Dafür bin ich da«, antwortete Marion. »Ruf mich, wenn du mich brauchst. Du merkst, ich komme sofort.«

»Mach ich.«

Erst nachdem Sarah es ihr mehrfach versprochen hatte, löschte sie das Deckenlicht und ging.

Marion hatte sie nun doch überredet, die Nacht bei ihr zu verbringen. Sarah befürchtete zwar, dass das Konsequenzen für die anonyme Anruferin haben könnte, doch ihre Freundin hatte keine Widerrede geduldet: »Du gehst nicht zurück, bevor das Haus nicht komplett durchsucht wurde, alle Wanzen und Mikros gefunden sind und wir wissen, wer dahintersteckt. Du kannst nicht die Tage und Nächte unter Beobachtung wie in einem Big-Brother-Haus verbringen. Denk doch mal nach: Wenn die Anruferin sich keinen morbiden Scherz mit dir erlaubt hat, schwebt sie in Gefahr. Wird womöglich gefangen gehalten und ist eventuell mit dem Tode bedroht. Doch letztlich bleibt das eine Vermutung. Deine Bedrohung hingegen, liebe Sarah, ist real und keine Hypothese. Dein Spiegel ist verkabelt. Du erhältst seltsame Anrufe. In deinem Spind liegen gruselige Zettel. Nicht zu vergessen, was dem Polizisten angetan wurde!«

Schließlich hatte Sarah nachgegeben und ihr Gewissen damit beruhigt, dass ihr im Grunde nur verboten worden war, aus dem Haus auszuziehen, nicht aber, die Nacht bei einer Freundin zu verbringen.

Und hier lag sie nun in Marions Gästezimmer.

Noch immer angezogen, mit Jeans und Rollkragenpulli, auf einem ultrabequemen Bett, das aussah, als wäre es direkt aus einer Hotelsuite getragen worden. Samt einer Armee an Kissen und einer Überdecke, so schwer wie ein Baumwollvorhang.

Sie tastete nach dem Lichtschalter für die Leselampe.

Marion hatte ihr vorgeschlagen, sich ihr großes Bett zu teilen, aber Sarah hatte damit gerechnet, kein Auge zuzubekommen, aufgewühlt, wie sie war. Und erst recht würde sie nicht einschlafen, wenn sie das Gefühl hatte, Rücksicht nehmen zu müssen, weil jemand neben ihr lag, den sie aus dem Schlaf riss, sobald sie aufstand, Licht anmachte, auf die Toilette ging, sich etwas zu trinken holte oder auf dem Laptop tippte, den Marion ihr zur Verfügung gestellt hatte.

Und nun bin ich doch weggenickt …

Mit dem aufgeklappten Computer neben sich.

Sarah tippte ihn an und sah auf die Uhr in der unteren linken Bildschirmecke.

Wow!

Immerhin gute vier Stunden. Es war 4:28 Uhr.

Sie war über ihre erfolglose Recherche nach ähnlich gelagerten Fällen eingeschlafen, in denen Opfer darüber berichteten, dass ihnen jemand heimlich etwas »Gutes« tat, ohne dass sie um Hilfe gebeten hatten. Zumindest in den öffentlichen Archiven war nichts Vergleichbares dokumentiert. Das letzte Mal hatte sie kurz nach Mitternacht auf den Bildschirm gesehen.

Ralph Calau. Ausbruch.

Die beiden Schlagwörter standen noch immer in der Google-Suchleiste.

Ohne nennenswertes Ergebnis, weder in der allgemeinen Suche noch unter Neuigkeiten.

Laut einer dpa-Meldung war der flüchtige »Säure-Psychiater« von einem Zeugen auf dem Baseler Bahnhof gesehen worden. Ansonsten fehlte weiterhin jede Spur.

Einem Boulevardmagazin war es gelungen, ein Interview mit Ralphs aktuellem Zellenmitbewohner zu führen, der sich höchst erfreut darüber zeigte, seinen »Untermieter«, wie er ihn nannte, verloren zu haben. *»Mann, der hat mir ein Ohr abgekaut. Dass er zu Gott gefunden habe und Sühne üben müsse. Anderen zugefügtes Unrecht wiedergutmachen und so ein Dreck. Ich war nur einen Monat mit ihm in der Zelle. Keine Ahnung, wie die vor mir das jahrelang ausgehalten haben. Mir ist der Typ schon am ersten Tag auf den Sack gegangen!«*

Sarah gähnte, zog die Beine an und stellte sich das Notebook auf die Oberschenkel. Sie überlegte, auf Facebook die Seite zu öffnen, die früher, als sie noch als Anwältin tätig gewesen war, relativ zuverlässig die aktuellen Polizeiberichte in den jeweiligen Brennpunkten zitierte. Ob es die noch gab?

Vielleicht war das Portal mittlerweile umgezogen zu einem anderen Netzwerk.

Sarah wollte gerade die Boulevardmeldung schließen, als sie eine Tickermeldung am oberen Bildschirmende las, die sich gerade erst aktualisiert haben musste.

... Foltertod in Charlottenburg ...

Sie klickte den Ticker groß und gelangte zur Meldung.

Grausiger Fund
In der Heerstraßensiedlung stieß die Haushälterin Luisa F. im Fitnesskeller eines Einfamilienhauses auf die brutal entstellte Leiche ihres Arbeitgebers.
Hartmut K. (72), ein pensionierter Lehrer, wurde auf seiner Hantelbank gefesselt und ganz offenbar von einem Wahnsinnigen gefoltert. Die Polizei hat die Informationen noch nicht bestätigt, aber laut Angaben von Luisa F. wurde am Tatort ein Kartoffelschäler sichergestellt, mit dem Hartmut K. bei lebendigem Leib die Haut abgezogen wurde.

Sarah schloss die Augen.

Nein! Das darf nicht wahr sein!

Im Geiste blätterte sie zum ersten Eintrag ihres Dunkelbuchs, der sich ihr – wie alle anderen – schon beim Niederschreiben ins Gedächtnis gebrannt hatte; abgesehen davon, dass sie ihn wieder und wieder mit ihrer Therapeutin durchgegangen war. Zeile für Zeile.

Von der Überschrift:

Herr Hartmut Kipp

Bis zum letzten Absatz:

Und manchmal stelle ich mir vor, ich würde sie nicht mir, sondern Herrn Kipp abreißen. Zug um Zug. Mit einer Küchenreibe. Oder einem Kartoffelschäler. Um mit seinen Schreien das Lachen in meinem Kopf endlich zum Schweigen zu bringen.

Sie öffnete die Augen und schlug den Laptop zu.

Die gequälte Stimme in ihren Ohren konnte sie damit nicht

abstellen. Den unverständlich nuschelnden Mann, der sie angerufen hatte, als sie das Polizeirevier betreten wollte.

»Schterbe!«

Sie dachte an Eddy, dessen Schicksal sie offenbar mit ihrem Besuch besiegelt hatte. *Herr im Himmel …*

Sarah schlug die Arme um die Knie und hätte am liebsten losgeschrien. Als Siebtklässlerin hatte sie sich einmal während des Kunstunterrichts mit einer Stichsäge beinahe den Zeigefinger abgetrennt. Sie hatte beobachtet, wie das Sägeblatt durch die Haut schnitt und das Blut aus der tiefen Wunde trat. Hatte gesehen, wie sich die Werkbank rot färbte und ihre Tischnachbarin sich bereits die Hand vor den Mund schlug. Und sie hatte sich noch gewundert, weshalb das gar nicht wehtat, und sich gefragt, wo denn der Schmerz bliebe. Bis er dann wenig später gnadenlos und Tränen treibend zuschlug. Als hätte er erst Anlauf nehmen müssen, um sie mit einer derartigen Heftigkeit zu treffen.

Genauso war es mit der Erkenntnis, die Sarah nach einer kurzen Zeitverzögerung mit doppelter Wucht überfiel.

Er arbeitet mein Dunkelbuch ab!

Das also verstand der Wahnsinnige unter *»kümmern«*.

Der Nachbar nahm ihre innersten Gedanken, die lediglich für die Augen ihrer Therapeutin bestimmt waren, als Gebrauchsanweisung und setzte ihre morbiden Fantasien in die Tat um.

Deswegen war es verschwunden gewesen! Bestimmt hatte der Irre eine Kopie gemacht.

Ich muss sie warnen!

Sarah sprang auf, griff sich ihr Handy vom Nachttisch.

Wer fand alles in dem Buch Erwähnung?

Udo Osthaus, der ihr die Fahrradreifen aufschlitzte, einfach weil er dicke Mädchen hässlich fand.

Mara Joy Voelmy, die ihr den ersten Freund ausspannte.

Christian Grünau, ihr erster Vermieter, der im Streit ihre Zeichnungen zerriss, als sie als Mietzuschuss nicht mit ihm schlafen wollte.

Kaja Last, die sie zu Silvester ausgeladen hatte … und die …

Sarah schluckte schwer. Jetzt fiel der Groschen.

… die sich so ähnlich anhört wie die Frau, die sie gestern am Telefon gehabt hatte!

Oh Gott!

Hat Kaja mich angerufen und angefleht, der Polizei nichts zu sagen? Die Frau, der ich gewünscht habe, dass eine Silvesterrakete in ihr verflucht symmetrisches Gesicht fliegen, sich durch ihr Auge ins Gehirn bohren und darin explodieren möge?

Und das war noch nicht einmal der schlimmste aller Gedanken in ihrem Dunkelbuch.

Sarah presste sich die Hand gegen den krampfenden Magen.

Ihr wurde schlecht, als ihr einfiel, dass sie sich in ihrem Todestagebuch auch über ihren Vater ausgelassen hatte.

Dann drängte sich der allerletzte Eintrag in ihr Bewusstsein. Der, von dem sie nicht wusste, wie er dort hineingekommen war, weil sie ihn unter gar keinen Umständen verfasst hatte.

Himmel, hilf mir!

Sie dachte an Ruby und daran, dass der Name ihrer eigenen Tochter auf der letzten Seite im Dunkelbuch stand, und konnte es nicht länger zurückhalten.

Ich wünschte, sie würde einen tödlichen Unfall erleiden …

Sarah schaffte es gerade noch so ins Bad, wo es in einem Schwall aus ihr herausbrach.

KAPITEL 44

Säure. Galle. Schaum.

Wenigstens hatte sie längere Zeit nichts gegessen, auch wenn das bedeutete, dass ihr Magen jetzt völlig verkrampfte. Doch so musste sie zumindest keine Essensreste aus dem Waschbecken kratzen. Nachdem ihr Erbrochenes im Abfluss verschwunden war, hielt sie den Kopf unter den geöffneten Hahn und gurgelte mit lauwarmem Wasser. Schließlich, als der scheußliche Geschmack verschwunden war, trank sie mehrere große Schlucke, doch das Brennen in der Kehle legte sich kaum.

Sarah drehte den Hahn zu und horchte in die Stille des Hauses. Sie wunderte sich, dass Marion noch nicht längst bei ihr im Badezimmer stand. Immerhin war sie vorhin bereits von ihren Schreien nach dem Albtraum geweckt worden, und nun war sie würgend von Zimmer zu Zimmer gepoltert.

Vielleicht steht sie vor der Tür und hält sich bereit, um meine Privatsphäre nicht zu verletzen?

»Marion?«

Keine Antwort.

Sarah nahm ihr Handy, das sie auf dem Waschbecken abgelegt hatte, und setzte sich auf den geschlossenen Toilettendeckel.

»Komm schon, geh ran, geh ran!«, forderte sie ihren Vater auf, doch der hatte wie jeder vernünftige Mensch um diese Zeit sein Handy ausgeschaltet. Die Mailbox sprang an.

»Ruf mich sofort zurück, wenn du das abhörst, egal welche Uhrzeit«, sprach sie ihm darauf in der Hoffnung, dass er die Dramatik in ihrer Stimme ernst nahm.

Wenn ihr schrecklicher Verdacht sich bewahrheitete, war er in Lebensgefahr.

Und Ruby auch.

Sie würgte. Galle kam ihr hoch. Sie hatte das Gefühl, kaum noch Luft zu bekommen, während sie in ihrem Handy nach der Nummer des Lehrers suchte, der Rubys Handy einkassiert hatte. Da hörte sie es.

Ein Geräusch. Ihr Vater hätte das Modell sicher am Klang erkannt. Sarah ahnte nur, dass es sich um den Schnapper der Haustür handelte, der gerade ins Schloss gefallen war.

Sie stand auf und trat ans Badezimmerfenster. Trennte zwei Lamellen der geschlossenen Jalousie voneinander und sah nach unten auf die Straße, die im warmweißen Licht zweier Laternen wie ein Stillleben vor ihr lag.

Was zum …

Sie ließ die Lamellen zurückfallen. Ihre Hand war zurückgezuckt, als hätte sie sich an ihnen geschnitten.

Was zum Teufel …?

Sarah wartete noch eine Weile, dann wagte sie es wieder, fest damit rechnend, dass Marion von der Gartenpforte aus zu ihr hochblickte.

Mit demselben misstrauisch argwöhnischen Blick, mit dem sie sich offensichtlich gerade hatte vergewissern wollen, dass niemand sie dabei beobachtete, wie sie ihr Haus verließ. Zur Unzeit, um 4:57 Uhr morgens.

Was hat sie vor?, fragte sich Sarah bang.

Sie hatte keine Ahnung.

Und es gab nur einen Weg, es herauszufinden.

KAPITEL 45

Zum zweiten Mal innerhalb von vierundzwanzig Stunden lief sie wieder durch die dunklen Straßen Kladows, diesmal allerdings mit Sneakers, Jeans, Pullover und Kapuzenjacke besser vor der Kälte der frühen Morgenstunden geschützt. Außerdem waren, wie ihr schien, Ausgangspunkt und Ziel vertauscht.

Alles deutete darauf hin, dass sie Marion von ihrem Haus in Seenähe über die Sakrower Landstraße hinweg in die Neubausiedlung folgte.

Wollte ihre Freundin etwa zu ihr nach Hause?

Sie überquerten den Parkplatz eines Supermarkts, auf dem es naturgemäß keine Möglichkeit gab, sich zu verstecken. Wenn Marion sich jetzt umdrehte, würde sie bemerken, dass Sarah sie verfolgte. Und fast wünschte sich Sarah, dass sie es täte, um diesem seltsamen Spuk ein Ende zu setzen.

Was veranlasste ihre Freundin dazu, sich um diese nachtschlafende Zeit heimlich aus dem Haus zu schleichen? Weshalb beeilte sie sich so sehr, dass Sarah Mühe hatte, mit ihr Schritt zu halten?

Am liebsten hätte sie ihr hinterhergerufen, sie möge stehen bleiben und sich erklären. Aber die Umstände waren zu seltsam, und sie befürchtete, keine ehrliche Antwort zu erhalten, wenn sie sie jetzt in einer dunklen Straße zur Rede stellte. Und so folgte Sarah nicht nur ihrer besten Freundin den Ritterfelddamm hoch an den Feldern vorbei, sondern auch ihrer inneren Stimme, die ihr dazu riet, Marion zu beschatten und so herauszufinden, was sie vorhatte.

Vielleicht will sie mein Haus unter die Lupe nehmen? Es nach Wanzen und Mikrofonen absuchen?

Ja, das musste es sein.

Marion wollte Sarah helfen und ging den Problemen ihrer besten Freundin auf eigene Faust auf den Grund.

Auch wenn ihr buchstäblicher Alleingang höchst seltsam war. *Vielleicht hat es sie zu sehr genervt, wie ich mich gesträubt habe, bei ihr zu übernachten, und sie hält mich für unkooperativ?*

Sarah merkte, wie sich ihr Herzschlag etwas beruhigte, jetzt, da sie eine halbwegs plausible Theorie gefunden zu haben glaubte. Doch dann zog er wieder an, als Marion stehen blieb und auf ihr Handy sah. Sarahs Puls schnellte weiter hoch, als sie merkte, dass ihre Theorie vollends in sich zusammenfiel.

Wo will sie hin?

Um zur Neubausiedlung zu gelangen, hätte sie nach rechts abbiegen müssen. Sie aber ging nach links, an einer Kita vorbei, in eine Einbahnstraße hinein.

Nein, das kann nicht sein … Nicht hierhin!

Sarah wohnte erst seit wenigen Wochen in Berlin und kannte längst nicht alle Straßen ihrer neuen Umgebung. Aber diese hier schon. Und nicht nur die Straße, sondern sie hatte auch das Haus, vor dem Marion stehen blieb und klingelte, schon mehrfach gesehen. Nicht nur von außen, sondern sogar von innen.

Sarah hatte das Gefühl, einen Film zu sehen, den sie noch nie geschaut hatte und dessen Handlung sie dennoch eins zu eins vorhersehen zu können glaubte.

Sie wusste, dass gleich das Oberlicht angehen würde, von einem Bewegungsmelder gesteuert, der anschlug, sobald der Bewohner den Windfang betrat, um die Haustür zu öffnen. Eine schwere Tür mit gebürstetem Aluminiumverschlag und Schlössern, die so sicher waren, dass sie Einbrechern mit herkömmlichem Werkzeug stundenlang standhielten. Sarahs Vater hätte seine wahre Freude an ihnen gehabt, aber auch die Probleme gekannt, die der Eigentümer mit dem Schnapper hatte, der nicht sauber einrastete, wenn man die Tür nicht einmal im Jahr wartete.

Sarah sah, wie sie sich öffnete, und wusste, was Marion als Erstes zu sehen bekam, wenn sie am Herrn des Hauses vorbeisah. Wie jeder Gast würde sie den Garderobenständer im Eingang bewundern; die Verzweigungen eines künstlichen Korallenbaums dienten dazu, die Jacken, Mäntel und Mützen der Besucher zu tragen. Sarah meinte sogar den Raumduft in der Nase zu haben, der das moderne Flachdachhaus ausfüllte, ein Mix aus Lavendel und Zedernholz, ähnlich dem Eau de Toilette seines Eigentümers. Der stand jetzt in der Tür und begrüßte Marion aufs Herzlichste – indem er sie erst einen Moment zu begutachten schien, wie Freunde, die einander lange nicht gesehen hatten und ihr Gegenüber nach Veränderungen absuchten, die die Zeit in ihren Gesichtern hinterlassen hatte. Dann zog er sie an sich und umarmte sie mit seinen starken Armen, Wange an Wange.

Genauso, wie Dr. Heiko Marsch bis vor Kurzem noch Sarah begrüßt hatte, wann immer sie sich auf ein Date trafen.

KAPITEL 46

Sie nahmen keine Notiz von ihr.

Dabei hatte Sarah sich nicht die Mühe gemacht, sich zu verbergen, sondern war einfach stehen geblieben. Schräg gegenüber von Heikos Haus, vor der Einfahrt eines Nachbarn, neben einer Mülltonnenbox. Zwar nicht von einer Straßenlaterne beschienen, aber sie stand auch nicht in kompletter Dunkelheit.

Marion und Heiko hätten sich einfach nur umschauen müssen, dann hätten sie sie sehen können. Doch sie hatten nur Augen füreinander. Besprachen etwas, das Sarah, immerhin gut zwanzig Meter entfernt, nicht hören konnte. Lediglich an den dicken Wolken, die ihr Nebelatem schlug, konnte sie erkennen, dass sie eine intensive Unterhaltung führten. Es schien kein Streitgespräch zu sein, dazu lächelten beide zu oft, während sie Seite an Seite zur Einfahrt gingen, wo Heiko seinen SUV parkte, mit dem angeberischen Kennzeichen B-IG 666.

Wo wollen sie hin?

Sarah griff zum Handy. Alles in ihr drängte danach, Marion anzurufen. Sie zur Rede zu stellen, ihre Freundin musste ihr diesen nächtlichen Ausflug erklären, der immer mysteriöser wurde.

Alles – bis auf die innere Stimme, die sich deutlich zu Wort meldete und ihr sagte, sie solle Ruhe bewahren und nachdenken.

»*Wenn es eine logische Erklärung für ihr Verhalten gibt, wirst du sie früh genug von ihr erfahren. Sollte sie allerdings etwas mit deinem Ex im Schilde führen (und danach sieht es doch aus, liebe Sarah, oder?), wirst du es nicht herausfinden, indem du deinen Vorteil verspielst.«*

Denn immerhin wusste Marion bislang nichts davon, dass Sarah sie mit Heiko gesehen hatte. Mitten in der Nacht. Vertraut wie sehr alte Bekannte.

Wie ein Liebespaar?

Wie auch immer sich diese Situation hier auflösen würde, eines stand fest: Marion hatte sie belogen. Zumindest hatte sie ihre Freundin über ihr Verhältnis zu Heiko im Unklaren gelassen. Niemals, mit keinem einzigen Wort, hatte sie je erwähnt, ihn zu kennen. Hatte die Fotos, die sie ihr geschickt hatte, nur mit »Ist ja klar« und nicht mit »Du datest meinen Zahnarztkumpel?« kommentiert.

Und jetzt waren sie so vertraut, dass sie in den frühen Morgenstunden in seinen Wagen stiegen und gemeinsam die Einbahnstraße hinunterbrausten, während Sarah alleine mit einem tonnenschweren Gewicht an Fragen in der Dunkelheit zurückblieb.

Was geht hier vor?

Erst die entsorgten Fischabfälle im Späti, die wieder aufgetauchte Thermoskanne, der Einkauf, das Nachtlicht, die verschwundene Leiche, der Mordanschlag auf Eddy. Schließlich das Dunkelbuch, das ihr Stalker abzuarbeiten schien und in dem sich ein Eintrag befand, den sie selbst nicht verfasst hatte: Ruby.

Und jetzt … *das!*

Marion. Ihre beste Freundin?

Steckte sie hinter alldem?

Und wenn ja, weshalb?

Alles steht und fällt mit dem Motiv …

Sarah sah, wie die Bremslichter an der nächsten Straßenecke

aufflackerten, dann war der SUV um die Ecke und aus ihrem Blickfeld verschwunden.

Sie blickte über die Straße zu Heikos Haus und konnte ihr eigenartiges Gefühl, etwas übersehen zu haben, nicht einordnen. Der Hauseingang lag wieder im Dunkeln. Das vom Bewegungsmelder gesteuerte Licht war erloschen.

War …

Und da begriff Sarah, was sie irritierte.

Es hätte gar nicht so lange brennen dürfen. Besser gesagt, es hätte schon sehr viel früher nicht mehr sichtbar sein dürfen, nämlich von dem Moment an, als die schwere Aluminiumtür ins Schloss gefallen war.

Doch Sarah hatte den Schein des Oberlichts noch sehr viel länger wahrgenommen und sogar aus den Augenwinkeln heraus unbewusst bemerkt, wie es ausgegangen war; kurz nachdem Heikos SUV mit Marion auf dem Beifahrersitz die Ausfahrt verlassen hatte.

Was nur eine Schlussfolgerung zuließ: Er hatte den Schnapper nicht repariert. Er schloss noch immer nicht perfekt.

Heiko Marsch hatte seine Haustür nicht richtig zugezogen.

KAPITEL 47

In dem Moment, als sie durch die Tür ging, wusste Sarah bereits, dass sie einen Fehler machte. Dabei hätte sie noch nicht einmal sagen können, dass sie einer Intuition folgte. Selbst ihre innere Stimme, die ihr dazu geraten hatte, meldete sich nicht mehr zu Wort, nachdem sie den Windfang betreten hatte.

»Aber er wäre in der Lage gewesen, dein Haus zu verwanzen. Immerhin hat er darin ungestört hämmern, bohren und schrauben dürfen.«

Paradoxerweise waren es ausgerechnet Marions Worte, die sie dazu animierten, sich in Heikos Haus umzuschauen.

Ihr Weg führte sie durch den Windfang in einen Durchgang, der als begehbarer Kleiderschrank ausgebaut war. Hinter den rahmenlosen, raumhohen Türen bewahrte Heiko seine Jacken und Schuhe auf.

Sarah öffnete eine kleinere Schranktür zu ihrer Linken und stellte zufrieden fest, dass die Alarmanlage wie erwartet offline geschaltet war. Heiko besaß eine beachtliche Sammlung an Luxusuhren und Kunstwerken, die als Vorwand herhielten, dass er sein Haus wie eine Festung absicherte. Sarah vermutete allerdings, dass er schlicht und ergreifend eine überzogene Angst vor Einbrechern hatte. Ihre Beziehung hatte nie den Punkt überschritten, an dem sie die Schlüssel ausgetauscht hätten. Aber Heiko hatte sie in die Alarmanlage eingewiesen für den Fall, dass sie einmal früher als er das Haus verlassen und die nächtliche Aufschaltung zur Polizei deaktivieren musste, damit sie beim Öffnen der Haustür keinen Überfallalarm auslöste. Den Code hatte sie allerdings vergessen. Aber sie hatte in Erinnerung behalten, dass sich die Alarmanlage nicht wieder einschalten ließ, solange die Haustür nicht fest verschlossen war.

Doch weshalb hätte Heiko ihr Haus verkabeln sollen? Es gab nichts, wozu er bis vor Kurzem keinen Zutritt gehabt hatte. Sie hatte ihm im wahrsten Sinne des Wortes ihre Intimsphäre geöffnet, ihn ins Wohnzimmer, ins Bad und in ihr Schlafzimmer gelassen.

Und umgekehrt.

Wäre Sarah nicht so nervös gewesen, hätte sie das Gefühl der Wehmut noch deutlicher wahrgenommen. Ja, sie hatte sich nach kurzer Zeit schon an vielem gestört. An Heikos abfälligen Bemerkungen über die Regierung, die eher auf Stammtischniveau waren, als dass sie einem Akademiker entsprachen. An seiner Angewohnheit, beim Kaugummikauen wie ein Teenager zu schmatzen, und daran, wie wichtig ihm Statussymbole waren. Doch sie hatte sich geborgen gefühlt. In seiner auf Hochglanz polierten schwarzen Designerküche. Auf dem sandfarbenen Rolf-Benz-Sofa im Wohnzimmer. Selbst an dem Esstisch aus Kristallglas mit seinem Chromgestell. Das Kühle, das Spröde seiner schlichten Einrichtung hatte Heiko durch seine herzliche, körperlich sehr intensive, Schutz spendende Art mit großer Wärme ausgeglichen.

Wieso falle ich immer wieder darauf rein?

Sarah stand in der Eingangshalle vor einer Treppe, deren Stufen mit schneeweißem Teppich belegt waren. Meterhohe moderne Kunstwerke schmückten die Wände.

Sie seufzte.

Kein Wunder, dass Marion sich so gut mit ihm verstand. Von den Äußerlichkeiten her passten sie sehr viel besser zusammen. Und auch Heikos Inneres hatte sicher einiges zu bieten, was zumindest die berufliche Neugierde der Psychologin weckte.

Sarah öffnete die Tür zum Arbeitszimmer in der Hoffnung, dass Heiko seinen Tageskalender auf dem Schreibtisch liegen gelassen hatte. Er liebte es, seine Termine mit dem Montblanc-Füllfederhalter in der ledergebundenen Kladde festzuhalten, bevor er sie ins Handy übertrug.

Die Chance war gering, aber vielleicht hatte er ja auch das Treffen mit Marion samt Anlass notiert.

Sarah trat ein. *Verdammt.* Kein Kalender.

Der massive Schreibtisch war leer und viel zu groß für den Raum. Wie Heikos Ego drängte er den Rest um sich herum an die Wand. Eine naive Kinderzeichnung stand auf der Marmorplatte. Andere Männer hatten dort Fotos stehen, die sie daran erinnern sollten, dass es Wichtigeres gab, als seine Zeit mit Geldverdienen zu verplempern. Aber Heiko war weder verheiratet gewesen, noch hatte er Kinder. Er sah auf das Geschenk einer kleinen Patientin, bei der er ein Zahnfleischsarkom entdeckt hatte, was dem Vorgängerzahnarzt verborgen geblieben war. Durch seine Diagnose hatte er der Fünfjährigen das Leben retten können.

Konnte so ein Mann ein Mörder sein, der seinen Opfern bei lebendigem Leib mit einem Kartoffelschäler die Haut abzog?

Sarah schüttelte sich vor Ekel angesichts dessen, dass sie – wenn sie richtiglag – die Urheberin des Gedankens war, den diese entsetzliche Tat hatte Wirklichkeit werden lassen.

Sie hatte schon wieder das Gefühl, sich übergeben zu müssen. Mit dem festen Vorsatz, als Nächstes die Polizei über ihr Dunkelbuch zu informieren, wollte sie das Arbeitszimmer Richtung Bad verlassen, da blieb ihr Blick an dem Flipchart neben der Tür hängen.

Der Ständer erinnerte sie an die Staffelei in ihrem Arbeitszimmer und an die Zeichnung, die sie dort zuletzt schraffiert und zu Eddy gebracht hatte. Das Phantombild des leblosen Mannes am Fuße ihrer Treppe. Hier war es zu dunkel, um eindeutig zu erkennen, was auf dem Flipchart-Ständer befestigt war, schräg gegenüber von Heikos Schreibtisch. Aber es war garantiert keine Zeichnung. Eher ein Plan.

Da Sarah nicht das Licht einschalten wollte, aktivierte sie ihre Handy-Taschenlampe.

Das gibt es doch nicht!

Sie wusste nicht, womit sie gerechnet hatte. Das Fundstück in Heikos Arbeitszimmer reihte sich jedenfalls in die Serie unverständlicher Ereignisse ein.

Sie starrte auf die Architektenzeichnung, die sie selbst nie gesehen hatte, obwohl die Pläne das zeigten, was einmal ihr Heim gewesen war. Gekennzeichnet in der rechten unteren Ecke mit ihrer Adresse: Habichtweg 4. Ihr Zuhause.

So lange, bis eine tödliche Gewalt ihr unsichtbarer Untermieter geworden war.

Sarah tastete die Linien auf dem Grundriss ihres Hauses nach. Zimmer für Zimmer, bis sie in der Spalte ganz unten auf das Logo desjenigen stieß, der Heiko die Zeichnungen überlassen haben musste: RealEstate.

Sie erkannte sogar die Unterschrift des Maklers, der den Plan signiert hatte wie ein Künstler sein Werk: Manuel Alvaro.

Mein Makler!

Von Marion empfohlen!

Sie schickte sich an, ein Foto zu machen, als sie die Schritte hörte. Schnell. Erst quietschend, auf dem Steingut im Windfang. Dann dumpf, stampfend in der Durchgangsgarderobe. Als Nächstes piepte es vier Mal, dann klapperte Holz auf Holz. Schließlich gab es einen lauten, metallischen Klick, und die Eingangstür war ins Schloss gefallen. Diesmal richtig und fest zugezogen.

Von Heiko, der noch einmal umgekehrt sein musste, um die Alarmanlage zu aktivieren.

Deren Code ich vergessen habe.

Und deren überall verteilte Bewegungsmelder anschlagen und einen ohrenbetäubenden Alarm auslösen würden, sobald Sarah sich auch nur einen Meter von der Stelle bewegte.

KAPITEL 48

KAJA LAST

Sie konnte nicht mehr.

Zu lange schon war sie mit Kabelbindern an die Armaturen ihrer Badewanne gefesselt. Die Arme hinter dem Kopf verschränkt an den Wasserhähnen. Die Füße am anderen Ende an der Duschstange festgezurrt.

Kaja würgte.

Zu lange schon hielt die Sperrkappe ihren Mund geöffnet. Die blaue Plastikvorrichtung, mit der sie vor Jahren von ihrer Zahnärztin bei einer Wurzelextraktion gequält worden war.

Zu lange schon lag der zigarrenartige Fremdkörper auf ihrer Zunge. Er schmeckte nach Pappe wie ein übergroßer Strohhalm, der sich langsam, aber sicher zwischen ihren Zähnen auflöste.

Wieso nur?

Kaja hatte schon als Teenager mit ihren Nasennebenhöhlen zu kämpfen gehabt, und es gab keinen Moment in ihrem Leben, in dem sie es mehr bedauert hatte, nie etwas dagegen unternommen zu haben. Jetzt, wo sie auch durch den Mund nur eingeschränkt atmen konnte, drohte sie zu hyperventilieren.

Womöglich bin ich schon erstickt, bevor der »Nachbar« zurückkommt, dachte sie, und beinahe wünschte sie es sich.

Stundenlang hatte sie nun schon versucht, das Ding mit der Zunge aus dem Mund zu schieben, doch das verhinderte die Klarsichtfolie, die der Sadist ihr über den Kopf gespannt hatte. Mit drei Öffnungen. Zwei für die Nasenlöcher. Eines für die Zündschnur.

»Er enthält Ammoniumnitrat«, hatte der Killer im Imkeranzug sie aufgeklärt. »Deswegen ist er in Deutschland auch verboten. Denn die Sprengkraft des Polenböllers ist dadurch deutlich erhöht im Vergleich zu herkömmlichen Silvesterkrachern.«

Er hatte sich auf den Rand der Badewanne gesetzt, dort, wo zuletzt ihr Freund gesessen und ihr liebevoll die Haare eingeschäumt hatte. Danach hatte er sich für zwei Wochen auf den Jakobsweg gemacht und sie alleine in ihrer Dreizimmerwohnung zurückgelassen.

Wieso hatte Kay sich nie darüber beschwert, dass sie im Schlaf schnarchte? Dann hätte sie sich vielleicht der notwendigen Operation unterzogen und würde jetzt nicht qualvoll langsam ersticken.

»Leider hab ich so schnell nicht die richtige Silvesterrakete auftreiben können, so wie es in den Anweisungen stand«, hatte Sarahs »Nachbar« gesagt, und sie hatte nicht verstanden, was er damit meinte. »Aber ich bin mir auch nicht sicher, ob ich mit der Spitze dein Auge wirklich bis ins Hirn punktieren könnte. Sie hat da, fürchte ich, nicht richtig recherchiert. Aber dafür hat Sarah ja mich. Dass ich mich kümmere.«

Mit der Rundhaube über dem Kopf hatte der »Nachbar« wie ein Astronaut gewirkt, und tatsächlich schien er von einem anderen Planeten zu stammen. Aus einer fernen Galaxie, in der Mitleid und Barmherzigkeit nicht existierten.

»Wieso?«, hatte sie gestöhnt, da hatte der Böller bereits in ihrem Mund gesteckt. Er hatte sie trotzdem verstanden.

»Gegenfrage: Wie oft hast du in den letzten Jahren daran gedacht, was du ihr angetan hast?«

Sie hatte überlegt, ob der Gitterstoff vor dem Gesicht des Wahnsinnigen von vornherein blickdicht gewesen war oder ob er bei diesem Imkeranzug nachgeholfen hatte. Jedenfalls konnte sie seine Augen nicht sehen, die in Kajas Vorstellung die Farbe eines glutroten Schwelfeuers aufwiesen.

»Wie du sie an Silvester gedemütigt und nach dem Suizid ihres besten Freundes von deiner Feier ausgeladen hast. In einem Moment, als sie auf Gesellschaft angewiesen war, hast du sie alleine gelassen!« Er hatte noch einmal ihre Fesseln überprüft, um zufrieden hinzuzufügen: »Jetzt lernst du deine Lektion und verschaffst mir die Möglichkeit, es wiedergutzumachen.«

»Was wieder gut?«

Es hatte wie »Wasch widr gutt?« geklungen, doch auch das hatte der Psychopath offenbar decodiert, denn er antwortete ihr: »Ich habe etwas Schlimmes getan. Ich habe eine unschuldige, wehrlose Person verletzt. Mein Vater hat mich dazu gezwungen, meine Schwester zu töten. Sie kam mit Missbildungen zur Welt. Ich musste sie ertränken wie eine Katze in der Regentonne.«

Er war aufgestanden, hätte aus ihrer Perspektive ein Arzt in einem Ganzkörperschutzanzug am Krankenbett einer Ebola-Patientin sein können. Und genauso elend fühlte sie sich auch. Hilflos einem menschlichen Virus ausgeliefert, machtlos zum Tode verdammt.

»Du bist Erzieherin, Kaja. Du weißt, wie traumatisch solche Erlebnisse in den prägenden Jahren eines Kindes sein können«, hatte er gesagt. »Doch jetzt hat Gott mir die Gelegenheit gegeben, Buße zu tun. Das Gleichgewicht mit der Kraft der Sühne wiederherzustellen, indem ich mich einer schwachen Person annehme. Aber diesmal nicht, um ihr zu schaden, sondern, um sie zu schützen. Indem ich das Unrecht, das Sarah angetan wurde, wieder ausgleiche!«

Dann war er gegangen. Aus dem Badezimmer heraus. Aus ihrer Wohnung in der Altstadt. Wohin und für wie lange auch immer.

Doch egal wie viel Zeit er mir noch lässt – ich habe so oder so keine Chance!

Kaja war weder Psychologin noch Juristin, doch dank der

True-Crime-Dokus, die sie gerne vor dem Einschlafen schaute, wusste sie: Ihr Folterknecht war wahnsinnig und schuldfähig zugleich.

Er hatte einen Plan, der in seiner kranken Geisteswelt einer zwingenden Logik folgte. Er fühlte sich im Recht, wusste aber, dass er unrecht tat. Der Nachbar gehörte sowohl ins Gefängnis als auch in die Psychiatrie. Auf jeden Fall lebenslang weggeschlossen.

Kaja bezweifelte allerdings, dass es dazu kommen würde. Er sprach eloquent, wirkte clever und vorausschauend. Er würde zurückkommen, sich an den Wannenrand zu ihr setzen, dann aber mit einem Feuerzeug in der Hand.

Würde sie den Geruch der brennenden Lunte noch wahrnehmen? Den Geruch des brennenden Plastiks, sobald die Funken die Folie erreichten? Würde sie es merken, wenn ihr der Böller die gesamte Mundhöhle zerriss; mitsamt der Luft- und Speiseröhre und Teilen des Vorderhirns, die die Sprengkraft gegen die Schädeldecke quetschen würde, bis ihr das Blut aus den Augen und der zerstörten Nase quoll?

Ich habe unendliche Angst, es herauszufinden, dachte sie in einem letzten Moment des Aufbegehrens gegen das Unvermeidliche.

Wieder rüttelte sie ergebnislos an ihren Fesseln. Strampelte ohne Wirkung mit den Füßen. Drehte den Kopf zur Seite in Richtung der Mischbatterie mit dem großen Einlauf und den beiden Drehwasserhähnen.

Diesmal weiter als bei allen vorherigen Versuchen. Bis über die Schmerzgrenze hinaus.

Aaaaah …

Noch weiter, den Punkt des Ertragbaren überschreitend. Sie überdehnte die Muskeln, zerriss die Sehnen. Überstreckte die Nackenwirbel.

Aaaaaaaaaaah!

Sie hörte, wie sich etwas unwiederbringlich in ihrem Hals verschob. Es knackte, als wäre ihr ein Ziegelstein auf den Kopf gefallen, nur dass der darauf einsetzende Schmerz um ein Vielfaches schlimmer war.

Unerträglich.

Offenbar hatte sie sich gerade selbst einen Bandscheibenvorfall zugefügt. Vielleicht würde sie nie wieder den Kopf gerade halten können.

Aber sie war immerhin in der Lage, die Wange an dem kantigen Wasserhahn zu reiben. Einmal, zweimal, unzählige Male, bis die Klarsichtfolie über dem Mund zerrissen war und sie den Böller ausspucken konnte.

KAPITEL 49

SARAH

Auf ihrem Handy war es 6:15 Uhr. Sarah verharrte nun also schon seit einer guten halben Stunde fast regungslos auf ihrem Platz.

Dreißig Minuten, die sich wie Stunden angefühlt hatten: in Heikos Arbeitszimmer, im Schneidersitz auf dem harten Parkett, das Gestell des Schreibtischs im Rücken.

Ihres Wissens lösten nur Seitwärtsbewegungen einen Alarm aus. Also hatte sie es gewagt, senkrecht nach unten zu gleiten, bis sie ihre unbequeme Sitzposition eingenommen hatte. Sarah hatte überlegt, ob sie von hier aus am Boden entlang zum Ausgang kriechen sollte. Heiko hatte ihr erklärt, dass seine Alarmanlage bei Haustieren oder Staubsaugerrobotern nicht anschlug. Aber einerseits war sie deutlich voluminöser als eine Katze, und andererseits wusste sie auch gar nicht, wohin sie robben sollte.

Denn Türen und Fenster waren seit Heikos kurzer Rückkehr verriegelt. Sobald sie sie öffnete, würde sie die Sirene auslösen und den stummen Anruf zur Leitstelle aktivieren. Und die nächstgelegene Infrarotkamera würde eine Aufnahme von ihr schießen. Gestochen scharf, selbst in der Dunkelheit.

Das Paradoxe an ihrem Dilemma war, dass sie im Grunde mit der Polizei sprechen wollte, auch damit sie auf der Burg in Illingen nach dem Rechten sah und sich überzeugte, dass Ruby in Sicherheit war. Herr Gerhardinger, der Lehrer, der ihr Handy einkassiert hatte, war nämlich nicht zu erreichen, wie sie in der Zwischenzeit hatte feststellen müssen. Er hatte in der Nacht sein

Handy abgestellt, und auch an die offizielle Kontaktnummer der Jugendherberge ging so früh noch niemand ran.

Und jetzt?

Sarah wollte die Polizei informieren, doch nach all dem, was bislang vorgefallen war, war ihre Glaubwürdigkeit ohnehin schon stark beschädigt. Wie ernst würde man ihre Hinweise auf einen geisteskranken Serienkiller nehmen, der nach einer von ihr selbst verfassten Handlungsanweisung mordete, wenn man sie selbst kurz vor ihrer Aussage wegen Hausfriedensbruchs verhaftet hatte?

Was mache ich denn jetzt nur?

Ihre Unterschenkel kribbelten. Die Beine waren definitiv eingeschlafen, allerdings war das ihr lächerlichstes Problem im Moment. Sie musste etwas tun, auch wenn es ihr bislang nicht gelungen war, einen sinnvollen Plan zu fassen, an dessen Ende sie nicht wieder von Kim Blaschko verhört wurde, die ihr einen aus ihrer Sicht durchaus berechtigten Vortrag hielt:

»Lassen Sie mich zusammenfassen: Erst rufen Sie uns, weil jemand für Sie eingekauft hat. Dann, weil Sie angeblich jemanden getötet haben, dessen Leiche sich allerdings in Luft auflöste. Und jetzt brechen Sie bei Ihrem Ex ein, weil Sie ihn Arm in Arm mit Ihrer besten Freundin gesehen haben, nachdem Sie die beiden mitten in der Nacht durch Kladow verfolgt haben! Sorry, aber wer ist jetzt hier der Stalker?«

Eine von zahlreichen Fragen, auf die sie keine sinnvolle Antwort geben könnte.

War es dann besser, keinen Notfallalarm auszulösen und sich später von Heiko persönlich erwischen zu lassen?

Nein, nach seinem letzten Tobsuchtsanfall war er ihr gegenüber gewiss nicht gnädig gestimmt und würde genüsslich die 110 wählen, sobald er sie hier entdeckte.

Womöglich aber gelang es ihr, sich aus dem Haus zu schleichen, sobald er zurückgekommen war und die Anlage ausgeschaltet hatte.

Doch wie lange sollte sie auf ihn warten?

Es war Montag. Was immer Marion und er heute früh erledigt hatten, Heiko würde danach vermutlich in seine Praxis fahren und frühestens gegen siebzehn Uhr zurückkommen. Vorausgesetzt, er ging danach nicht wie so oft ins Gym.

Ich kann unmöglich hier so lange in Schockstarre sitzen bleiben.

Das verbot sich schon deshalb, weil das Leben mehrerer Menschen von ihr abhing. Je länger sie darüber nachdachte, desto überzeugter war sie davon. Hartmut Kipp war auf exakt die Art und Weise gestorben, die sie im Dunkelbuch beschrieben hatte.

Eine Schmerzen leidende Frau, die sich wie Kaja anhörte, hatte sie angefleht, nicht die Polizei zu informieren. Offenbar befand sie sich in der Gewalt des »Nachbarn«, der zuvor ihren ehemaligen Lehrer gezwungen hatte, sie anzurufen. Vermutlich unter grausamster Folter. Das war die wahrscheinlichste Erklärung dafür, dass Sarah kaum ein Wort aus dem Munde des Gequälten hatte verstehen können – und sein Schicksal besiegelte, indem sie das Polizeirevier betrat.

So wie das von Eddy, der armen Seele …

»Ich muss etwas tun!« Sarah erschrak über ihre eigene Stimme in der Dunkelheit. Sie hörte sich an, als hätte sie Glassplitter verschluckt. Rau, zersplittert. Wenn sie sich Mut hatte zusprechen wollen, hatte sie das Gegenteil erreicht.

Dennoch. Hier sitzen bleiben war keine Option.

Sie musste alle im Dunkelbuch erwähnten Personen warnen. Allen voran ihren Vater und Ruby. Für die anderen potenziellen Opfer aus ihrem Dunkelbuch hatte sie im Netz keine eindeutigen Ergebnisse gefunden. Die meisten hatten entweder keine oder unzählig viele Kontakteinträge. Es gab allein zweiundzwanzig Lasts auf Facebook. Sie konnte nicht allen eine Nachricht mit der Bitte um Rückruf schicken.

Wie hatte der Nachbar Kaja so rasch finden können?

Verdammt, was mache ich nur?

Die Juristin in ihr wusste, dass sie den Tatbestand des § 323 c StGB nicht erfüllte. Dennoch wuchs mit jeder weiteren Minute, die sie hier hockte, die Gewissheit, sich der unterlassenen Hilfeleistung strafbar zu machen. So wie es ihr tags zuvor gelungen war, Marion ein verstecktes Zeichen zu geben, dass sie überwacht wurde, musste sie einen Weg finden, die Polizei zu informieren, ohne weitere Menschen in Gefahr zu bringen. *Oder ihr Todesurteil zu fällen.*

Bei dem Gedanken an Ruby wurde ihr wieder schlecht.

Sarah hörte, wie ein Auto die Einbahnstraße hochfuhr. Ein weiteres von etwa einer Handvoll in dieser ruhigen Gegend in der letzten Dreiviertelstunde. Seine Scheinwerfer erzeugten dank der halb offen stehenden Lamellen der Holzjalousie ein gespenstisches Schattenspiel an den Wänden. Sie siebten das Licht des passierenden Wagens und ließen die Streifen aus Licht und Schatten an den Wänden tanzen.

An den Wänden. Und auf dem Flipchart.

Moment mal …

Sie hatte bestimmt hundert Mal draufgestarrt. Wieder und wieder ihre Handytaschenlampe darübergleiten lassen.

Und erst jetzt sah sie *es.*

Vielleicht lag es daran, dass die unglaubliche Information zu offensichtlich war. Nicht versteckt.

Direkt vor meiner Nase.

Wie bei dem Rätsel, in dem es darum geht, dass das das Gehirn überflüssige Dinge ausblendet – wie das zweite »das« in diesem Satz! Dabei war der Grundriss des Stockwerks ganz unten auf dem Flipchart alles andere als nebensächlich.

Sarah konnte sich nicht zurückhalten. Sie musste aufstehen.

Ihre Knie knackten, das Blut drängte in die abgeklemmten Bereiche der Waden zurück, als sie so dicht vor dem Chart stand, dass sie die auf ihm angepinnten Papiere berühren konnte. Die aktivierte Handytaschenlampe direkt auf den letzten Grundriss der Pläne ausgerichtet.

Unmöglich!

Aber wahr.

Die Architektenzeichnung zeigte exakt das, wonach Sarah vor Tagen noch mit einem Gummihammer bewaffnet vergeblich gesucht hatte: einen Kriechkeller.

Laut Grundriss befand sich sein Zugang in einem Bereich zwischen Küche und Diele. Dort, wo sich ihres Wissens ein unverrückbarer Einbauschrank befand.

Sarah hörte keinen Alarm, sie sah kein rötlich rotierendes Blinken, das die außen am Haus angebrachte Signallampe in die Dunkelheit schickte. Aber sie wusste, es konnte nicht mehr lange dauern, bis die Nachbarschaft von ihrem Einbruch informiert war. Jetzt, wo sie sich seitwärtsbewegt hatte.

Die Nachbarn und Heiko. Und die Polizei!

Sie fotografierte die Pläne ab und stürmte aus dem Arbeitszimmer zum Ausgang.

Betete, dass die Tür nicht verschlossen war, und dankte ihrem Schöpfer, dass sie erhört wurde.

Und verfluchte ihn im nächsten Moment, als sie, geblendet von der Taschenlampe des Wachmanns, im Eingang ausgebremst wurde.

KAPITEL 50

Ich fasse zusammen: Sie betätigen den Notruf, weil jemand Haushaltsarbeiten für Sie erledigt. Dann wollen Sie uns eine Leiche präsentieren, für deren Existenz wir keine Beweise finden können. Und jetzt sind Sie in dieses Haus hier eingebrochen?«

Ohne dass sie es wissen konnte, löste Kim Blaschko mit dieser Vorhaltung ein Déjà-vu bei Sarah aus, entsprachen ihre Worte doch ziemlich genau dem Vortrag, mit dem sie gerechnet hatte. Sie wunderte sich nur, dass der Angriff auf Eddy in ihrer Aufzählung fehlte, den Kim – da war sie sich sicher – auch gerne ihr anlasten würde.

»Bin ich festgenommen?«, fragte Sarah mit gespielter Selbstsicherheit. In Wahrheit wollte sie vor Scham im Boden versinken. Sie hoffte, Heiko nicht auch noch die Genugtuung zu verschaffen, ihre Demütigung zu sehen, deshalb hielt sie seinem arroganten Blick stand, als sie sagte: »Wenn ja, müsste man mich wohl mal über meine Rechte aufklären.«

Natürlich wusste sie sehr genau, dass sie das Recht hatte zu schweigen und dass alles vor Gericht gegen sie verwendet werden konnte. Und dass sie besser den Mund hielt, auch wenn sie selbst als ihre eigene Anwältin mit am Esszimmertisch saß; der Beamtin, dem jungen Kollegen und Heiko gegenüber.

Nur der Wachmann war längst gegangen.

Sarah hatte sich gefragt, wie der Kerl es in so kurzer Zeit zu seinem Einsatzort geschafft hatte, dabei hatte er sich in Wahrheit für die Strecke unzulässig viel Zeit gelassen. Heiko hatte es ihr mit einer gewissen Zufriedenheit erklärt, nachdem seine anfängliche Bestürzung einem sichtbaren Behagen gewichen war, Sarah in einer solch peinlichen Lage zu sehen. Nicht Sarahs Gang zum Flipchart hatte den Alarm ausgelöst, sondern der Temperaturfühler, von dem sie nichts gewusst hatte. Je länger sie sich im Arbeitszimmer versteckt hielt, umso deutlicher maß dieser einen Temperaturanstieg, der letztlich dafür sorgte, dass eine Nachtsichtkamera eine Fischaugenobjektivansicht des gesamten Raumes an die aufgeschaltete Sicherheitsdienst-Leitstelle schickte. Von diesem Moment an hatte es noch gute zwanzig Minuten gedauert, bis der Wachmann vor der Haustür stand. Nicht einmal zehn Minuten später traf die Polizei ein, fast zeitgleich mit Heiko.

»Das liegt nicht an mir, ob Sie festgenommen sind«, sagte Kim.

»Deswegen habe ich auch nicht mit Ihnen gesprochen«, antwortete Sarah. § 123 StGB war ein Antrags- und kein Offizialdelikt, was bedeutete, dass die Behörden bei Hausfriedensbruch nicht von Amts wegen mit den Ermittlungen begannen. Sie wurden erst auf Antrag des Geschädigten tätig.

»Also, was ist, Heiko? Zeigst du mich an?«

Sarah hasste es, dass sie diese Frage stellen musste, zeigte es ihrem Ex doch allzu deutlich, wie sehr sie jetzt von seinem Wohlwollen abhing.

Ein ekliges, selbstgefälliges Lächeln umspielte seine Mundwinkel. Sie sah es in seinen Augen, dass er seine Entscheidung längst gefällt hatte, sie aber zappeln lassen wollte.

»Jetzt bittest du mich also wieder um Hilfe, ja?«

»Hör mir zu, Heiko. Ich habe diese Hass-Postings im Internet nicht geschrieben. Ich werde gestalkt. Jemand hat Zugang zu meinem Haus, vermutlich auch zu meinem Laptop, und hat in meinem Namen diese Einträge verfasst. Wir sind im Streit auseinandergegangen, aber ich habe keine Veranlassung, dir zu schaden.«

»Sagt die Frau, die mitten in der Nacht in mein Haus einbricht.«

»Weil ich dich mit Marion gesehen habe!«

Er schenkte Kim einen wissenden Blick. »Stalking gibst du also auch zu!«

Sarah schoss zurück: »Da stellt sich doch eher die Frage, wer von uns beiden hier der Stalker ist.«

»Wie meinst du das?« Verwirrung schien Heikos zuvor so selbstsicheren Blick zu trüben.

»Erklär doch mal der Polizei, was du mit den Plänen meines Hauses in deinem Arbeitszimmer vorhast!«

Er lachte schallend auf. »Oh Mann, du bist wirklich paranoid, Sarah!« Er lehnte sich so rasch nach vorne, dass eine Woge seines schweren Aftershaves wie eine Bugwelle über den Tisch in Sarahs Richtung schwappte. »Du hast dich beschwert, dass Wohn- und Esszimmer zu klein sind. Ich wollte dich überraschen und die Türen rausnehmen. Dann hätte man den Durchgang vergrößern können, damit alles offener wird. Dafür habe ich mir von deinem Vermieter die Pläne geben lassen, um zu prüfen, wo tragende Wände sind, und ihn unter der Hand gefragt, ob er die Umbauten genehmigen würde.« Er schüttelte den Kopf. »Verdammt, ich wollte dir was Gutes tun. Ich hab nur seit deinem Rausschmiss keine Zeit gehabt, die blöden Dinger wieder abzunehmen!«

»War es das jetzt, was Sie an Fragen an das Opfer haben?«, fragte Kim Blaschko genervt an Sarahs Adresse und sah demonstrativ auf die Uhr.

Sie winkte ab und tat es ihr gleich. 7:14 Uhr.

Draußen wurde es langsam hell. Es war höchste Zeit, eine Entscheidung zu treffen: *Wollte sie weiter auf eigene Faust gegen einen unsichtbaren Gegner kämpfen? Oder die Polizei einweihen?*

»Okay, lassen wir das Geplänkel«, unterbrach Heiko ihren Gedankengang. »Ich habe ebenfalls keine Veranlassung, dir zu schaden, Sarah. Tatsächlich hatte ich sogar vor, heute bei dir vorbeizukommen und mich für meinen Auftritt zu entschuldigen. Und mich bei dir zu bedanken, dass du mich nicht wegen Sachbeschädigung angezeigt hast.«

Seine Gesichtszüge wurden weicher, als wäre ein Schalter umgelegt worden. »Und wenn du es genau wissen willst: Marion hat mich angerufen, weil sie Zahnschmerzen hatte. Ihr ist schon gestern eine Krone rausgefallen, und sie hat es nicht mehr ausgehalten.«

Hatte sie deswegen gestern die Ibu geschluckt, die glasigen Augen gehabt, sich häufig an die Wange gefasst?

Und ich dachte, sie wäre erkältet …

»Sie ist seit Jahren meine Patientin.«

»Davon hat sie nie etwas gesagt«, rutschte es Sarah heraus.

Er zuckte mit den Achseln. »Seit wann lebst du wieder hier in Berlin? Kenne ich deine Ärzte in Frankfurt? Davon abgesehen: Fast alle hier in der Gegend sind meine Patienten, nicht wahr, Frau Blaschko?«

Die Polizistin nickte grimmig.

»Marion hat mir eine Textnachricht geschickt, ob ich sie heute dazwischenschieben kann.«

»Um fünf Uhr morgens?«

»Ich war wach, der Tag ist vollgestopft mit Terminen. Ich hab ihr gesagt, ich behandle sie außer der Reihe und lasse meine morgendliche Joggingrunde für sie ausfallen, wenn sie sofort zu mir kommt. Wir sind in meine Praxis gefahren.« Er lächelte sie an. »Du kannst dich beruhigen. Marion ist keine Affäre.«

Aha, daher wehte der Wind.

Er dachte, sie wäre eifersüchtig, und das schmeichelte seinem Ego so sehr, dass er von einer Anzeige absehen wollte.

Na ja, Glück im Unglück, würde ich sagen. Sarah hoffte nur, dass er als Nächstes nicht ein gemeinsames Versöhnungs-Abendessen vorschlug. Er legte nämlich bereits den Kopf schräg und zeigte ihr mit breitem Lächeln seine Zahnarztzähne. Eine Geste, die, wie Sarah gelernt hatte, seinen Avancen stets vorausging.

»Könnte ich kurz mit Ihnen alleine sprechen?«, wandte sie sich an Kim und ihren stummen Kollegen.

Heiko blinzelte irritiert. »Hast du mir nicht zugehört? Ich erstatte keine Anzeige.«

»Es geht nicht um dich«, sagte sie schroffer als beabsichtigt. Ohne zu wissen, ob sie das Richtige tat, hatte sie beschlossen, die Beamten einzuweihen. Damit würde sie die rote Linie übertreten, die der Nachbar gezogen hatte, und das machte ihr große Angst. Aber die Sorge um Ruby war größer.

»Du brichst in mein Haus ein, um mich aus meinem eigenen Esszimmer zu schmeißen?«

Sarah konzentrierte sich auf Kim, die sie zwar weniger verärgert, aber noch sehr viel misstrauischer als ihr Ex anblickte.

»Ich würde gerne nach draußen gehen«, schlug sie vor. »Am besten, wir unterhalten uns in Ihrem Dienstwagen.« Dort erschien ihr das Risiko versteckter Mikrofone am geringsten.

»Wozu?«, fragte die Beamtin. Streng, aber nicht ohne Neugier.

Sarah suchte noch nach einer unverfänglichen Antwort, da summte ihr Handy. Sie warf einen Blick auf die Vorschau der eingegangenen SMS. Und ihre Angst schlug in Panik um. Es war nur ein einziges Wort, das ihr regelrecht die Luft aus den Lungenflügeln trieb und sie dazu brachte, das Telefon an sich zu nehmen.

Mit schweißnassen Fingern drückte sie das Smartphone wieder in den Ruhemodus, der Bildschirm wurde schwarz. Sie sah auf. Die zwei Augenpaare der Polizisten musterten sie mit unverhohlenem Argwohn. Heiko runzelte fragend die Stirn.

Ihr Herz setzte für einen Moment aus. Die Hand, mit der sie das Telefon hielt, vibrierte vor Anspannung.

»Du?«, entfuhr es ihr. Sie hatte keine Ahnung, wie Heiko es geschafft hatte, ihr diese Nachricht zu tippen. Seine großen Hände hatten die ganze Zeit auf der Tischplatte gelegen. Sein Handy war außer Sichtweite.

»Ich weiß nicht, was du mit ›du‹ meinst«, sagte er genervt. »Aber ich denke, da will dich jemand sprechen!«

Sie nickte, ihr Mund wurde trocken. Ihre Hand vibrierte immer stärker, doch es dauerte eine weitere Schrecksekunde, bis ihr klar wurde, dass ihre Finger nicht wegen ihrer Anspannung zitterten.

Sondern weil sie einen Anruf mit unterdrückter Rufnummer erhielt.

»Tut mir leid«, sagte Sarah und ging ran. Und wünschte sich im nächsten Moment, den Anruf nicht in der Gegenwart von Zeugen angenommen zu haben, die zwar kein Wort des unbekannten Teilnehmers verstehen konnten – wohl aber die Panik in ihrem Gesicht sehen mussten, nachdem sie den ersten Satz der Anruferin gehört hatte.

KAPITEL 51

»Sag jetzt kein falsches Wort!«
»Kaja?«

Es war ein Schuss ins Blaue, denn die Stimme klang noch seltsamer als gestern. Die Frau am anderen Ende sprach wie ein junger Mensch, der eine gebisslose Oma parodieren will, mit offen stehendem Mund und kehligen Knacklauten. Eine Aussprache, die jegliche harte Konsonanten verschluckte, weil sich die Lippen nie zu berühren schienen. Und dennoch schwang in den Worten etwas mit, das sie an die weinende Anruferin von gestern erinnerte. Sarah hatte also geraten.

»Ich bin's, deine Freundin von früher!«

Und einen Treffer gelandet.

Sie sah zu Heiko, der noch immer selbstzufrieden grinste.

Ihr rechtes Ohr begann schmerzhaft zu glühen, als würde sie es auf eine Herdplatte pressen und nicht gegen ihr Handy.

»Kein falsches Wort, jetzt, okay? Er sagt, du bist nicht allein!«

»Wer?«

Sarah drehte sich von den neugierigen Blicken ihrer Zuhörer am Tisch weg und fixierte das Parkett zu ihren Füßen. Gleichzeitig stellte sie das Volumen des eingehenden Anrufs leiser und presste sich das Handy noch fester ans Ohr, damit Heiko, Kim und ihr Kollege kein Wort aufschnappen konnten.

»Ich hatte es fast geschafft. Aber dein Nachbar ist wieder zurückgekommen.«

»Ist er gerade bei dir?«

Weil sie keine Antwort bekam, vermutete sie, dass sie sich mit einer Aufzeichnung unterhielt.

Sie erwiderte den Blick ihres Ex.

Sarah hörte Kaja röchelnd husten.

»Ich hatte den Sprengstoff schon ausgespuckt!«

Es klang wie »Schrengschoff«.

»Ich soll dir sagen: Geh sofort nach Hause. Werde ihn los. Den Polizisten. Vor deiner Haustür!«

»Welcher …?« Sie biss sich gerade noch rechtzeitig auf die Zunge.

Was für ein Polizist? Sie saß doch schon zweien gegenüber!

»Lass ihn nicht in dein Haus, okay? Sonst sterbe ich. Und zwar so, wie du es in deinem Dunkelbuch beschrieben hast!«

KAPITEL 52

Sie rannte.

Sarah hatte aufgelegt und bei allen Beteiligten für Stirnrunzeln gesorgt, als sie mit den Worten »Tut mir leid, ich muss los!« erst den Tisch und dann das Haus verlassen hatte.

»Wir wär's mit einem Danke?«, hatte Heiko ihr hinterhergerufen, da war sie schon durch die Tür.

Obwohl der Weg zu ihr nach Hause gerade mal einen Kilometer Luftlinie maß, war sie ihn noch nie zu Fuß gegangen. Heiko hatte sie immer mit dem Wagen abgeholt, weshalb es keine fünf Minuten von Haustür zu Haustür gedauert hatte. Da Sarah eine Abkürzung über einen Feldweg nahm, schaffte sie es in fast der gleichen Zeit.

Allerdings war sie völlig außer Atem, als sie in den Habichtweg einbog, und hatte Seitenstechen. Die klare, kalte Luft, die anfangs nach Gebirgswasser geschmeckt hatte, brannte nun bei jedem Atemzug wie Essig in ihrer Kehle.

Mittlerweile war es kurz nach halb acht Uhr morgens. Die Sonne schon aufgegangen.

»Werde ihn los!«

Sarah konnte den Mann von Weitem sehen, war sich aber sicher, dass er nicht der Polizist war, den Kaja mit ihrem Flehen gemeint haben konnte.

»Sonst sterbe ich.«

Er stand in ihrem Vorgarten, den Kopf in den Nacken gelegt, wie ein Kind, das mit der Zunge Schneeflocken fangen will.

In der Hand hielt er etwas, das aus der Ferne wie eine Fernbedienung für ein Modellbauflugzeug aussah – oder für eine Drohne. Allerdings schien nichts über dem Kopf des ansonsten eher jugendlich wirkenden Unbekannten zu schweben.

»Hey!«, rief sie ihm zu, als sie nur noch wenige Meter von ihrem Haus entfernt war. »Was zum Geier machen Sie hier?«

Der Mann auf ihrem Rasen reagierte nicht. Er starrte noch immer in die Luft, dann auf das Gerät in seinen Händen, dann wieder hoch zum Dachfirst.

»Hey, ich rede mit Ihnen!«

»Moment, bitte.«

Die schlaksige Bubi-Gestalt mit der Hornbrille wirkte wie der komplette Gegenentwurf zu einem »Ist ja klar«-Kerl wie Ralph oder Heiko.

Er war schmächtig und verbrachte definitiv mehr Zeit in dunklen Räumen als im Fitnessstudio. Die dunkelblonden Haare wirkten, als wäre er gerade aus dem Bett gefallen. Vorne an der hohen Stirn platt gedrückt, an den Schläfen abstehend, weckten sie bei Sarah den mütterlichen Instinkt, dem Wildwuchs mit einer Bürste zu Leibe zu rücken und ihm gleichzeitig eine Decke umzulegen, denn der Mann war für die Jahreszeit viel zu dünn angezogen. Keine Jacke, nur mit einem schwarzen T-Shirt bekleidet, auf dessen Rücken die Tourdaten einer Band aufgelistet waren. Die dürren Beine steckten in einer khakifarbenen Multifunktionshose, die man mit einem Reißverschluss in Kniehöhe zu Shorts verwandeln konnte. Immerhin waren seine knöchelhohen Barfußschuhe mit Fell gefüttert. Allerdings schien er in ihnen keinen richtigen Halt zu haben.

»So, da bin ich.«

Nachdem er offenbar gefunden hatte, wonach er gesucht hatte, schlurfte er plattfüßig auf sie zu. Die Fernbedienung hatte er in einen Rucksack aus grüngrauer Lkw-Plane gesteckt.

»LKA Brandenburg, mein Name ist Thorsten Schellack. Abteilung Forensik.«

Er zeigte Sarah den ihr vertrauten blauen Dienstausweis des Landeskriminalamts mit dem Brandenburger Adlerwappen an der Seite.

Also doch. Der komische Vogel war tatsächlich Polizist.

»Und Sie sind?«, fragte er sie mit unerwarteter Autorität in der Stimme. Jetzt, da sie ihm in die saphirblauen Augen sah, musste sie ihre Altersschätzung korrigieren. Der Mann hatte den schlaksigen Körperbau eines untrainierten Teenagers, war aber bestimmt schon über vierzig.

»Die Bewohnerin dieses Hauses, auch wenn Sie das nichts angeht.«

»Können Sie sich ausweisen?«

»Soll das ein Witz sein?« Sie zeigte ihm den Vogel. »Sie fuchteln hier mit einer Fernbedienung in meinem Vorgarten herum, in Berlin und damit außerhalb Ihres Zuständigkeitsgebiets, und haben die Chuzpe, mich nach meinem Ausweis zu fragen?«

»Dann nicht«, sagte er und ging achselzuckend an ihr vorbei Richtung Straße.

»Hey«, rief sie ihm hinterher. »Sie haben nicht geantwortet, was Sie auf meinem Grundstück verloren hatten!«

»Wenn Sie hier wohnen würden, dann wüssten Sie es.«

Er öffnete die Gartenpforte, und sie war wie so oft in den vergangenen albtraumhaften Stunden hin- und hergerissen, was ihre Gefühle anging. Auf der einen Seite konnte sie mit sich zufrieden sein. Immerhin hatte sie die unter Todesangst geäußerte Bitte Kajas erfüllt, und das sehr viel schneller und problemloser als erwartet. Der Polizist war abgewimmelt, er wollte nicht zu ihr ins Haus. Andererseits ertrug sie es nicht, dass der LKA-Beamte sie mit einem weiteren ungelösten Rätsel zurückließ.

Was meint er damit, ich wüsste es?

Und woher hatte der Nachbar gewusst, dass er vor ihrer Tür stand?

Sie gab sich einen Ruck. »Also gut, mein Name ist Sarah Wolff. Hier ist mein Perso.«

Sie zog die Geldbörse aus ihrer Jackentasche, fingerte den Ausweis zwischen den achtlos in das kleine Portemonnaie gestopften Karten hervor, von denen bis auf ihre EC-Karte und den Ausweis fürs Fitnessstudio keine mehr einen Wert hatte, und Letzterer war kaum benutzt.

»Hm!«

Schellack, der zurückgekommen war, drehte den Ausweis auf die Rückseite, nickte zufrieden, als er die Adresse las. Sarah fiel auf, dass sein T-Shirt vorne mit einem Totenkopf bedruckt war, der eine schräg abstehende Kurzhaarfrisur hatte. Darunter stand »Thriller Arena Tour«, was immer das heißen mochte.

»Gut, Frau Wolff. Ich hab tatsächlich schon was gefunden«, sagte er, noch immer sachlich und geschäftsmäßig, doch um mindestens hundert Prozent freundlicher als zuvor.

Gefunden?

Er schaffte es sogar, sie anzulächeln, während er die Brille abnahm, um die beschlagenen Gläser am T-Shirt-Saum trocken zu rubbeln. »Das bedeutet allerdings, dass ich es leider nicht mehr inoffiziell halten kann.«

»Ich verstehe nicht!«

Er seufzte. »Ich hab Eddy versprochen, es unter der Hand zu erledigen. Außerhalb meiner Dienstzeit. Aber das geht nun nicht mehr.«

»Eddy?«

Sarah beobachtete aus den Augenwinkeln, wie ein ihr unbekanntes Nachbarpärchen mit einem Dackel an der Leine an ihrem Haus vorbeiging und ihr einen neugierigen Blick zuwarf.

»Hat er mein Kommen nicht angekündigt?«

Sie schüttelte verwirrt den Kopf.

»Ach so, sorry!« Der Beamte setzte sich zerknirscht die Brille wieder auf. »Das erklärt natürlich unser Missverständnis eben. Ich dachte, Sie wüssten, dass er mir Ihre Bitte weitergeleitet hat, zu checken, ob Ihr Heim verkabelt ist. Ich hab Ihnen beiden eine WhatsApp geschickt, dass ich heute vor meiner Schicht mal vorbeischaue.«

Sarah sah auf ihr Handy. Sie hatte keine Nachricht erhalten. Aber das war es nicht, was sie an Schellacks Worten am meisten verstörte.

»Die Fernbedienung, wie Sie sie bezeichnet haben, ist ein Scanner«, klärte er sie auf. »Er spürt elektronische Signale auf, die nicht hierhergehören. Wie da oben, unter der Regenrinne. Sehen Sie den Knubbel? Das ist eine WLAN-gesteuerte Miniaturkamera, nicht größer als mein Daumennagel.«

Sie nickte, obwohl sie gar nicht nach oben schaute.

Oh Gott. Jetzt ist es geschehen.

»Ich weiß, das ist ein Schock«, hörte sie Schellack sagen, der damit ihren Gesichtsausdruck fehlinterpretierte. Sarah war nicht entsetzt, weil sie überwacht wurde, das war ihr ja bereits bekannt. Ihr Magen schnürte sich krampfartig zusammen, weil sie sich nicht an den Befehl des Nachbarn gehalten hatte.

Die Polizei ist jetzt informiert!

»Aber eigentlich ist das eine gute Nachricht. Sie wissen jetzt, dass Sie nicht paranoid sind, wenn Sie sich verfolgt fühlen. Ich mach Ihnen einen Vorschlag: Wir gehen ins Haus, ich scanne das einmal komplett durch, und dann informieren wir die zuständigen Berliner Stellen, okay?«

Nein, nein, auf keinen Fall!, dachte Sarah, ohne zu wissen, wie sie das verhindern sollte.

War es nicht ohnehin bereits zu spät? Hatte sie Kajas Schicksal nicht längst besiegelt wie das ihres ehemaligen Lehrers?

Würde sie jetzt ihretwegen sterben? So wie sie es im Dunkelbuch für sie vorherbestimmt hatte.

»Hat man Sie nicht informiert?«, fragte sie tonlos und hätte am liebsten geschrien.

»Worüber?«, fragte der LKA-Forensiker.

»Ihr Freund, Eddy Haynauer, konnte Ihnen nicht antworten. Er wurde gestern überfallen. Er schwebt in Lebensgefahr.«

»Was?« Der LKA-Mann hob abwehrend die Hand, als könnte er damit verhindern, dass sie ihm die schlechte Nachricht überbrachte.

»Mehr weiß ich leider auch nicht. Es muss passiert sein, unmittelbar nachdem er mich hier abgesetzt hat. Er muss irgendwo auf der Intensivstation liegen.«

»Scheiße. Deswegen.« Thorsten Schellack fuhr sich durch die Haare, anfangs fahrig, dann übertrieben beherrscht, wie jemand, der seine negativen Gefühle nicht zur Schau stellen will. Sarah hatte das oft bei ihren Mandanten kurz vor der Urteilsverkündung erlebt. Die innere Aufgewühltheit, die sich häufig an übertriebenem Blinzeln zeigte, wie jetzt bei dem Polizisten.

»Das Gespräch ist abgebrochen«, sagte er. »Ich hab ihn zurückgerufen, aber er ist nicht mehr drangegangen. Und er hat auch nicht auf meine Nachrichten reagiert, so wie Sie.«

Er atmete tief durch, zurrte seinen Rucksack fester. »Okay, das ändert alles. Bitte haben Sie Verständnis, dass ich mich jetzt nicht länger um Ihr Haus kümmern kann.«

»Klar.«

»Auch das Phantombild muss warten.«

Phantombild? Sie tastete unbewusst nach ihrer Säurenarbe. Auf einmal fühlte sie sich wie elektrisiert. Es war, als hätte dieses eine Wort sie unter Strom gesetzt.

»Was für ein Phantombild?«, rief sie dem Polizisten hinterher, während sich in ihrem Kopf bereits eine Idee festsetzte.

Schellack drehte sich noch einmal zu ihr, bevor er weiter zu seinem Auto eilte. »Eddy hat gesagt, Sie hätten jemanden gesehen, ein Opfer, ich bin nicht ganz schlau geworden. Ich hätte Ihnen gerne bei der Erstellung eines Phantombilds geholfen. Aber ich muss jetzt erst mal der Sache mit Eddy nachgehen.«

»Das verstehe ich«, sagte Sarah, die vergeblich versuchte, den Gedanken festzuhalten, der ihr gerade gekommen war. Was ihr nicht gelang, weil ein Anruf auf ihrem Handy einging.

Marion!

KAPITEL 53

»Alles okay?«

Sarah schloss ihre Wohnungstür auf und stieg über eine Gratis-Zeitung, die durch den Türschlitz geworfen worden war.

»Lass mich überlegen: Ich werde auf Schritt und Tritt überwacht. Mein ›Schutzengel‹, der sich ›Nachbar‹ nennt, meint mir zu helfen, indem er Menschen umbringt, die mir früher seelische Verletzungen beigebracht haben. Ich werde von seinen Folteropfern kurz vor ihrem Tod angerufen und schaffe es nicht, ihnen ihre letzte Bitte zu erfüllen. Ach ja, und dann habe ich dich mit meinem Ex rumkuscheln sehen und glaube ihm seine fadenscheinige Erklärung nicht. Also nein, ich würde sagen, da ist noch Luft nach oben zum besten Tag in meinem Leben!«

Das hätte sie Marion am liebsten gesagt, doch sie brachte nur ein »Sag du es mir« über die Lippen.

»Bist du sauer?«, fragte ihre Freundin verwundert. »Hast du meine WhatsApp nicht gelesen?«

Sie schaltete im Flur das Licht an und ging in die Küche.

»Ich hab keine bekommen!«, stellte Sarah nun schon innerhalb weniger Minuten zum zweiten Mal fest.

Nur eine Befehls-SMS des Nachbarn:

NICHT!

»Ich wollte dich gestern nicht beunruhigen. Ich hatte schon den ganzen Tag über extreme Zahnschmerzen. Aber in der Nacht wurden sie so unerträglich, dass ich meinem Arzt getextet habe.«

»Und er hat für dich seine Joggingrunde ausfallen lassen!«

»Also hast du meine Nachricht doch bekommen?«

Sarah konnte dem Impuls nicht widerstehen und suchte die Ecken des Raumes nach Kameras ab.

»Wieso jagst du mir einen Heidenschreck ein, indem ich nach meiner Rückkehr ein leeres Haus vorfinde?«

»Das war eine Reaktion auf dein seltsames Verhalten. Also bitte, weich nicht aus. Wieso hast du mir nie erzählt, dass du Heiko kennst?«

Die Antwort kam seufzend, nach einer längeren Pause.

»Weil ich dir dann hätte sagen müssen, was für ein Möchtegern-Macho er ist!« Marion klang frustriert. »Ich hatte vor Jahren mal eine kurze Affäre mit ihm, die unschön endete. Also hab ich das Thema vermieden. Ich wollte dir deine ersten Tage in Berlin nicht mit meiner Eifersüchtelei vermiesen.«

»Eifersucht?«

»Wenn ich sage, es ging unschön zu Ende, dann heißt das, er hat Schluss gemacht, und ja, ich mag ihn noch immer! Trotz seiner Steinzeitansichten.«

Sarah vergewisserte sich, dass das Dunkelbuch noch an Ort und Stelle in der Krimskrams-Schublade unter einem Stapel Servietten lag.

»Geht's deinem Zahn jetzt besser?«

»Ja.« Marion klang erleichtert. »Mit den Händen kann Heiko ja gut umgehen, wie wir beide wissen.«

Sarah verließ die Küche, stellte das Telefon laut und öffnete den Ordner mit den zuletzt geschossenen Fotos.

»Ich bin gerade in der Havelhöhe bei meiner Mutter. Es gab Komplikationen. Sie hatte über Nacht wieder eine leichte Hirnblutung.«

Oh!, dachte sie schuldbewusst. *Ich mache Marion Vorwürfe und denke keine Sekunde daran, dass auch sie Angehörige hat, die zwischen Leben und Tod schweben.*

»Das tut mir sehr leid!«

»Ich weiß, Liebes. Ich fürchte, es geht bald zu Ende.« Sie machte eine längere Pause, bevor sie mit belegter Stimme das für sie emotional belastende Thema wechselte.

»Übrigens, fast hätte ich's vergessen …«

»Was?«

Sarah stand jetzt dort, wo auf dem Plan, den sie bei Heiko abfotografiert hatte, der Kellereingang eingezeichnet war. In der Realität befanden sich hier nur festes verklebtes Vinyl und eine Trockenbauwand.

Kein Zugang zu einem Kriechkeller.

»Wie du weißt, ist ein Krankenhaus kein Ort der Verschwiegenheit. Es ist DAS Gesprächsthema. Dreimal darfst du raten, wer nach seiner Not-OP auf der Intensivstation nur einen Vorhang weiter liegt!«

Sarah schluckte schwer.

»Eddy Haynauer!«

KAPITEL 54

Nur fünf Minuten später, nach einem weiteren vergeblichen Versuch, zu irgendeinem Ansprechpartner in der Jugendherberge in Illingen durchzudringen, hatte Sarah die Klinikauffahrt erreicht.

So wie der Gedanke an Läuse viele Menschen dazu brachte, sich den Kopf zu kratzen, erzeugte der Anblick eines Krankenhauses bei Sarah den Wunsch, Gas zu geben und so schnell wie möglich an der Klinik vorbeizufahren. Für einen Moment hatte sie mit dem Gedanken gespielt, die Autobahn Richtung Westen zu nehmen, sich jedoch eingestehen müssen, dass sie für die siebenstündige Fahrt ins Saarland viel zu übermüdet war und Gefahr lief, spätestens bei Erfurt hinter dem Steuer einzuschlafen. Allerdings würde sie ins nächste Flugzeug steigen, wenn der Lehrer sie nach ihrem kurzen Krankenhausbesuch noch immer nicht zurückgerufen hatte.

Krankenhaus.

Allein der Name löste eine Fluchtreaktion aus. In England, Frankreich, Spanien und vielen anderen Ländern hieß die Einrichtung, in der Menschen gesund werden sollten, »Hospital«, aus dem Lateinischen für Gaststätte oder Herberge. *Nur in Deutschland stellt man das Wort »krank« voran.*

Sarah dachte oft darüber nach, wie es wohl aussehen würde, wenn das Leid der in Krankenhäusern behandelten Patienten die Gemäuer und Dächer einfärben würde. Von Blassrosa bis Glutrot, eine Aura-Karte der Qualen, je nach Intensität der Schmerzen, denen die Menschen dort ausgesetzt waren, weil man ihnen den Darm aufgeschnitten, Knochen zersägt, den Magen entfernt, sie mit tumorzerstörenden Giften gefüttert oder den Schädel aufgebohrt hatte.

Da hatte es nicht die Therapiestunden bei Elke gebraucht, um zu verstehen, dass Sarahs Abneigung von dem tragischen Verlust ihrer Mutter rührte, die aus ihrer Sicht gewissermaßen von einem Krankenhaus getötet worden war. Ohne den dort entstandenen multiresistenten Keim wäre Helga wahrscheinlich noch am Leben.

Und ja, Elke hat recht: Ich hasse Krankenhäuser, hatte Sarah gedacht, während sie in das ultraviolette Schmerzzentrum der Klinik Havelhöhe vorgedrungen war: die Intensivstation.

Ohne Marion hätte sie hier keinen Zugang erhalten. Ihre beste Freundin hatte am Eingang der Intensivstation geklingelt. Nachdem sie über die Gegensprechanlage ihren Namen gesagt hatte, hatte ein Summer das Schloss der Milchglastür geöffnet. Und jetzt schwitzte sie unter ihrer Mund-Nase-Maske, die sie zusammen mit einem blauen Kittel, Einweghandschuhen und einem Haarnetz in einem schleusenartigen Vorraum hatte anlegen müssen.

Wie Marion gesagt hatte, lag Eddy nur einen Vorhang von Elke entfernt; diese Vorhänge waren jeweils zwischen die insgesamt fünf Betten der Station gespannt, um so etwas wie Privatsphäre zu simulieren.

Sarah war ihrer Freundin zunächst zu deren Mutter gefolgt, hatte sich dann aber rasch zurückgezogen. Während Marion nebenan noch bei Elke verweilte, stand Sarah jetzt an Eddys Bett. Und wenn es schon ein Schock gewesen war, ihre Therapeutin in diesem apathischen Zustand zu sehen, erzeugte Eddys Anblick ein noch intensiveres Gefühl der Hoffnungslosigkeit.

Sarah hätte nicht zu sagen vermocht, ob der Polizist im Sterben lag oder bereits klinisch tot war und nur noch von den Instrumenten am Leben gehalten wurde.

Die weiße Bettwäsche mit den blassblauen Sträflingsstreifen auf der Decke war das einzig Alltägliche an dem Anblick, der sich ihr bot. Eddy lag mit einer Atemmaske auf einer Liege, deren Rückenteil leicht aufgestellt war. An beiden Seiten des Bettes standen Doppeltürme mit medizinischen Geräten, deren Funktion Sarah nur erahnen konnte.

Mehrere Schläuche steckten in beiden Armen, Elektrodenpflaster klebten an seinem Kopf.

Insgesamt schätzte sie, dass sich zwischen den Vorhängen mehr Monitore, Lämpchen und digitale Anzeigen befanden als in einem Flugzeugcockpit.

Aussichtslos, dachte Sarah und begann leise zu weinen.

Der LKA-Beamte hatte ein Wort gesagt, das einen Gedanken in ihr freigesetzt hatte, aus dem sich eine von der Verzweiflung getriebene Idee geformt hatte. Und diese Idee, die noch Lichtjahre von einem Plan entfernt war, hatte sie dazu gebracht, sich in die Intensivstation an Eddys Bett zu schleichen. Doch als Sarah den Beamten jetzt hier liegen sah, angeschlossen an Maschinen, die ihn entweder mit Medikamenten vollpumpten oder seine sterbenden Vitalwerte überwachten, konnte sie die Tränen nicht mehr zurückhalten.

Tränen der Enttäuschung, weil ihre Idee, die ihr kurzfristig Hoffnung gespendet hatte, kompletter Unsinn war, da Eddy ihr bei der Umsetzung nicht mehr helfen konnte. Aber auch Tränen der Verzweiflung und Trauer.

Herrgott, er hat einen kleinen Jungen!

Ihr wurde auf schmerzliche Art bewusst, dass sie den kommunikativen Kerl mit der Ausstrahlung eines Teddybären zu mögen begonnen hatte. Nicht nur, dass er sie höflich behandelt und ihr zugehört hatte.

Er wollte mir helfen und hat dafür sogar einen Freund in die Spur geschickt.

Sarah schluchzte auf, als ihr einfiel, dass der feige Angriff auf Eddy vermutlich während des Telefonats mit Thorsten Schellack passiert war.

»Ihr Mann?«, hörte sie eine Frau hinter sich leise fragen.

Sarah drehte sich um. Sie zog die Nase hoch und wischte sich mehr schlecht als recht mit den Einweghandschuhen die Tränen ab, was die Schwester augenscheinlich als »Ja« interpretierte.

»Es tut mir sehr leid«, sagte sie und klang so, als ob sie es meinte.

»Mir auch«, krächzte Sarah, die nicht wusste, was sie sagen sollte.

»Ich würde die Hoffnung nicht aufgeben!«

Sie drückte eine Taste auf dem größten der Monitore, schräg über Eddys Bett, und das Piepen hörte auf.

»Die Schlinge hat zu einer Sauerstoffunterversorgung im Hirn geführt, das ja. Aber bei einer Schädigung des Okzipitallappens kann es manchmal sein, dass die Sehrinde sich wieder regeneriert.«

»Sie meinen …?«

Die Schwester nickte. »Die Blindheit ist womöglich nur temporär. Ähnliches gilt für die Hypoxie. Er kann Arme und Beine schon wieder bewegen, auch die Lähmung wird vorübergehen. Das Gleiche gilt für seine Sprachfähigkeit. Hier scheint der Frontallappen zum Glück nicht beeinträchtigt. Dass er nicht reden kann, liegt einzig und allein an der Kehlkopfquetschung.«

Sehen, gehen. Sprechen?

»Bleiben Sie bei ihm. Es ist gut, wenn er ein vertrautes Gesicht sieht, wenn er aufwacht!«

»Aufwacht?«

Sarah merkte kaum, dass die Schwester sie sanft am Unterarm streichelte, bevor sie zu einem anderen Patienten hinter dem nächsten Vorhang davonhuschte. »Vorhin war er schon mal für zehn Minuten ansprechbar. Er ist ein Kämpfer!«

Seine Augenlider zitterten, als stünden sie unter Strom. Unter ihnen rotierten die Augäpfel synchron und in einem komplizierten Rhythmus, als tanzten sie zu einer Melodie in Eddys Kopf.

»Ich bin es. Sarah Wolff. Können Sie mich hören?«, fragte sie. Sie betrachtete seine schlaff auf dem Bett liegende Hand. »Wenn ja, dann zucken Sie bitte mit dem Zeigefinger.«

Eine Minute später eilte Sarah zum Ausgang. Fieberhaft riss sie sich in der Schleuse die Schutzkleidung vom Leib, zerstörte dabei das Gummiband des Mundschutzes, so überstürzt versuchte sie, hier rauszukommen. Um ja keine Zeit zu verlieren. Sie trug sogar noch ihr Haarnetz, als sie durch die Milchglastür nach draußen stürmte – und buchstäblich in das nächste Problem hineinrannte.

KAPITEL 55

Was machen Sie denn hier?« Thorsten Schellack musterte sie voller Argwohn durch seine Hornbrille. Das grelle Neonlicht des Krankenhausflurs brachte einige Hautunreinheiten auf der Stirn des LKA-Beamten unvorteilhaft zur Geltung, wodurch er noch jünger aussah. Und blasser. Immerhin waren die allzu wilden Strähnen mittlerweile geglättet, die Haare jedoch noch immer Welten von einer Frisur entfernt.

Sarah überlegte, ob sie mit der Wahrheit herausplatzen sollte. Schließlich spielte Schellack eine wichtige Rolle in dem Plan, den sie erst vor wenigen Augenblicken an Eddys Bett gefasst hatte. Für den brauchte sie allerdings sein uneingeschränktes Vertrauen, und nichts in seiner misstrauischen Miene deutete darauf hin, dass er gewillt war, es ihr zu schenken.

»Ich habe die Mutter meiner Freundin besucht«, entschied sie sich für eine Halbwahrheit.

»Hier?« Der Beamte zog die Brauen zusammen, wodurch seine müden Augen noch tiefer in den dunklen Höhlen zu liegen schienen.

»Elke Reiners. Sie hatte einen Schlaganfall.«

Marion hatte nicht mehr neben dem Bett ihrer Mutter gesessen, als Sarah die Intensivstation verließ, und war sicher schon auf dem Heimweg.

»Was für ein Zufall!«, sagte der Beamte mit unverhohlenem Sarkasmus.

»Wieso?«

»Beleidigen Sie bitte nicht meine Intelligenz. Sie wissen genauso wie ich, dass Eddy Haynauer ebenfalls auf dieser Station liegt.«

»Schätze, es gibt nicht allzu viele gut ausgerüstete Notfallstellen in dieser Gegend«, sagte Sarah, um Gelassenheit bemüht.

»Was wollten Sie von ihm?«

»Was wollen Sie denn hier?«

Schellack seufzte. »Gut, wie Sie mögen.«

Er zückte sein Handy. Gleichzeitig gab er Sarah ein Zeichen, ihm zum Aufenthaltsraum der Besucher zu folgen, der sich drei Türen weiter den Flur hinunter befand.

Zwar wollte sie nicht wie eine Marionette an seinen Fäden hängen und ihm folgen wie ein Kind seinen Eltern. Dann aber hörte sie, dass er am Telefon über sie sprach, und die Neugier siegte über den Stolz.

»Hallo. Dreimal dürfen Sie raten, wer mir am Eingang der Intensivstation in die Arme gelaufen ist. Wie kann es sein, dass Frau Wolff hier munter durch die Gegend spaziert und noch keinen Besuch von der Mordkommission hatte?«

Er hielt ihr die Tür zu dem Aufenthaltsraum auf, in dem es nur einen Tisch, aber acht Plastikstühle gab.

»Ganz genau«, sagte Schellack. Immerhin rückte er ihr einen Stuhl zurecht, bevor er sich selbst setzte.

»Aber wie kann das sein?«

Sarah war wider Willen beeindruckt von seiner Autorität, die in so einer Diskrepanz zu seinem Äußeren stand. Sarah war sich sicher, dass Schellack ein Mann war, der in einer Welt, in der es Tag für Tag mehr um Äußerlichkeiten als um Inhalte ging, häufig unterschätzt wurde.

»Ich? Nicht zuständig?«, sagte er, ohne die Stimme zu heben, was seinen Worten noch mehr Kraft verlieh. »Da scheiß ich drauf, machen Sie endlich Ihre Hausaufgaben.«

Er legte auf und sah ihr direkt in die Augen. »Das war Polizeiobermeisterin Blaschko. Sie dürfte Ihnen bekannt sein.«

»Zu gut«, nickte Sarah, nach wie vor beeindruckt, wie schnell Schellack die Initiative ergriffen hatte. Es war erst eine Stunde her, dass er von dem Mordanschlag auf seinen Freund gehört hatte. Er schob einen leeren Einwegkaffeebecher zur Seite und legte die Hände mit den Handflächen nach oben vor sich auf den Tisch.

»Wir können das hier auf die harte oder auf die weiche Tour machen«, sagte er. »Für den Moment habe ich meinen Kollegen wegen schlampiger Zeugenvernehmung den Arsch aufgerissen. Mit Betonung auf ›Zeuge‹. Ich kann aber auch dafür sorgen, dass Sie als Verdächtige vorgeladen werden. Allein Ihr Besuch hier gibt mir genügend Anlass dazu.«

»Lächerlich«, entgegnete Sarah. »Ich habe mehrfach Anzeige gegen unbekannt gestellt. Ich wurde bedroht, aber kein Ermittler hat sich die Mühe gemacht, nach Beweisen zu suchen. Beweise, die spielend leicht zu finden gewesen wären, wie Sie selbst heute mit Ihrem Spielzeug in meinem Vorgarten demonstriert haben. Wegen der schlampigen Polizeiarbeit schwebt Ihr Freund jetzt in Lebensgefahr. Sie haben nichts gegen mich in der Hand. Wenn Sie meinen, mich hier provozieren und die Sache öffentlich machen zu müssen, fällt das auf die Polizei und nicht auf mich zurück.«

Schellack sah sie versteinert an. »Tja, wie sagte die Blaschko eben so schön: Ich bin nicht zuständig. Also bin ich von dem Shitstorm wohl nicht betroffen!«

Mit einem Mal begann er schallend zu lachen und klatschte amüsiert in die Hände. »Jetzt weiß ich, weshalb man sagt, Sie wären eine gute Anwältin gewesen! Gut gebrüllt, Frau Wolff!«

Hm. Über sie hatte er sich also auch schon schlaugemacht.

»Schön, wäre ich ein Mann, würde ich sagen, wir haben unseren Schwanzvergleich mit einem Unentschieden hinter uns gebracht.« Er nickte weiterhin belustigt.

Sarah hingegen war das Gegenteil von amüsiert.

Sie musste an Kaja Last denken. An ihre Stimme, die die Folterqualen, die sie durchlitt, erahnen ließ.

»Bitte, Sarah, halt dich an die Anweisungen des Nachbarn. Kein Wort. Nicht zur Polizei. Zu niemandem! Ich will nicht sterben!«

Und nun saß sie hier einem LKA-Mann gegenüber und war im Begriff, diese unter Todesangst geäußerte, verzweifelte Bitte zu ignorieren.

Aber wie sonst sollte sie den Albtraum beenden? Sie brauchte dringend Hilfe, und im Moment gab es niemand anderen außer Thorsten Schellack, der ihr helfen könnte, ihren Plan umzusetzen. Weil niemand anderes seine Fähigkeiten und gleichzeitig eine so enge, freundschaftliche Verbindung zu Eddy Haynauer hatte, dass er vielleicht gewillt war, die Grenzen der Legalität zu überschreiten.

»Also, wieso fangen wir nicht noch einmal von vorne an?«, schlug sie deshalb vor. »Sie vergessen, dass ich mich unter falschem Vorwand in die Intensivstation zu Ihrem Freund geschlichen habe. Und ich verrate Ihnen, wie wir den Täter stellen können, der Eddy ermorden wollte.«

KAPITEL 56

Gut, Sie sagen also, wir haben es mit einem Massen- oder Serienmörder zu tun?«, fragte Schellack zehn Minuten später, nachdem sie ihren Monolog beendet hatte.

Sarah nickte. Sie hatte ihm alles offenbart. Das Dunkelbuch, die qualvolle Todesart, die der Nachbar eins zu eins umgesetzt zu haben schien, die flehenden Anrufe der Opfer.

»Dann fasse ich mal zusammen: Eddy kann nicht sprechen, weil sein Kehlkopf gequetscht ist. Und er kann nichts oder kaum etwas sehen, weil das Gehirn zu lange zu wenig Sauerstoff hatte. Aber er ist ansprechbar?«

»Sein Finger hat gezuckt«, sagte sie.

Er schüttelte den Kopf. »Sie wissen schon, wie eine Phantombilderstellung abläuft?«

Phantombild!

Das war das Wort, das Schellack vorhin in ihrem Vorgarten gesagt hatte und das eine Idee säte, die sich an Eddys Bett zu einem Plan verfestigt hatte.

Was, wenn der Polizist seinen Angreifer von Angesicht zu Angesicht gesehen hatte? Was, wenn er den Mörder so gut beschreiben konnte, dass ein Grafiker ein Fahndungsbild von ihm erstellen könnte?

»Ich weiß nur so viel, dass es kein einheitliches Verfahren gibt«, sagte Sarah. »Manche Polizeigrafiker arbeiten per Hand, andere mit Computerprogrammen.«

Schellack kratzte sich am Kinn. »Stimmt. Ich arbeite aktuell mit FaceGen. Aber egal, alle Methoden haben eine Gemeinsamkeit: Sie erfordern die aktive Teilnahme des Zeugen. Ob ich dem Probanden einen Bildschirm, ein plastisches Modell oder eine Bleistiftzeichnung vor die Nase halte – ich brauche Feedback. Ist die Kopfform zu rund, zu eckig, zu oval, zu schmal? Sind die Augen zu klein, zu groß, das Kinn in der richtigen Position, die Stirn zu hoch oder zu tief? So hangele ich mich von Korrektur zu Korrektur, und mit jeder neuen Schleife nähern wir uns dem fertigen Bild.«

»Verstehe!«, sagte Sarah enttäuscht. Das war ohne Sehvermögen des Zeugen nicht möglich.

Schellack räusperte sich. »Verstehen Sie mich nicht falsch. Ich bin erleichtert, dass Eddy auf Ansprache reagiert und mit dem Finger zuckt. Aber wir müssen warten, ob seine Sehstörung reversibel ist, bis wir seine Erinnerungen an den Täter anzapfen können.«

Er blickte zum Fenster, hinter dem ein auffrischender Herbstwind Eichenblätter durch die Luft wirbeln ließ.

»Es sei denn …«

Schellack wirkte zugleich abwesend und konzentriert.

»Was?«

»Ich muss nachdenken«, antwortete er tonlos, als spräche er mit sich selbst. Er stand auf. »Ich statte ihm jetzt erst mal einen Besuch ab, dann schauen wir weiter. Aber zuvor …« Sein Blick wurde wieder klar. Er streckte ihr die Hand entgegen, allerdings nicht so, als wollte er ihre schütteln.

»Was?«

»Ihr Handy, bitte!«

»Wieso?«

»Das wäre das Erste gewesen, was die Beamten in Ihrem Fall hätten kontrollieren müssen.«

Sie tat ihm den Gefallen, es mit ihrem Gesicht zu entsperren, dann reichte sie es ihm.

»Hm!«, sagte er, nachdem er nur wenige Sekunden lang wild auf dem Touchscreen gewischt und gedrückt hatte.

»Was?«, fragte sie und stand nun ebenfalls auf, damit Schellack nicht weiter auf sie herabsah.

»Auf den ersten Blick kann ich nicht erkennen, dass irgendein großes Programm Ihren Speicher unzulässig belastet. Das ist natürlich keine Entwarnung. Dafür müsste ich Ihr Telefon unter Laborbedingungen checken. Wobei, Moment mal.«

»Ja?«

Er sah auf. »Ich habe Ihnen doch gesagt, Eddy hat mir Ihre Nummer gegeben, und ich hab Ihnen beiden eine Nachricht geschickt, mit der ich meinen Besuch angekündigt habe.«

»Ja?«

»Haben Sie alle Ihre Kontakte ins Archiv geschoben?«

»Wohin?«

»Ins Archiv. Also so, dass Nachrichten weiter eingehen, aber nicht mehr angezeigt werden.«

»Nein, ich weiß ehrlich gesagt gar nicht, wie das geht.«

Jetzt, wo Sarah darüber nachdachte, fiel ihr auf, dass sie in den letzten Stunden nicht eine einzige Nachricht per WhatsApp erhalten hatte.

Schellack zeigte ihr, wie sie die Kontakte mit einer einfachen Wischbewegung wieder aktiv schalten konnte. Dann reichte er ihr erneut die Hand, diesmal, um sich zu verabschieden.

»Lassen Sie uns am Nachmittag telefonieren. Ich habe eine Idee, wie es vielleicht mit dem Phantombild bei Eddy klappen könnte, dafür muss ich mich aber erst einmal persönlich von seinem Zustand überzeugen.«

Sarah versprach ihm, sich für weitere Fragen, die sicher auch die Mordkommission haben würde, zur Verfügung zu halten und bis dahin keine weiteren Alleingänge zu unternehmen, auch wenn sie nicht vorhatte, sich daran zu halten.

»Die werden Ihr Handy konfiszieren!«, warnte er sie. »Ich würde es selbst machen, aber ich bin …«

»… nicht zuständig!«, ergänzte Sarah.

»Löschen Sie auf gar keinen Fall irgendwelche Daten!«, ermahnte er sie. Schellack verließ den Aufenthaltsraum Richtung Intensivstation. Er ließ die Tür des Besucherraumes offen, und Sarah sah ihm nach, bis ihm eine Schwester öffnete und er sich mithilfe seines LKA-Ausweises Zugang verschafft hatte.

Sie widmete sich wieder ihrem Telefon.

Es dauerte nicht lange, bis Sarah alle Kontakte wieder »scharf« geschaltet hatte und feststellte, dass sie in den letzten vierundzwanzig Stunden vierzehn Nachrichten verpasst hatte. Eine gestern am späten Nachmittag von Thorsten Schellack, LKA Brandenburg, mit der er sein Kommen für heute 7:30 Uhr früh ankündigte.

Drei von Marion.

Die erste war um kurz nach halb fünf Uhr morgens eingegangen:

Sorry, Liebes, hab tierische Zahnschmerzen und einen Notfalldienst ausfindig gemacht. Erklär dir alles nachher! Kisses.

Anderthalb Stunden später fragte sie zweimal nach, ob alles okay sei und wo sie sei. Die restlichen WhatsApps waren alle von ihrem Vater.

Herr im Himmel!

Sarah stand so ruckartig auf, dass ihr Stuhl rücklings umkippte.

… nein, das darf nicht wahr sein …

Seine erste Nachricht lag schon vierundzwanzig Stunden zurück und las sich, als wäre sie aus dem Zusammenhang gerissen:

Okay, wenn du meinst. Aber du machst mir Sorgen, Kind. Willst du mir nicht wenigstens den Grund dafür sagen?

Dann las Sarah die anderen Mitteilungen.

Und rannte los, aus dem Aufenthaltsraum zum Treppenhaus, raus aus der Klinik zum Besucherparkplatz zu ihrem Auto. Rannte so schnell wie noch nie in ihrem Leben und hatte doch das albtraumhafte Gefühl, für immer zu spät zu kommen.

KAPITEL 57

Papa?«

Sarah saß in ihrem Wagen. Sie hatte sich beherrschen müssen, ihn nicht bereits auf dem Weg zum Parkplatz zurückzurufen, aber sie wusste, für dieses Gespräch brauchte sie einen abgeschlossenen Raum. Wenn sie am Telefon zusammenbrach (und das war höchstwahrscheinlich), wollte sie das ohne Zeugen tun.

»Na endlich, wo zur Hölle steckst du? Hättest du die Liebenswürdigkeit, mir das alles mal zu erklären! Ich sterbe vor Sorge.«

Anders als in der Nacht war nicht die Mailbox angesprungen und er beim ersten Klingeln sofort ans Telefon gegangen.

»Ist Ruby bei dir?«, stellte Sarah die einzige Frage, die sie im Moment interessierte und die alles andere zu Nebensächlichkeiten degradierte. Sie musste sich beeilen. Sie hatte kein Aufladekabel im Wagen. Zwar hatte ihr Handy noch etwas Restakku. Manchmal aber schaltete das alte Modell sich trotzdem bei zwanzig Prozent schon ab, um dann, einige Minuten später erst, wie von Geisterhand berührt wieder anzugehen. Sie nannte es deswegen scherzhaft ihren »Wackelkontakter«.

»Ruby? Ja, natürlich!«

Himmel!

Erleichterung durchflutete sie wie Wärme einen ausgekühlten Körper nach einem stürmischen Winterausflug. Das positive Gefühl währte jedoch nur kurz und wurde durch die Gewissheit ersetzt, dass die Menschen, die ihr am wichtigsten waren, in Lebensgefahr schwebten.

»Sie ist bei mir, so wie du es gewollt hast.«

»Dann gib sie mir bitte!«

»Sie sitzt im Auto, weil es hier draußen echt frisch ist. Ich stehe nämlich wie verabredet vor deiner Tür, und niemand macht auf, obwohl du gesagt hast, du verlässt das Haus nicht mehr, bis wir da sind.«

Sarah startete den Motor und fuhr los. »Ich hab nichts dergleichen gesagt!«

»Willst du mich verscheißern?«, fluchte Holger für seine Verhältnisse ungewöhnlich derb. »Du hast mir geschrieben, ich soll sie von der Orchesterfahrt abholen, es ginge um Leben und Tod, und du würdest mir alles erklären, sobald wir in Berlin sind. Also bin ich los zu dieser Burg in der Einöde. Hab mit den Lehrern dort geredet und ihnen etwas von einer problematischen Familiensituation erklärt. Hab ihnen deine Freistellungserlaubnis geschickt, die du mir gemailt hast. Ruby war nicht begeistert, wie du dir denken kannst, aber sie ist mitgekommen.«

»Ich hab dir keine Nachrichten geschickt, Papa.«

Sie fuhr den Kladower Damm hoch und vergaß in der Aufregung, den Blinker für die Abzweigung zum Golfplatz zu setzen, von dem aus es nicht mehr weit zur Neubausiedlung war.

»Machst du Witze?«, blaffte ihr Vater. »Die Mitteilungen sind alle von deiner Nummer gekommen. Dein Account. Dein Bild im Profil. Unser Chatverlauf. Ich bin doch nicht so blöd und fall auf einen Enkeltrick rein. Hab alles mehrfach kontrolliert. Und deine Anweisungen waren eindeutig. Zu keinem ein Wort, keine Anrufe, nur WhatsApp.«

»Nein, Papa. Das war jemand anderes. Ein Mann, der mich beobachtet und verfolgt. Er muss sich Nachschlüssel organisiert haben, für meinen Kiosk, mein Haus. Ich fürchte, es geht schon sehr, sehr lange, denn er hat Zugang zu meinen Passwörtern, und er liest meine Tagebücher, die er dazu benutzt …«

Die Worte blieben ihr im Halse stecken.

... entsetzliche Morde zu begehen.

»Welcher Mann? Wer ist das? Und wieso tut er das?«

Genau die Fragen, auf die ich keine Antwort habe. Von denen aber euer Leben abhängen könnte!

»Wieso hast du nicht angerufen?«, fragte Sarah.

Schön und gut, da war die Anweisung gewesen, Anrufe zu unterlassen. Aber ihr Vater hielt sich auch sonst nie daran, was andere ihm vorschrieben, wenn er es für unsinnig hielt.

»Hab ich doch. Unter der Nummer, die du mir geschickt hast.«

»Was? Nein. Ich hab dir keine Nummer geschickt! Mit wem hast du geredet?«

»Mit dir! Schatz, geht es dir wirklich gut?«

»Du kannst nicht mit mir ...«

Sarah presste sich die Hand an ihr schmerzendes Herz. *Oh doch,* und ob er es konnte. Jedes Schulkind war mittlerweile in der Lage, mit kostenfrei im Internet erhältlichen KI-Programmen die Stimme anderer Menschen zu imitieren. Erst kürzlich hatte sie einen Artikel darüber gelesen, dass Tausende von Synchron-, Hörbuch- und Werbesprechern um ihren Job bangten, der nun bald von einem Computer erledigt werden konnte. Man musste nur einen Text eintippen, und schon las ihn die künstliche Intelligenz mit der Stimme der Wahl ein.

»Du hast mit einer Maschine geredet«, sagte Sarah wütend.

»Ernsthaft? Nein, das wäre mir aufgefallen. Du hast mir gesagt, du steckst in Schwierigkeiten, und es könnte sein, dass dein Handy überwacht wird. Daher hättest du mir eine andere Nummer gegeben. Und auch ich sollte mein Telefon während der Fahrt ausmachen.«

Das war der Grund, weshalb sie ihn heute früh nicht hatte erreichen können.

»Doch jetzt war es mir zu bunt, dass ich dich unter der anderen Nummer nicht erreichen konnte. Deshalb hab ich mein Telefon wieder angeschaltet und melde mich auf der Nummer hier! Was soll der Quatsch, Sarah? Und erzähl mir nicht, dass das nur Unfug eines Unbekannten ist. Weshalb sollte sich jemand für einen so dummen Scherz eine solche Mühe machen?«

Da war sie, die Fragen aller Fragen.

Alles steht und fällt mit dem Motiv!

»Ich habe keine Ahnung«, sagte Sarah und kämpfte vergeblich gegen den Kloß an, der immer größer und größer in ihrem Hals wuchs wie ein in Sekundenschnelle metastasierender Tumor.

Sie griff nach dem Handy und stellte fest, dass die Ladeanzeige bereits rot leuchtete. Die Straße vor ihr war schmal wie ein Feldweg, aber frei von Fahrradfahrern oder Gegenverkehr, weshalb sie aufs Gas trat.

Verdammter Mist, hätte er doch nur eine SMS geschrieben!

Wie der »Nachbar« es getan hatte, als sie Heiko und Kim gegenübersaß und die Polizei einweihen wollte.

NICHT!

»Pass auf, Papa, du musst jetzt tun, was ich sage, ja?«

»Damit du mir in einer halben Stunde wieder weismachen willst, wir hätten nie telefoniert?«

»Bitte, Papa! Geht zurück ins Auto«, sagte Sarah und sah auf ihr Display. Genug, um das Gespräch zu beenden und noch die 110 zu wählen.

Sie hatte die Rieselfelder erreicht und nahm eine Abkürzung direkt über einen Forstweg. »Verriegelt die Türen. Und wartet, bis ich gekommen bin. Ich brauche keine fünf Minuten mehr. Hast du mich verstanden, Papa?«

Sie sollte die Antwort nicht mehr hören.

Die Schlinge um ihren Hals zog sich schneller zu, als ihr Gehirn die Bewegung auf der Rückbank hatte wahrnehmen können.

KAPITEL 58

Sie war wieder in ihrem Elternhaus, und sie war wieder vier Jahre alt. Wieder sah sie Marion am Ende des Ganges, neben der Torso-Büste mit der roten Rose auf dem Oberkörper, hastig in einem Zimmer verschwinden. Mit dem Körper einer reifen Frau, nackt und verletzlich, lächelnd, mit hochrotem Kopf, soweit sie es im Halbdunkel aus der Entfernung überhaupt sehen konnte.

Sarah wollte ihr zuwinken, aber diesmal gelang es ihr nicht, die Hand zu heben, geschweige denn, Marion etwas zuzurufen.

Da lag ein Ring um ihren Hals, und das war anders als sonst in diesem regelmäßig wiederkehrenden Albtraum. In dem sie doch nur etwas Essen für Leon in der Küche hatte holen wollen, um Papa nicht zu stören, der wegen seines schlimmen Rückens behandelt wurde und Ruhe brauchte.

Diesmal versuchte sie, dagegen anzukämpfen. Versuchte, nicht durchs Schlüsselloch zu schauen, hinter dem sich nur der seltsam fremde Gang mit einer seltsam erwachsenen, nackten Marion befand.

Sie wollte nicht wieder von der Kiste heruntersteigen, auf die sie geklettert war, um durch das Loch des alten Bartschlosses spähen zu können. Wollte sich nicht nach etwas Essbarem im Zimmer umsehen und die Schüssel mit den »Süßigkeiten« auf dem Tisch vor dem Fenster an sich nehmen. Wollte nicht an der Babyschale knien, neben ihrem Bruder, dessen Kopf mittlerweile rot angelaufen war, so laut schrie er.

»Mama, Papa? Wieso hört ihr das denn nicht?«

Sein Gesicht hatte die Farbe ihrer Haut, wenn das Badewasser zu heiß war.

Sie wollte ihm nicht den Bonbon geben, der in Wahrheit eine todbringende, seinen kleinen Körper qualvoll von innen verätzende Batterie war.

Das einzig Gute war, dass der Albtraum heute endete, bevor Leon anfing, Blut zu spucken – was er in der Wirklichkeit in ihrer Gegenwart nie getan hatte, aber was sie sich dennoch wieder und wieder vorstellte, wenn sie an seine letzten Stunden dachte.

Sarah wachte auf, als seine kleine Zunge zum ersten Mal an der »Süßigkeit« nuckelte, die sie ihm zwischen die zarten Lippen gesteckt hatte. Weswegen sie diesmal nicht schrie oder weinte oder voller Trauer war. Sondern nur von Schmerz erfüllt war, als hätte sie selbst die Batterie verschluckt.

Oh Gott!

Was ist passiert?

Wo bin ich?

Rechts von ihr brannte eine Lampe auf dem Nachttisch. Beides hatte sie zu ihrem Einzug bei Ikea gekauft, wie fast die gesamte Zimmereinrichtung.

Das gibt es doch nicht!, dachte Sarah, wobei es sich so anfühlte, als würde jeder einzelne Gedanke in ihrem Kopf einen Hürdenlauf absolvieren müssen, bevor er an sein Ziel kam. Jede Erkenntnis brauchte doppelt so lange wie sonst nach dem Aufwachen.

Sarah lag in ihrem eigenen Bett. In ihrem Zimmer. Mit dem Schrank, aus dem sie *(Wie lange war das schon her?)* die Stange genommen hatte, um den Einbrecher die Treppe hinunterzustoßen.

Sie roch den Weichspüler, mit dem sie ihre Bettwäsche behandelte, sah die zugezogenen Holzplissees vor ihrem Fenster, die Heiko dort angeschraubt hatte.

Alles war auf unheimliche Art völlig vertraut.

Lediglich ihr Hals schien nicht länger zu ihrem Körper zu gehören. Wenn sie schluckte, fühlte es sich an, als würde ihr Kopf auf einem viel zu engen, nicht zum Rest ihres Skeletts gehörenden Ersatzteil sitzen. Einem schlecht verschraubten dazu.

Der Ring, der ihr schon im Traum die Luft abgeschnürt hatte, hatte in der Realität noch fester gesessen. Sachte tastete sie die Striemen um ihren Kehlkopf herum ab. Als Kind hatte sie einmal allergisch auf eine Sonnenmilch reagiert. Heute waren die Quaddeln am Hals noch deutlicher spürbar.

Sie erinnerte sich an die letzten Sekunden im Auto. An den Schatten auf dem Rücksitz. Die Schlinge, die ihr die Luft geraubt hatte.

Den Striemen nach, die sie erfühlte, musste sie, anders als bei Eddy, eher gürtelbreit und kein Draht gewesen sein.

Und sie hatte ihr auch nicht so lange den Hals zugeschnürt, *denn ich kann ja noch sehen.*

Sarah versuchte aufzustehen, sank aber sofort wieder auf die Matratze zurück. Es war, als hätte sich eine Waschmaschine in ihrem Kopf eingenistet, die, sobald sie sich bewegte, die Trommel in Bewegung setzte, was es ihr unmöglich machte, gleichzeitig zu denken und das Gleichgewicht zu halten.

Wie komme ich hierher?

Wieso versucht der »Nachbar« erst, mich zu erwürgen, und schleppt mich dann genau dorthin, wohin ich doch selbst fahren wollte, um …?

Entsetzt versuchte sie sich wenigstens mit dem Ellbogen auf dem Bett aufzustützen. Die Waschmaschine, die in liegender Position ausgetrudelt war, schaltete wieder einen Gang höher.

»Ruby?«, krächzte sie tonlos. Heiser wie ein Patient mit einer drastischen Stimmbandentzündung. »Papa?«, versuchte sie es erneut, wieder vergeblich.

Ihr Vater hatte gesagt, er würde vor der Tür auf sie warten. Hatte er auf sie gehört und sich im Auto mit Ruby eingeschlossen? Hatte er sie gerettet (vor wem und wie auch immer), und hatte sie es ihm zu verdanken, dass sie jetzt hier im Bett lag, wenn auch mit Schmerzen, aber immerhin am Leben?

Mit ihrem sinnlosen Gekrächze würde sie das nicht herausfinden. Ruby und er könnten neben ihrem Bett stehen, und sie würden sie nicht verstehen können.

Aaaaah, schrie sie innerlich, weil sie es mit ihrer Stimme nicht konnte. Es half alles nichts, sie stand auf.

Die Waschmaschine schaltete in ein Intensivprogramm, doch Sarah war vorbereitet und stützte sich an einem Stuhl ab, den sie als Zwischenlager für Anziehsachen missbrauchte, die zu frisch für die Dreckwäsche, aber zu gebraucht für den Schrank waren.

Jetzt erst fiel ihr auf, dass sie einen Pyjama trug. Einen Zweiteiler aus dunkelblauer, glänzender Seide, den Heiko ihr geschenkt und sich darüber aufgeregt hatte, dass sie ihn schon nach dem ersten Tag verlegt und nie für ihn getragen hatte.

Wo kommt der auf einmal wieder her? Und wer hat mich ausgezogen?, fragte sie sich, und eine neue negative Empfindung überfiel sie: Ekel.

Wie lange bin ich bewusstlos gewesen?

Sie hörte ihr Handy auf dem Nachttisch piepsen; der Signalton einer eingehenden Nachricht, was sie als ein gutes Zeichen wertete.

Welcher Entführer überließ seinem Opfer ein Telefon?

Andererseits, was an ihrem »Fall« ergab schon Sinn? Ein Stalker, der sich als Schutzengel aufspielte? Für sie aufräumte, Leichen aus dem Weg räumte?

Sie sah zur Tür. Der Gedanke, dass sie – wenn sie den Weg dorthin überhaupt schaffte – verriegelt war und sie vom »Nachbarn« in ihren eigenen vier Wänden eingesperrt war, die Vorstellung, dass er Ruby in seiner Gewalt hatte und sie hier oben hilflos mit anhören musste, wenn er ihr etwas antat, all das schnürte ihr noch mehr den Atem ab, als der Angreifer es mit seiner Schlinge vermocht hatte.

Luft, ich brauche Luft.

Sie zog ihr Handy vom Ladekabel ab, schob sich aus dem Bett und kämpfte gegen die Waschmaschine an. Es dauerte eine gefühlte Ewigkeit, bis sie es auf allen vieren kriechend zum Fenster schaffte.

Hier riss sie die Jalousie herunter, als sie versuchte, sich an der Schnur hinaufzuziehen. Am Ende aber gelang es ihr, sich am Fensterbrett abzustützen und das Fenster zu kippen.

Klare, kalte Luft strömte ins Schlafzimmer, eine Wohltat.

Draußen war es dunkel. Sie starrte zu den Meyerfeldts gegenüber, blickte zu den austauschbaren Häusern der Neubausiedlung und hatte für einen Moment das unwirkliche Gefühl, selbst ausgetauscht worden zu sein: gegen eine von Schmerz, Furcht und Hoffnungslosigkeit zerfressene Albtraum-Version ihres früheren Ichs.

»Ruby?«, formten ihre Lippen selbst für sie unhörbar. Sie sah auf ihr Telefon. Drückte auf die Schnellwahltaste, doch sie bekam keine Verbindung. Es klingelte nicht einmal am anderen Ende.

Wo bist du? Wo seid ihr?

Sie musste Stunden hier gelegen haben. Auf ihrem Telefon hätten zahlreiche Nachrichten und verpasste Anrufe eingegangen sein müssen, von Papa und Ruby, die doch hier auf sie gewartet hatten. Doch da war nur eine einzige Mitteilung, und die war eben gerade erst eingetroffen.

Sie war von Thorsten Schellack.

Wieso melden Sie sich nicht wie verabredet? Es gibt Neuigkeiten! Es klappt vielleicht doch mit dem Phantombild!
Erkennen Sie jemanden wieder?

Die Nachricht hatte einen Anhang. Eine Bleistiftzeichnung. Von einem Gesicht, das vor ihren Augen verschwamm.

Sind das jetzt gute oder schlechte Nachrichten?, fragte sie sich und spürte einen Windhauch.

Sie wandte sich um.

Zu schnell für ihren Kopf. Die Waschmaschine schaltete von null in den Schleudergang.

Ihre Knie knickten ein. Im Fallen sah sie, wie eine Gestalt in einem Imkeranzug das Schlafzimmer betrat.

Ihr Kopf schlug hart auf den Boden, doch noch war sie bei Bewusstsein. Sie sah, wie der Imker näher kam. Hörte seine Stimme: »Verzeihst du ihr?«

»Wem?«, krächzte sie tonlos.

»Verzeihst du Kaja?«

»Ja, ja.« Sie kratzte das letzte bisschen Bewusstsein zusammen, das sie noch hatte. »Lass sie am Leben. Lass alle im Dunkelbuch am Leben!«, versuchte sie zu schreien, außer sich vor Verzweiflung. Weil sie wusste, dass der »Nachbar« sie nicht verstehen konnte, wegen der Verletzungen, die er ihr selbst zugefügt hatte. Und weil sie schon wieder auf dem Weg war: raus aus der Realität, hinein in den dunkelsten Ohnmachtskeller, in den sie jemals gefallen war.

KAPITEL 59

KAJA

Kaja stöhnte bei der geringsten Bewegung vor Schmerz. Sie hätte geschrien, wenn der Böller in ihrem Mund das erlaubt hätte. Seitdem der Nachbar vor Stunden zum ersten Mal wiedergekommen war, steckte er ihr wieder zwischen den Zähnen. Diesmal nicht mit Klarsichtfolie, sondern mit Paketklebeband gesichert, das der Wahnsinnige im Imkeranzug ihr einmal um den Kopf und über den Mund gewickelt hatte. Das Loch für die Lunte hatte er mit dem Fleischthermometer aus ihrer Küche gestochen, bevor er sie erneut eine gefühlte Ewigkeit allein ließ.

Doch jetzt war er zurück.

»Ich war eben bei Sarah«, sagte er und setzte sich wieder zu ihr auf die Badewannenkante. »Es gibt gute Nachrichten!«

Kaja atmete schwer. Sog die Luft durch die verengten Nasenscheidewände ein, presste sie gegen den Widerstand aus Sekret und Schleim wieder heraus.

Was für Nachrichten konnten es sein, die ein Psychopath für »gut« hielt?

»Sie verzeiht dir!«

Kaja riss die Augen weit auf. Ihr Atem ging noch schneller.

Ernsthaft?

Sie hob versehentlich den Kopf an. Ein gleißender Schmerz schoss ihr vom Hals abwärts bis tief hinein in die Beine, die sich taub anfühlten, seitdem sie sich mit ihren unnatürlichen Verrenkungen einen Wirbel ausgerenkt hatte. *Oder Schlimmeres.*

»Ja, du hast großes Glück, Kaja. Ich an ihrer Stelle hätte dir nicht verziehen. Aber sie ist der Boss. Sie entscheidet. Ich bin nur ihr Nachbar, der sich um sie kümmert und die Unbill, die ihr in all den Jahren widerfahren ist, ausgleicht!«

Gott sei Dank.

Ihr Peiniger war wahnsinnig, daran gab es keinen Zweifel, aber er fühlte sich einem Auftrag verpflichtet. Er hatte einen Plan, und der sah anscheinend auch die Möglichkeit vor, sie unter gewissen Voraussetzungen am Leben zu lassen. Anscheinend waren die mit Sarahs Absolution eingetreten.

Und ich weiß nicht, wie er aussieht. Er konnte also einfach gehen und sie hier zurücklassen.

Oh Gott, hoffentlich entfernt er wenigstens das Paketklebeband, sonst ersticke ich, bevor mich jemand findet, dachte sie, während der Nachbar aufstand.

»Nun denn, wie ich schon sagte, du hast großes Glück«, wiederholte er. »Sarah hat dir verziehen.«

Er nahm die Imkerhaube ab.

»Jetzt kannst du mit reinem Gewissen sterben.«

Dann zündete er die Lunte an.

KAPITEL 60

SARAH

Ihr Handy zeigte eine unglaubliche Uhrzeit an.

23:30 Uhr?

Als sie das Krankenhaus verlassen hatte und in ihrem eigenen Auto überfallen worden war, war es früher Vormittag gewesen. Sie konnte doch nicht zehn Stunden lang bewusstlos gewesen sein? Mit einer Unterbrechung, die sich im Rückblick selbst wie ein Albtraum anfühlte. War da wirklich ein Mann im Imkeranzug in ihr Zimmer gekommen?

Vielleicht hatte sie das alles nur geträumt. Immerhin lag sie noch immer in ihrem Schlafzimmer im ersten Stock. Allerdings war die Jalousie nicht halb heruntergerissen. Und sie steckte auch nicht in dem blauen Seidenpyjama, der den ersten Beziehungsstreit zwischen ihr und Heiko ausgelöst hatte, weil sie sein Geschenk »verbummelt« hatte.

Stattdessen trug sie die Kleidung, mit der sie Eddy auf der Intensivstation besucht hatte. Jeans, Pullover, Sportsocken.

Auch das Gefühl der Waschmaschine in ihrem Kopf war mehr Erinnerung als Gegenwart. Zwar drehte sich alles um sie herum, als sie die Bettdecke zurückschlug, doch nicht so schnell, dass sie wieder zurücksank oder gar aus dem Bett fiel.

»Hallo, ist da jemand?«, versuchte sie nach Ruby und ihrem Vater zu rufen und lernte, dass auch das besser ging. Der Angriff auf sie hatte zweifelsfrei stattgefunden. Ihr Hals brannte, als hätte sie mit Chlorreiniger gegurgelt. Und die Striemen am Hals schmerzten bei der leisesten Berührung. Doch wenn sie sich anstrengte, konnte sie mit aller Kraft einige Wörter hervorpressen.

Sie schnappte sich ihr Handy. Checkte die Anrufe in Abwesenheit.

Kein einziger von ihrem Vater. Nichts von Ruby.

Ihr Puls schnellte hoch. Sie versuchte, wenigstens für einen Moment nicht an all das Grauenhafte zu denken, das diese Funkstille verursacht haben könnte. Aber das wollte ihr nicht gelingen, zu naheliegend war der Grund, weshalb es kein Lebenszeichen von ihrer Familie gab.

Der Nachbar hat mich ausgeschaltet, um mir zuvorzukommen. Um sie entführen zu können. Oder …

Sie dachte an das Dunkelbuch. An das, was Hartmut Kipp angetan worden war.

An das Schicksal, das sie in ihrem Therapietagebuch für ihren Vater vorherbestimmt hatte.

In meinen wachen Albträumen stelle ich mir vor, dass du und nicht Mama auf dem Friedhof liegst, in einem womöglich doch nicht luftdichten Sarg, weswegen Insekten deinen Körper befallen und den Verwesungsprozess auslösen. Ich sehe dann vor mir, wie sich ein Spulwurm aus deinem Auge schält; erst einer, dann zwei, während du, der du noch atmest, feststellst, dass es dein Schicksal ist, an den sich windenden Parasiten elendig zu ersticken …

Und sie dachte an den mysteriösen Eintrag, in dem jemand ihrer Tochter den Tod wünschte. Verfasst in einer Handschrift, die ihrer so verblüffend ähnlich sah.

»Ruby? Papa?«, rief sie.

Sie schleppte sich zur offen stehenden Schlafzimmertür. Hielt sich am Geländer fest. Während sie am obersten Absatz Kraft für den Abstieg sammelte, überprüfte sie ihr Handy nach weiteren Anweisungen des Nachbarn. Tatsächlich gab es eine Sprachnachricht von einer angezeigten, aber ihr unbekannten Nummer:

»Frau Wolff? Hier ist Manuel Alvaro, Ihr Makler. Ähm, es ist mir äußerst peinlich. Ich fürchte, ich habe Sie völlig umsonst in Aufregung versetzt. Die Beschwerden der Feriengäste, dafür gibt es eine harmlose Begründung. Wenn Sie mich bitte zurückrufen könnten? Dann kann ich Ihnen alles erklären. Am besten, Sie besuchen mich in meinem Büro, da würde ich die Unannehmlichkeiten gerne mit einem kleinen Präsent aus der Welt schaffen. Trinken Sie eher Rot- oder Weißwein?«

Weder noch. Ich ertrinke gerade in Rätseln und würde mich über einen Rettungsring sehr freuen, dachte Sarah fatalistisch.

Sie ging den Flur entlang.

Was um Himmels willen sollte sie nur tun?

Kaja Last hatte sie angefleht, die Polizei nicht einzuschalten.

»Bitte, Sarah, halt dich an die Anweisungen des Nachbarn. Kein Wort. Nicht zur Polizei. Zu niemandem! Ich will nicht sterben!«

Doch dagegen hatte sie bereits verstoßen, als sie Thorsten Schellack einweihte, ohne den sie ihren Phantombild-Plan nicht hätte umsetzen können. Vermutlich war das bereits ein unverzeihlicher Fehler gewesen. Aber er war geschehen und würde durch eine weitere Kontaktaufnahme nicht größer werden.

Oder etwa doch?

Mit der gequälten Stimme Kaja Lasts im Ohr versuchte sie Thorsten Schellack zu erreichen, doch es meldete sich nur die Mailbox. *Gott sei Dank,* wie ihr klar wurde. In ihrer Aufregung hatte sie vergessen, dass sie auf Schritt und Tritt von Kameras überwacht wurde.

Sarah nahm sich vor, das Haus zu verlassen und von einem öffentlichen Ort aus die 110 zu wählen, sollte sie in den nächsten Minuten kein Lebenszeichen ihrer Familie erhalten.

Auch wenn sie Gefahr lief, am Ende wieder in Kim Blaschkos argwöhnisch überhebliches Gesicht blicken zu müssen: »*Jemand hat Sie erst bewusstlos gewürgt, Sie dann in Ihr Bett gelegt, und schließlich war ein Imker in Ihrem Schlafzimmer?*«

Sie legte das Handy ab und öffnete die Tür. Auffrischender Herbstwind begrüßte sie mit einer kalten Umarmung. Die Beleuchtung über dem Vordach sprang an, zeitgleich mit den Gartenlampen. Anders als in ihrem Schlafzimmer war der Bewegungsmelder im Eingang schon beim Einzug installiert gewesen.

Sarah schlug sich fröstelnd die Arme um den Oberkörper. Unfähig, sich zu bewegen, so wenig wollte sie ihren Augen trauen.

Ihr Wagen stand in der Einfahrt. So als hätte sie ihn selbst dort wie immer an Ort und Stelle geparkt. Allerdings war der Wagen ihres Vaters weit und breit nicht zu sehen.

»Ruby?«, rief sie, wohl wissend, wie sinnlos das war. Weit und breit war keine Menschenseele zu sehen, abgesehen von den Meyerfeldts, und auch die konnte sie nur erahnen, weil sich gegenüber der Vorhang hinter dem Schlafzimmerfenster bewegte.

Die Nachbarn, die selbst um diese Uhrzeit noch Wache hielten, um ihre Neugier zu befriedigen.

Mit einem Mal verspürte Sarah einen unwiderstehlichen Drang, nach drüben zu gehen. Bei ihnen zu klingeln und sie zur Rede zu stellen. Was hatte Eddy bei ihnen gewollt? Was hatte er von ihnen erfahren, so kurz bevor er beinahe ermordet wurde?

Stand das in einem Zusammenhang?

Unbewusst hatte sie einen Schritt nach vorne getan, und das war der erste Fehler in einer Reihe von fatalen Fehlentscheidungen, die sie in den nächsten Stunden treffen sollte.

Es gab keinen Rums, keinen Knall. Nur ein leises Knacken, das ihr signalisierte, dass sie sich ausgesperrt hatte. Mitten in der Nacht, in der Kälte, ohne ihr Telefon, das auf dem Beistelltisch zu läuten begann.

KAPITEL 61

INTENSIVSTATION

Das muss jetzt aufhören, Herr Schellack.«

»Sagt wer?« Er stand von seinem Stuhl neben Eddys Bett auf.

»Dr. Nassima Khalil. Die Leiterin der Intensivstation, und das bin zufällig ich.«

Oh Mann, nicht schon wieder.

Ihr Kollege, den sie offensichtlich nach dem Schichtwechsel abgelöst hatte, hatte ihn auch schon verscheuchen wollen.

»Passen Sie auf, ich mach das hier nicht zum Spaß«, erklärte er der Chefärztin, deren taillierter Kittel so perfekt saß, dass er wie maßgeschneidert wirkte. »Mein Freund hier wurde von einem Mann angegriffen, der sich – da gibt es einen begründeten Verdacht – in diesem Moment da draußen weitere Opfer sucht. Das, was ich hier mache, ist von ganz oben abgesegnet.«

Der letzte Satz war natürlich eine Lüge. Alle zuständigen Ermittler wähnten Eddy im nicht ansprechbaren, nahkomatösen Zustand. Niemand wusste, dass er hier einen Alleingang machte.

»Es gibt keine übergeordnete Stelle, die mir vorschreiben kann, was meinen Patienten zuzumuten ist.« Die Chefärztin hatte die Aura einer Frau, die sich ihr Selbstbewusstsein hart hatte erarbeiten müssen. Es fußte nicht auf einem Titel oder Äußerlichkeiten, sondern auf Leistung und Erfahrung, was ihm Respekt abverlangte.

»Wenn Sie so weitermachen, hätten Sie Herrn Haynauer auch in der Gewalt des Täters lassen können. Er braucht Ruhe, um zu überleben.« Sie schüttelte den Kopf. Wären ihre dunklen Haare nicht von einer Einmalhaube gebändigt gewesen, wären sie wild umhergeflogen. »LKA hin, LKA her – Sie können dem Patienten nicht bei jedem Aufwachen ein Bild vor die Nase halten, Herr Schellack.«

Er schüttelte den Kopf. Ärger wallte in ihm hoch. Wollten ihm denn hier alle nur Steine in den Weg legen?

»Eddy hat den Täter gesehen. Er ist der Einzige, der ihn identifizieren kann.«

Er hatte gedacht, er müsse es mit plastischen 3D-Ausdrucken versuchen, die Eddy, sobald er in der Lage wäre, abtasten konnte. Doch dieser Aufwand war für die Phantombilderstellung gar nicht nötig gewesen.

Zur Überraschung aller war der Beamte nicht blind, nicht einmal temporär, wie Sarah die Aussage der Schwester zitiert hatte. Sein Sehvermögen war eingeschränkt. Aber aus einer Distanz von wenigen Zentimetern schien er mehr als Umrisse erkennen zu können.

»Ihr Kollege hat selbst gesagt, Eddys Gesamtzustand sei erstaunlich stabil.«

»Für jemanden, der einen Mordanschlag und eine Sauerstoffunterversorgung des Gehirns überlebt hat«, antwortete Dr. Khalil. »Das heißt aber noch lange nicht, dass er einem Dauerverhör ausgesetzt werden kann.«

Er seufzte. »Bitte. Es dauert nicht mehr lange. Ich habe es im Gefühl, dass wir dem Täterprofil immer näherkommen!«

Er trat an das Bett heran, nahm Eddys Pranke in die Hand. »Er kooperiert. Eddy will das. Könnte er sprechen, würde er es Ihnen sagen. Er ist Vollblutpolizist. Mein Freund würde lieber sterben, als einen Täter frei herumlaufen zu lassen, der mit seiner Hilfe gestellt werden könnte.«

Dr. Khalil sah auf die Uhr. Zwei Betten weiter piepte ein Kontrollmonitor.

»Gut, eine weitere Runde noch. Dann muss er für mindestens acht Stunden in Ruhe gelassen werden!«

»Danke, Dr. Khalil!«, rief er ihr erleichtert hinterher.

Er klappte seinen Computer wieder auf, der über Bluetooth mit einem portablen Drucker verbunden war, und aktivierte erneut das Zeichenprogramm. Er druckte den neuesten Phantomvorschlag in Postkartengröße aus.

Größer ging es nicht, weil Eddy sonst in dem geringen Abstand überhaupt nichts mehr hätte sehen können.

»So, Kumpel, lass Sherlock nicht im Stich!«, flüsterte er ihm ins Ohr. »Sieh dir noch einmal die Augen an. Wenn sie jetzt stimmen, heb den Zeigefinger!«

Eddy reagierte. Er hob nicht nur den Zeigefinger, sondern die ganze Hand. Zeitgleich stöhnte er auf, schloss die Augen. Seine Lider vibrierten, zitterten, zuckten, dann riss er sie auf. In den Pupillen spiegelte sich eine glasklare Erkenntnis.

»Nah dran, oder? Wir sind verdammt nah dran, oder, Kumpel?«

Er sah zum Monitor. Die Werte für Puls und Atmung waren gestiegen, lagen aber noch nicht im roten Bereich. Noch schlug keine Warnlampe im Kontrollzentrum der Intensivstation an. Noch hatte niemand die Veranlassung dazu, die Überwachungskameras zu checken, die alle Betten der Station die ganze Zeit im Blick hatten.

Oh Mann, die Ärztin hatte recht. Wenn er ihn weiter so unter Druck setzte, würde Eddy Schaden davontragen. Womöglich die Nacht nicht überleben

»Tut mir leid, Eddy. Es geht nicht anders!«, sagte er und öffnete das Zeichenprogramm für eine weitere Phantombild-Runde.

KAPITEL 62

SARAH

»Ein Dieb?«, hatte sie ihren Vater gefragt.

Sie war zehn Jahre alt, und es war Weihnachten. Sarah hatte gerade ihr Geschenk ausgepackt und sich über das taschenmesserähnliche Werkzeug gewundert, das ihr Vater für sie unter den Baum gelegt hatte.

»Im vierzehnten Jahrhundert war es nur ein einfacher, gebogener Nagel«, hatte er ihr erklärt. »Da waren die Schlösser natürlich auch sehr viel simpler. Man nimmt an, dass der Name des Werkzeugs sich davon ableitet, weil ›Dietrich‹ so ähnlich wie ›Dieb‹ klingt.« Er hatte Sarah angelächelt und sie mit ausgestrecktem Zeigefinger ermahnt, dass sie die Schlösser ja nicht als Diebin öffnen würde, sondern um später einmal Menschen zu helfen, die sich ausgeschlossen hätten.

Motiviert von der Idee, aktiv etwas gegen ihre Phobie vor verschlossenen Türen tun zu können, hatte es nicht eine Woche gedauert, bis sie nach einigen intensiven Übungsstunden den Dreh raushatte. Über die Jahre hinweg hatte sie die Kunst, Schlösser unbeschädigt zu öffnen, immer weiter verfeinert. Im Studium hatte sie keine Zeit mehr gehabt, ihre Fingerfertigkeit weiter zu trainieren, aber das Schloss der Küchentür hätte sie dennoch nach einiger Zeit bewältigt.

Hätte.

Wenn sie denn im Besitz eines Dietrichs gewesen wäre.

Sowohl die Haus- als auch die Küchentür waren zu stabil, um sie aus den Angeln zu heben oder gar aufzutreten. Also war Sarah nichts anderes übrig geblieben, als ein Fenster einzuschlagen. Eines, das zum Hintergarten führte, damit die Meyerfeldts kein weiteres Spektakel geboten bekamen. Obwohl es ihr Haus war und ihr eigenes Arbeitszimmer, in das sie stieg, hatte Sarah sich dennoch wie ein Eindringling gefühlt. Mitten in der Nacht. *Wie ein Dieb.*

Natürlich war sie zu spät gekommen. Das Telefon klingelte längst nicht mehr. Der Anrufer mit der unterdrückten Rufnummer hatte schon Minuten zuvor aufgelegt, bevor sie wieder bei ihrem Handy war.

Ruby? Papa?

Hatte einer von ihnen sie zu erreichen versucht? Sie schluchzte auf und musste an Paris denken.

Ruby war sieben Jahre alt gewesen, als sie das Disneyland besuchten. Zwischen Dumbo, dem fliegenden Elefanten, und dem Teetassen-Karussell war es passiert. Sarah hatte nur zehn Sekunden nicht aufgepasst und Rubys Hand losgelassen, um zu schauen, wo die nächstgelegenen Toiletten waren. Da war sie verschwunden.

Die darauf einsetzenden drei Minuten, bis sie ihre Tochter staunend am Eingang der Mickey-Mouse-Boutique wiederfand, waren die längsten ihres Lebens gewesen.

Nie wieder, hatte sie sich geschworen, würde sie so achtlos sein und ein ähnliches Gefühl durchleiden müssen.

Doch nun war es wieder da und um das Tausendfache potenziert. Denn damals hatte es begründete Hoffnung gegeben, dass der wichtigste Mensch in ihrem Leben bald wieder auftauchen oder von anderen hilfsbereiten Menschen gefunden werden würde. Heute wusste sie, dass die Möglichkeit eines wahnsinnigen Entführers nicht nur abstrakt, sondern auf grausame Weise realistisch war. Und sie war krank vor Sorge, dass der »Nachbar« Ruby und ihren Vater in seiner Gewalt hatte.

Bin ich für ihren Tod verantwortlich, wenn ich jetzt die Polizei rufe? So wie für den von Hartmut Kipp, weil ich das Revier betreten habe?

Sie entschied sich, eine letzte Anstrengung zu unternehmen, bevor ihr nichts anderes übrig blieb, als eine Vermisstenmeldung aufzugeben. In der folgenden Viertelstunde suchte sie das ganze Haus ab. Schaute in jedem Schrank nach, unter jedes Bett. Sarah sah sogar in allen Kommoden, hinter dem Beistelltisch und in den Küchenschubladen nach sowie in den Spiegelschränken im Bad. Nirgends entdeckte sie auch nur das geringste Lebenszeichen von Ruby oder ihrem Vater. Kein Kleidungsstück, keinen Zettel, *keine Blutspur …*

Zuletzt schnappte sie sich eine Taschenlampe und machte sich wieder auf den Weg nach draußen in den Garten. Über den regennassen Rasen zum Geräteschuppen.

»Ruby?«, rief sie mit noch größerer Verzweiflung, als sie vor sieben Jahren diesen Namen im Disneyland gebrüllt hatte. Hier, in dem Schuppen mit dem maroden Dach, in dem es nach feuchter Erde und nassem Holz stank.

»Wo seid ihr?«, schrie sie die morschen Gartengeräte an. Die Schaufel, der Spaten, die Harke mit dem abgebrochenen Stiel gaben ihr keine Antwort.

Luft, ich brauche Luft, dachte sie wie vorhin in ihrem Zimmer, in der Situation, von der sie nicht mehr wusste, ob sie ein schrecklicher Traum oder Realität gewesen war, wobei, was machte das schon für einen Unterschied?

Kein Albtraum konnte entsetzlicher sein als die Wirklichkeit, die sie gerade durchlebte.

Auf dem Weg zurück zum Haus, über nasse, moosbewachsene Gartensteine, spürte sie, wie ihr vom Wind aufgewehtes Laub um die Hosenbeine wirbelte. Sie schmeckte die Luft, die sich so unpassend wohltuend nach Herbst anfühlte. Nach einer Zeit, die sie mit Ruby gemeinsam mit heißen Maronen und warmem

Kakao vor einem Kamin verbringen sollte. Und nicht allein in Todesangst in einem verwilderten Garten.

Sie schob das von Heiko abgerissene Fliegengitter zur Seite und betrat die Küche. Sie war wohltuend warm, doch Sarahs innere Kälte wollte nicht verschwinden. Im Gegenteil. Es fühlte sich an, als würde sich ihre Körpertemperatur um ein weiteres Grad dem seelischen Nullpunkt nähern, als ihr Handy piepste.

Eine neue Nachricht.

NICHT RANGEHEN!

Im nächsten Moment klingelte ihr Telefon.

KAPITEL 63

Wieso haben Sie mich nicht längst zurückgerufen?«

Sarah war so speiübel, dass sie nicht in der Lage war, Thorsten Schellack eine Antwort zu geben.

»Bist du verrückt geworden, du blöde Kuh?«, schrie sie sich in Gedanken selbst an. *»Wieso hast du den Anruf angenommen? Obwohl der Nachbar es dir verboten hat?«*

NICHT RANGEHEN!

»Das fragst du noch?«, brülle sie zurück in der Hoffnung, ihr ängstliches inneres Ich gedankentot zu machen.

»Der Grund liegt doch wohl auf der Hand. Gerade WEIL der Nachbar es mir untersagt hat!«

Der Siedepunkt war erreicht. Es war zu viel vorgefallen. Nicht nur in den letzten Stunden, sondern in ihrem ganzen Leben. Ralph, Heiko – und nun der »Nachbar«. Zu oft hatten ihr zu viele Männer vorschreiben wollen, was sie zu tun und zu lassen hatte. Fast immer hatte sie sich daran gehalten. An die gut gemeinten Ratschläge und an die Befehle.

Nur einmal, in der Ausnahmesituation damals in der Waldhütte vor elf Jahren, hatte sie die Flucht nach vorn gewagt. Hatte die Marionettenfäden, an denen sie hing, durchtrennt.

Und das werde ich jetzt wieder tun, hatte ihr Unterbewusstsein entschieden, bevor die vermeintliche Stimme der Vernunft sie davon abhalten konnte, die grüne Taste auf ihrem Telefon zu drücken und Schellacks Anruf entgegenzunehmen.

»Hallo? Sind Sie noch dran?«, fragte sie der LKA-Beamte genervt.

»Ja, ich höre Sie!«

»Scheiße, wie hören Sie sich denn an?«

Sie räusperte sich mehrfach, dann sagte sie. »Ich wurde überfallen!«

»Von wem?«

»Von dem, der Eddy töten wollte. Und Hartmut Kipp ermordet hat.«

Pause. Vielleicht brauchte er eine Weile, um ihre Krächzlaute zu entschlüsseln. Vielleicht hatte er sie sofort verstanden und war erschüttert.

»Wo sind Sie jetzt?«, fragte der Polizist nach mehreren Sekunden des Stillschweigens.

»Daheim!«

»Wie sind Sie entkommen?«

»Keine Ahnung. Ich habe Angst. Was soll ich tun?«

Er lachte auf, als könne er nicht glauben, dass er ernsthaft eine so naive Frage gestellt bekam. »Die Polizei rufen, was denn sonst.«

»Das kann ich nicht!«

»Weshalb?«

»Weil meine Tochter verschwunden ist. Zusammen mit meinem Vater!«

»Was sagen Sie da?«

Sie gab ihm einen kurzen Abriss der verstörenden Ereignisse, die ihr widerfahren waren, seitdem sich ihre Wege vor der Intensivstation getrennt hatten. »Umso dringlicher ist es, den Notruf zu wählen«, kommentierte Schellack. »Machen Sie keine Dummheiten! Wie ich schon sagte: Ab sofort keine Alleingänge mehr, Frau Wolff!«

Sie lehnte sich erschöpft an die Kochinsel.

Alleingang? Ich bin nie allein, zu keiner Sekunde. Der Nachbar ist immer bei mir.

»Ist die Mordkommission nicht bei Ihnen gewesen?«

»Nein.«

Sie hörte Schellack wütend schnauben und sah förmlich, wie er sich durch die zerzausten Haare fuhr. »Das ist völlig unmöglich. Ich habe Kim Blaschko von Ihrem Verdacht informiert, dass der ›Nachbar‹, wie Sie ihn nennen, für den Mord an Hartmut Kipp verantwortlich ist. Jemand hätte Sie längst vernehmen und die eingehenden Anrufe auf Ihrem Handy analysieren müssen.«

Kim Blaschko.

Sarah kniff die Augen zusammen. Dachte nach, und je intensiver sie das tat, umso mehr verfluchte sie sich, dieses Gespräch hier zu führen.

Sie hatte mit Heiko und Kim in Heikos Haus am Tisch gesessen, als die SMS einging – in dem Moment, als sie ihr alles über den Nachbarn und die Anrufe seiner Opfer hatte erzählen wollen.

NICHT!

»Ich hab nur auf Heikos Hände geachtet«, rutschte es ihr flüsternd raus.

Nicht auf Kims.

»Wie war das?«

»Vergessen Sie es«, wich Sarah Schellacks berechtigter Nachfrage aus. »Es ist ein großer Fehler, dass wir sprechen. Ich glaube, die Polizei steckt da mit drin. Ich weiß nicht, was ich tun soll. Der ›Nachbar‹ kennt jeden meiner Schritte. Vermutlich hört er gerade mit, was bedeuten würde, dass auch Sie in Gefahr sind.«

»Ich bin ein großer Junge. Ich kann schon auf mich aufpassen. Sagen Sie mir lieber, ob Sie jemanden auf dem Phantombild erkennen.«

Es machte ping. »Ich hab Ihnen die neueste Version geschickt.«

Sie nahm ihr Handy vom Ohr.

Nein, dachte sie verstört.

»Ja«, stöhnte sie mit Blick auf die 3D-Zeichnung.

»Sie erkennen den Kerl?«

Sie nickte und krächzte ein weiteres »Ja«.

»Wer ist es?«

Ergibt das irgendeinen Sinn?

Er hatte bestimmt die Gelegenheit, kannte das Haus. Sich Ersatzschlüssel vor dem Einzug zu sichern wäre ein Kinderspiel für ihn gewesen. *Aber hat er ein Motiv?*

Sarahs Gedanken drehten sich erneut im Kreis, als hätte jemand die Waschmaschine in ihrem Kopf wieder angeschaltet.

»Hey, hallo? Wer ist es?« Schellacks Stimme kroch vor Neugierde beinahe durch die Leitung.

»Manuel Alvaro«, antwortete Sarah. »Er arbeitet als Makler bei RealEstate!«

KAPITEL 64

IM KRANKENHAUS

»Passen Sie bitte gut auf, Frau Wolff«, sagte er und drückte nun bestimmt schon zum zehnten Mal auf den Rufknopf.

»Ich bin gleich im Aufzug, dann kann es sein, dass Sie mich nicht mehr hören können!«

Der Fahrstuhl vor der Intensivstation wollte und wollte nicht kommen.

Verdammt, dabei galt es gerade jetzt, keine Zeit mehr zu verlieren. Noch eine Minute, dann würde er seine Ausrüstung in seinem Rucksack die Treppe runterschleppen, anstatt sich hier vor der Intensivstation die Beine in den Bauch zu stehen.

»So, das war's, Herr Schellack!« Mit diesen Worten hatte Dr. Khalil entrüstet den Vorhang aufgerissen und ihm befohlen, schleunigst seine Sachen zu packen. Dabei war er noch nicht fertig gewesen.

Aber Eddy offensichtlich am Ende.

Seine Vitalwerte waren in den kritischen Bereich gesunken und hatten einen Mehrfachalarm im Kontrollraum der Intensivstation ausgelöst. Er hatte gezittert, gezuckt und am Ende sogar Anstalten gemacht, sich die Atemmaske gewaltsam vom Gesicht zu reißen.

»Wollen Sie ihn umbringen?«

»Ich will weitere Morde verhindern«, hatte er zurückgeschrien, sich aber ihrer Hausgewalt gebeugt und die Intensivstation verlassen.

»Ich kann jetzt nicht länger mit Ihnen telefonieren«, hörte er Sarah sagen. »Ich muss los.«

Er blinzelte verstört. »Wo um Himmels willen wollen Sie hin?«

»Zu dem Makler. Ich weiß, wo er wohnt!«

»Sind Sie von allen guten Geistern verlassen?«

Er schlug wütend mit der flachen Hand auf die Aufzugstür.

»Das ist Polizeiarbeit. Ich werde alles Nötige veranlassen, damit der Verdächtige in Gewahrsam genommen wird.«

Sie lachte verzweifelt auf. »Und sich einen Anwalt nimmt, der ihm einen Maulkorb verpasst. Ich war selbst mal in dem Business. Ich weiß, wie das läuft. Ich will meine Tochter wiedersehen, Herr Schellack. Lebend.«

Ein Pfleger schob ein leeres, mit einem Hygieneschutz überzogenes Krankenbett den Flur an ihm entlang zu einer anderen Station, weswegen er die Stimme senkte.

»Nennen Sie mich Thorsten, okay? Ich komme jetzt zu Ihnen, Sarah. Es gibt da etwas, was mich an dem Phantombild stört. Ich wollte mit Eddy noch eine weitere Schleife drehen, aber ich bin aus der Intensivstation geschmissen worden.«

»Was stört Sie?«

»Das ging irgendwie zu schnell. Ich habe den Verdacht, dass Eddy uns etwas anderes sagen will, als er mit diesem Bild ausdrückt.«

»Was *sagen?*«, hörte er sie verzweifelt krächzen.

»Okay, passen Sie auf … ich glaube …«

Er stockte. Irritiert sah er, wie sein Schatten auf der Fahrstuhltür immer größer wurde. Bis ihm klar wurde, dass der Schatten nicht zu ihm gehörte, sondern zu demjenigen, der sich von hinten anschlich. Mit einem Feuerlöscher in der Hand, den er ihm direkt auf den Schädel sausen ließ, als er sich zu seinem Angreifer umwandte.

KAPITEL 65

Thorsten? Hallo? Herr Schellack?«

Die Verbindung war abgerissen.

Vermutlich, weil er in den Fahrstuhl gestiegen war, so wie er es angekündigt hatte.

Sarah zog sich Schuhe und Jacke an, griff sich die Autoschlüssel. Beim Rausgehen hielt sie noch einmal kurz inne und öffnete auf dem Handy die Website von RealEstate. Sie war sich sicher, Alvaro an der Sakrower Landstraße abgesetzt zu haben, wo er direkt über dem Maklerbüro wohnte, wollte aber auf Nummer sicher gehen.

Die Homepage baute sich in Sekundenschnelle auf. Neben dem Logo, das im Wesentlichen aus dem Firmen-Namenszug bestand, lächelte ihr eine seriöse Frau im grauen Business-Kostüm entgegen. Vermutlich die Inhaberin, von der Alvaro gesprochen hatte.

Direkt darunter wurde das Angebot der Woche beworben.

Neu: Luxusimmobilie in Seenähe

Sarah kniff die Augen zusammen. Ihr Atem beschlug das Handy, weswegen sie den Bildschirm frei wischen musste.

Das Haus kenne ich doch.

Aus den Augenwinkeln merkte sie, wie ein Schatten über die Straße huschte. Erschrocken blickte sie der schwarzen Katze hinterher, die auf die Garage zulief, vor der die Meyerfeldts ihren Kombi geparkt hatten.

Sarah ging die Treppe hinunter in den Vorgarten und tippte dabei auf das Foto, um die Briefmarkenansicht des Gebäudes zu vergrößern.

Komplett saniert. Kein Denkmalschutz. Preis auf Anfrage.

Was so viel bedeutete, dass die reetgedeckte Klinkervilla für Menschen mit herkömmlichen Berufen unerschwinglich war.

»Das gibt's doch nicht!«, murmelte sie und öffnete die vollständige Bildergalerie. Scrollte sich durch die einzelnen Bilder, bis sie im Flur, 1. OG, hängen blieb.

Unmöglich!

Sie hatte sich nicht geirrt. Sie kannte die Villa mit dem langen Flur in der ersten Etage. Noch verstörender: Sie kannte die auf dem Maklerfoto abgelichtete Torso-Skulptur. Der muskulöse, kopflose Männerkörper, der deshalb so auffällig war, weil ihm mit geübter Hand eine rote Rose direkt auf das marmorne Sixpack gemalt worden war.

In den letzten Jahren hatte Sarah sie immer und immer wieder in ihren Albträumen gesehen. Durchs Schlüsselloch. Wenn Marion nackt daran vorbeigehuscht war, um in einem der Zimmer in dem Haus zu verschwinden, in dem sie Leon mit einer Batterie getötet hatte.

Nur dass RealEstate hier nicht ihr Elternhaus zum Verkauf anbot, sondern die Villa ihrer Therapeutin.

Elke Reiners.

KAPITEL 66

In der Nachbarschaft nannte man Elke Reiners' Wohnsitz die After-Eight-Villa, denn sie erinnerte an ein englisches Landhaus: das Dach unter Reet, die alten roten Backsteine von Efeuranken überzogen. In Sarahs Kindheit hatte Elke hier ihre Patienten empfangen und hin und wieder Gäste der Familie untergebracht. Erst nach der Scheidung von ihrem zweiten Mann, als Marion nach ihrem abgeschlossenen Studium eine Bleibe in Berlin suchte, war sie in ihre ehemalige Praxisvilla gezogen und hatte damit Platz für ihre Tochter gemacht, die heute – zwei Straßen weiter – im ehemaligen Elternhaus lebte.

Sarah stieg aus dem Wagen, den sie direkt in der Einfahrt geparkt hatte.

Wehmut erfüllte sie, da sie an die Sommertage denken musste, als sie auf dem Weg zu Marion hier mit dem Fahrrad vorbeigefahren war, um ihre beste Freundin zum Schwimmen im See abzuholen. Damals, als sie dachten, sie würden im Leben niemals größere Sorgen haben als Ärger über Schulnoten, nervige Jungs oder noch nervigere Eltern. Wobei Sarah nie diese Leichtigkeitsphase im Leben gehabt hatte, in der sie sich unsterblich gefühlt hatte, so wie es in den Teenager-Schmonzetten immer beschrieben wurde. Das hatte Leons Tod wohl früh verhindert.

Früh. *Viel zu früh.*

Sie öffnete die schmiedeeiserne, von einer immergrünen Hecke gesäumte Gartenpforte. Ein Kiesweg führte durch den Vorgarten.

Elke musste herbstblühende Sträucher gepflanzt haben, deren süßlicher Duft Sarah auf dem Weg begleitete. Es gab kein Licht. Keine aktiven Gartenlampen, kein Strahl, der durch die Sprossenfenster nach draußen fiel; aber das Mondlicht der kalten, sternklaren Nacht machte es unnötig, die Handytaschenlampe einzuschalten. Sarah sah die kleine, geländerlose Klinkersteintreppe; sah die drei Stufen, die zu der Holztür mit dem vergitterten Oberlicht führten.

»Keine Dummheiten!«, hatte sie Schellacks Stimme im Ohr, als sie vor der Haustür stand und überlegte, ob sie klingeln, wieder umkehren und daheim auf die Polizei warten oder erneut nach einem Fenster suchen sollte, durch das sie einsteigen konnte.

»Keine Alleingänge!«

Schellacks Mahnung mochte Sinn ergeben, aber sie hatte es einfach satt, auf Anweisungen von Männern zu hören, die sie zu einer passiven Beobachterin degradieren wollten.

Oder zu einer Marionette, wie der »Nachbar«.

NICHT!

NICHT RANGEHEN!

Ihre Tochter und ihr Vater waren verschwunden. Das erste Phantombild des Nachbarn sah aus wie ihr Makler. Und der hatte die Villa ihrer Therapeutin zum Kauf online gestellt. Nur wenige Tage nach dem Schlaganfall der Eigentümerin. Das Haus, in dem eine Büste stand, die sie nur aus ihren Albträumen kannte.

Sarah wusste, dass dies eine Gleichung mit mehreren Unbekannten war, die sich ohne weitere Erkenntnisschritte nicht würde lösen lassen. Und schon gar nicht durch Abwarten.

Mit kalten Fingern berührte sie den Messingknopf der kreisrunden Türklingel, widerstand aber dem Impuls, sich bemerkbar zu machen. Wenn sie jetzt klingelte, würde ein schriller Glockenton die nächtliche Stille zerreißen. Stattdessen hörte sie ein Geräusch, als würde Holz auf Stein schaben. Und genau das geschah, als sie die Klinke herunterdrückte.

Die Holztür war einerseits gut geölt, andererseits schlecht eingestellt, ihr Blatt etwas verzogen. Eine Ecke schabte auf den Steinfliesen im Eingang der After-Eight-Villa, deren Eingang nicht abgeschlossen war.

Wie kann das sein?

Sarah sah sich um. Sie hatte das Gefühl, beobachtet zu werden. Von jemandem, der die Inszenierung genoss, die er für Besucher vorbereitet hatte, die – wie sie gerade – von einer unvernünftigen Neugier getrieben in eine Falle tappten.

Denn nichts anderes konnte es sein. *Eine Falle!*

Weder Marion noch Alvaro würden das Haus ungesichert offen stehen lassen. Mit Beginn der dunklen Jahreszeit stieg die Einbruchsrate in den Berliner Randbezirken immens.

Natürlich war es möglich, dass der Makler bereits Interessenten durchgeführt und nach der letzten Besichtigung die Tür nicht richtig ins Schloss gezogen hatte.

Aber war es wahrscheinlich?

Sie griff nach ihrem Handy. Drückte erneut auf Wahlwiederholung. Erreichte wieder nur Schellacks Mailbox.

Als Nächstes wählte sie die 110. Mit dem Finger auf dem grünen Anruf-Symbol betrat sie den Eingangsbereich und zog leise die Tür zu. Der durch das Oberlicht strahlende Mondschein reichte aus, um nicht blind durch die Szenerie tappen zu müssen.

Links von ihr befand sich eine leere Garderobe. Zu ihrer Rechten führte eine mit Sisalteppich ausgelegte Treppe in den ersten Stock, den sie noch nie betreten hatte. Weder als Kind noch später in der Therapie. Elkes private Gemächer waren immer tabu gewesen.

Halt, Moment!

War da was?

Sarah war erst zwei Schritte gegangen, da hatte sie ein Geräusch gehört, als wäre jemand über eine lose Parkettleiste gelaufen. Nicht weit von ihr entfernt. Hier im Erdgeschoss.

Sarah streifte ihre Sneakers ab, um möglichst leise voranzukommen.

Der schmale Flur führte auf eine Küche zu, hinter der sich der Garten anschloss. Zu Sarahs Linker ging es durch eine weitere Holztür ins Esszimmer. Eine hölzerne, zweiflügelige Schiebetür trennte es von einem dahinterliegenden Raum ab, vermutlich dem Wohnzimmer.

Es knarzte erneut. Diesmal länger, so als würde jemand auf der Parkettleiste hin und her wippen.

Sarah hielt die Luft an, was sich als Fehler erwies. Die Eigengeräusche ihres Körpers, das Gluckern im Magen und das Rauschen in den Ohren, wurden auf einmal so laut, dass sie es nicht mehr so gut hörte.

Das Geräusch im Nachbarraum.

So klang es, wenn Ruby im Schlaf mit den Zähnen knirschte. Nur sehr viel lauter – und langgezogener.

Sarah hatte zu ihrer eigenen Verwunderung mit einem Mal das Bild eines Segelschiffs vor Augen, wie es im Sommer auf dem vollen Wannsee schipperte, nur einen Steinwurf von hier entfernt.

Sachte, noch immer mit dem Vorsatz, ja keine Aufmerksamkeit auf sich zu lenken (von wem auch immer), schob sie die Flügel der Schiebetüren in der Mitte auseinander. Zentimeter um Zentimeter.

Die Ursache des knirschend-knarzigen Geräusches schimmerte silbern im Mondlicht wie ein von Christo in Glitzerfolie verpacktes Kunstwerk des Todes.

Sie sah zuerst die Beine. Dann den Oberkörper, schließlich das, wo sich vermutlich der Kopf befand.

Als Sarah schließlich das Tau sah, das sich knarzend um die eigene Achse drehte, wurde ihr bewusst, weshalb sie an ein Segelschiff hatte denken müssen.

Sarah drückte nun auf das Wählsymbol, hörte es tuten. Hörte die Ansage einer Warteschleife, dann einen bedauernden Signalton. Als hätte sie in einer Quizshow bei der entscheidenden Frage die falsche Antwort gegeben.

»Nein!«, krächzte sie und warf das nutzlose Telefon weg, dessen Akku sich gerade verabschiedet hatte. Ohne den Blick von der Decke abzuwenden. Von dem Haken, der vermutlich für einen Kronleuchter bestimmt gewesen war, an dem jetzt aber eine Leiche hing.

Gesichtslos.

Verhüllt.

Nicht identifizierbar, weil die aufgeknüpfte Gestalt in einem Imkeranzug steckte.

KAPITEL 67

Vor ihr baumelte der Körper jener grauenhaften, gesichtslosen Gestalt, die sie erst vor wenigen Stunden in ihrem Schlafzimmer während eines luziden Albtraums heimgesucht hatte.

Der Nachbar?

Es widerstrebte ihr, den »Imker« auch nur mit den Fingerspitzen zu berühren. Wenn er aber der »Nachbar« war, musste sie alles Menschenmögliche versuchen, um ihn vom Strick zu befreien und notfalls wiederzubeleben. Denn dann war er die einzige Person, die sie zu Ruby und ihrem Vater führen durfte. Sein Wissen durfte nicht sterben.

Werkzeug, schoss es ihr durch den Kopf!

Sarah wusste, sie würde den Körper niemals ohne Hilfsmittel von dem Seil befreien können. Also rannte sie in die Küche.

Sie konnte keinen Messerblock entdecken, und auch die Schubladen waren leer. Nicht einmal herkömmliches Essbesteck war vorhanden, abgesehen davon, dass ein Buttermesser wohl kaum geeignet gewesen wäre, das dicke Seil zu durchschneiden.

Okay, Telefon!, dachte sie als Nächstes. Elke Reiners war über siebzig, alte Menschen hatten doch noch immer einen Festnetzanschluss, oder nicht?

Sie rannte zurück in den Flur. Riss eine Tür auf – das Gästebad. Gleich hinter der nächsten befand sich wie erhofft das Arbeitszimmer, und – *Tatsache* – direkt auf dem Schreibtisch stand eine Akkuladestation.

Sie riss das Telefon aus der Halterung, drückte auf das Telefonsymbol. Nichts. Das Display blieb schwarz, kein Freizeichen. Abgeschaltet.

»Raus! Hilfe holen!«, trieb sie der nächste Stakkato-Gedanke zur Eile. Sie drehte sich wieder zur Tür, und in der Drehung streifte ihr Blick ein Bild. Es hing an der Wand, die Elkes Arbeitszimmer vom Bad trennte. Alle übrigen Wände waren mit Urkunden und Fotos regelrecht zugepflastert, das hier hatte offenbar einen singulären Ehrenplatz.

Sarah schaltete das Deckenlicht an, um sich sicher zu sein, dass sie richtig gesehen hatte.

Ehrenauszeichnung für das Lebenswerk von Dr. Elke Reiners!

Das stand in goldenen Lettern auf schwarzem Hintergrund.

In Anerkennung ihrer herausragenden Leistungen im Dienste der Psychotherapie

Sarah winkelte den Ellbogen an und zerschlug das Glas des gerahmten Objekts.

Der Grund, weshalb Elke diesen Preis erhalten hatte, war Sarah gleichgültig. Nicht jedoch das Geschenk, das ihr mit der Urkunde überreicht worden war und das sich ebenfalls hinter Glas befand, samt dem Ausschnitt einer ganz offensichtlich auf Elke gehaltenen Laudatio:

»Mit Hingabe, Leidenschaft und vor allem absoluter Präzision haben Sie auch die kompliziertesten seelischen Verflechtungen sezieren können«, hieß es in der Begründung.

»Weshalb wir Ihnen heute das goldene Sektionsmesser der Deutschen Akademie für moderne Psychotherapie in Gold verleihen!«

Bitte, lass es kein Fake sein!, dachte sie.

Das Skalpell steckte in einer Samtspalte, aus der Sarah es hervorzog. Es wirkte größer als die, die in einem OP benutzt wurden, und lag garantiert schwerer in der Hand, mit seinem Edelmetallgriff und der goldenen Klinge.

Aber es schnitt durch ihre Haut wie durch Butter, als sie es am Daumen testete.

Es funktioniert!

Vielleicht gab es noch Hoffnung? Vielleicht hatte die harte Schutzfolierung des Imkeranzugs sich so um den Hals des Opfers gelegt, dass die Schlinge die Luft nicht ganz abgedrückt hatte?

Sie rannte zurück ins Wohnzimmer, stieg auf einen Stuhl und zerschnitt mit sägenden Bewegungen das Seil.

Anfangs ging es schneller als erwartet, zuletzt hing das Opfer *(eines Mordes? Einer Selbsttötung?)* nur noch an wenigen Fasern, die sich jedoch lange nicht lösen wollten, bis das fast vollständig durchtrennte Seil unter dem Gewicht nachgab und der Körper gemeinsam mit Sarah zu Boden fiel, wo er sie unter sich begrub.

Der Mann (in ihrer Vorstellung ging sie von einem Mann aus) bohrte ihr einen Ellbogen in den Magen. Der undurchsichtige Schirm der Imkerhaube schabte wie Schmirgelpapier auf ihrer Wange. Sarah brauchte eine schmerzhafte Weile, bis es ihr gelang, sich von ihm zu befreien.

Wer bist du?, dachte sie und zog dem Opfer den unelastischen, plastikartigen Bienenschutz vom Kopf. Es dauerte eine Weile, bis ihr Gehirn den Mann identifizierte, der sie aus weit aufgerissenen, blutunterlaufenen, toten Augen anglotzte.

»Wer bist du?«, fragte sie trotzdem noch einmal, weil sie sich nicht erklären konnte, wen sie da gerade im wahrsten und schlimmsten Sinne des Wortes enthüllt hatte.

Manuel Alvaro!

Sie schnitt mit dem Skalpell das Oberteil von seinem Körper.

Wollte nach einem Herzschlag fühlen, aber da war nichts. Nichts außer einem harten Gegenstand, an dem das Skalpell stecken geblieben war und der dort, direkt auf seiner Brust, definitiv nichts zu suchen hatte.

Das ergibt doch alles keinen Sinn, dachte Sarah. Ungläubig starrte sie auf ihr Dunkelbuch.

Öffnete es. Las die letzte Seite:

»Liebe Sarah,
es tut mir leid, ich habe versagt. Ich wollte mich um Dich kümmern. Von dem Moment an, an dem Du mit mir Kontakt aufgenommen hast, wusste ich, dass Du etwas Besonderes bist, das meine besondere Unterstützung verdient. Deshalb habe ich Dir ein Haus besorgt, in dem ich Dir immer ganz nah sein kann. Ich habe Dich nicht ausspioniert, ich war Dein Schutzengel, der dank Zweitschlüssel und Kameras überall über Dich wachen konnte.
Als ich dieses Buch hier las, lernte ich, wie übel Dir im Leben mitgespielt wurde. Ich habe versucht, das Unrecht wieder auszugleichen, indem ich Dir Deine Wünsche erfülle. Bei Hartmut Kipp und Kaja Last ist es mir gelungen. So wie bei Deinem Vater und Ruby!«

»NEEEEEEEIN!«

Sarah schrie. Ohne Rücksicht auf ihre Kehle und ihre Stimme, die, wenn Alvaro hier die Wahrheit geschrieben hatte, niemals mehr einen glücklichen Satz hervorbringen würde.

»Es kann nicht sein!«, brüllte sie.

Alvaro log. Ruby und ihr Vater durften nicht tot sein. Das sah das Schicksal nicht vor. Nicht in dieser Welt.

Oder etwa doch?

Unter Tränen las sie den letzten Absatz noch einmal in der

Hoffnung, dass der Abschiedsbrief sich verändert hatte, aber das war nicht der Fall.

»Doch schon bei Eddy habe ich versagt«, ging der Text weiter. »Mir ist es nicht gelungen, ihn zu erdrosseln, so wie Du es gewollt hast.«

Wie ich gewollt habe? Ich habe nichts über Eddy geschrieben!!!

Mit tauben Fingern blätterte sie zurück.

Oh Gott.

Wieder ein neuer Eintrag. Wieder in dieser Handschrift, die ihrer auf den ersten Blick so ähnelte, bei näherem Hinsehen aber definitiv nicht die eigene war:

Eddy Haynauer

Was für ein Steinzeitmensch! Er denkt, Frauen hätten in Männerberufen nichts zu suchen. Macht seine Kollegin vor mir ständig rund. Fällt ihr ins Wort.
Auch mich behandelt er wie einen Menschen zweiter Klasse.
Denkt, seine billigen Verhörfragen würden mich einschüchtern.
Hält sich für ein Gottesgeschenk, dessen pure Anwesenheit uns Frauen den Atem raubt.
Ich wünschte, ihm würde die Luft abgeschnitten werden. Mit einer Schlinge, die sich fester und fester um seinen Hals schneidet, bis sein Kehlkopf zerquetscht und sein Spatzenhirn abgestorben ist!

Sarah strauchelte.

Sie versuchte aufzustehen, aber ihre Knie schienen keine Kniescheibe mehr zu haben. Sie hatte das Gefühl, die Schwerkraft könnte sich eine Seite aussuchen, zu der sie fiel; entweder nach vorne oder nach hinten, wenn sie sich nicht wieder hinsetzte, direkt neben die Leiche von Alvaro.

»Das war ich nicht!«, röchelte sie und hörte sich dabei wohl nicht viel anders an als der Makler in den letzten Sekunden seines Todeskampfes.

»Das habe ich nicht gewollt!«

In dieser Sekunde hörte sie ihren Vater um Hilfe schreien.

KAPITEL 68

Die Rufe kamen aus dem ersten Stock.

Sarah rannte die Treppe hoch, von der Energie der Hoffnung getragen.

Wenn ihr Papa noch lebte, dann vielleicht auch Ruby!

Nein, nicht vielleicht – ganz sicher. Es durfte nicht anders sein.

Das goldene Skalpell fest umklammert, hielt sie auf dem obersten Treppenabsatz inne.

Schloss die Augen, hatte vor lauter Anspannung aber Probleme, exakt zu bestimmen, ob sie schon im richtigen Stockwerk war oder weiter hoch ins Dachgeschoss musste.

»Hilfeeeee!«

Das Flehen ihres Vaters war lauter geworden, auch wenn ihn die Stimme langsam zu verlassen schien.

»Hilfe! Hört mich jemand?«

Untermauert von einem arrhythmischen Klopfen. Gegen eine Tür?

Oder einen Sarg, wie ich es im Dunkelbuch beschrieben habe?

Hier oben herrschte totale Finsternis, weswegen Sarah das Licht anschaltete. Und einen weiteren Albtraum beleuchtete. Buchstäblich.

»*Was … wie … wo … wie ist das möglich?*«, stotterte sie in Gedanken. Ihre Säurenarbe, die erstaunlich lange nicht mehr geschmerzt hatte, meldete sich zurück. Es brannte, als hätte sie die Hand in siedendes Öl getaucht.

Sarah blickte in den Flur ihrer schlimmsten Träume.

Allerdings spiegelverkehrt.

In ihren Albträumen befand sie sich am anderen Ende des Ganges und sah den Torso von Weitem. Jetzt stand sie nur eine Armeslänge von ihm entfernt, so nah, dass sie die Zeichnung der Rose auf dem Oberkörper der Statue beinahe mit den Fingern hätte berühren können.

Hier hatte Marion mit dem verstörend erwachsenen Körper in ihren Visionen gestanden. Nackt.

Sarah sah nach rechts, zu der Tür, durch die ihre beste Freundin in ihren Albträumen immer geflohen war. Öffnete sie.

Ein Schlafzimmer.

Passend zu dem gesamten altmodischen Stil ruhte in ihm ein wuchtiges Himmelbett mit dunklen, fast deckenhohen Pfosten, die schwere Brokatvorhänge trugen.

»Hilfeeeee!«, schrie ihr Vater wieder, und das aus der Richtung, aus der sie in ihren Albträumen immer durchs Schlüsselloch schaute. Am liebsten wäre sie umgekehrt, aber es war, als würde eine unsichtbare Hand nach ihr greifen und sie gegen ihren Willen den Flur hinunterziehen. Bis es nicht mehr weiterging. Bis sie vor der mit verschnörkelten Intarsien verzierten Tür stand, hinter der ihr Vater um Hilfe rief. Seine Stimme klang dumpf, als kämpfte sie nicht nur gegen eine geschlossene Tür an. Er schien gegen einen hölzernen Gegenstand zu schlagen oder zu treten, der sich im Inneren des Raumes befand.

»Papa?«, rief sie, so laut sie konnte, und rüttelte erfolglos an der Türklinke.

»Sarah? Gott sei Dank! Du musst mich befreien!«

»Ist Ruby bei dir?«

»Nein, ich weiß nicht, wo sie ist!«

Ihr wurde schlecht vor Enttäuschung.

Scheiße. Oder gut. Denn immerhin hatte er nicht gesagt, sie läge tot neben ihm.

»Die Tür ist verschlossen!«, brüllte sie, das Brennen in ihrem Hals ignorierend.

»Es ist nicht nur die Tür«, krächzte ihr Vater zurück, der ebenfalls unter heftigen Stimmproblemen zu leiden schien. »Der Irre hat mich in den Schrank gesperrt. Ich bin gefesselt und liege mit auf dem Rücken verschränkten Armen auf dem Bauch. Ich halt's nicht mehr lange aus! Die Schlinge geht mir von den Füßen über den Rücken bis zum Hals.«

Oh Gott!

Sarah schnürte allein der Gedanke an die Folter die Luft ab.

Der Killer hatte ihren Vater so verschnürt, dass sich die Schlinge um den Hals bei jedem Befreiungsversuch enger zog. Je mehr er sich bewegte, umso qualvoller würde er ersticken.

»Beeil dich!«

»Ja, ja, warte.«

Sarah drehte sich um, um zurückzulaufen, Anlauf zu nehmen und sich gegen die Tür zu werfen, die nicht sehr stabil wirkte.

Sie blickte den Gang zurück, sah den Torso, und da wurde es ihr klar. Schockartig.

Ihre Träume. Marion. Weshalb sie mit Leon eingesperrt gewesen war.

»Das war nicht mein Zimmer!«, presste sie hervor. Sie biss sich in die Hand. In die Stelle, die die Säure verätzt hatte.

»Was?«, schrie ihr Vater verzweifelt.

Ich war damals nicht bei uns zu Hause. Ich war hier. Hier in Elkes Arbeitsvilla.

Auf einmal ergab alles einen Sinn. Was sie durch das Schlüsselloch gesehen hatte. Weshalb sie gedacht hatte, Marion wäre lachend an der seltsamen Büste vorbeigerannt. Nackt, mit rotem Kopf und zerzausten Haaren.

Es war nicht Marion gewesen.

Sondern Elke!

»Sarah, bist du noch da?«

Elke, die wie eine ältere Version ihrer Tochter aussah und die damals natürlich den Körper einer erwachsenen Frau gehabt hatte, als sie nackt in ihrem Schlafzimmer verschwand.

»Du hast keine Physiotherapie gehabt!«, sagte Sarah tonlos.

»Was? Ich versteh kein Wort!«

»Du hattest ein Verhältnis mit Marions Mutter!«

»Bitte, Sarah, du sprichst zu leise. Und ich kann bald nicht mehr!«

Es war nicht meine Schuld. War nie meine Schuld gewesen. Leon und ich hätten niemals hier sein dürfen. Daheim wären wir nicht eingesperrt gewesen. Ich wäre in die Küche gegangen und hätte seine Kekse gefunden. Hätte ihm nie eine Batterie gegeben!

»Es war dein Betrug, der ihn getötet hat!«, schrie sie, vermutlich noch immer zu leise, um zu ihrem Vater durchzudringen.

Deswegen hatte der Flur durch das Schlüsselloch so fremd gewirkt. Deshalb hatte Leon in der Auto-Babyschale gelegen, in der Holger ihn zu seiner Affäre mitgenommen und in Elkes Zimmer eingesperrt hatte.

»Bitte!«, hörte sie ihn keuchen.

Sie zögerte. Nur noch eine Sekunde, aber dann hatte sie sich im Griff. Vielleicht nur für wenige Minuten, vielleicht nur für den Augenblick, aber sie war nicht länger von ihren Erinnerungen an den dunkelsten Tag ihrer Kindheit gelähmt.

»Warte!«, schrie sie durch die Tür

Die Wut in ihr war grenzenlos, allerdings nicht so stark, dass sie sie davon abgehalten hätte, das Richtige zu tun.

Sehr wahrscheinlich war dies eines der letzten Worte gewesen, die sie mit ihrem Vater wechseln würde. Das, was er getan hatte, war unverzeihlich. Nicht allein der Betrug, sondern die Tatsache, dass er sie all die Jahre hatte leiden lassen in der Annahme, Leon vergiftet zu haben, dabei hatte er die Voraussetzungen dafür geschaffen, dass es überhaupt so weit hatte kommen können. Und statt sich zu seiner schändlichen Tat zu bekennen, hatte er sie sogar noch in Therapie zu seiner Affäre geschickt.

Elke, natürlich!

Jetzt ergab es auch einen Sinn, weshalb die Therapeutin darauf gedrungen hatte, dass Sarah das Dunkelbuch schrieb.

Sie wollte wissen, ob ich sie durch das Schlüsselloch erkannt habe. Elke hatte sie nicht therapieren, sondern überprüfen wollen, ob ihre Erinnerungen an den Tag, der Leon das Leben kostete, konkreter wurden. Ob vielleicht der Name ihres Vaters irgendwann auf der Abschussliste auftauchte. Oder sie irgendwann womöglich sogar ihren eigenen mitsamt dem Dunkelbuch um die Ohren gehauen bekommen würde.

»Ihr Verräter!«, flüsterte sie unter Tränen.

Elke – und ihr Vater.

Sie würde ihm nie wieder in die Augen sehen können. Aber den Tod hatte er nicht verdient.

Sarah steckte das Skalpell, das sie noch immer umklammert hielt, in die Innentasche ihrer Jacke. Sie gab den Plan auf, die Tür selbst durchbrechen zu wollen, nur um dann vor einem abgeschlossenen Schrank zu stehen.

Um keine weitere Zeit zu verlieren, rannte Sarah zur Treppe zurück, eilte die Stufen hinunter mit dem Ziel, den nächsten Nachbarn aus dem Bett zu klingeln und Hilfe zu holen.

Sie hatte gerade die letzte Stufe genommen und lief an der offen stehenden Tür zum Esszimmer vorbei, als sie das Gefühl hatte, jemand würde sie aus der Dunkelheit heraus fotografieren.

KAPITEL 69

Sie rieb sich die Tränen aus den Augen, von denen sie erst jetzt Notiz nahm und die erklärten, weshalb sie in den letzten Sekunden alles nur verschwommen wahrgenommen hatte. Zu ihrer Rechten, unter dem Tisch, war ein Licht aufgeflammt.

Ja!, dachte sie. Vielleicht musste sie doch nicht das Haus verlassen, um Hilfe zu holen.

Es war ihr Handy, dessen Display aufgeleuchtet hatte, ihr Telefon, das sie achtlos weggeworfen hatte und das offenbar sanft auf einen Perserteppich gefallen war.

Sie seufzte. Wenigstens etwas. Der »Wackelkontakter« war wieder am Netz!

Sarah kroch unter den Tisch und nahm es an sich.

Sieben Prozent Restakku.

Okay, okay, das ist gut. Das ist besser als nichts.

Diesmal versuchte sie es bei der 112. Es musste für einen Anruf reichen, allerdings wurde sie auch hier in die Warteschleife geschickt.

»Schnell, schnell, schnell …«, brüllte sie das Telefon an. Sie hatte es vor sich auf den Tisch gelegt und auf laut gestellt. Ihre Hände zitterten zu sehr, als dass sie es hätte halten können, und sie hatte Angst, vor Aufregung umzukippen, wenn sie sich nicht an der Kante festhalten würde.

»… in wenigen Augenblicken bei Ihnen! …«

»Bitte, nun macht schon!«

Sie schloss die Augen, meinte eine Pause in der Ansage zu hören, riss die Lider wieder auf und starrte auf die Nachricht, deren Vorschau sie in der Aufregung bislang übersehen hatte.

Schellack hatte ihr ein neues Bild geschickt. Zusammen mit einem Text:

ER HAT UNS ALLE VERARSCHT!!!

»Der Notruf der Berliner Feuerwehr, mit wem spreche ich?«, hörte sie jemanden in der Leitung sagen, gerade, als sie das Bild angeklickt und damit größer gemacht hatte.

Sie hatte schon im Ausschnitt eine Vorahnung gehabt, jetzt gab es keinen Zweifel. Schon deshalb nicht, weil es kein skizzenhaftes Phantombild, sondern ein hyperrealistisches Foto war. Und es zeigte auch kein Gesicht, sondern ein leeres Bett.

Von der Intensivstation.

Wo Eddy Haynauer hätte liegen müssen.

Was er aber nicht konnte, wie Sarah mit entsetzlicher Klarheit bewusst wurde, als sie sich zu dem Schatten hinter sich umdrehte, der röchelnd das Wohnzimmer betrat und eine Pistole auf sie richtete.

KAPITEL 70

Nicht der viel zu große Sarg ihrer Mutter. Nicht Alvaro im Imkeranzug am Galgen. Eddys Anblick war das Furchterregendste, was Sarah bislang in ihrem Leben gesehen hatte, dabei wurde das meiste von ihm noch vom Dunkel der Nacht verschluckt.

Um wie viel grässlicher würde er aussehen, wenn es helllichter Tag wäre? Wenn die Lampe oben im Flur nicht die einzige Lichtquelle wäre, die neben dem Mondschein ihre spärlichen Strahlen ins Esszimmer schickte?

Um wie viel grausamer würden seine rot glühenden Augen, sein blutiger Verband und das fahlbleiche, eingefallene Gesicht mit dem Mund wirken, aus dem Schaum hervorquoll wie bei einem Tollwütigen?

»Binnn gekmnn«, stöhnte Eddy. Seine Stimme ähnelte der ihres ehemaligen Lehrers kurz vor seinem qualvollen Tod.

»Dichhhhh schützzzn!«

Er war barfuß, trug noch immer das fleckige Krankenhausnachthemd, das den entblößten Hintern zeigte, als er sich wie in einem morbiden Totentanz im Kreis zu drehen begann.

»Mich schützen?«, krächzte Sarah.

Sie war drei Schritte vor ihm zurückgewichen und damit leider auch von dem Telefon auf dem Tisch, wie sie zu ihrer Verzweiflung bemerkte.

Herr im Himmel! Eddy war tatsächlich der »Nachbar«!!!

Aber wie war das möglich?

Ihr Gehirn weigerte sich, eins und eins zusammenzuzählen,

auch wenn der Beweis vor ihr stand. Schellack hatte sie gewarnt, Eddy hatte sie verarscht.

Aber wie war ihm das gelungen?

Wie hatte er aus der Intensivstation heraus diese Gräueltaten begehen können? Wenn er sich doch ganz offensichtlich in einer solch schlimmen körperlichen Verfassung befand?

»Keeeehne Angsscht!«, rief er ihr zu, was bei ihr das Gegenteil auslöste. Sie meinte, sich vor Panik übergeben zu müssen.

Vorsichtig tastete sie nach dem Skalpell in ihrer Jackentasche.

Konnte sie es wagen?

Sie fühlte sich dem Polizisten körperlich überlegen, aber wie oft hatte sie sich in den letzten Stunden schon geirrt?

Sarah wog ihre Chancen ab, überlegte, ob sie laut genug war, dass der Mann an der 112 ihr Krächzen würde entschlüsseln können.

In der Sekunde, in der ihr durch den Kopf schoss, dass aus Datenschutzgründen die Teilnehmer von Notrufen nicht mehr automatisch durch die Leitstelle geortet werden konnten, geschah es.

Eddy drehte sich vor ihr im Kreis, fuchtelte mit der Waffe, als würde er einer Horde von Gegnern gegenüberstehen, die ihn umzingelten, die aber nur er sehen konnte.

Wenn er überhaupt etwas sah.

Wie war er in diesem Zustand hierhergekommen?

Und weshalb?

»Wooooo?«, hörte sie ihn brüllen.

Als Nächstes sackte er zusammen. Ging buchstäblich in die Knie. Direkt vor dem Esstisch. Wimmerte mit geschlossenen Augen. Ließ die Hand mit der Waffe sinken. Mit einem Mal wirkte er überhaupt nicht mehr bedrohlich. Sondern nur noch bemitleidenswert. Krank.

Körperlich. *Und auch seelisch?*

Hatte er sie in seinem Beschützerwahn von ihrem Vater erlösen wollen, weil er im Dunkelbuch eingetragen war? So wie Ruby, wie auch immer der Eintrag dort hineingelangt war?

Aber was hatte es mit Alvaros Leiche auf sich?

Sie ging einen Schritt auf Eddy zu. Hatte er das Bewusstsein verloren? Sie kniete sich zu ihm. Nahm ihm die Pistole aus der schlaffen Hand und schleuderte sie von sich. So weit wie möglich aus seiner Reichweite, in den Flur hinein.

Sie richtete sich auf. Ihr Telefon war wieder tot.

Scheiße!

Also doch, raus!

Los, los, los, feuerte sie sich innerlich an.

Rannte zurück in den Flur, wohin sie die Waffe geworfen hatte, und stolperte. Über das Bein, das ihr gestellt worden war.

Von einer Gestalt, die sich jetzt über sie beugte, mit der Pistole in der Hand, die sie gerade erst weggeworfen hatte.

»Alvaro?«, röchelte sie den Mann im Imkeranzug an. »Ich verstehe nicht«, waren ihre letzten Worte, dann spürte sie den Einstich.

KAPITEL 71

Michael Jackson!

Vor drei Jahren hatte Sarah solche Unterleibsschmerzen gehabt, dass sie sich das erste Mal einer Magen- und Darmspiegelung unterzog. Sie erinnerte sich noch, wie sie seitlich auf der Liege lag und die Anästhesistin sie bat, von zehn an abwärts zu zählen. Als sie im Aufwachraum wieder zu sich kam, hätte sie schwören können, noch nicht einmal mit dem Zählen angefangen zu haben. Dabei waren die Untersuchungen alle bereits durchgeführt und sie für gut eine Stunde bewusstlos gewesen.

Ihr zweiter Gedanke galt Michael Jackson. Jetzt verstand sie, weshalb der Megastar sich einen Privatarzt gehalten hatte, der ihn bei jeder Gelegenheit mit Propofol versorgte. Das Zeug war eine Teufelsdroge. Noch nie war sie so schnell eingeschlafen, noch nie so plötzlich aus einem traumlosen Schlaf gerissen worden, ohne das sonst übliche Trägheitsgefühl kurz nach dem Aufwachen.

So wie jetzt.

Sarah erwachte und fühlte sich komplett ausgeschlafen.

Ihr Kopf schmerzte nicht mehr, die Waschmaschine war abgestellt. Dafür fühlte sich die Zunge in ihrem Mund betäubt an, und zu den inneren Halsschmerzen hatten sich äußere hinzugesellt. Direkt zwischen zwei Striemen fühlte sie eine pulsierende Einstichstelle, und als sie sie berührte, kamen die Erinnerungen zurück.

An Alvaro am Galgen, Eddy mit der Pistole. Schließlich der Imker und die Spritze.

Und mein Vater! Vermutlich mittlerweile längst zu Tode gefoltert. Qualvoll erstickt!

Der kurze Moment des Wohlbefindens nach dem alles ausschaltenden Betäubungsmittelschlaf war verflogen. Die Angst kam zurück. Kroch unaufhaltsam zu ihr unter die Bettdecke und umarmte sie mit eiskalten Tentakeln.

Sarah richtete sich auf und sah auf ihr Handy auf dem Nachttisch.

Ruby?

Die Enttäuschung ließ sie aufstöhnen. Das Display zeigte keine eingegangenen neuen Nachrichten an. Es war 7:38 Uhr, doch das konnte nicht sein, denn das würde bedeuten, dass sie die ganze Nacht durchgeschlafen hatte, dabei war doch die Zeit stehen geblieben. Sie lag wieder in ihrem Bett, in ihrem Schlafzimmer und – das war für den Moment die schlimmste Feststellung – steckte erneut in dem blauen Seidenpyjama, den ihr Heiko geschenkt hatte.

War das möglich?

Hab ich das alles nur geträumt? Von dem Moment an, als der Imker ins Zimmer kam und mich fragte, ob ich Kaja verzeihen würde?

Sarah schlug die Bettdecke beiseite und sah zum Fenster. Die Sonne war aufgegangen, und auch das Vogelgezwitscher passte zu der Uhrzeit auf dem Handy. Die halb heruntergerissene Jalousie zu der Vermutung, alles nur geträumt zu haben.

Sie stand auf und schlurfte zur Zimmertür, die ge-, aber nicht verschlossen war, wie sie dankbar feststellte.

»Ruby?«, rief sie. Das tat noch immer weh, doch die Stunden stummen Schlafes hatten den Stimmbändern gutgetan. Sie konnte lauter und verständlicher sprechen. Trotzdem bekam sie keine Antwort.

Allerdings klingelte es an der Haustür.

Sarah tapste barfuß die Treppe nach unten. Schlurfte am Beistelltisch vorbei, auf dem ihr Dunkelbuch lag. Sie war versucht, es in die Hand zu nehmen. Zu den letzten Seiten zu blättern, doch der Besucher klingelte Sturm, weswegen sie zuerst die Haustür öffnete. In der Hoffnung, Ruby – oder wenigstens ihren Vater vor sich stehen zu sehen *(Hatte er Mama wirklich betrogen, oder war das ein Fiebertraum gewesen?)*, doch beide Hoffnungen wurden enttäuscht.

Sie hatte die Frau noch nie im Leben gesehen.

Die vielleicht Sechzigjährige trug einen türkisfarbenen Trainingsanzug und braune Fellpantoffeln. Das Gesicht war verquollen, ohne Zweifel hatte sie vor Kurzem geweint. Sie hielt die Arme hinter dem Rücken verschränkt, obwohl es sinnvoller gewesen wäre, wenn sie sich die rotstichigen Dauerwellenlocken aus den Augen gestrichen hätte.

»Ach, wie schön«, sagte sie traurig. »Dann ist endlich mal jemand daheim!« Sie lächelte wie jemand, der höflich sein wollte, aber eigentlich gar keinen Grund zu lächeln hatte.

»Ja?«, fragte Sarah.

»Ich hab es schon öfter versucht, und ich will auch gar nicht stören.«

Sie zuckte abwechselnd mit der rechten und der linken Schulter, als wäre sie ein Erwachsener und Sarah ein Kind, das sich für eine Überraschung entscheiden sollte. Fast erwartete sie, dass die Dame »Rechte oder linke Hand?« fragte. Doch die Entscheidung traf sie allein.

Ihr Rechte wanderte nach vorne, und das, was sie in ihr hielt, war tatsächlich eine Überraschung für Sarah. Eine so verstörende, dass sie unwillentlich aufstöhnte.

»Erkennen Sie ihn wieder?«

Sarah glotzte mit weit aufgerissenen Augen auf das Foto, das die Frau ihr entgegenhielt.

So würde er aussehen, dachte sie. *Der Einbrecher vor meiner Treppe.* Der verschwundene Tote.

Exakt so hätte ich ihn gezeichnet, wenn ich das Talent dazu hätte.

Den korpulenten Vollbartträger mit den grauen Haaren und der rahmenlosen Brille.

»Wer sind Sie?«, presste Sarah hervor.

»Oh, entschuldigen Sie. Wir sind die Johrings, mein Name ist Petra. Und das hier …«, sie wedelte mit der Fotografie, »… ist mein Mann Ludwig. Er trinkt manchmal etwas über den Durst. Also oft eigentlich. Na ja, und es ist schon öfter vorgekommen, dass er nach einer Sauftour die Haustür verwechselt hat. Das letzte Mal haben wir ihn in der Garage der Yüzgecs gefunden. Da hat er seinen Rausch ausgeschlafen. Doch diesmal ist er schon seit drei Nächten weg, deswegen dachte ich mir …« Sie zog die Nase hoch. »Na ja, es wäre ja möglich, dass er sich wieder wie eine alte Katze im falschen Haus verlaufen hat. Die Häuser in der Siedlung sehen ja alle gleich aus, selbst am Tag und wenn man nüchtern ist.«

Sie zeigte auf die andere Straßenseite. »Da kann man unser Haus schon mal verwechseln, oder?«

Sarah stutzte. »Sie wohnen da drüben?«

»Ja.« Petra nickte.

»Bei den Meyerfeldts?« Bei dem neugierigen Rentnerpärchen?

»Bei wem?«, fragte die Nachbarin verständnislos. Sie versuchte, sich ein Restlächeln zu bewahren.

Sarah sah nach links in die Einfahrt, wo ihr Wagen stand. Starrte zu den Meyerfeldts gegenüber, deren Haus auf einmal anders aussah. Der Putz etwas blasser, der Garten ungepflegter. Zudem stand dort ein anderes Auto als sonst. Vor einer Garage, die keine Garage mehr war. Sondern ein Carport!

»Was ist hier los?«, fragte Sarah, und nun verschwand auch noch das letzte bisschen an Anstandslächeln aus Petra Johrings Gesicht. »Ich, äh, also, ich verstehe nicht …«

Nein, das tue ich auch nicht.

Frau Johring wedelte wieder mit dem Foto. »Wieso reagieren Sie so seltsam? Erkennen Sie ihn? Ist er hier gewesen?«

»Ja«, wollte Sarah schreien, aber sie tat es nicht.

Die Stimme in ihrem Rücken brachte sie dazu, die Haustür zu schließen und die aufgelöste, nach ihrem verschwundenen Mann suchende Dame hilflos davor stehen zu lassen. Weil die Stimme es ihr so befahl.

»Mach die Haustür zu und komm zu mir, Mama!«

Ruby.

Die Stimme ihrer Tochter.

KAPITEL 72

Sarah schlug sich beide Hände vor den Mund. Tränen der Erleichterung schossen ihr in die Augen.

Ruby trug ihre hellblauen Lieblingsschlaghosen und eine vor dem Bauch geknotete Jeansbluse. Sie war wie Sarah barfuß.

Und wie sie selbst zitterte sie am ganzen Körper. Tränen liefen ihr die Wangen herab und zogen eine schwarze Kajalspur.

»Ruby? Schatz …«

Sarah streckte die Hand nach ihrer Tochter aus, die auf halber Flurlänge vor der Tür zum Wohnzimmer stand.

Ihr Haar war, völlig ungewöhnlich für sie, zu einem Dutt hochgesteckt, weshalb Sarah sofort das Nietenhalsband ins Auge sprang. Anders als die goldenen Ohrringe hatte sie den Modeschmuck noch nie an ihr gesehen.

Weil es kein Modeschmuck war, sondern …

Oh Gott!

… ein echtes Hundehalsband, mit einer angelegten Kette.

Sarah biss in ihre Säurenarbe. Schmeckte Blut, aber spürte keine Erlösung. Im Gegenteil, es wurde schlimmer, als die Person, die ihre Tochter an der Leine hielt, aus dem Wohnzimmer trat.

»Du bist wach, wie schön!«, gab die Gestalt sich endlich zu erkennen und streifte die Imkerhaube vom Kopf, die wie die Kapuze eines Hoodies auf dem Rücken hängen blieb.

KAPITEL 73

Sie? Aber, wie … wie geht das?«

Und warum?

Ruby schluckte schwer und schüttelte kaum merklich den Kopf. In ihren angstgeweiteten Augen vermochte Sarah nicht zu sehen, ob sie sie vor etwas warnen oder ihr Vorwürfe machen wollte.

»Komm, lasst es uns etwas gemütlicher machen und hier nicht so rumstehen«, sagte die Gestalt leise lächelnd. In der Hand hielt sie die Pistole, die sie Eddy abgenommen hatte.

Also war das kein Albtraum gewesen.

Leider.

»Folgt mir!«

Sarah schüttelte den Kopf, gab ihren Widerstand aber sofort auf, als Ruby zu würgen begann, weil der »Nachbar« an der Leine riss.

»Schon gut, schon gut, tu ihr nichts!«

Sie folgte ihnen den Flur hinunter Richtung Küche, dabei kamen sie an der Treppe vorbei, von der vor drei Nächten ein Mann zu Tode gestürzt war, der jetzt einen Namen bekommen hatte: Ludwig Johring.

Sarah sah zur Wand und entdeckte Blutsprenkel an der weißen Scheuerleiste.

Ein Kanister mit professionellem Chlorreiniger stand neben einem Lappen auf der Ikea-Kommode unter einem kleinen Wandspiegel.

»Ich bin noch nicht dazu gekommen, alle Flecken vollständig

zu entfernen«, entschuldigte sich der Psychopath und wirkte ehrlich zerknirscht. »Ich wollte, dass alles perfekt ist für dich, aber es war so viel los in letzter Zeit, und du hast es mir wirklich nicht leicht gemacht, Sarah!«

Sie gingen weiter zum Wohnzimmer.

Sarah sah die Couch, die Bogenlampe, den Teppich auf dem Laminat, die Pflanzen auf den Fensterbänken, die Holzjalousien. Alles sah genauso aus wie bei ihr zu Hause, und doch fühlte sie sich wie in einer Theaterkulisse.

»Wo sind wir?«, fragte sie und sah nach draußen zu dem Haus der Meyerfeldts, das nicht das Haus der Meyerfeldts war, so wie sie sich auch nicht in ihrem Heim befand. Selbst wenn es diesem zum Verwechseln ähnlich sah.

»Alvaro hat es mir vermietet. Was für ein Glück, dass genauso eins noch frei war, wie du es für dich ausgesucht hast, nicht wahr? So konnte ich auch nach deinem Wegzug aus Frankfurt in deiner Nähe bleiben und mich kümmern!«

Sarah schrie innerlich. Die Säurenarbe fühlte sich an, als würde sie aufplatzen.

»Wie lange geht das schon?«

»Das mit uns? Acht Monate bin ich jetzt an deiner Seite. Während unserer Zeit in Frankfurt hab ich dich beobachtet. Dir nur hin und wieder einen Gefallen getan, wie die Blumen zu gießen, wenn du mal weg warst und so.«

Acht Monate schon?

Sarah fühlte sich, als ob sie ebenfalls ein Halsband trug, nur sehr viel enger geschnürt als Rubys und mit den Nieten nach innen.

Der »Nachbar« zeigte auf einen Stapel Kleidung, der sorgfältig gefaltet auf dem Sessel lag. Ihre Anziehsachen, die sie in Elkes Villa getragen hatte.

»Einmal hab ich, als du krank warst, deine Wäsche gewaschen. Muss ich damit auch noch machen. Die Sachen sind völlig durchgeschwitzt von gestern Nacht.«

»Warum?«, fragte Sarah und hatte nur Augen für Ruby. Ihre Tochter wurde von einem Psychopathen gezwungen, wie ein Haustier zu gehorchen, und sie sah keine Möglichkeit, etwas dagegen zu unternehmen. Er hatte sie zum Sofa gezerrt, vor dem sie nun im Schneidersitz Platz nehmen musste.

»Du musst dich nicht bei mir bedanken«, hörte sie den Irren im Imkeranzug sagen. »Ich mach das gerne. Und je mehr, umso lieber. Deshalb bin ich froh, dass du umgezogen bist. Da brauchst du noch sehr viel dringender meine Hilfe. Logisch, neue Umgebung, neuer Job.«

Ruby formte mit den Lippen lautlos ein »Mama, hilf mir«.

»In Frankfurt hab ich direkt gegenüber gewohnt, da waren wir uns sehr viel näher. Hier in Berlin ging das nicht mehr. Deswegen bin ich auf die Idee mit den Zwillingshäusern gekommen. Wie findest du das? Ich hab es exakt so eingerichtet wie deins. Das gab mir die Möglichkeit, dich manchmal ganz nah bei mir zu haben!« Er lachte. »Du bist zwar nicht die Zierlichste, aber zum Glück nicht zu groß für meinen Schrankkoffer, den ich für dich extra ausgepolstert habe.«

Das erklärt einiges, dachte Sarah, von der Wucht der Erkenntnis wie paralysiert.

Deswegen hatte die Spurensicherung keine Blutspuren am Tatort finden können, weil ihre Wohnung nicht der Tatort gewesen war! Der Irre hatte ihr in der Schicksalsnacht etwas in den Wein getan und sie in sein »Zwillingshaus« verschleppt. Dort war Ludwig betrunken eingedrungen und hatte seinen Irrtum mit dem Leben bezahlt. Deswegen hatte sie auch solche Orientierungsschwierigkeiten gehabt, Marions Haus zu finden. Und als Sarah die Polizei rief, war diese natürlich nicht hierhergekommen, sondern zu ihrem Wohnsitz.

Es erklärte einiges. Aber nicht alles.

Alles steht und fällt mit dem Motiv.

»Wieso?«, fragte sie den Wahnsinnigen, dabei fiel ihr auf, dass sie seinen echten Namen gar nicht kannte.

»Wer sind Sie?«, fragte sie ihn.

»Nun ja, ganz bestimmt nicht Thorsten Schellack«, lachte er. »Auch wenn mir die Fälschung seines LKA-Ausweises gut gelungen ist, findest du nicht?«

KAPITEL 74

Ich musste nur das Foto austauschen, nachdem ich ihm einen kurzen Besuch abgestattet hatte.« Sein Blick ließ keinen Zweifel daran, dass er ihn getötet hatte. Wie Hartmut Kipp. Wie Alvaro. Und vermutlich auch wie Kaja, Eddy und … *Himmel, nein …* ihren Vater!

»Dabei hab ich mir auch gleich seine Dienstwaffe ausgeborgt!«

Er zeigte mit dem Lauf auf das Sofa und forderte Sarah auf, sich zu setzen, aber sie blieb vor ihm stehen. Ruby weinend und hilflos zwischen ihnen an der Kette.

»Wer. Sind. Sie?«, fragte sie noch einmal.

Der »Nachbar« winkte ab. »Mein richtiger Name ist saublöd, ich kann ihn nicht leiden. Meine Eltern haben mich Simeon genannt – anstatt Simon oder irgendwas, was ich nicht ständig buchstabieren müsste. Da gefällt mir ›Sumsum‹ eindeutig besser. So hieß ich im Knast. Weil ich doch Bienen so liebe!«

Er fuhr sich mit der freien Hand durch die Haare und lächelte wie jemand, der in Erinnerungen schwelgt.

»Ich hab mal eine Imkerausbildung begonnen. Mich fasziniert, wie sich die Arbeiter für die Königin aufopfern. So wie ich mich für dich.«

»Im Knast?«, fragte Sarah und musste an Ralph denken.

Als hätte er ihre Gedanken gelesen, nickte er. »Ich war mit deinem Ex in einer Zelle. Neun Monate lang. So hab ich von dir erfahren!«

Er sah zum Fenster, mit einem bewundernden Blick, als würde Ralph direkt davorstehen. »Er ist ein guter Mensch. Ralph hat viel von dir erzählt. Und von dir!« Der Killer schaute zu Ruby nach unten.

»Er sagte immer: ›Sumsum, gäbe es doch nur einen Weg, es wiedergutzumachen. Ich habe so viel Leid über meine Familie gebracht, aber ich kann die Zeit nicht zurückdrehen!‹« Der »Nachbar« seufzte. »Diese Ohnmacht – das hat Ralph als seine größte Strafe empfunden.«

Aus den Augenwinkeln sah Sarah, wie Ruby sachte die Hand hob. Was hatte sie vor?

»Er hat sich so große Sorgen um dich gemacht, Sarah. Wegen deiner Monophobie. Er hat nie aufgehört, sich vorzuwerfen, dich alleine gelassen zu haben. Ich habe ihm versprochen, dass ich seinen Sorgen ein Ende setzen werde. Weil du dank mir nie wieder alleine sein wirst!«

Sarah schluckte schwer und konnte es dennoch nicht verhindern, dass ihr die Galle hochstieg.

»Ich wurde ein Jahr früher als er entlassen«, fuhr der Wahnsinnige fort. »Im Rückblick würde ich sagen, die Zeit mit Ralph in der Zelle war die schönste in meinem Leben. Denn er hat mir aufgezeigt, wie ich gleichzeitig ihn und mich von unseren Sünden reinwaschen kann.«

»Indem du mich stalkst? Und meine Mitmenschen tötest?«

Rubys Rechte umfasste jetzt die Leine, ohne dass Simeon es merkte. Wollte sie es etwa wagen, den Killer zu sich nach unten zu zerren?

»Schau mal, ich kenn dich schon so lange, aber du weißt nur wenig von mir«, sagte er, zum Glück, ohne nach unten zu Ruby zu schauen. »Es ist gut, dass wir das jetzt ändern können, auch wenn ich mir gewünscht hätte, dass wir es etwas behutsamer hätten angehen können. Aber nun ja, wir können uns den Lauf des Lebens nicht immer aussuchen, nicht wahr?«

Nein, tu das nicht, Schatz, versuchte Sarah Ruby mit einem unauffälligen Seitenblick zu signalisieren.

Ihre Tochter konnte den Täter vielleicht aus dem Gleichgewicht bringen, aber er hatte eine Pistole in der Hand, die er im besten Fall fallen lassen würde. Im schlimmsten aber benutzen.

»Als ich ein Kind war, wurde ich von meinem Vater gezwungen, meine Schwester zu töten. Sie war ein Baby und kam behindert zur Welt. Ich musste sie ertränken.«

»Das tut mir leid«, sagte Sarah, einfach nur, damit der Blickkontakt zwischen ihr und dem Wahnsinnigen bestehen blieb. Was gelang – sich aber dennoch als ein vergebliches Ablenkungsmanöver entpuppte, auf das der »Nachbar« nicht reinfiel. »Die Gefängnispsychologin sagt, das war der seelische Arschtritt …«, mitten im Satz, bevor Ruby auch nur an der Leine gerüttelt hatte, riss er sie mit aller Gewalt nach oben, »… der mich auf die schiefe Bahn gekickt hat. Ich habe vielen Menschen sehr wehgetan, aber immer den falschen. Immer schwächeren und hilflosen, die ich ausgeraubt, zusammengeschlagen oder getötet habe.«

Er fing an, Ruby zu strangulieren.

»Hören Sie auf!«, schrie Sarah, und augenblicklich ließ Simeon die Leine wieder los. Sie wollte ihrer Tochter, die röchelnd in Embryonalhaltung zusammengesackt war, zu Hilfe kommen, aber Simeon richtete den Pistolenlauf auf Rubys Kopf und drohte, ihr eine Kugel zu verpassen, sollte Sarah etwas Unüberlegtes tun.

Seelenruhig sprach er weiter. »Meine kriminelle Karriere hab ich als Autoknacker begonnen. Irgendwann ist mir dann klar geworden, dass in Häusern mehr zu holen ist als in Handschuhfächern, doch leider bin ich schon bei meinem dritten Bruch erwischt worden. Na ja, in Frankfurt saß ich dann wegen gefährlicher Körperverletzung mit Todesfolge.«

§ 227 StGB, dachte Sarah, um sich an etwas Realem, Nüchternem festhalten zu können, bevor sie mit den Worten des »Nachbarn« in den Wahnsinn abdriftete.

»Hinter Gittern durfte ich wegen guter Führung einen Informatikkurs belegen. Das hat mir so viel Spaß gemacht, dass ich alles gelesen habe, was ich über Computer in die Finger bekam. Hab mein Zigarettengeld in gebrauchte Zeitschriften und Bücher gesteckt, so fasziniert war ich von den Möglichkeiten, die sich mir da aufzeigten. Ich war mir sicher, wenn ich mal rauskomme, mache ich mir nie wieder die Hände schmutzig, wenn mir jemand dumm kommt. Stattdessen wollte ich eine neue Karriere als Online-Krimineller anfangen. Als Trickbetrüger, der KI, Viren und Spyware zu seinem finanziellen Vorteil nutzt, doch dann kam Ralph.« Er lächelte versonnen. »Ich wurde in den letzten Monaten meiner Haft in seine Zelle verlegt, und das war eine göttliche Fügung des Schicksals. Ralph hat mir aufgezeigt, dass ich all meine Fähigkeiten nutzen muss, um Gutes zu tun!«

»Was soll denn hieran gut sein?«, schrie Sarah.

Er blieb ruhig. »Schau, du bist schutzbedürftig, hilflos. So wie ich meine Schwester damals vor meinem Vater hätte beschützen müssen, muss ich dich vor aller Unbill dieser Welt bewahren. Damit mache ich das Leid wieder gut, das Ralph dir angetan hat, und arbeite an meiner Absolution.«

Ruby brachte sich langsam wieder in sitzende Haltung. Speichel lief ihr das Kinn herab. Der Anblick ihrer gequälten Tochter, gepaart mit ihrer Ohnmacht, trieb Sarah dazu an, den Wahnsinnigen noch lauter anzuschreien: »Du hast mich heimlich beobachtet. Mich über mein Handy abgehört und verfolgt. Mich betäubt, in dein Haus verschleppt und Menschen ermordet. Du hast mich wie eine Marionette gesteuert. Mir eine Scharade vorgespielt. Wieso nur?«

In irgendeinem Winkel ihres Verstands, der sich bemühte, die irren Gedankengänge eines Serienmörders nachzuvollziehen, war ihr das Motiv des »Nachbarn«, sie ständig in seiner Nähe wissen zu wollen, noch irgendwie nachvollziehbar. *Aber …*

Sie musste husten, ihre Kehle schmerzte, allein deshalb wurde sie wieder leiser. »Wieso hast du Eddy besucht? So getan, als ob du mit seiner Hilfe ein Phantombild erstellen lassen würdest?«

»Ich wollte wissen, wie viel er weiß. Wie gefährlich er uns werden kann.«

Bei dem Wort »uns« schnürte sich Sarahs Kehle noch weiter zu.

»Er hatte die Überwachungskameras der Meyerfeldts gegenüber ausgewertet. Die haben nämlich verbotenerweise deine Haustür ausspioniert, diese neugierigen Äffchen. Ich hab gesehen, wie Eddy reinging, und mich gewundert, was er bei denen wollte. Also hab ich mich in seinen Wagen geschlichen und war dann Ohrenzeuge, als er seinen Kumpel Schellack angerufen hat.«

»Moment mal …« Sarah überprüfte noch einmal den Gedanken, der ihr gerade gekommen war. »Auf den Überwachungsvideos der Meyerfeldts konnte doch gar nichts zu sehen sein!«, sagte sie aufgeregt. Wenn sie hier gewesen war, in Simeons Zwillingshaus, in jener Nacht, als Ludwig Johring betrunken ins falsche Haus einbrach, konnte Eddy unmöglich auf dem Video gesehen haben, wie der »Nachbar« die Leiche entsorgt hatte.

»Ganz genau«, bestätigte Simeon ihre Schlussfolgerung. »Du warst hier, Sarah. Ich war zu der Zeit unterwegs und hab Hartmut Kipp einen Besuch abgestattet. Und das musste Eddy stutzig werden lassen. Er hat auf den Bändern nur gesehen, wie die Polizei anrauschte, nachdem du sie gerufen hattest. Davor aber nichts zu der fraglichen Uhrzeit. Weder dich noch mich. Aber wenigstens *du* hättest doch eine halbe Stunde zuvor aus dem Haus stürmen und zu Marion rennen müssen!«

Großer Gott. Sarahs Verzweiflung wurde von Sekunde zu Sekunde größer. Die Last der Erkenntnis Stück für Stück unerträglicher.

Eddy hatte ihr geglaubt und deswegen sein Leben lassen müssen. Nachdem er das Überwachungsvideo gesehen hatte, hatte er zwar noch nicht gewusst, wie alles zusammenpasste, aber ihm war klar gewesen: Etwas war faul. Und deswegen hatte er seinen Kumpel beim LKA angerufen, während sein Killer auf der Rückbank alles mithörte.

»Ich musste Eddy aus dem Weg räumen. Sein privates Handy und die SD-Karte mit den Aufnahmen gleich mit. Und Schellack leider auch, bevor er Eddys Auftrag angenommen hätte und zu dir zum Schnüffeln vorbeigekommen wäre.«

Simeon seufzte. »Leider habe ich bei Eddy versagt. Zu früh die Schlinge gelockert. Als du mir gesagt hast, er würde womöglich vollständig genesen, hab ich fast Panik geschoben. Ich hab nach einem Weg gesucht, ihn auszuschalten, aber man wird ständig beobachtet auf der Intensivstation. Überall hängen Kameras. Und wenn ich einen Schlauch ziehe, geht im Kontrollraum der Alarm los. Also hab ich so getan, als würde ich ihn ein Phantombild zeichnen lassen. In Wahrheit wollte ich sein Stresslevel so erhöhen, dass er keine Aussage mehr machen kann, am besten nie wieder zu sich kommt!«

Er lachte. »Na ja, was soll ich sagen. Der Hund ist zäh. Er hat natürlich gemerkt, dass ich nicht sein Kumpel Sherlock bin. Das hat seine letzten Kräfte mobilisiert. Der Teufelskerl hat sich die Zugänge aus dem Arm gerissen und mir vor der Intensivstation einen Feuerlöscher über den Schädel gerammt!«

Simeon rieb sich den Hinterkopf.

Himmel, Eddy wollte mir helfen!

Sie schützen.

Er hatte es ihr sogar selbst gesagt in Elkes Villa.

»Wie hat er es bis zu mir geschafft?«

Und wo war er jetzt? Lag er dort noch bewusstlos auf dem Boden? Oder war er längst tot?

»Der arme Irre ist gelaufen«, lachte der »Nachbar«. »Ist das nicht bekloppt?«

Nein, bewundernswert!

Das sah dem pflichtbewussten Polizisten ähnlich. Von der Klinik bis zu Elke waren es nur fünf Minuten. In seinem Zustand musste Eddy eine halbe Stunde gebraucht haben.

Wie verzweifelt hatte er sein müssen? Im Krankenhaus wollten ihn alle ruhigstellen. Er war nicht in der Lage, sich zu verständigen, niemand hätte die richtigen Schritte in die Wege geleitet. Alle hätten nur dafür gesorgt, dass er wieder sediert und zurück auf die Intensivstation kommen würde und der Killer freie Bahn hatte.

»Woher wusste er überhaupt, wo er hinmuss?«, überlegte Sarah laut in dem Versuch, Zeit zu schinden. Ruby hielt die Augen geschlossen, seit der »Nachbar« sie zu sich hochgerissen hatte, atmete aber gleichmäßig auf dem Fußboden liegend.

»Weil ich so blöd war, es ihm zu sagen. Ich wollte ihn richtig wild machen und hab ihm ins Ohr geflüstert, dass ich Ruby und deinen Vater in die After-Eight-Villa verschleppt habe. Wo Alvaro bereits als Sündenbock baumelte. Ehrlich gesagt hatte ich nicht damit gerechnet, dort auf dich zu treffen!«

Weil du nicht wissen konntest, dass ich auf der RealEstate Homepage auf den Torso stoßen würde.

»Und Eddys Waffe?«

»War meine. Also die, die ich Schellack abgenommen habe, nachdem ich ihn bei sich im Garten in die Regentonne gestopft habe. Und Eddy hat sie sich dann in der Klinik zurückgeklaut.«

Sarah nickte. Langsam fügte sich das Bild des Grauens zu einem schrecklichen Ganzen zusammen. Deshalb hatte der Psychopath so getan, als hätte Eddy ihn zu einem Phantombild angeleitet, das dem Makler ähnlich sah, weil er Alvaro zum Sündenbock hatte machen wollen. Und deswegen hatte Simeon ihr eine hektische »ER HAT UNS ALLE VERARSCHT!«-WhatsApp geschickt, nachdem dieser Plan mit Eddys Flucht aus dem Krankenhaus gescheitert war.

»Um Alvaro ist es übrigens nicht schade«, sagte der Irre.

Sein Imkeranzug raschelte, als er von einem Bein aufs andere trat. »Der Idiot war zu blöd, seine Pläne richtig zu beschriften. Hat die von hier mit deinen im Habichtweg vertauscht. Dabei hat unser Haus hier den Kriechkeller und nicht umgekehrt.«

Simeon wirkte immer entspannter, je länger er redete. Er ließ die Leine jetzt deutlich lockerer und schob sich mit dem Lauf der Pistole seine Hornbrille auf der Nase etwas höher.

»Es tut mir leid, Sarah. Ich wollte dich schon früher einweihen. Aber ich wusste nicht, ob du schon so weit warst!«

»So weit für was?«

Er lächelte breit. »Dass wir eine Familie sind. In der jeder seinen Platz hat. Ich als dein Beschützer. Und du als selbstständige Frau, die ihre eigenen Entscheidungen triffst!«

Eine Familie? Hätte Sarah noch einen Beweis gebraucht, dass Simeons seelische Abartigkeiten mit keiner Therapie der Welt zu heilen waren, hatte sie ihn jetzt geliefert bekommen.

»Denn das hat mir Ralph auch mit auf den Weg gegeben«, hörte sie ihn ihren Ex-Mann zitieren: »*Sarah ist eine wundervolle Frau, aber sie fällt immer auf denselben Macho-Typen herein. Sie muss lernen, dass niemand so klug ist wie sie und nur sie selbst die wichtigen Entscheidungen im Leben treffen kann!*«

»Und was macht dich jetzt so sicher, dass du dich mir zu erkennen gibst?«, fragte sie ihn.

»Ich habe dich geprüft.« Er lächelte wieder. »Ich habe wieder und wieder deine Unabhängigkeit getestet.«

Wie?, wollte sie schon fragen, da wusste sie selbst die Antwort.

»Mit den Anrufen? Den SMS?«

Er nickte und lächelte glücklich. »Du hast mit mir jemanden gefunden, der sowohl dein Schutzengel ist als auch dein Mentor. Einerseits halte ich die größten Probleme von dir fern und rette dich in der Not. Andererseits aber helfe ich dir, dich zu entwickeln. Auch wenn das irgendwann einmal bedeutet, dass du meine Nachbarschaftshilfe nicht mehr brauchst.«

Er leckte sich die Lippen. »Wie stolz ich auf dich war, als du einen Weg gefunden hast, den Befehl zu umgehen, den Kaja dir von mir überbracht hast! Du hast gewusst, dass sie sterben könnte, wenn du mit Marion redest, und dennoch bist du das Risiko eingegangen. Hast sie mit einer List ins Schwimmbad gelockt, wo ich dich nicht abhören konnte. Deshalb hab ich dir auch das Fleißbienchen in den Spind gelegt.«

Ruby hustete.

»Als ich dir allerdings geschrieben habe, weil du dich Kim anvertrauen wolltest, warst du noch gehorsam«, sagte der Killer nachdenklich.

NICHT!

Eine SMS-Nachricht, mit der er sie zu sich selbst lockte.

»Aber mein NICHT RANGEHEN hast du ignoriert«, sagte er zufrieden. »So wie meine Aufforderung: KEINE ALLEINGÄNGE! Das hat mich gefreut! Damit hast du den letzten Test bestanden. Du bist so weit.«

»Wofür?«, fragte Sarah.

»Für einen Mann wie mich, der auf den ersten Blick so gar nicht in dein Beuteschema passt. Der auf den zweiten Blick aber genau der Richtige ist, um mit ihm gemeinsam durchs Leben zu gehen. Die Frage ist nur …«, er zog wieder stärker an Rubys Leine, »… wie groß unsere Familie auf dieser Reise in Zukunft sein wird!«

KAPITEL 75

Ich wünschte, sie würde einen tödlichen Unfall erleiden. Durch die Windschutzscheibe eines Wagens geschleudert werden oder beim Baden ertrinken. Ganz egal.

Ich wünschte, Ruby würde nie wieder von ihrer Orchesterfahrt zurückkehren!!!«

Der »Nachbar« kannte den Eintrag in ihrem Dunkelbuch so gut, dass er ihn auswendig zitieren konnte. Wort für Wort.

»Ich hab das nicht geschrieben!«, protestierte Sarah.

Seine Antwort riss ihr regelrecht den Boden unter den Füßen weg. »Ich weiß«, sagte er freundlich.

»Aber wer …?«

Wer hatte sich die Mühe gemacht, ihre Handschrift zu fälschen?

»Du warst das?«, fragte sie den »Nachbarn«.

Der schüttelte den Kopf. »Nein!«

Ruby sah endlich auf und sagte ihren ersten Satz seit langer Zeit. »Ich war es, Mama!« Heiser, wie erstickt.

»Du?«

Sarah wollte und konnte nicht glauben, was sie da hörte.

Das ergab überhaupt keinen Sinn. Sie schüttelte energisch den Kopf.

»Doch, ich, Mama!«

»Aber, aber wieso denn?«

Ruby wischte sich mit dem Unterarm den Speichel vom Mund.

»Es tut mir so leid«, sagte sie. »Ich … ich war sauer. An dem Tag, an dem der Streit mit Heiko war … danach hat Katharina mit mir Schluss gemacht. Sie hat gesagt, sie wolle nicht mit einer zusammen sein, in deren Familie es solche Menschen gibt.«

»Aber ich hab ihn doch rausgeworfen!«, sagte Sarah.

»Dass du überhaupt mit ihm zusammen warst, hat Katharina schon gereicht«, erklärte Ruby. »Und mir auch. Wie gesagt, ich war so sauer und voller Liebeskummer. Da hab ich dein Therapiebuch gesehen. Du hattest mir ja mal davon erzählt, dass du eine Art Tagebuch für deine Seele schreibst, es mir aber nie zu lesen gegeben. Erst wollte ich dir reinschreiben, was für eine kranke Person du bist; wollte dich beleidigen. Aber dann habe ich die Einträge gelesen und wurde auf einmal ganz traurig. Ich habe gemerkt, ich hasse gar nicht dich. Sondern mich – und mein Leben. Also habe ich diese dummen Sätze reingeschrieben. Es tut mir so, so leid, Mama!«

»Nein, nein, nein …« Sarah hob die Hand, während ihr klar wurde, warum die Handschriften im Dunkelbuch einander so ähnlich gewesen waren! Ruby und sie hatten schon immer ein ähnliches Schriftbild gehabt. Sie überlegte fieberhaft, wie sie ihrer verzweifelten Tochter glaubhaft vermitteln konnte, dass sie ihr nicht böse war. Dass es ein ganz normales Teenagerverhalten war, eine Übersprunghandlung, für die sie sich keine Vorwürfe machen müsste. Denn niemals, zu keinem Zeitpunkt, hätte sie davon ausgehen können, dass ihr in einem seelischen Ausnahmezustand geäußerter Selbsthass sich einmal gegen sie selbst richten würde.

»Du hörst es!«, sagte der Einzige, der die Schuld an ihrem Martyrium trug.

»Ja«, sagte Sarah. »Ich habe gehört, dass es keinen Grund gibt, Ruby etwas anzutun.«

»Ich finde schon«, widersprach er ihr. »Sie hat dich hintergangen!«

Sarah lachte hysterisch auf. »Das sagst ausgerechnet *du?*«

Sie presste den Daumennagel in ihre Säurenarbe.

»Ich habe es zu deinem Besten getan«, erklärte ihr der »Nachbar«, und so wie er sich anhörte, schien er seinen eigenen Irrsinn zu glauben. »Ruby hingegen hat aus purem Egoismus gehandelt. Das ist ein großer Unterschied, wenn auch nicht ausschlaggebend. Die entscheidende Frage ist doch eher: Wird deine Tochter unseren gemeinsamen Weg mitgehen?«

Unseren?

Wie vorhin, als er von »Familie« gesprochen hatte, musste Sarah gegen ihren Ekel ankämpfen. Sie kniete sich hin, befand sich jetzt auf Augenhöhe mit ihrer Tochter.

»Hast du auch den Eintrag über Eddy geschrieben?«

»Er hat mich dazu gezwungen«, bestätigte Ruby das, was Sarah sich längst gedacht hatte. Es war seine Exit-Strategie gewesen, alles Alvaro in die Schuhe zu schieben.

Sarah stand wieder auf. Atmete mehrmals tief durch, dann nickte sie Simeon zu. »Okay, schieß los. Was sollen wir jetzt deiner Meinung nach tun?«

Simeon nickte, offenbar erfreut, dass er als Mann im Haus nach seinem Plan gefragt wurde. »Wir müssen verschwinden. Ich kann das alles nicht mehr vertuschen. Sie werden hinter uns her sein, aber wir sind schlau. Gemeinsam werden wir es schaffen. Doch sie hier…« Er zog an der Leine. Nicht so stark, dass Ruby wieder Schmerzen litt. Aber stark genug für Sarah, ihm endgültig den Tod zu wünschen.

»Ruby ist Ballast!«

Sarah schloss kurz die Augen, kämpfte gegen den schier unwiderstehlichen Drang an, dem »Nachbarn« an die Kehle zu springen.

»Was schlägst du vor?«, fragte sie tonlos, während Ruby laut schluchzend die Tränen nicht mehr zurückhalten konnte.

»Wir erfüllen ihr ihren Wunsch. Sie hat geschrieben, dass sie sterben will. So ein Verlangen verliert man nicht von heute auf morgen.«

Der »Nachbar« richtete die Waffe auf Rubys Kopf. »Es geht schnell. Und wie gesagt, das Haus hier hat einen Kriechkeller und ich noch genügend Plane und Klebeband. Bis sie ihre Leiche dort finden, sind wir über alle Berge in unserem neuen, gemeinsamen Leben!«

Sarah sah zu Ruby. Sah die Panik in ihren Augen.

Sah zum »Nachbarn«. Sah die Entschlossenheit in seinem Blick. Sie suchte das Wohnzimmer nach Gegenständen ab, mit denen sie sich verteidigen und ihre Tochter retten könnte. Doch hier gab es keinen Kamin, vor dem ein Besteck wartete.

Kein Bild mit einem Skalpell an der Wand wie bei Elke.

Nur einen Stapel gefalteter Schmutzwäsche auf dem Sessel.

Nichts, was sie dem »Nachbarn« oder einer Kugel aus seiner Waffe entgegenhalten könnte.

Sie schaute erneut zu Simeon und zurück zum Sessel, und da hatte sie eine Idee.

»Was machst du?«, fragte der Killer, als sie sich einen Schritt von ihm wegbewegte.

»Können wir es so aussehen lassen, als hätte Ruby sich selbst das Leben genommen?«

»Mama!«, stöhnte ihre Tochter, die Augen von einer neuen Dimension des Grauens erfüllt.

Der Wahnsinnige im Imkeranzug nickte. »Ja, das ginge. Ich könnte ihr die Pistole in den Mund stecken und …«

»Neeeeein!«, schrie Ruby, als wäre es das Letzte, was sie in diesem Leben noch sagen wollte.

»Nein«, sagte Sarah ruhig, als würden sie gerade die Optionen für das Abendessen diskutieren. »Das ist mir zu martialisch. Wie wäre es, wenn sie sich die Pulsadern aufschneidet?«

»MAAAAMA!«

»Zum Beispiel!« Simeon nickte aufgeregt. »Aber besser die Oberschenkelarterie.« Er zeigte auf die Stelle, wo sie sich bei ihm befand. »Das geht schneller!«

Sie zwinkerte Ruby zu, als der »Nachbar« kurz zum Fenster sah, hinter dem ein Auto auf der Straße vorbeigefahren war. Sie konnte nur hoffen, sie würde es richtig zu deuten wissen, aber es änderte nichts an ihrer Todesangst.

»Wir müssten gehen, sobald sie das Bewusstsein verliert. Ich könnte sie nicht leiden sehen!«

»Mama, bitte!«, schluchzte Ruby. Schnodder lief ihr unkontrolliert aus der Nase das Kinn herab.

»Ich habe gepackt, wir können sofort los.«

»Okay, pass auf!« Sie ging zum Sessel, nahm ihre Winterjacke aus dem Stapel und entfaltete sie. »Suchst du das hier?«

Simeon lächelte sie an und schwenkte das Skalpell. Er hatte es in der Hand, mit der er Rubys Leine hielt, und war jetzt doppelt bewaffnet mit Messer und Pistole.

Scheiße.

Der Irre hatte daran gedacht, ihre Sachen zu durchsuchen, und das Skalpell in ihrer Jacke gefunden.

»Wollen wir es gleich hier machen?«

»Nein, zu auffällig«, sagte Sarah und dachte nach. »Wir müssen nach oben. Sie muss in die Badewanne.«

Er zog Ruby hoch, die sich nach einem kurzen Aufbäumen würgend und weinend in ihr Schicksal fügte.

»Bitte, Mama«, schrie sie Sarah hinterher, die auf Befehl des Psychopathen voranging. Raus aus dem Wohnzimmer, in den Durchgangsraum, zur Treppe.

»Halt!«, rief Simeon plötzlich.

Etwa an der Stelle, an der der tote Eindringling gelegen haben mochte, blieb sie stehen.

»Was?«

»Da stimmt doch was nicht. Das geht zu schnell.« Simeon schüttelte den Kopf. »Du hast viel zu rasch deine Meinung geändert.«

»Ich dachte, ich habe deinen Test bestanden«, sagte Sarah und agierte im nächsten Moment. Bevor er auch nur wusste, worauf sie es abgesehen hatte, griff sie sich die Flasche mit dem Chlorreiniger von der Kommode.

Er lachte. »Hast du vergessen, dass ich einen Schutzanzug trage?«

Der »Nachbar« streifte sich die Imkerhaube zurück über den Kopf. Von einer Sekunde auf die andere wurde er wieder zu dem gesichtslosen Monster, das seine Opfer vor ihrem entsetzlichen Tod als Letztes gesehen haben mochten.

»Alles, was du jetzt noch mit der blöden Flasche da erreichen kannst, ist, deine Tochter zu verätzen!«

Sarah zuckte mit den Achseln.

Vielleicht. Vielleicht aber auch nicht.

»Liebst du mich?«, fragte sie.

»Ja, Mama«, schluchzte Ruby.

Sie kniete sich zu ihr nach unten. Lächelte ihr mit Tränen in den Augen zu. »Das tue ich auch, Liebes. Über alles. Du bist der wichtigste Mensch in meinem Leben.« Sie stand wieder auf. »Aber ich habe nicht dich gefragt!«

Sarah sah zu dem Irren in dem Imkeranzug, starrte dorthin, wo sie hinter dem Gitterschutz die Augen vermutete, und fragte noch einmal: »Liebst du mich, Sumsum?«

Sie benutzte bewusst seinen Spitznamen, der für einen Wahnsinnigen wie ihn viel zu verniedlichend klang.

Er nickte. »Ja!«

»Du würdest alles für mich tun, oder?«

Der »Nachbar« antwortete mit einer Gegenfrage. »Was muss ich tun, um es dir zu beweisen, Sarah?«

Sie atmete tief durch. Schloss die Augen und gab ihm die Antwort: »Rette mich!«

Dann tat sie es.

Setzte ihren Plan in die Tat um, der im Grunde eine Wette war. Und in der Hoffnung, bei der wichtigsten Wette ihres Lebens nicht alles auf die falsche Karte gesetzt zu haben, öffnete Sarah den Kanister und begann den Chlorreiniger mit großen, kräftigen Schlucken zu trinken.

KAPITEL 76

»Nicht erbrechen. Sie darf auf keinen Fall erbrechen!«
Schwarz.

»Kann sie trinken?«

»Negativ!«

Schwarz.

Sarah hatte das Gefühl, ihr Bewusstsein würde in einem Fahrstuhl stecken, der in unregelmäßigen Abständen ein Stockwerk tiefer in den Keller ihres Verstands absackte. Und jedes Mal mit einer solchen Beschleunigung, dass sie in Ohnmacht fiel. Für die kurze Zeit, die sie wieder auftauchte, hörte sie fremde Stimmen. Ein Mann und eine Frau. Wie bei einer Lautsprecherdurchsage im Flugzeug. Leise, kaum verständlich, durch ein stetiges Rauschen überlagert.

Die Frau: »Es kommt ihr hoch, scheiße, es geht wieder los!«

Der Mann: »Sie hat schon Vomex i. v.« Dann:

Schwarz.

»… und Sie sind?«

»Ich bin ihr Mann!«, sagte eine dritte Stimme. Seltsam vertraut. Angst einflößend.

Was? NEIN!, dachte Sarah. *Nein, nein, nein …*

»Gut, sprechen Sie ihr gut zu. Wir fahren los!«

»ICH HAB KEINEN MANN!«, versuchte sie zu schreien, aber etwas steckte in ihrem Hals, und etwas lag auf ihrem Gesicht, vielleicht ein Tubus und eine Atemmaske.

»Reden Sie mit ihr, die Fahrt in die Klinik dauert keine fünf Minuten!«

Wer ist das? Wer hält meine verdammte Hand?

Sarah versuchte sich aufzurichten, vergeblich. Versuchte, um sich zu schlagen, ohne Erfolg. Das Ergebnis ihrer schier übermenschlichen Kraftanstrengung war lediglich, dass ihre freie Hand ein Stück zur Seite fiel.

Nein! Bitte nicht …

Ihre Finger berührten Stoff. Harten, wenig elastischen Stoff. Wie eine Plane.

Oder …

Ein Imkeranzug?

»HILFE!«, brüllte sie kraftlos. Sie selbst hörte, dass aus ihrer wunden Kehle nichts als ein gutturales Stöhnen drang.

Ein weiteres Mal versuchte sie das Unmögliche, mobilisierte noch einmal all ihre Kraftreserven, die schon in der After-Eight-Villa aufgebraucht gewesen waren. Und wieder schaffte sie es, über sich hinauszuwachsen und immerhin ein Auge zu öffnen.

Erleichterung erfasste sie, als sie sah, dass es nicht der »Nachbar« war, der sich zu ihr in den Rettungswagen geschlichen und jetzt über sie gebeugt hatte, nachdem er – wie erhofft – den Notruf gewählt hatte. Weil sie sonst gestorben wäre.

Die erlösende Erkenntnis wurde nahezu unmittelbar von einer Woge der Angst hinweggespült, nachdem ihr bewusst wurde, in was sich die Finger ihrer rechten Hand gerade verkrampften: in die Plastikärmel eines schwarzen Collegeblousons.

Die Lieblingsjacke von …

Schwarz.

Kurz.

Der Bewusstseinsfahrstuhl fuhr wieder eine Etage höher, und sie vernahm eine lange nicht mehr gehörte und dennoch unendlich vertraute Stimme.

»… leid. Sarah. Es tut mir so leid!«

»Ralph?«, schrie sie tonlos den Namen ihres Ex-Manns in den Krankenwagen.

»Ich wollte das alles nicht, Sarah. Ich wollte schon viel früher kommen. Aber jetzt bin ich bei dir. Ich mache es wieder gut. Ich schwöre!«

Jetzt sah ihr eines Auge auch sein Gesicht. Um Jahre gealtert. Aber unverkennbar: Ralph!

Nein, bitte nicht. Um Himmels willen, wo ist Ruby?, waren ihre letzten Gedanken. Dann, endgültig:

Schwarz.

KAPITEL 77

DREI WOCHEN SPÄTER

Die Beerdigung fand auf dem Friedhof im Bezirk Falkenhagener Feld statt, dessen Name »In den Kisseln« sich von den Bäumen ableitete, für die der Friedhof berühmt war. »Kisseln« hatte man früher die Kiefernwälder genannt, zwischen denen die Toten hier ihre letzte Ruhestätte fanden.

Wie erwartet hatten sich nach dem Medienrummel nicht nur die engsten Freunde und Verwandten auf der landschaftlich schönen Anlage eingefunden, deren Baumbestand und Gräber bis ins Jahr 1886 zurückdatierten. Sondern auch Schaulustige, die auf die Traueranzeige in der Tageszeitung gestoßen waren.

Zwar hatten sie die gesamte Zeremonie über Abstand gehalten. Niemand von ihnen war in der Kirche gewesen, keiner hatte die Frechheit gehabt, sich am Sarg blicken zu lassen.

Nur beim Rausgehen wichen die Neugierigen nicht vom Friedhofstor zurück. Soweit Marion es erkennen konnte, wurden sie nicht gefilmt oder fotografiert. Keiner hatte ein Handy in der Hand. Für sie waren diese Menschen dennoch nichts anderes als asoziale Gaffer an einem Unfallort. Das halbe Dutzend Schaulustige erhoffte sich, Zeuge eines emotionalen Ausbruchs zu werden. Am liebsten vonseiten der Tochter, die ihnen aber nicht den Gefallen tat, hemmungslos zu heulen.

Obwohl sie es am liebsten getan hätte.

»Wollen wir uns wenigstens noch auf einen Kaffee zusammensetzen?«

Sie spürte eine Hand sanft auf dem Oberarm.

Den letzten Wunsch der Verstorbenen erfüllend, verzichtete

die Trauergesellschaft auf den Leichenschmaus, auch hatten sich alle daran gehalten, keine Blumenspenden zum Grab zu schicken. »So schlicht und einfach wie möglich«, hatte in ihrem Testament gestanden.

Ähnlich wie in dem von Holger Wolff, der vorgestern in Frankfurt beigesetzt worden war.

Marion überlegte kurz. Sah in den tristen Novemberhimmel hinauf, aus dem sich eine einzelne Schneeflocke löste, als wollte sie die Tränen ersetzen, die sie so lange zurückgehalten hatte.

»Okay, ist gut!«, sagte sie zu ihrer besten Freundin. »Ein Kaffee verstößt ja wohl kaum gegen das Testament meiner Mutter«, lächelte sie.

»Und wenn, wäre es mir auch egal«, antwortete Sarah, die vermutlich ihr Leben lang wütend auf Elke bleiben würde. »Ich bin nur deinetwegen hergekommen!« Sie nahm Marion bei der Hand, die sie nicht losließ, bis sie das Auto erreicht hatten.

KAPITEL 78

ELENA ALVARO
VIER WOCHEN SPÄTER

Sie trug Schwarz. Seit sieben Wochen nun schon. Bestimmt würden es sieben Monate werden – oder sieben Jahre. Wenn sie so lange noch am Leben blieb, was sie bezweifelte.

Zu groß war das Loch, das Manuels Tod gerissen hatte.

Wäre da nicht noch Timo, ihr Sohn, wäre sie ihrem Mann längst gefolgt.

So blieb ihr nichts anderes übrig, als für ihren Jungen zu funktionieren. Der hatte Besseres verdient als eine seelenlose Roboter-Mama, aber das konnte sie ihm nicht bieten. Jetzt nicht und vermutlich bis in alle Ewigkeit nicht mehr.

»Aufpassen!«, rief der Mann, der gerade mit einem Kollegen eine Kühltruhe aus dem Ladengeschäft wuchtete, vor dem sie schon seit geraumer Zeit stand und den Umzugshelfern zusah.

KIOSK stand in ausgeschalteten Leuchtbuchstaben über dem Schaufenster.

»Weiß man schon, wer da jetzt einzieht?«, fragte sie die Männer. Sie setzten die Truhe unsanft vor einem Lkw ab, in dem sich bereits weitere Gegenstände aus Sarah Wolffs ehemaligem Späti stapelten.

Ihr Atem schlug dicke Wolken in der kalten Novemberluft.

»Na, ein Hallenbad eher nicht«, witzelte der Kleinere der beiden in der Berliner-typischen Art, anstatt wie überall sonst auf dem Planeten einfach nur »Nein« zu sagen.

»Danke«, antwortete Elena mechanisch, weil sie höflich erzogen war.

Sie sah auf ihr Telefon, folgte der darauf angezeigten Route, die sie quer über den Dorfplatz in Richtung Hauptstraße führte.

Er fehlt mir so, dachte sie bei jedem Schritt, weil jeder Schritt sie an die gemeinsamen Spaziergänge erinnerte, fast täglich, wann immer sie nach der Arbeit im Maklerbüro noch im Ort einkaufen oder spazieren gegangen waren.

Es gab keinen Zentimeter auf dem Pflaster des Bürgersteigs, den ihre Schuhe nicht schon einmal berührt hatten. An dem vierstöckigen Geschäftshaus, dessen Adresse sie eingegeben hatte, waren sie unzählige Male achtlos vorbeigeschlendert. Hand in Hand, Arm in Arm. Jetzt stand sie allein davor. Einsam und gebrochen.

Wieso wir? Wieso hat dieser Wahnsinnige ausgerechnet unsere Familie zerstören müssen?

Sie suchte auf dem Klingelschild nach dem Namen, zu dem sie wollte.

Im dritten Stock wurde sie fündig.

Manuel ist tot. Irgendjemand wird dafür bezahlen müssen, dachte sie und drückte die Klingel von Sarah Wolff.

KAPITEL 79

SARAH

»Ich dachte, du machst nur Strafrecht?«

Sarah zog anerkennend die rechte Braue hoch. *Sieh mal einer an.* Vielen Erstsemestern waren die Unterschiede zwischen Zivil-, Straf- und öffentlichem Recht nicht so klar. Ruby hingegen kannte sich schon aus.

Sie war nach der Schule mit Sushi in die neuen Kanzleiräume gekommen, die noch nach Farbe und Fugenkitt rochen. Mangels eines Tisches im Konferenzraum aßen sie an der Theke der kleinen Küchenzeile im Stehen. Sarah war erst vor einer Woche eingezogen, mit sich selbst als erstem Fall. Die Umstände des Todes von Ludwig Johring wurden noch untersucht, aber die offiziellen Ermittlungen bestätigten bislang Sarahs Aussage von dem tragischen Irrtum Ludwigs, der eine Notwehrlage auslöste.

»Ich konnte die arme Frau schlecht wegschicken«, erklärte sie Ruby. Zuerst war Sarah geschockt gewesen, Elena Alvaro am (noch unbesetzten) Empfang stehen zu sehen. Mit dieser Mischung aus Zorn, Überforderung und Entschlossenheit im Blick, die sie zum letzten Mal vor Jahren bei einer Mandantin gesehen hatte, die in Notwehr ihren Vergewaltiger getötet hatte.

Als sie sagte *»Jemand muss für den Mord an Manuel bezahlen«,* hatte Sarah befürchtet, sie selbst könnte die Zielscheibe eines Amoklaufs werden. Immerhin hatte sie den Mörder von Elenas Mann aus Frankfurt nach Berlin gelockt. Aber die verzweifelte Witwe wollte den Staat verklagen.

»Die Polizei. Wegen schlampiger Ermittlungen. Ich hab es in der Zeitung gelesen«, hatte sie gesagt, noch bevor Sarah sie in ihr

neues Büro führen konnte. »*Sie haben wieder und wieder zu Protokoll gegeben, überwacht worden zu sein, aber niemand hat Ihnen geglaubt, Frau Wolff. Keiner hat Ihr Haus durchsucht. Hätten sie die Kameras gefunden, wäre mein Manuel vielleicht noch am Leben. Und Timo hätte noch einen Vater!*«

»Ich kenne eine Expertin für Schadensersatzrecht, die sich auf Klagen gegen die öffentliche Hand spezialisiert hat, die werde ich ihr vermitteln.«

Sarah räusperte sich, wie sie es alle zwei Minuten mindestens einmal tat. Eine neue Angewohnheit, seitdem sie den selbst verursachten Chloranschlag auf ihre Speiseröhre überlebt hatte. Die Sofortmaßnahmen der Rettungskräfte sowie die Entgiftung im Krankenhaus hatten ihr das Leben gerettet. Sie hatte zwar einen Teil ihres Geschmacksempfindens eingebüßt, und Salziges brannte auf der Zunge wie Chili, aber sie war froh, dass sie nicht künstlich ernährt werden musste. Dass ihre Stimme noch immer so klang, als hätte sie auf einem Rockkonzert von der Vorgruppe bis zur Zugabe ununterbrochen durchgeschrien, war eine Spätfolge der Schlinge, mit der der »Nachbar« sie in ihrem eigenen Wagen bis zur Bewusstlosigkeit gewürgt hatte. Um ihr zuvorzukommen. Um ihren Vater und Ruby zu entführen, die er mit einer List nach Berlin gelockt hatte.

»Ich glaube nicht, dass sie jemand anderen will als dich, Mama«, meinte Ruby. »Frau Alvaro sieht in dir eine Verbündete.«

Wieder musste Sarah ihrer Tochter Respekt zollen. Auch wenn sie nicht einmal ihrem Todfeind die Hölle wünschte, durch die Ruby gegangen war, so schien diese daran gewachsen zu sein. Marion, die ihre Tochter psychologisch betreute, warnte zwar davor, dass sich posttraumatische Belastungsstörungen oft erst nach Monaten, wenn nicht Jahren vollständig zeigten. Aber derzeit hatte Ruby noch keine Anzeichen. Sie war weder reizbar, noch litt sie unter Konzentrations- oder Schlafstörungen oder gar Albträumen. Auch vermied sie es nicht, mit ihr über die Zeit des Horrors zu sprechen, als sie allein in ihrem »Zwillingszimmer« eingesperrt gewesen war, mit der Hundeleine am Bett festgekettet. Sie hatte keine Erinnerungslücken und hatte der Polizei detailliert schildern können, wie Simeon sofort den Notruf gewählt hatte, als ihm bewusst wurde, dass Sarah sonst sterben würde, nachdem sie den Chlorreiniger getrunken hatte. Dann war er mit ihrem Auto davongerast, das man Stunden später ausgebrannt in der Nähe der Raststätte Michendorf fand.

»Du hast recht«, stimmte Sarah ihrer Tochter zu.

Elena Alvaro war zu ihr gekommen, weil sie eine schicksalhafte Verbindung zwischen ihnen sah. Weil Sarah ebenfalls ein Familienmitglied von der Bestie genommen worden war. Und damit hatte sie recht. Von außen betrachtet, mochte Sarahs Leid geringer sein als Elenas. Immerhin hatte sie »nur« ihren Vater und nicht einen Seelenverwandten verloren. Noch dazu hatte Holger sie jahrzehntelang hintergangen, doch das änderte nichts an der lebenslangen Liebe, die sie bis zu der Erkenntnis für ihn empfunden hatte. Zu wissen, dass er nicht mehr da war, sie nie wieder anrufen, nie wieder unangemeldet vorbeipoltern und sie mit gut gemeinten Ratschlägen nerven würde, hinterließ eine schwarze Leere in ihrem Herzen.

Als Simeon Sarah aus Elkes Villa in sein »Zwillingshaus« verschleppt hatte, hatte er Holger und Eddy ihrem Schicksal überlassen. Der Gedanke, dass ihr Vater die letzten Stunden seines Lebens Höllenqualen durchlitten haben musste (bestialisch gefesselt, einsam und allein in einen dunklen Schrank eingesperrt), war womöglich ebenso unerträglich wie die Gewissheit von Elena Alvaro, dass der »Nachbar« ihren Mann bei lebendigem Leib aufgeknüpft hatte.

Abgesehen davon: Leid war nicht zu vergleichen. Es gab keine Schmerzwaage. Keine Maßeinheit für Trauer und Verzweiflung. Im Leben konnte man nur die unwichtigen Dinge mit einer Zahl versehen, wie Temperatur, Gewicht oder Alter. Nicht aber das, worauf es ankam: Freude, Glück, Liebe.

Und Trauer.

»Wie stehen Elenas Chancen?«, fragte Ruby und nahm sich die letzte Avocado-Maki.

»Schlecht«, sagte Sarah resigniert. Selbst wenn Frau Alvaro recht bekam – was für eine Entschädigung könnte ihren Verlust auch nur annähernd kompensieren?

Sarah schüttelte unbewusst den Kopf, dann packte sie ihren Teller in die Spüle und entsorgte die Einwegstäbchen im Hausmüll.

»Wie läuft's eigentlich mit Katharina?«, fragte Sarah, um ihre Gedanken auf eine andere Bahn zu schieben.

»Hm«, antwortete Ruby, was so viel wie *»Super, wir sind wieder zusammen«* bedeuten konnte oder auch *»Die bescheuerte Mistmade kann mich mal!«*.

Sarah tippte darauf, dass es eine Tendenz zu Ersterem gab. Immerhin hatte Ruby keine Sekunde gezögert, als sie sie fragte, ob sie hierbleiben oder zurück nach Frankfurt ziehen sollten.

»Zugegeben, der Start war ganz schön kacke«, hatte sie bei ihrer Familienbesprechung am Küchenblock gesagt. »Aber trotzdem denke ich, wir gehören eher hierher.«

»Weil wir uns hier so gut in die Nachbarschaft integrieren?«, hatte Sarah gesagt und damit einen beiderseitigen Lachflash ausgelöst.

»Ich denke eher, weil der Blitz selten zweimal an derselben Stelle einschlägt. Du hast die Gefahr vertrieben, Mama. Scheiße, du hast dich fast selbst getötet, um uns zu retten. Wir müssen nicht mehr fliehen. Du hast dir deinen Platz hier erkämpft.«

»Ach, du wundervoller Mensch!«, hatte Sarah gesagt und ihre Tochter so sehr gedrückt, dass die ihr nach einer Weile auf den Rücken klopfte wie ein Ringer auf die Matte, um die Würgehaltung zu beenden.

Ihre Überzeugung, hierherzugehören, war übrigens das exakte Gegenteil von dem, was Heiko Marsch dachte.

Der hatte Sarah einen langen Brief geschrieben, in dem er ihr darlegte, dass es ihm leidtue, wie alles gelaufen sei, aber dass es mit ihnen von Anfang an keinen Sinn gehabt hätte. Sie wären einfach zu verschieden, er zu männlich, sie zu unweiblich. *Aha.* Dann hatte er ihr noch geraten, die Stadt zu verlassen, weil sie sich, wenn auch schuldlos, keine Freunde in der Gemeinde gemacht hätten.

Ein Grund mehr, weshalb Sarah entschieden hatte, hier Wurzeln zu schlagen und ihre alte Anwaltszulassung wiederaufleben zu lassen.

»Stell die Reste bitte in den Kühlschrank«, bat sie Ruby und ging aus der Küche in ihr Büro.

Es war Zeit für den täglichen sinnlosen Anruf.

»Kein Lebenszeichen?«, fragte sie nach dem üblichen Begrüßungsgeplänkel. Sie drehte sich auf ihrem Bürostuhl zum Fenster, durch das man einen schönen Blick auf eine jahrhundertealte Linde gehabt hätte, wenn nicht ein halbes Dutzend Blumensträuße auf der Fensterbank die Sicht versperrt hätten. Seit dem Tag der Kanzleieröffnung war fast jeden Tag ein Strauß abgegeben worden. Einer schöner und größer als der andere. Jedes Mal ohne Grußkarte.

»Nicht das geringste«, bestätigte Kim Blaschko ihre Vermutung.

Sarah seufzte schwer. Nicht zu wissen, wo sich der »Nachbar« gerade versteckt hielt, zermürbte sie Tag für Tag ein Stückchen mehr. Was, wenn der Irre längst wieder zurück in ihrem Leben war, sie verfolgte und heimlich beobachtete? So wie in Frankfurt, wo sie ihn auch nicht bemerkt hatte? Der Gedanke trieb sie tagsüber zur Erschöpfung und ließ sie nachts nicht schlafen. Auch wenn Sarah nun schon mehrfach jeden Winkel ihres Hauses abgesucht und von einer seriösen Detektei nach Wanzen und Kameras hatte durchchecken lassen, wusste sie, dass sie sich erst dann wieder frei fühlen würde, wenn der »Nachbar« hinter Schloss und Riegel saß.

»Weder von Simeon Vargas noch von Ralph Calau«, ergänzte die Polizistin. »Leider nichts Neues.«

Sarah räusperte sich mehrmals. »Das kann doch nicht sein, dass die beiden von niemandem auf ihrer Flucht aus Berlin gesichtet wurden.«

»Falls Ihr Ex überhaupt in Berlin war.«

Sarah rollte mit den Augen. Sie hatte große Lust, den Hörer ihres Telefons auf den Schreibtisch zu schlagen, aber weder wollte sie die geleaste Telefonanlage noch den nagelneuen Kanzleischreibtisch beschädigen.

Wir beide werden in diesem Leben wohl keine Freundinnen mehr, dachte sie.

»Er war bei mir im Krankenwagen. Ich habe ihn gehört und gesehen«, erklärte sie der ignoranten Beamtin nun bestimmt schon zum fünften Mal. Vielleicht sollte sie Elena doch selbst gegen die Polizei vertreten. Es wäre ihr ein großes Vergnügen, Kim Blaschko im Zeugenstand zu bearbeiten.

»Sie waren in einem physischen wie psychischen Ausnahmezustand«, hielt Kim dagegen. »Da spielen einem die Sinne schon mal einen Streich.« Sie seufzte. »Wie dem auch sei, wir tun alles, um die beiden zu finden.«

Die Verabschiedung fiel noch frostiger aus als die Begrüßung.

Eine Weile überlegte Sarah, ob sie etwas früher Schluss machen und mit ihrer Tochter nach Hause gehen sollte, die im Nebenzimmer Hausaufgaben machte (vielleicht aber auch tiktokte oder wie immer man das nannte), da klopfte Ruby an ihre Tür.

»Schon wieder Blumen?«, fragte Sarah, als sie mit einer bauchigen Vase das Büro betrat.

»Ja, aber heute zur Abwechslung mal nicht von einem Boten gebracht.« Ruby grinste verschwörerisch und flüsterte: »Er ist persönlich gekommen.«

Im Ernst?

Sarah stand hinter ihrem Schreibtisch auf. »Wer?«

Ein Schatten tauchte hinter Ruby auf.

»Sagen Sie bloß, Sie wissen nicht, dass die Sträuße von mir waren!«

»Sie?« Sarah war überrascht, wie sehr sie sich freute, den vollbärtigen Mann mit dem Bernhardiner-Gesicht zu sehen, der auf eine Krücke gestützt an ihrer Tochter vorbei ins Büro humpelte.

»Das gibt es doch nicht!«, rief sie und ging auf ihn zu. »Darf ich Sie umarmen?«

»Ich bitte sogar darum«, grinste Eddy Haynauer.

KAPITEL 80

Auch Eddy hatten die Ärzte schon beinahe aufgegeben, nachdem die Rettungskräfte bei Holger Wolff nur noch den Erstickungstod hatten feststellen können.

Doch am Ende sollte der Psychopath recht behalten. Eddy war zäh. Und überlebte, wenn auch mit deutlich sichtbaren Schäden. Infolge neurologischer Ausfälle würde er das rechte Bein wohl nie wieder richtig bewegen können.

»Was verschafft mir die Ehre?«, fragte Sarah und deutete auf den Strauß, den Ruby zu den anderen aufs Fensterbrett gestellt hatte.

»Ehrlich gesagt habe ich die Blumen einfach nur weitergeleitet. Ich hab so viel davon in die Klinik geschickt bekommen. Und da ich keine Frau oder Freundin habe …«

»Wussten Sie nicht, wohin damit?« Sarah lachte so laut wie seit langer, langer Zeit nicht mehr.

»Ich dachte, Sie würden sich vielleicht freuen.« Er kam auf der Krücke etwas ins Wanken, weil er versuchte, sich mit der freien Hand verlegen die Wange zu reiben. Sarah bot ihm einen Platz an, den er ablehnte, weil er dann zu große Probleme habe, sich wieder mit der Krücke hochzustemmen.

»Nein, wirklich, Herr Haynauer. Ich freue mich. Sehr sogar. Am meisten darüber, dass es Ihnen besser geht. Obwohl …« Sie runzelte die Stirn. »Müssten Sie nicht in der Reha sein? Ich wollte Sie besuchen, aber man sagte mir, Sie wären nicht in Berlin, sondern in einer Spezialklinik. Himmel, wie viele Operationen waren es?«

Eddy kratzte sich die Stelle am Kopf, an der die Haare nach der OP-Rasur noch nicht nachgewachsen waren.

»Fünf, schätze ich.« Er wurde ernst. »Genauso viele, wie diese Bestie Menschen ermordet hat. *Hartmut Kipp, Kaja Last, Manuel Alvaro, Holger Wolff, Thorsten Schellack.*«

Sie konnte in Eddys Augen sehen, dass er an seinen Freund dachte. Sicher machte er sich Vorwürfe, ihn angerufen und damit ins Schussfeld des Killers gerückt zu haben, so wie Sarah sich ein Leben lang vorhalten würde, dem Mörder mit ihrem Dunkelbuch eine Blaupause geliefert zu haben.

»Sie hatten Glück«, sagte Sarah und räusperte sich. Ihre Säurenarbe am Handgelenk begann heftig zu jucken.

Eddy nickte. »*Wir* hatten Glück.«

Er verlagerte das Gewicht vom gesunden auf das beeinträchtigte Bein, so als wollte er sich für seine Fehler bestrafen, und verzog schmerzhaft das Gesicht.

»Wie dem auch sei, ich hab die Reha abgebrochen«, sagte er.

»Um mir Blumen zu bringen?«, versuchte Sarah ihre Unterhaltung wieder aufzulockern. Es gelang ihr nicht,

Eddy blieb ernst, seine Miene wurde sogar noch energischer, als er sagte: »Ich hab etwas zugespielt bekommen!«

Er legte einen USB-Stick neben den Laptop auf Sarahs Schreibtisch.

»Was ist das?«

»Sagen Sie es mir!«, forderte Eddy sie auf.

KAPITEL 81

RALPH

Es roch hier nicht mehr wie früher. Zu lange hatte es leer gestanden. Zu lange hatte hier niemand mehr nach dem Rechten gesehen. Das Dach repariert, durch das es an mehreren Stellen hineinregnete. Die vor Dreck blickdichten Fenster geputzt, den fingerdicken Staub vom Tisch gewischt – oder wenigstens gelüftet. Zu allem Übel stank sein Gefangener auch noch nach Schweiß und Fäkalien. Das war eine widerliche, aber unvermeidbare Notwendigkeit. Der Preis dafür, dass er Sumsum am Hals mit Paketklebeband an den Stützpfeiler gefesselt hatte. Der war zwar auch schon vom Holzbock durchlöchert, aber sein ehemaliger Zellengenosse war viel zu schwach, um sich von ihm zu befreien. Wie an einen Marterpfahl gebunden, saß er mit ausgestreckten Beinen an den Pfeiler gelehnt, unfähig, den Kopf um mehr als wenige Zentimeter zu drehen.

»Ich dachte, wir sind Freunde!«, jaulte Simeon weinerlich vom Boden zu ihm hoch.

»Im Knast gibt es keine Freundschaften!«, sagte Ralph und zündete sich eine Zigarette an. Eine von vielen schlechten Angewohnheiten, die er sich im Gefängnis zugelegt hatte.

Vor seiner Verhaftung war er ein regelrechter Gesundheitsfanatiker gewesen. Kohlenhydratarme Ernährung, täglich auf dem Laufband, Selen und Vitamin D als Nahrungsergänzung. Kaum Alkohol, nie geraucht.

Aber wie sagte man so schön? *Zeiten ändern dich.*

Ralph stellte die Sprudelflasche, die er gerade aus dem geklauten Transporter geholt hatte, auf den Boden. Wenige Zentimeter von Sumsum entfernt, zum Greifen nah – und doch außer Reichweite.

»Bitte, ich hab Durst, Einstein!«, krächzte der, während er vergeblich versuchte, mit den Armen an die Flasche zu kommen.

»Du bist Abschaum!«, stellte Ralph fest.

»Wie kannst du das sagen, nach allem, was ich für dich getan habe?« Sumsum hustete vor Erregung. »Fast ein ganzes Jahr meines Lebens habe ich geopfert. Tag und Nacht habe ich mich um Sarah gekümmert! Hast du meinen Brief nicht bekommen?«

Doch, hatte er.

Nahgibur

Das eine Wort in Sumsums Handschrift hatte genügt, um zu wissen, dass der Wahnsinnige dabei war, Sarahs Leben für immer zu zerstören.

Und dass er keine Zeit mehr verlieren durfte, da Knastpost einen mit mehrtägiger Verzögerung erreichte.

Deswegen hatte er sich mit dem scharfen Druckerpapier die Pulsadern aufgeschnitten. In dem Wissen, dass sein Suizidversuch schneller entdeckt werden würde, als er verblutete. Mit dem Plan, von der Krankenstation zu fliehen.

Nur eine Woche vor seiner offiziellen Entlassung, die Ralph nicht mehr hatte abwarten können.

Nahgibur, der Name von Sarahs erstem Haustier, einer dreifarbigen Katze. Und ihr Standardpasswort für ihren Computer, ihren Mail-Account und diverse Online-Dienste, das sie schon damals in ihrer Ehe benutzt und bis heute offenbar nicht verändert hatte.

Als Ralph das Wort las, wusste er, dass Simeon bis in die intimste Privatsphäre seiner Ex-Frau vorgedrungen war.

Eines Nachts im Knast, nachdem er Sumsum mal wieder erzählt hatte, wie sehr er seine Taten bereue und wie gerne er dafür sorgen würde, dass es wenigstens Ruby und seiner Frau wieder besser ging, hatte Sumsum ihm ganz offen vorgeschlagen: »Ich könnte mich doch um sie kümmern, wenn ich raus bin.«

Er hatte gelacht, und Ralph hatte es als Scherz abgetan. Auch als Simeon in den Folgenächten immer häufiger darüber philosophierte, wie sehr er sich wünschte, der Schutzengel für eine schwache weibliche Person zu sein. Der Retter, der er für seine Schwester hätte sein müssen. *»Hätte ich Amalia damals nicht in der Regentonne ertränkt, würde ich heute immer an ihrer Seite sein. Ich würde in ihrer Nachbarschaft wohnen und all ihre Probleme aus der Welt schaffen!«*, hatte er gesagt und auf Ralphs Nachfrage, was das konkret bedeute, geantwortet: *»All die Menschen töten, die ihr Böses wollen.«*

So wie er damals besser seinen Vater und nicht das Baby getötet hätte. Das war seine verdrehte Vorstellung von Wiedergutmachung.

Verdammt, weshalb habe ich ihm nur von Sarah und Ruby erzählt? Mich einem Psychopathen anvertraut?

Er hätte wissen müssen, dass Simeon nicht so harmlos einfältig war, wie er aussah. Dass er die Superkraft besaß, unterschätzt zu werden. Wenn Ralph ehrlich zu sich selbst war, hatte er es sogar gewusst; dafür brauchte man kein Psychologiestudium. Es reichte die Kenntnis, dass der Kerl jemanden umgebracht hatte. Aber die Knastnächte waren lang und elf Jahre Haft eine Ewigkeit.

»Ich dachte, ich tue dir einen Gefallen, wenn ich auf Sarah achtgebe«, wimmerte Sumsum.

Ralph spuckte vor ihm aus. »Du bist krank. Völlig gestört. Und weißt du, weshalb ich das beurteilen kann?«

»Weil du Psychiater bist?«

»Nein. Weil ich so bin wie du. Krank. Unheilbar gestört.«

Er kniete sich vor ihn. Sah ihm in die blutunterlaufenen Augen. »Ich hab Babys verätzt. Sie mit Säure überschüttet. Meine offizielle Selbstdiagnose lautet pathologische Verbitterungsstörung. Elendes Mobbing, das zu krankhaften, extremen Minderwertigkeitskomplexen führte. Aber die Wahrheit ist: Mir sind damals nicht einfach die Sicherungen durchgeknallt. Ich wollte das wirklich. Ich hab das geplant. Mir die Säure besorgt, auf die Mütter mit den Kinderwagen gewartet. Und es hat mir gefallen.« Er rieb sich den Schnurrbart, den er sich wieder über der Narbe stehen ließ. Auch, weil er damit schlechter zu identifizieren war für all diejenigen, die nur seine markanten Polizeibilder kannten, die die Presse überwiegend verbreitete. Sicher, weil er mit seiner Kiefer-Gaumen-Spalte gefährlicher wirkte und das mehr Klicks im Netz generierte.

»Meine Störung steckt tief in mir drin, und das lässt sich nicht heilen. So wie es für dich keine Pille und keine Therapie gibt, Sumsum.«

Er nahm die Flasche und schob sie zehn Zentimeter weiter in Simeons Richtung. Der streckte wieder die Hand aus, vergeblich.

»Du hast das alles nicht für Sarah getan. Sondern nur, um deine kranke Mordlust zu befriedigen.«

Simeon riss die Augen weit auf. »Nein, nein, das stimmt nicht, wirklich. Es tut mir leid, wenn ich zu weit gegangen bin. Wenn ich etwas getan habe, das dir nicht gefällt, Ralph!«

»Nicht gefällt? Du hast meine Tochter an eine Hundeleine gekettet!« Er stand wieder auf.

»Ja, sorry, das war ein Fehler. Aber du musst mir glauben, ich hatte für Sarah immer nur das Beste im Sinn. Du hast doch selbst gemeint, du würdest es am liebsten rückgängig machen.«

Ralph nickte. Das hatte er Sarah sogar noch im Krankenwagen gesagt, in den er sich kurz nach ihrer Rettung geschlichen hatte. Er war zu spät gekommen. Viel zu lange hatte seine Suche nach ihr und Ruby gedauert. Elendig verzögert durch das Versteckspiel, das er sich mit der Polizei liefern musste.

»Es ist tatsächlich mein größter Wunsch, das Rad der Zeit zurückzudrehen. Aber das geht nicht. Nichts auf der Welt lässt sich ungeschehen machen«, sagte er und wandte sich ab. Das Schwein sollte die Wehmut nicht sehen, die ihn ergriff.

»Bitte, Ralph. Binde mich los und lass uns in Ruhe drüber sprechen. Ich mache es wieder gut, ich schwöre es, nur nimm mir das Scheißklebeband ab. Es reißt mir die Haut vom Hals, und ich piss mich schon wieder ein ...«

Ralph reagierte nicht auf das Gebrüll in seinem Rücken. Er sah hoch, zu dem Sims über der Tür. Die LED auf dem Gehäuse der winzigen WLAN-Kamera, die er sich im Elektromarkt besorgt hatte, blinkte rot.

Gut, der Akku hält. Die Aufnahme geht weiter.

»Hey, bitte, hör mir doch zu. Sieh mich an!«, keuchte Sumsum im Hintergrund.

»Halt's Maul«, befahl ihm Ralph und trat einen Schritt näher zur Tür, dann strich er sich eine Strähne aus der Stirn und sagte traurig direkt in die Kamera: »Hallo, Sarah!«

KAPITEL 82

SARAH

Sie presste sich die Hand vor den Mund. Von oben herab gefilmt, aus dieser Perspektive wirkte Ralph noch ausgezehrter. Regelrecht verhungert, mit tief in den Höhlen liegenden Augen. Müde und mit einer Melancholie im Blick, die schmerzhaft war.

»Du fragst dich sicher, weshalb ich dir über Umwege diese Nachricht zukommen lasse. Der Grund ist ganz einfach der, dass ich große Angst habe, dass du an dieser Stelle das Video abbrechen wirst, wenn niemand von der Polizei dabei ist, der dich motiviert, es bis zum bitteren Ende zu schauen. Was ich nur allzu gut verstehe, nach allem, was ich dir angetan habe.«

Er räusperte sich.

»Du hattest recht, mich mit einer Falschaussage ins Gefängnis zu bringen. Ich gehöre nicht in die Freiheit. Ich gehöre weggesperrt. Für immer.«

Sarah schluckte schwer. Die erste Minute hatte sie die Videoaufzeichnung noch im Stehen angeschaut, dann aber hatte sie sich, überwältigt von der Bedeutung dessen, was sie da sah, hinter ihren Schreibtisch setzen müssen. Eddy stand noch immer auf seine Krücke gestützt hinter ihr und schaute über ihre Schulter ebenfalls auf den Bildschirm, auf dem Ralph gerade sagte: »Leider habe ich nicht die Größe, Suizid zu begehen. Das wäre wohl das Beste für uns alle.« Ralph rieb sich den Oberlippenbart, der ihn seltsamerweise jünger und nicht älter wirken ließ.

»Also werde ich mich stellen«, sagte er. »Du musst dir keine

Sorgen machen, keine Angst mehr haben. Weder vor mir noch vor ihm.« Er deutete auf die Gestalt am Boden hinter sich.

»Auch deswegen habe ich dir das Video zukommen lassen. Damit du weißt, dass der Irre euch nichts mehr tun kann. Und ich mich um ihn kümmere, wie er es nennen würde.«

Kümmern. *Wie ein harmloses Wort in nur wenigen Tagen eine komplett neue, grauenhafte Bedeutung bekommen kann.*

»Ich bitte dich nicht um Verzeihung, denn für das, was ich euch angetan habe, dir und all den anderen Familien, gibt es keine Entschuldigung«, sagte Ralph weiter. »Ich bitte dich nur um etwas Zeit.«

Er öffnete die Arme, deutete in den Raum um sich herum.

»Ich habe die Kamera so eingestellt, dass du nicht sehen kannst, wo ich bin. Aber vielleicht vermutest du es. Dann halt dich zurück. Drei Tage lang. So lange dauert es, bis ein Mensch verdurstet ist.«

Sarah sah zu Eddy hoch, der nicht so erschrocken wirkte wie sie. Logisch. Er hatte das Video bestimmt schon Dutzende Male gesehen und analysiert.

Im Hintergrund hörte sie Ralphs Gefangenen hysterisch schreien: »Verdurstet? Was sagst du da? Nein, Ralph, bitte. Gib mir das Wasser.«

Ihr Ex-Mann trat einen Schritt zur Seite, sodass Sarah wieder die Glasflasche sehen konnte.

»Du hast mir versprochen, etwas zu trinken für mich zu holen. Deswegen warst du doch am Wagen!«, schrie Simeon.

Sie sah, wie Ralph, der ihr jetzt wieder den Rücken zudrehte, langsam nickte.

»Das hab ich auch getan«, antwortete er. Ralph ging wieder zu seinem Gefangenen, bückte sich, hob die Flasche auf und stellte sie einen Meter nach vorne, wodurch sie sich jetzt in unmittelbarer Reichweite des »Nachbarn« befand.

Der schnappte sie sich sofort und drehte mit hektischen Bewegungen den Schraubverschluss auf.

Sarah sah, wie er zum Trinken ansetzte und sofort wieder hustend absetzte.

»Was ist das?«, krächzte Simeon.

»Säure«, sagte Ralph und drehte sich wieder zur Kamera. Schaute Sarah direkt in die Augen. »Wie gesagt, ich kann es nicht rückgängig machen. Aber ich kann für einen Schuldausgleich sorgen. Bitte, Sarah. Nur drei Tage. Mehr brauche ich nicht.«

Sie sah, wie er die rechte Hand nach oben streckte, sah, wie seine Fingerkuppen immer größer wurden, dann wackelte das Bild, und schließlich brach die Aufnahme mit einem knirschenden Geräusch ab.

KAPITEL 83

Himmel!«, stöhnte Sarah, froh, dass sie Ruby hinausgeschickt hatte, bevor sie den USB-Stick von Eddy in den Laptop schob.

»Und?«, fragte der Polizist.

»Und was?«

»Haben Sie erkannt, wo die Aufnahme gemacht wurde?«

Sie zögerte. »Von wann ist das?«, stellte sie eine Gegenfrage.

Sie hatte nicht auf den Timecode am unteren Bildschirmrand geachtet und wollte das Video nicht noch mal starten.

»Uns bleiben noch achtundzwanzig Stunden«, sagte Eddy. »Maximal.«

Bis der Psychopath verdurstet oder an einer Säurevergiftung zugrunde gegangen war.

Sie klappte das Notebook zu.

Ralph Calau. Elf Jahre waren vergangen. Er war noch immer gestört, psychisch krank, wie er selbst gesagt und mit dem Video eindrücklich dokumentiert hatte. Und er liebte noch immer seine Psychospielchen. Mit Sumsum. Mit der Polizei.

Und mit mir. Verdammt.

Sie räusperte sich wütend.

Dieser Mistkerl stellte sie auf die Probe. Würde sie sich rechtschaffen verhalten? Oder Rache üben?

Ralph wusste natürlich, dass sie auf den ersten Blick erkannt haben musste, wohin er den »Nachbarn« verschleppt hatte. Und er wusste, dass die Mutter in ihr sich nichts sehnlicher wünschte, als den Mann tot zu wissen, der ihre Tochter entführt und gequält hatte und sie sogar hatte töten wollen. Der so viele Menschenleben auf dem Gewissen hatte. Schließlich wusste Ralph, dass sie schon einmal eine Falschaussage gemacht hatte, um mit falschen Mitteln das Richtige zu bewirken.

»Was er nicht weiß, ist, dass ich mich verändert habe«, flüsterte sie in Richtung Bildschirm.

»Wie bitte?«, fragte Eddy hinter ihr. Sie stand auf.

Was hatte sie erst vor wenigen Minuten gedacht, als Elena Alvaro vor ihr stand: *Der Tod lässt sich niemals wiedergutmachen!* Nichts machte ihn ungeschehen. Auch nicht die Rache an der Bestie, die ihn zu verantworten hatte.

Das wie auch die Tatsache, dass sie es leid war, der Spielball von Männern zu sein, die sich dazu berechtigt glaubten, sie zu einer Entscheidung zu drängen, brachte Sarah schließlich dazu, die Kette der Gewalt zu sprengen.

Die Kette, deren erstes Glied mit dem Mobbing in Ralphs Schulzeit geschmiedet worden war und die seither über Jahrzehnte hinweg so viele Menschenleben in den Tod gerissen hatte.

»Nein«, sagte sie deshalb zu Eddy. »Ich kenne die Adresse nicht.«

Sie war sich nicht einmal sicher, ob die einsame Waldhütte am See, in der Ralph zum ersten Mal sein wahres Serientäter-Ich gezeigt hatte, überhaupt eine genaue Anschrift hatte.

Sarah ging zur Tür und hielt sie Eddy auf.

»Aber ich kann Sie hinbringen!«, sagte sie. »Kommen Sie. Wir müssen uns beeilen. Es liegt eine lange Fahrt vor uns.«

EPILOG

IRGENDWANN IN DER ZUKUNFT

In ihrem neuen Heim roch es noch nach Farbe, Lösungsmitteln und Sägespänen, was ihr im Moment genauso lieb war wie der Duft des frisch gemähten Rasens vor der Terrasse. Ein unangekündigter Sturzregen war über dem kleinen Haus in der Neubausiedlung heruntergebrochen und schien die angenehmen Gartengerüche regelrecht aufzuwirbeln. Einen Moment lang hatte sie es genossen, die schweren Tropfen auf der Haut zu spüren, und sie war erst hineingegangen, als ihr Haar durchnässt war.

»Danke, Schatz!«, sagte sie zu ihrem Teenager-Sohn, der sich mit dem Rücken zu ihr auf der Couch vor dem Wohnzimmer-Fernseher lümmelte und Playstation spielte. Irgendeine seltsame Manga-Adaption.

»Wofür?«, fragte ihr Fünfzehnjähriger abwesend. Immerhin hatte er sie während eines Feuerblitz-Schwertkampfs mit einem echsenartigen Fabelwesen zur Kenntnis genommen.

»Dass du die Wäsche rechtzeitig reingeholt hast.«

Sie schaute zur Treppe, auf deren untersten Stufen die Anziehsachen und Handtücher sorgsam gefaltet im Korb lagen.

»Was?«, fragte ihr Kind, ohne sich zu ihr umzudrehen.

Sie winkte ab und schloss die schwere Schiebetür zur Terrasse. Das satte Geräusch bei der Verriegelung beruhigte sie. Gab ihr das Gefühl von Sicherheit, das sie vor ihrem Umzug so lange vermisst hatte. Was für ein Glück, dass sie diese bezahlbare Bleibe gefunden hatten, in der sie sich von Anfang an zu Hause gefühlt hatten. »Wie ein Sechser im Lotto«, flüsterte sie leise, ohne zu wissen, zu wem. Sie hielt sich nicht für besonders gläubig. Aber wenn sie ein Dankesgebet gekannt hätte, dann hätte sie es in diesem Moment gesprochen. So beschränkte sie sich darauf, noch einmal »Danke« zu sagen, den Blick nach oben zu dem blinkenden Rauchmelder gerichtet, dessen blinkendes Rotlichtintervall sie ebenfalls beruhigte. Und während sie zum ersten Mal seit Ewigkeiten ein Gefühl durchströmte, das der Definition von Seelenfrieden nahekam, begann sie sanft zu lächeln.

»Gern geschehen«, antwortete der Nachbar und lächelte zurück. Er küsste die Spitzen seines Zeige- und Mittelfingers und berührte danach mit ihnen den Bildschirm, über den er seine Nachbarin beobachtete.

Leider würde sie seinen virtuellen Kuss nicht auf ihren Lippen spüren können. Anders als jeden Mittwoch, wenn sie erschöpft von der Spätschicht nach Hause kam und so fest schlief, dass nicht einmal eine Explosion sie wecken könnte. Ihr Sohn war ohnehin wie komatös, sobald sein Kopf das Kissen berührte. Oder er spielte bis spät in die Nacht Online-Games mit Kopfhörern und bekam deshalb nichts mit. Nein, er musste wirklich nicht besonders leise sein, wenn er seine Nachbarin zwischen zwei und fünf Uhr morgens besuchte. Dann setzte er sich zu ihr ans Bett, und sobald ihr Atem ruhiger wurde und das zarte, süße Schnarchen einsetzte, wusste er, dass sie so fest im Tiefschlaf war, dass er ihr die Haare kämmen konnte. Letztens hatte er ihr sogar die Füße eingecremt, die so niedlich unter der Bettdecke hervorgelugt hatten.

Hach, wie herrlich das geduftet hatte.

Vielleicht konnte er es das nächste Mal sogar wagen, ihr vorzulesen? Das Buch von ihrem Nachttisch nehmen und dort weitermachen, wo sie aufgehört hatte! Denn egal wie spät es auch war und wie erschöpft sie sich fühlte – wenigstens ein Kapitel zählte zu ihrem Einschlafritual. Meistens ein Thriller.

Lächelnd strich er das T-Shirt über seinem Bauch glatt.

»Ich habe tausend Cliffhanger überlebt« stand darauf. Er war ein Fitzek-Fan.

So wie sie.

Und Fitzek-Fans müssen zusammenhalten, oder nicht?

Er nickte zufrieden und gab dem Monitor, auf dem zu sehen war, wie seine Nachbarin gerade unter die Dusche trat, einen weiteren Kuss.

Bald würde er wieder ihre echten Lippen berühren können, und es gab nichts, worauf er sich mehr freute.

ZUM BUCH UND DANKSAGUNG

Eine der mir meistgestellten Fragen ist die, wie ich auf meine Ideen komme. Ich kenne Autorinnen und Autoren, die mit den Augen rollen, wenn sie danach gefragt werden. Ich tue das nicht. Ich kann die Neugier verstehen und stelle diese Frage ebenfalls allen Kolleginnen und Kollegen, auf die ich treffe, denn auch für mich ist es ein Mysterium, wo »das alles herkommt«. Ich selbst habe im Laufe meiner nun schon Jahrzehnte andauernden Autorentätigkeit noch immer nicht hundertprozentig herausgefunden, wie meine Ideen mich finden. Nur dass es nicht umgekehrt ist, ich also nicht nach ihnen suche, ist gewiss.

Sie sind irgendwo da draußen und zeigen sich mir, wann sie es wollen. Keine Ahnung, wo sie sich bis dahin verstecken.

Die meisten Einfälle habe ich beim Schreiben, so viel ist auch klar.

Zwar beginne ich meistens erst dann mit einem neuen Buch, wenn ich glaube, die gesamte Geschichte mitsamt den handelnden Personen und ihren Entwicklungen zu kennen. Allerdings schaue ich nach spätestens sechzig Seiten nicht mehr in mein Exposé, weil die Figuren spätestens ab dann in die erzähltechnische Pubertät gekommen sind; also nur noch das machen, was sie wollen, und sich einen feuchten Dreck darum scheren, was der angeblich erziehungsberechtigte Autor ihnen für den literarischen Lebensweg vorschreiben will. (Wobei ich ganz zufrieden bin, dass die wenigsten meiner Figuren mit dem Rauchen angefangen haben.)

90 Prozent der Ideen, die sich in diesem Buch befinden, entstehen also beim Tippen – was das Schöne an meiner Arbeit ist, denn ich bin selbst jeden Tag aufs Neue neugierig, was meine Protagonisten denn heute wieder alles erleben werden.

Ich kann daher nur allen, die sich ebenfalls mit dem Gedanken tragen, irgendwann einmal von der Schriftstellerei leben zu wollen, dringend empfehlen, so viel und so oft wie möglich zu schreiben – und nicht auf Stimmen zu hören, die einem nahelegen, doch mal eine längere Pause zu machen. Ein guter spanischer Freund sagte einmal zu mir: »Ihr Deutschen leidet unter dem Goethe-Komplex. Ihr denkt, wenn man nur lange genug im stillen Kämmerchen sitzt und auf die Eingebung wartet, wird das früher oder später in einen Geniestreich münden.«

Zumindest für mich, der ich weit davon entfernt bin, ein Genie zu sein, kann ich mit absoluter Gewissheit behaupten: Würde ich nicht täglich schreiben, so würde ich aufhören, Ideen zu haben. Ohne ambitionierte Deadlines würde ich nicht besser, auch nicht schlechter, sondern gar nicht mehr fertig werden. Allein schon deshalb, weil mir in meiner schriftstellerischen Enthaltsamkeit Tausende von Dingen einfallen würden, mit denen ich mir angenehmer die Zeit vertreiben könnte, als in orthopädisch fragwürdiger Haltung vorm Laptop zu sitzen und monatelang auf einen Monitor zu starren, während sich nach und nach alle Sozialkontakte von mir verabschieden.

Früher habe ich auf Lesungen oft über den ersten »Was wäre, wenn«-Moment erzählt, der bei mir eine Idee entstehen lässt. Der Moment, in dem ich mir zum ersten Mal denke: »Was wäre, wenn meine Freundin beim Arzt nie wieder aus dem Behandlungszimmer kommt?« *(Die Therapie)*. »Was, wenn ein Junge denkt, er wäre die Wiedergeburt eines Serienkillers, und zum Beweis seinen Anwalt zu Fundorten von Leichen führt?« *(Das*

Kind). Oder: »Was, wenn ein Analphabet einen schriftlichen Hilferuf nicht lesen kann?« *(Das Geschenk).*

Mittlerweile weiß ich, dass diese Www-Gedanken noch weit von handfesten Ideen entfernt sind. Sie liefern mir lediglich die Impulse, mich mit einer bestimmten Thematik oder Person intensiver zu beschäftigen.

Wenn ich auch nicht genau sagen kann, wie ich auf die einzelnen Ideen in *Der Nachbar* kam, so kann ich dem Impuls, der zu diesem Buch führte, sogar einen Namen geben: Manuela. Konkret: Manuela Raschke, meine Managerin, Freundin und Geschäftspartnerin in Personalunion. Manu sagte eines Tages: »Sebastian, ›Der Nachbar‹ wäre doch bestimmt ein guter Titel für eines deiner Bücher.«

Womit sie, wie so häufig, recht hatte.

Der Nachbar ist damit in mehrfacher Hinsicht eine Premiere in meinem nun schon neunzehn Jahre andauernden Dasein als Autor (wofür ich nicht müde werde, Ihnen, die Sie diese Zeilen hier lesen, zu danken). Zum allerersten Mal hatte ich den Titel zuerst, er stand sogar noch vor der Was-wäre-wenn-Frage. Was einerseits eine große Erleichterung war, denn bei mir dauert es manchmal Monate, bis ich einen (in meinen Augen) passenden, guten Titel gefunden habe. Ich fange niemals an, den ersten Satz zu schreiben, bevor ich mir nicht sicher bin, was am Ende vorne auf dem Cover draufstehen wird. Auch hier ein Tipp an meine mitlesenden angehenden Autorinnen- und Autoren-Kollegen: Beginnt nach Möglichkeit niemals mit einem Arbeitstitel. Der verselbstständigt sich nämlich. Wenn man zum Beispiel, weil man auf den ersten Metern einfach keinen Nerv hatte, sich mit dem Titel zu beschäftigen, seinen ersten Thriller-Entwurf *Das Plumpsklo* nennt, wird man, wann immer man gefragt wird, woran man gerade arbeite, ebendiesen Titel nennen. Und wenn man den bescheuerten Arbeitstitel ein Jahr lang immer wieder,

Hunderte Male laut vor sich hin gesagt hat, denkt man am Ende: »Ach Mensch, ›Plumpsklo‹ ist ja irgendwie doch gar nicht so schlecht!« Und bleibt dabei.

Ob ein Titel gut oder schlecht ist, unterliegt natürlich keinen naturwissenschaftlichen Gesetzen, das muss jeder für sich selbst entscheiden. Für mich ist ein guter Titel ein Startschuss zu einer Gedankenreise im Kopf des Lesers oder der Leserin. Das geschieht zum Beispiel bei Wörtern, die auf den ersten Blick eindeutig sind, bei näherer Betrachtung aber gegensätzliche Emotionen in sich vereinen.

Wie etwa *Der Heimweg,* der positiv besetzt an das Nachhausekommen in das sichere, Geborgenheit spendende Heim denken lässt. Oder eben auch an die unangenehme Dunkelheit und die Gefahr, die einen auf dem Weg *heim*suchen kann.

Mein Lieblingsbeispiel für einen Begriff, der zwei Bedeutungen hat, die exakt das Gegenteil meinen, ist übrigens »umfahren«, das (je nachdem, ob man die erste oder die zweite Silbe betont) für einen langsamen Fußgänger auf dem Zebrastreifen angenehm ausgehen oder mit einem Krankenhausaufenthalt enden kann.

Und auch *Der Nachbar* weckt sofort positive wie negative Assoziationen gleichzeitig. Nachbarn sind ja irgendwie wie Handwerker. Gute behält man am liebsten ein Leben lang und tut ihnen ungefragt viele Gefallen, Hauptsache, sie lassen sich regelmäßig blicken. Schlechte können einem das Leben zur Hölle machen.

Wenn ich ehrlich bin, falle ich in die letztere Nachbar-Kategorie. Wann immer ich weggezogen bin, haben die zurückgelassenen Nachbarn vermutlich eine Party gefeiert. Das geschah auf jeden Fall Anfang der Neunziger, als ich Spätzünder nach meinem ersten juristischen Staatsexamen Hotel Mama verließ und mit meinem Studienkumpel und treuen Freund Martin Häublein in eine Zweier-WG zog. Bis zu diesem Zeitpunkt mussten die Nachbarn mein Schlagzeugspiel ertragen, dessen Unprofessionalität ich durch extreme Lautstärke kompensierte. Hin und wieder stand die Polizei vor der Tür (hab ich mir sagen lassen, ich selbst habe sie beim Üben nicht klingeln hören).

Unnötig zu erwähnen, dass sich unsere Studenten-WG (so klein sie auch gewesen sein mochte) nicht immer harmonisch in die Mietergemeinschaft eingefügt hat, selbst wenn wir als Juristen mit der Lärmschutzverordnung und den einzuhaltenden Ruhezeiten eigentlich hätten vertraut sein müssen. Als wir auszogen, war die Verwaltung so erleichtert, dass sie uns beim Umzug half.

Für den meisten Stress unter meinen Nachbarn sorgte ich allerdings im reiferen Alter, als Linda und ich mit Kind und Kegel eine Wohnung im kernsanierungsbedürftigen Zustand beziehen wollten. Für Berliner Makler also ein Luxus-Traum-Prachtbau mit Entfaltungspotenzial!

Für die Renovierungsarbeiten wurde ein halbes Jahr veranschlagt. Ich habe mir angewöhnt, derartige Zeitschätzungen wie Kostenvoranschläge zu bewerten, also mit dem Faktor 2 zu multiplizieren. Tja, falsch gerechnet. Nach fast drei Jahren hatten unsere Nachbarn endlich kein Gerüst mehr vor dem Fenster und konnten wieder nach draußen schauen, der vom Dachdecker verursachte Schwelbrand war kaum noch im Treppenhaus zu riechen, die von der Feuerwehr deswegen zerschlagene Nachbarstür wieder repariert – und wir durften endlich einziehen. Noch Fragen, weshalb ich mich auf keinem Hof-Fest habe blicken lassen?

Es lag für mich also eigentlich nicht besonders nahe, dass ich dem Thema Nachbarschaft einen eigenen Thriller widmen würde, den hätten eher meine leidgeplagten Mitbewohner im Haus schreiben können.

Wobei das Thema Nachbarschaftsrecht mich schon in meinem Jurastudium stark beschäftigt hatte; kein Wunder, verklagt sich doch gefühlt die halbe Republik wegen zu hoher Hecken oder zu lauter Laubbläser. Ich kann mich noch gut an eine meiner ersten Strafrechtsvorlesungen erinnern, in der erörtert wurde, ob es erlaubt wäre, Kirschen essende fremde Nachbarskinder im eigenen Garten mit dem Gewehr vom Baum zu schießen. Das Reichsgericht hatte damit weniger Probleme als die heutige Gerichtsbarkeit und sah 1920 den finalen Schuss wegen Notwehr gerechtfertigt (kein Witz). Immerhin hatten die kleinen Racker ja Kirschen geklaut und wollten sogar fliehen, mal ehrlich!

Obwohl ich also aus eigener und angelesener Erfahrung wusste, dass das Thema Nachbarschaft emotional sehr aufgeladen ist und sich daher hervorragend entweder für einen Psychothriller oder eine Komödie eignet, lag der Titel in irgendeinem hinteren Gedankenschubfach erst einmal unbeachtet herum. Den entscheidenden Impuls zu dem hier vorliegenden Psychothriller erhielt ich, als ich während der Recherche zu einem völlig anderen Thema auf das Gerichtsurteil zum »Dicke-Katzen-Streit« stieß. In dem hatte sich die Justiz mit einem Beklagten zu beschäftigen, der in falsch verstandener Tierliebe regelmäßig die beiden Katzen seines Nachbarn in die eigene Wohnung lockte und sie dort fütterte. Und das so übertrieben, dass die Katzen irgendwann wegen extremen Übergewichts zum Tierarzt mussten. Selbst die Androhung eines Ordnungsgeldes von 250 000 Euro und Ordnungshaft hielt den »Katzenfreund« nicht davon ab, die armen Tiere mit kulinarischen Köstlichkeiten zu mästen. Erst als der Fall an die Presse gelangte, kam es zu einer Einigung.

Ich hörte zufällig von diesem skurrilen Fall, während ich mich eigentlich mit dem Thema Stalking beschäftigte, das mich sehr interessierte, zu dem ich aber bislang keinen schriftstellerischen Zugang gefunden hatte. Die erste Idee, die mir durch den Kopf schießt, langweilt mich in der Regel, da ich sie als zu naheliegend empfinde. Zum Beispiel bei *Passagier 23*. Als ich davon hörte, dass jährlich mindestens 23 Menschen spurlos auf Kreuzfahrtschiffen verschwinden, war mein erster Gedanke, einen Thriller über die Suche nach einer vermissten Person auf einem Ozeandampfer zu schreiben. Das war mir aber nicht originell genug, weil zu naheliegend, und so ruhte das Thema jahrelang im Dämmerschlaf. Bis ich eines Tages die Idee hatte: Ich schreibe nicht über eine Person, die verschwindet, sondern über eine, die wieder auftaucht!

Eine ähnliche Eingebung hatte ich für den *Nachbarn:* Ich schreibe nicht über einen Stalker, der seine Opfer physisch oder psychisch verletzen, vielleicht sogar töten will und der ganz offen als Tyrann in Erscheinung tritt. Ich schreibe über jemanden, der im Grunde etwas Positives bei seinem auserwählten Opfer bewirken will und sich wie ein geheimer Schutzengel im Verborgenen hält.

So, das war jetzt eine lange Antwort auf eine Frage, die Sie gar nicht gestellt haben, aber wenigstens mussten Sie für das Buch nichts zahlen, da Sie es geklaut oder geschenkt bekommen haben. Wie, haben Sie nicht? Tja, Pech, dann gibt's jetzt noch 'ne Antwort auf eine ungestellte Frage. Nämlich: Wem bin ich als Autor für die Entstehung von *Der Nachbar* eigentlich zu Dank verpflichtet?

Ich hatte ja schon erwähnt, dass ich treu bin (oder phlegmatisch), und tatsächlich muss ich hier das tun, was ich in meinen Geschichten tunlichst vermeide: Ich muss mich wiederholen.

Wenn Sie auch nur eine meiner Danksagungen zuvor gelesen haben, könnte es sein, dass Sie jetzt gleich ein Déjà-vu ereilt, denn meine Mitstreiter und Mitstreiterinnen, ohne die Sie dieses Buch nicht in den Händen halten würden, sind oft schon seit Jahren an meiner Seite. (Wie die allerbesten Nachbarn, um im Bild zu bleiben.)

Neben den Droemer Knaur-Verlagskoryphäen Josef Röckl, Steffen Haselbach, Antje Buhl, Katharina Ilgen, Nina Vogel, Monika Neudeck, Isabelle Breuzard, Nicole Müller, Ellen Heidenreich, Daniela Meyer und Doris Janhsen möchte ich ganz besonders mein Lektorats-Dream-Duo: Carolin Graehl und Regine Weisbrod hervorheben. Beide erinnern mich an meine Nachbarin von vor zwanzig Jahren, direkt gegenüber, nennen wir sie Helga. Helga erfüllte das Klischee der auf einem Fensterbankkissen lehnenden Nachbarschafts-Spionin. Einmal rief Helga mir von ihrem Ausguck zu, als ich vom Sport zurück aus dem Auto stieg: »Hallo Herr Fitzek, Ihr Training ist jetzt also jeden Dienstag und Donnerstag, ja?«

Was ich nicht nur amüsant, sondern auch nützlich fand. Ersparte mir die lebende Überwachungskamera doch die Alarmanlage.

Mit einer ähnlich adleräugigen Beobachtungsgabe sind Carolin und Regine ausgestattet, wenn sie während ihrer wundervollen Lektoratsarbeit schonungslos alle Problemzonen der jeweiligen Entwürfe aufdecken.

Kommen wir zum Raschke Entertainment-Team, angeführt von der bereits erwähnten Titelerfinderin Manuela, nebst Sally Raschke, Barbara Herrmann, Achim Behrend, Micha und Ela Jahn, Franz Xaver Riebel, Jörn »Stolli« Stollmann und Luisa Bredlow. Ihr seid der Prototyp der positiv fürsorglichen Nachbarn, die während meiner häufigen geistigen Schreib-Abwesenheit dafür sorgen, dass ich mich voll und ganz meiner Kreativität widmen kann, während ihr als Erfolgsgaranten im Vorder- und Hintergrund schuftet. Das gilt ebenso für meine Literaturagentur AVA international rund um Mastermind Roman Hocke mit Markus Michalek, Claudia von Hornstein, Janine Hilz und Ralph Gassmann.

Leider nicht in meiner unmittelbaren Nachbarschaft, sondern eine Stunde Fahrzeit von mir entfernt in Köpenick sind Clemens und Sabine Fitzek beheimatet. Aber zum Glück gibt es ja technische Neuerungen wie das Fax, mit denen ich euch meine Entwürfe zum medizinischen Faktencheck durchkurbeln kann.

Ich danke Juan Moreno für seine wunderbar treffende Wortschöpfung »Nacktes und Zerhacktes« für bestimmte True-Crime-Formate, die ich mir auf S. 25 ausgeborgt habe.

Dann gibt es Menschen, bei denen ich das Gefühl habe, dass sie sich direkt in meiner räumlichen Nähe befinden, so oft verbringe ich gerne und unglaublich produktiv meine Zeit mit ihnen: Christian Meyer von C&M Sicherheit, Sabrina Rabow von Rabow PR, Regina Ziegler von Ziegler Film mit Barbara Thielen, Markus Olpp und Tillmann Geike sowie Michael Treutler von Parkum Audio. Mit all den Genannten würde ich am liebsten in eine Villa-Kunterblut-WG ziehen … ähh, »Kunterbunt-WG« natürlich (sorry, Freud lässt grüßen).

Direkt neben mir habe ich das Privileg, mit Linda die beste Ehefrau von allen an meiner Seite zu wissen (um es mit Kishon zu sagen). Sie hat mir mal wieder eine entscheidende Frage beim Schreiben gestellt. Und zwar nicht nur: »Wann bist du endlich fertig?«, sondern: »Wieso wird ein Mensch eigentlich zum Stalker?« Was zu einem Kapitel führte, das Carolin und Regine als so heftig empfanden, dass sie mich fragten, ob es vielleicht gestrichen werden könnte. Spoiler: Konnte es nicht! Linda hat es zu sehr geliebt (was einer von hunderttausend Punkten ist, die ich wiederum an ihr liebe!).

Schließlich bedanke ich mich bei all denen, die meinen Büchern eine gute Nachbarschaft verschaffen, also den Buchhändlerinnen und Buchhändlern, Bibliothekarinnen und Bibliothekaren, und Ihnen, die Sie allesamt meine Werke in Ihre Regale stellen werden, wofür ich Ihnen gerne das Du anbieten würde. (Keine Ahnung, weshalb ich es mir angewöhnt habe, in meinen Danksagungen alle zu siezen, so höflich bin ich doch sonst nicht?!) Immerhin haben wir ja schon einige Stunden jetzt miteinander verbracht, oder? Außerdem bin ich der Ältere mittlerweile. Denke ich als 71er zumindest. (Jahrgang, nicht Alter!)

Ich hoffe, irgendwann einmal zu einer Lesung auch in deine Nachbarschaft zu kommen, und verspreche, auch keinen allzu großen Lärm zu machen. Obwohl …

So, jemanden vergessen? Bestimmt. Dann heul doch und lösch meine Handynummer. Für alle anderen gilt wie immer: Du erreichst mich über die üblichen Only-Fitzek-Fans-Kanäle (Insta, Facebook, TikTok) oder direkt via fitzek@sebastianfitzek.de.

Auf Wiederlesen
Dein
Sebastian

Berlin, 24. April 2025, 11:07 Uhr, während vor meinem Arbeitszimmer in der Bürogemeinschaft ein Gärtner mit seinem Benzinrasenmäher gerade die Nachbarschaft zu Ohropax greifen lässt. Oder zur Pistole. Warten wir mal ab …

PS: Ach so, mein Dank geht natürlich auch an Mara Joy Voelmy, Kaja Last, Dominik Gerhardinger, Hartmut Kipp und Udo Osthaus.

Ihr habt während meiner Thriller-Arena-Tour ein paar Späße

über euch ergehen lassen und habt einen Auftritt als »Leiche« in einem meiner nächsten Bücher gewonnen. Nun gab es gar nicht so viele Leichen in *Der Nachbar,* deswegen sind einige von euch noch am Leben geblieben, andere dafür recht unangenehme Zeitgenossen geworden. Ich hoffe, ihr seht es mir nach. Beschwerden hätten jetzt eh keinen Sinn mehr. Alle anderen Gewinner folgen in den nächsten Büchern.

Und Marion Reiners, ich hoffe, du bist mit deiner Rolle zufrieden, die du schon 2023 beim RTL-Spendenmarathon ersteigert hast. Ich danke dir sehr für deine großzügige Spende zum Wohle der Kinder!

FINDE DEINEN FITZEK

DAS QUIZ FÜR DEIN
NÄCHSTES FITZEK-ABENTEUER

Du hast deinen Roman von Sebastian Fitzek gerade beendet und weißt nicht, welchen du als Nächstes lesen sollst? Oder du brauchst einfach eine gute Inspiration ganz nach deinem Geschmack?

Dann mach das kostenlose Quiz und erhalte zwei Fitzek-Lesetipps, die genau zu deinen Vorlieben passen.

Viel Spaß!

Zum Quiz: